ERIN

Plaisir et déchéance

De la même auteure aux Éditions Rouge

Sang pour sang, 2010

Luxure et rédemption, 2010

Mordue au jeu, 2011

ERIN McCARTHY

Plaisir et déchéance

Traduit de l'américain
par Sophie Pertus

éditions Rouge

L'édition originale de cet ouvrage est parue chez Penguin Group
sous le titre *Fallen*

Publié par Éditions Rouge
LES PUBLICATIONS MODUS VIVENDI INC.
55, rue Jean-Talon Ouest, 2e étage
Montréal (Québec) H2R 2W8, CANADA
www.groupemodus.com

Éditeur : Marc Alain
Révision : Sophie Leray

ISBN 978-2-92385-505-9

Dépôt légal – Bibliothèque et Archives nationales du Québec, 2011
Dépôt légal – Bibliothèque et Archives Canada, 2011

Nous reconnaissons l'aide financière du gouvernement du Canada par l'entremise du Fonds du livre du Canada pour nos activités d'édition.

Gouvernement du Québec – Programme de crédit d'impôt pour l'édition de livres – Gestion SODEC

Imprimé au Canada

Prologue

LA NOUVELLE-ORLÉANS, 1849

Anne Donovan aurait fait n'importe quoi pour John Thiroux. Elle serait allée jusqu'à mourir pour lui.

Assise devant le miroir fendillé installé par Madame dans la petite chambre qui lui était réservée parce que John payait pour l'avoir à sa disposition, Anne brossait ses cheveux auburn. Comme à chaque fois qu'elle songeait à son amant, un délicieux picotement envahit tout son être, ses seins se firent plus lourds, une tension naquit entre ses cuisses. Elle soupira de contentement et d'impatience. John était tout pour elle. Un ange. Elle était éperdument amoureuse de lui. Il l'avait sauvée du flot régulier des anonymes qu'elle avait dû subir dans diverses maisons closes pour ne pas en être réduite à la rue. Et puis, grâce à ses faveurs, elle pouvait envoyer de l'argent à sa cousine pour l'entretien de sa fille. Il est vrai qu'elle avait eu un bienfaiteur privé avant John, mais c'était un homme très spécial qu'elle n'avait pas été fâchée d'échanger contre la beauté et la passion de son actuel amant.

Quand on frappa à la porte, elle s'empressa de se tirer de sa rêverie, se leva et se hâta de laisser tomber sa brosse de métal terni sur la coiffeuse à côté de son rouge. Elle n'était pas prête. Elle n'avait pas préparé le plateau de John, avec son verre servi et sa cuiller favorite à côté de la bouteille. Prise de panique à l'idée de pouvoir ne pas lui être parfaitement agréable, elle rajusta le corsage de sa robe et traversait la chambre quand Madame passa la tête dans la porte entrouverte. Un profond soulagement l'envahit, jusqu'à ce qu'elle l'entende dire :

— J'envoie un monsieur vous voir.

La crainte l'emportant alors sur le soulagement, elle scruta le visage de Madame, rond, épais, marqué par la débauche. C'était une phrase qu'elle n'avait pas entendue depuis des mois. Cependant, elle reconnut aussitôt le nœud de frayeur qu'elle fit naître au creux de son ventre.

— Quoi ? Vous voulez dire… mais…

Elle frémissait d'horreur à l'idée de donner du plaisir à un autre homme que John. Toucher un inconnu, l'accueillir dans sa bouche, dans son corps, supporter l'humiliation, la répulsion… Elle pensait que tout cela était derrière elle.

— John…

— C'est M. Thiroux qui le demande, la coupa Madame avec un clin d'œil. Il est d'une drôle d'humeur, ce soir. Déjà ivre. Il a demandé à te regarder jouer avec son ami.

C'était curieux. John ne lui avait jamais demandé ce genre de chose. Toutefois, elle se souvenait qu'il lui avait dit aimer qu'elle ait connu autant d'hommes, qu'elle ait eu un grand choix de protecteurs, et qu'elle préfère son corps à tous les autres. Souvent, il affirmait que, un jour, elle se lasserait de son corps et en rechercherait un autre. Elle, pourtant, savait que cela n'arriverait jamais. Son corps, son âme lui appartenaient. Elle avait envie de lui. Elle avait besoin de lui, de son approbation. Elle se consumait de désir pour lui. Elle rêvait de son amour.

Elle resta là, indécise. Prendre des décisions, ce n'était pas son fort. Elle en avait pris tant de mauvaises… toute une série qui l'avait conduite à la fâcheuse situation dans laquelle elle se trouvait quand elle avait connu John. Mais aucune n'avait revêtu l'importance de celle-ci, car elle ne voulait pas risquer de le contrarier et de perdre sa place auprès de lui.

— Je ne sais pas…, bredouilla-t-elle. Cela ne me semble pas…

— Tu veux le fâcher ? demanda Madame. Tu veux faire ta ruine – et la mienne ? Tu n'as pas le choix. Cet homme est un artiste, comme M. Thiroux. Il sera doux. Je te l'envoie dans deux minutes. Enlève ta robe pour gagner du temps.

Non sans craindre de commettre une erreur, Anne obéit à peine la porte refermée. Elle ferait tout ce que voulait John. Tout. Elle irait jusqu'à mourir pour lui.

Gabriel St. John avait conscience de sa déchéance. L'ange devenu démon, le favori dédaigné. Dans le fond, ce changement ne lui déplaisait pas. Il se vautrait dans l'extase qu'il trouvait jour après jour dans le fond de la bouteille et nuit après nuit entre les bras de sa putain préférée. Au cours des deux ans où il avait arpenté cette terre en tant que veilleur, il avait absorbé la puanteur des souffrances et de la misère humaines qui l'entouraient jusqu'à ce qu'il ne puisse plus supporter le sentiment d'impuissance et le désespoir qu'elles lui inspiraient. Tous ces regards suppliants, tristes, accablés étaient plus faciles à affronter lorsque ses sens trop aiguisés d'ange étaient affaiblis par le whisky, l'opium et surtout sa belle fée verte, l'absinthe, qu'il adorait. Oui, il vénérait cette liqueur, la désirait de tout son être surnaturel. C'était sa clarté et son répit. Son unique véritable amour.

— Bonsoir, monsieur Thiroux, lui dit une femme corpulente toute de soie écarlate vêtue.

Gabriel entra dans le petit salon miteux de la Maison du repos des hommes las. Le nom de cette médiocre maison de tolérance ne manquait jamais de l'amuser. Le repos, ce n'était certainement pas ce que les hommes venaient chercher ici. Quant à lui, s'il était las, il n'était pas un homme et l'ironie n'en était que plus forte. Mais il y trouvait la même chose qu'eux. Un moyen de s'évader. Les plaisirs de la chair. Des distractions paillardes. L'oubli. Et le tout pour quelques sous que l'on glissait dans la main de Madame. Gabriel n'était jamais paillard. En revanche, il cherchait l'évasion. Un contentement qui ne cessait de lui échapper. Le repos que promettait le nom de la maison.

— Bonsoir, madame Conti. Vous semblez en bonne forme.

En réalité, Madame paraissait assez mal à l'aise. Elle restait devant lui, lui barrant l'accès de l'escalier grinçant aux marches inclinées par les ans qui menait à la chambre d'Anne, où l'attendaient son verre et sa cuiller. Avait-il oublié de payer ? Il ne savait plus trop à quand remontait le dernier règlement de ses séjours nocturnes. Quelques mois plus tôt, il avait vendu un tableau assez cher et réglé à l'avance, de sorte qu'il avait un peu perdu la notion du temps.

— Vous êtes en avance, ce soir, observa-t-elle en éventant vigoureusement son opulente poitrine au moyen d'un éventail de dentelle fanée.

— C'est l'impatience, confia-t-il en souriant et en faisant un pas en avant, s'attendant à ce qu'elle s'écarte.

Il avait la bouche sèche; c'était désagréable. Et ses mains tremblaient de plus en plus.

Mme Conti ne bougea pas, ce qui le contraria. Pire, elle posa une main grasse sur son torse pour l'empêcher d'avancer.

— Anne n'est pas encore prête à vous recevoir, monsieur Thiroux.

Gabriel n'aimait pas se faire appeler par son faux nom. Et il aimait encore moins attendre. Il avait même de plus en plus de mal à s'absenter les douze heures de jour.

— Peu m'importe. Elle peut faire ce qu'elle est en train de faire en ma présence.

— Très certainement. Mais je devine que vous n'avez guère envie de voir ce qu'elle fait.

Gabriel fixa Mme Conti – Ginny Black, de son vrai nom – en plissant les yeux. Ancienne prostituée qui avait fait de bons placements, Madame était une femme d'affaires avertie au vocabulaire mélangé, dotée d'une vive intelligence et d'un esprit retors. Elle ne manquait jamais une occasion de gagner de l'argent.

— C'est-à-dire?

Il devinait de quoi il s'agissait et cela ne lui plaisait pas.

— Sa toilette.

C'était une remarque parfaitement inoffensive, mais Madame se trahit en remuant légèrement. La rage le prit, attisée par l'envie de boire et de fumer. Une bouffée de chaleur lui monta au visage.

— Elle est avec un autre homme, c'est ça ?

Le silence de Madame équivalait à un aveu. Gabriel la bouscula au passage et monta quatre à quatre, ses pas claquant bruyamment sur les marches puis dans le couloir. Il ouvrit la porte de la chambre d'Anne à la volée. Ce qu'il vit lui donna un haut-le-cœur. Anne était étendue sous un homme, ses jambes minces et blanches écartées. Un homme aux larges épaules et aux cheveux noirs la besognait avec un enthousiasme bruyant. Gabriel ne voyait pas le visage d'Anne, mais il entendait les encouragements qu'elle lui prodiguait par de petits feulements. Ses feulements à lui. Ils lui étaient réservés.

Madame, qui l'avait suivi plus lentement, s'arrêta derrière lui.

— Elle fait son travail, c'est tout. À quoi bon la laisser fainéanter toute la journée ?

— Congédiez-le ou c'est moi qui m'en charge, jeta Gabriel.

Il ne savait pas exactement ce qui le mettait tellement en colère, mais Anne était à lui. Elle, son opium et son absinthe étaient étroitement mêlés dans son esprit. Il aimait sa pipe et son verre, et il aimait le plaisir qu'elle lui donnait tandis qu'il flottait dans les vapeurs de ses paradis artificiels, qu'il s'évadait...

Dans le couloir, Gabriel essuya la sueur froide qui perlait sur son front en s'efforçant d'ignorer la nausée qui envahissait ses entrailles. Il savait que son corps humain était dépendant de l'alcool, de l'opium et de l'absinthe. Il n'en éprouvait d'ailleurs aucun remords. Tout ce qui le dérangeait, c'était le désagrément des symptômes du manque. Il s'adossa au mur et attendit. Trois minutes plus tard – trois minutes qu'il passa les dents serrées à s'échauffer la bile –, un homme sortit en maudissant Madame qui le poursuivait en lui offrant trois filles en échange de celle qu'il venait de perdre.

Gabriel ne le regarda même pas. Il connaissait cette voix plaintive et irritée, mais pas suffisamment pour qu'elle retienne vraiment son attention – et moins encore pour qu'elle lui fasse lever la tête et assembler les morceaux du puzzle, épars dans son esprit tourmenté et perturbé. Il ne laissait pas de s'étonner que Madame ait accédé à sa demande de renvoyer le client inattendu d'Anne. Cela dit, Gabriel dépensait une véritable fortune dans cet établissement. Cela devait faire de lui un client privilégié.

Anne apparut à la porte, en peignoir, ses épais cheveux auburn tombant librement sur ses épaules, ses yeux verts écarquillés, pleins de larmes.

— Vous m'en voulez ? demanda-t-elle d'une voix tremblante dans laquelle l'angoisse était palpable. Madame m'a dit que c'était vous qui le souhaitiez, que vous aviez envie de regarder; je ne savais pas que c'était…

Le mot de colère était loin de suffire pour décrire ce qu'il ressentait. Cependant, il se rendit compte que ce n'était pas vers Anne que se dirigeait sa fureur. C'était une femme simple qui avait toujours aspiré à lui plaire. Madame, en revanche, était manipulatrice. Et Anne n'était sans doute pas suffisamment intelligente pour déjouer ses mensonges même les plus transparents. Il s'étonna tout de même de découvrir qu'il abritait un tel puits de compassion.

N'empêche qu'il était écœuré de ce qu'il avait vu. Alors il lui coupa la parole, un peu rudement.

— Sers-moi à boire, ordonna-t-il.

Il entra en la bousculant et ôta son manteau qu'il jeta sur la chaise devant sa coiffeuse.

La vue des draps froissés attisa sa rage. Sa nuit était gâchée, souillée. L'idée même de s'évader s'était évanouie, cédant la place à la réalité brutale. L'oubli lui échappait toujours. Il s'était dit que, peut-être, ce soir, il dessinerait après avoir bu. La créativité qui le titillait agréablement s'effondra à la vue des draps usés et jaunis, en désordre, tachés.

Il les arracha du lit et les jeta dans un coin de la chambre. La bouche sèche, il ouvrit le col de sa chemise et se laissa tomber dans son fauteuil en soupirant. Il était fatigué en permanence. Son enveloppe humaine protestait contre les abus qu'il lui faisait subir. Mais son plateau était posé à côté de lui. Sa pipe, son verre, sa cuiller l'attendaient. Et la bouteille. Gabriel l'ouvrit et en emplit à moitié le verre. La cuiller, ensuite. Le sucre était déjà posé dessus. Ses mains ne tremblaient plus. Les idées claires, il se concentrait sur la tâche à accomplir. Tout son corps vibrait d'impatience, son cœur battait plus vite. Quand il versa l'eau sur la cuiller, le liquide vert se troubla délicieusement. Un beau nuage se forma, des volutes s'élevèrent et l'absinthe devint d'un blanc laiteux. Tout en mélangeant, fasciné, il craqua une allumette et alluma sa pipe. L'opium le détendait, le plongeait dans une langueur béate tandis que l'absinthe le ramenait à une conscience, à une vigilance éblouissantes. Et les deux associés lui faisaient toucher du doigt la félicité. Tout en tirant sur sa pipe, il vida le premier verre. L'alcool se répandit dans tout son corps, apaisant sa souffrance. Il but le second presque aussi vite. C'est en se servant le troisième, alors qu'un nuage de fumée s'élevait autour de lui et lui brouillait la vue et l'esprit, qu'il se souvint d'Anne et lui fit signe de venir à lui.

Elle s'agenouilla devant lui, lui ouvrit son pantalon et se mit en devoir de caresser sa chair nue tandis qu'il se détendait, les yeux fermés, son verre à la main. Il but encore, cherchant l'acuité, l'assurance, la clarté que lui procurait l'absinthe. Quelle ironie, que ce soit justement des pensées aussi claires, aussi nettes qui lui permettent de s'évader. Gabriel se sentait plus intelligent quand il buvait, plus rationnel, plus décidé. La nuit allait peut-être pouvoir le satisfaire, tout compte fait.

Anne le caressait de ses mains, du bout de la langue, le prenait dans sa bouche humide. Son plaisir vif et éclatant se cristallisait. Grâce à l'opium, à l'absinthe et à Anne, il s'arrachait presque à sa déchéance pour atteindre les sommets de la perfection qu'il avait connue du temps où il était un ange.

Sauf qu'il n'était pas au paradis, ni devant Dieu. Il était assis dans un fauteuil bancal d'une chambre miteuse de Dauphine Street, une chambre comme il y en avait tant à La Nouvelle-Orléans, une chambre où l'on vendait du sexe et où l'on assouvissait des faims de tout ordre pour seize cents seulement. Il aurait dû avoir honte d'être tombé dans un tel gouffre de dépravation, mais il ne s'en souciait plus. Tout ce qui comptait, c'était l'extase médicinale qui courait dans ses veines, battait à ses tempes, cette intensité palpitante que la langue et les doigts d'Anne faisaient naître au creux de son aine en léchant, en suçant sa chair.

Tout ce plaisir, ce désir dévastateur se fondaient en une rigidité, une extrême conscience de soi et le besoin de prendre, de posséder, de tout sentir et de ne rien sentir à la fois, de tout contrôler tout en s'abandonnant. Alors, Gabriel accepta la délivrance physique. Son corps humain émit le témoin visqueux de sa satisfaction dans la bouche d'Anne et il ferma les yeux, se laissa aller en arrière, se redressa, s'affaissa de nouveau, emporté par l'obscurité, l'incohérence, l'oubli.

Quand il se força à rouvrir les yeux, il n'aurait su dire combien de temps s'était écoulé. La bougie sur la table de chevet s'était entièrement consumée, la bouteille était vide, Anne dormait dans son lit. La bouche sèche, il prit son verre et vida les dernières gouttes d'absinthe diluée qui restaient dans le fond. Une odeur aigre régnait dans la pièce, mais il l'ignora. Il n'était pas rare que cela sente mauvais, dans les chambres de la Maison du repos.

Il était détendu, toujours flottant. Malgré l'obscurité qui régnait dans la chambre, son regard perçant suivit le contour familier des meubles de la chambre. Puis il admira la silhouette d'Anne étendue sur son lit, un bras au-dessus de la tête, l'autre nonchalamment abandonné à son côté. Presque tout son corps était dans l'ombre, mais un rayon de lune filtrait à travers les volets cassés pour éclairer son bras libre d'une clarté laiteuse. Sa finesse élégante l'attira, lui donna envie de prendre le carnet et le crayon qu'il gardait à portée de main au cas où l'envie de dessiner le prendrait. Cela ne lui était pas arrivé depuis des mois. Cependant, *Anne au repos* l'inspira. Bientôt, il se mit à faire courir son crayon sur le papier, à toute vitesse, saisissant le lit, la silhouette cachée et ce beau bras éclairé.

Puis il se leva pour étirer ses membres raides et faibles, ignorant la nausée qui ne lui était que trop familière, et il s'approcha de sa maîtresse. C'était une gentille fille, cette Anne. Elle n'avait pas l'outrecuidance de bien des prostituées ordinaires, et elle le supportait avec une patience admirable. Certaines nuits, il lui semblait même qu'elle éprouvait de l'amour – autant qu'elle en fût capable – pour lui. Il le sentait dans son inquiétude, son empressement, sa volonté désespérée de lui plaire. En retour, elle lui inspirait quelque chose qui ressemblait à de la reconnaissance. Pour l'instant, il souhaitait simplement reproduire ses traits, son expression, voir comment son joli visage soucieux se détendait dans l'innocence du sommeil.

Il était encore à près d'un mètre du lit quand le talon de sa botte glissa sur le plancher. Il faillit tomber et se rattrapa de justesse au lit en lâchant un juron. Cherchant du regard la cause de son faux pas, il découvrit une tache noire qui avait l'apparence d'une flaque. Il se pencha pour regarder de plus près tout en avançant la main sur le côté du matelas. Sentant de l'humidité sous ses doigts, il découvrit que la flaque devait provenir du lit car une traînée sur le drap s'écoulait sur le sol.

La bouche en feu, il releva vivement la tête. La chambre tournait autour de lui à cause de l'alcool. En un clin d'œil, il passa du bras parfait d'Anne et de sa main à son visage.

Ou plutôt à ce qui avait été son visage.

Méconnaissable, couverte de sang, sa maîtresse avait la peau lacérée du cuir chevelu à la taille de multiples coups de couteau – un couteau de chasse qui, par moquerie, avait été placé dans son autre main. Sa chemise et de grandes zones de sa chair étaient en lambeaux.

Elle était morte.

La bile lui monta d'un coup dans la gorge et il se détourna pour rendre le contenu de son estomac sur le sol à côté de la tache circulaire de son sang. Le cœur battant à tout rompre, il sentit une foule de sentiments se bousculer en lui – le choc, l'horreur, le regret, la peur. Tout à l'heure, Anne était vivante, toute chaude, désireuse de lui plaire. Et voilà qu'elle était morte. C'était irréfutable. Et monstrueux.

Tailladée tandis qu'il flottait sur le nuage de plaisir de la drogue.

Alors que lui ne pouvait mourir, elle avait été arrachée à la vie, à son enveloppe mortelle avec une brutalité effrayante. Cela, il ne pourrait jamais s'en évader. Jamais l'oublier.

Jamais.

Chapitre un

FIN DES TÉMOIGNAGES DANS LE PROCÈS DU MEURTRE DE JESSIE MICHAELS

Dans une affaire qui apparaît chaque jour plus compliquée, l'accusé, le Dr Rafe Marino, a cité la *Bible*, laissant entendre qu'il avait une influence positive sur elle quand il a été interrogé sur sa relation avec la victime, sa compagne, Jessie Michaels. « Car la grâce de Dieu, source de salut pour tous les hommes, a été manifestée. Elle nous enseigne à renoncer à l'impiété et aux convoitises mondaines, et à vivre dans le siècle présent selon la sagesse, la justice et la piété », a dit le Dr Marino aux journalistes qui l'attendaient hier devant le tribunal.

Intéressant. Gabriel relut deux fois la citation. La référence à Dieu l'avait interpellé. La curiosité le poussa jusqu'à son ordinateur pour relire tous les documents récents concernant l'affaire Michaels.

Les articles en ligne ne manquaient pas. C'était un procès qui avait attiré l'attention des médias de la Floride du Sud-Ouest.

Deux heures plus tard, la curiosité de Gabriel s'était muée en une vive excitation. Les similitudes entre le meurtre de Jessie Michaels et la mort d'Anne étaient saisissantes. Il tenait là son prochain projet, c'était certain.

Et, peut-être, peut-être, aussi le moyen de briser sa malédiction. Évidemment, parler de malédiction était irresponsable. Cela revenait à dire qu'il n'était nullement responsable de la situation dans laquelle il se trouvait. Non, il serait plus exact de parler de châtiment – une ignominie qui, en fin de compte, punissait toutes les femmes qu'il rencontrait. Désastreux dommages collatéraux, elles ajoutaient sans cesse plus de culpabilité au dégoût de soi qui l'oppressait déjà. Certes, il ne retrouverait jamais son envergure d'avant la déchéance, mais il aspirait à la paix. À vivre dans le monde des mortels sans faire souffrir personne, sans les chaînes douloureuses de ses erreurs passées, capable de contrôler ses addictions.

Il fallait qu'il se rachète. Et qu'il trouve des réponses.

Après quelques recherches supplémentaires, Gabriel rédigea un courriel et cliqua sur le bouton « envoyer ».

ACQUITTEMENT DANS LE PROCÈS DU MEURTRE DE JESSIE MICHAELS

Suite à près d'un an d'enquête par le bureau du procureur, le meurtre de Jessie Michaels n'est toujours pas éclairci. En effet, le Dr Rafe Marino – le compagnon de la victime –, trente-deux ans, a été acquitté. Jessie Michaels a été retrouvée morte chez elle le 14 juillet dernier, rendue méconnaissable par de multiples coups de couteau de chasse

> au visage et à la poitrine. Par sa férocité, ce crime a profondément choqué la ville de Naples et donné lieu à une chasse à l'homme sans précédent, avant que l'accusation porte son attention sur le petit ami de la victime, nettement plus jeune qu'elle (rappelons que Jessie Michaels était âgée de quarante-six ans et le Dr Marino de trente et un au moment des faits).

Sara Michaels repoussa son journal sans finir l'article. Elle en avait assez lu. Elle connaissait cette histoire par cœur – et pour cause. C'était elle qui lui avait fait quitter la Floride. Elle avait eu beau assurer à ses amis et à ses collègues qu'elle ne s'installait à La Nouvelle-Orléans que provisoirement, au fond d'elle-même, elle se demandait si elle trouverait jamais la force de revenir.

Elle avait vendu la maison – qui, par chance, avait été achetée dans les années quatre-vingt, avant le boum de l'immobilier en Floride, de sorte qu'elle avait pu en tirer un certain bénéfice malgré l'état actuel du marché et le fait que sa mère ait été assassinée dans la chambre de maître. Elle avait besoin d'argent et cette poire pour la soif tombait à point nommé. Sauf qu'il était atroce de songer que c'était à la perte de sa mère qu'elle la devait. Elle jeta un regard autour d'elle, à la moquette beige fatiguée, aux meubles d'osier que sa mère aimait tant, à la surabondance de plantes vertes et aux bouquets de fleurs séchées qui encombraient les étagères et les murs. Elle avait déjà pris tout ce à quoi elle tenait personnellement et tout ce qui avait une réelle valeur. Son amie Jocelyne s'occuperait de vendre le reste ou de s'en débarrasser avant que les nouveaux propriétaires prennent possession des lieux, dans deux semaines.

Sara n'avait pas pu attendre. Il fallait qu'elle s'en aille. Tout de suite.

Elle remonta la bretelle de son sac sur son épaule et inspira à fond pour réprimer la panique et l'hystérie qu'elle sentait la gagner. S'en aller, c'était une chose. Mais il ne fallait pas céder à l'envie de fuir à toutes jambes Naples, sa vie, le meurtre de sa mère, ses douloureux souvenirs. Elle partait, elle fuyait à La Nouvelle-Orléans, d'accord, mais elle pouvait se rassurer en se disant qu'il était logique d'aller y chercher des réponses. Même si ce n'était pas le principal moteur de sa décision, loin de là.

Elle savait qu'elle se mentait. Et on lui avait dit, pendant sa cure de désintoxication, que c'était une habitude qu'elle devait perdre si elle voulait rester *clean* et s'affranchir du joug des analgésiques et des tranquillisants.

Alors elle voulait prendre un nouveau départ. Maintenant.

Avant de sortir, elle prit le journal sur le canapé et le plia en trois. Mieux valait ne pas laisser cet article en vue, pour que Jocelyne ou quelqu'un d'autre tombe dessus. Cela en disait trop long sur la fragilité de son état d'esprit.

Car le plus gros mensonge qu'elle disait aux autres, mais auquel elle-même ne croyait pas réellement, c'était que ça allait.

Que ça finirait par aller, un jour.

Il ne l'attendait pas. C'était déjà évident, vu la tête impatiente et horrifiée qu'il faisait, devant la grille de sa cour. Et cela se confirma quand il dit :

— Vous n'étiez pas censée venir aujourd'hui.

Sara se balança d'un pied sur l'autre. Ses yeux la piquaient. Elle avait les mains moites. Elle avait roulé deux jours, et passé une nuit blanche dans l'appartement qu'elle avait pris temporairement, trop angoissée pour fermer l'œil. Enfin, elle avait marché dans la chaleur humide de l'endroit où elle s'était garée à l'appartement de Gabriel St. John dans le Quartier français. Elle était épuisée. La grosse enveloppe en papier kraft, dans son sac, pleine de leurs courriels qu'elle avait imprimés, contenait la preuve formelle qu'elle devait venir chez lui jeudi à 13 heures. Autrement dit, maintenant. Alors elle refusait de partir. Et il n'était pas question qu'elle s'excuse, qu'elle se mette à bafouiller ou qu'elle endosse la responsabilité de l'erreur de Gabriel St. John.

— Si, c'est maintenant que nous avions rendez-vous, affirma-t-elle en prenant sur elle pour rester polie.

Non, elle ne soulignerait pas que c'était lui qui avait pris contact avec elle le premier. Ni que c'était lui qui avait suggéré qu'ils collaborent sur ce projet – sans que cela ne lui coûte rien, à lui. Ni que c'était elle qui avait fait plus de mille cinq cents kilomètres afin de l'aider dans l'enquête pour son livre sur un crime réel.

Non, elle ne soulignerait rien de tout cela, quitte à devoir se mordre la lèvre jusqu'au sang pour résister.

Le soleil filtrait dans la cour verdoyante derrière lui, mais il se tenait à l'ombre de la maison, dans un petit passage en brique et, avec ses lunettes de soleil, elle distinguait à peine son visage. Toutefois, le peu qu'elle vit la surprit. Elle l'imaginait plus vieux – sans savoir comment cette idée lui était venue puisqu'ils n'avaient correspondu que par courriel. C'était sans doute l'expérience et la lassitude qu'elle avait senties dans ses mots qui lui avaient donné cette impression.

Elle fut donc étonnée de découvrir qu'il ne devait pas avoir plus d'une trentaine d'années. Au premier regard, il faisait même plus jeune, avec son visage élégant et juvénile. C'était l'un de ces très rares hommes que l'on pouvait qualifier de joli. Il avait des pommettes allongées, des yeux d'un brun profond, des cheveux épais et brillants qui allaient du blond cendré à l'acajou et lui tombaient négligemment en dessous du menton en mèches très fines.

— Nous devions nous voir demain, insista-t-il d'une voix grave qui brisait toute illusion d'innocence et de jeunesse.

Elle y perçut une tension qui révélait des périodes difficiles, des déceptions. Et de l'entêtement.

Elle faillit éclater de rire. Seigneur ! Elle avait l'impression de voir son double masculin dans un miroir. Sans doute aurait-on pu dire exactement les mêmes choses d'elle, en ce moment. Égarée. Distante. Presque amère. Elle ne voulait pas de cette étiquette, pourtant. Elle ne voulait pas sombrer dans ce mécontentement permanent. Même alors qu'elle se sentait tout au bord de perdre le contrôle. Alors, elle se força à sourire et dit, le plus légèrement possible :

— Il y a certainement un malentendu.

Elle sortit de son sac le courriel de Gabriel qu'elle avait imprimé avant de quitter la Floride.

— Le 15 août, à 13 heures, lut-elle. C'est aujourd'hui.

Elle lui tendit la feuille pour qu'il puisse le vérifier de ses propres yeux.

— Le temps a passé vite…, remarqua-t-elle.

Hm. Pas vraiment. Chaque jour avait été une lutte interminable pour ne pas perdre la raison. Mais c'était ce qu'il fallait dire, pour rester socialement correcte. Et pour ne pas envenimer la situation. Ce qu'elle savait parfaitement faire. Avec sa mère, elle avait passé sa vie à marcher sur des œufs, à déminer le terrain avant que tout explose.

Gabriel sembla contrarié de ce qu'il lut. Son visage se contracta et il ne leva pas le nez du courriel pour répondre :

— Je ne suis pas prêt à vous recevoir.

Sara réprima un soupir et ôta ses lunettes. Elle ne s'était pas attendue à tomber sur une diva. Au cours de leurs échanges, Gabriel St. John lui avait fait l'effet d'un écrivain avant tout efficace. Exactement ce qu'il lui fallait. Aucune émotion. Et voilà qu'il se renfrognait, sans raison valable. Uniquement parce qu'il ne savait pas lire un calendrier et qu'il était incapable de noter correctement ses rendez-vous.

— Dans la mesure où je suis venue en voiture de Kenner, où je me suis perdue dans le centre-ville après m'être trompée de sortie et où j'ai fait six fois le tour du quartier pour trouver une place, ne pourrions-nous pas avoir une réunion préliminaire pour discuter du projet ? Je peux revenir demain, mais j'aimerais vraiment commencer à en parler aujourd'hui.

Définir et exposer clairement ses besoins, lui avait-on conseillé, pendant la cure. Il fallait qu'elle cesse de s'attendre à ce que les gens satisfassent ses désirs sans qu'elle les ait exprimés.

— Vous logez à Kenner ? releva-t-il en fronçant les sourcils. Cela ne va pas être très pratique. Je pensais que vous seriez dans le Quartier ou dans le centre. Pourquoi Kenner ?

Parce que c'était la banlieue inoffensive dans laquelle se trouvait l'aéroport et qu'elle s'y sentait plus en sécurité. Elle avait toujours vécu en Floride, au pays du neuf, du propre, du bien rangé et des chaînes de restaurants. La Nouvelle-Orléans lui faisait peur. Sa mère avait eu cette ville en horreur et n'y avait jamais remis les pieds après l'avoir quittée. Sara était pour sa part un peu intimidée, déstabilisée par les maisons miteuses du Quartier, les trottoirs défoncés, le flot des odeurs. Décidément, Kenner valait beaucoup mieux pour sa santé mentale.

Gabriel regarda défiler les émotions sur le visage de Sara Michaels avec une certaine curiosité. Elle n'était pas du tout comme il l'avait imaginée. Dans leurs échanges électroniques, elle s'était montrée efficace et vive, presque brusque, impassible – comme la scientifique qu'elle était. Pourtant, la femme qui se tenait devant lui débordait d'émotions. Ses traits les trahissaient, et ses yeux hagards, ses épaules raides. Petite et menue, blonde, elle avait l'air épuisée, fragile, dans sa robe bleu ciel qui ondulait dans la brise légère. On aurait dit que, tout ce qui l'empêchait de s'effondrer sur le trottoir, c'était la force de sa volonté.

— C'était moins cher, expliqua-t-elle.

Il sut qu'elle mentait, et cela l'intrigua. Elle l'intriguait depuis l'instant où il lui avait ouvert la grille, et c'était dangereux. S'il témoignait de l'intérêt – sous quelque forme que ce soit – à une femme, elle réagissait avec un enthousiasme qui virait bientôt à une adoration aussi pitoyable qu'obsessionnelle, adoration qui l'horrifiait et le culpabilisait tandis qu'elle les laissait, elles, le cœur brisé, mortes de honte. Susciter ainsi involontairement l'obsession des femmes était le châtiment de sa déchéance. Alors il se refusait à témoigner autre chose à Sara qu'une vague attention professionnelle, de peur de la soumettre à cette torture.

S'il avait su comment elle était, physiquement, s'il avait vu la douleur qui flottait dans ses yeux, il ne lui aurait jamais demandé son aide pour ce projet. Hélas, il était trop tard, maintenant. Elle était là, il n'avait plus le choix. Alors inutile de se conduire aussi grossièrement. Rien n'était de sa faute. Elle ne méritait pas tant d'animosité.

— Voulez-vous monter une minute, proposa-t-il en s'effaçant pour la laisser entrer. Excusez-moi de m'être trompé de jour.

À son petit sourire amusé, il comprit qu'elle savait combien reconnaître qu'il avait tort lui était difficile. L'orgueil était l'un de ses nombreux défauts. Car il en avait beaucoup.

— Merci, dit-elle.

En montant l'escalier qui menait à son appartement au second étage, Gabriel songea qu'il avait bien peu l'habitude des tête-à-tête, qu'ils soient personnels ou professionnels. Il communiquait surtout en ligne et écrivait dans la solitude. Il évitait les gens. C'est sans doute pourquoi il se sentait si mal à l'aise, à marcher devant Sara Michaels, pourquoi il était aussi troublé par son souffle, son parfum, son bras, à la limite de son champ de vision, et ses doigts qui caressaient la rampe en montant.

Il était déterminé, farouchement, à la limite du désespoir, à résoudre le mystère du meurtre d'Anne. Alors, s'il le fallait, il était prêt à supporter l'inconfort que lui causait la présence de Sara Michaels pour obtenir les informations qu'elle pouvait lui apporter.

Il allait se retourner quand elle poussa un cri de surprise.

— Ça va ? s'inquiéta-t-il.

Elle s'était arrêtée et se cramponnait à la rampe, si fort que ses phalanges blanchissaient.

Elle fit oui de la tête en prenant une longue inspiration.

— J'ai raté une marche. Elles sont en pente et mon pied a glissé, expliqua-t-elle.

— Désolé, fit-il. C'est une vieille maison. Tout est un peu de guingois.

En la regardant se ressaisir, se calmer, Gabriel sentit renaître cette étincelle d'intérêt. Il ne voulait pas de cela. Il ne pouvait pas se laisser aller. Sauf que Sara avait les yeux cernés et qu'elle était venue de Floride pour travailler avec lui sur un livre obscur racontant un crime réel, dans lequel il essayait de résoudre un meurtre qui remontait à un siècle et demi grâce aux techniques de la médecine légale moderne. Elle avait une histoire, c'était manifeste. Et, malgré sa méfiance et ses craintes, il voulait la connaître. Pour être tout à fait honnête, il s'intéressait à elle depuis qu'il avait découvert le meurtre de sa mère, d'une rare violence, à l'occasion de ses recherches habituelles d'un fait divers pouvant lui fournir un sujet de livre. Car Sara était à la fois la fille de la victime, Jessie Michaels, et médecin légiste, ce qui teintait l'affaire d'une horrible ironie. Les informations qu'il avait glanées sur Internet et dans des articles lui avaient appris qu'elle avait interrompu son activité professionnelle depuis près d'un an. Et elle n'avait pas hésité à quitter la Floride à sa demande. Il voulait savoir pourquoi.

— Depuis combien de temps habitez-vous ici ? s'enquit-elle.

Cent cinquante ans, moins une cinquantaine d'années car il avait dû s'éloigner de temps à autre pour éviter d'éveiller les soupçons. Mais elle ne le croirait pas.

Elle se remit à monter; il en fit autant.

— Dix ans, répondit-il.

— Vous vous plaisez, ici ?

Gabriel ouvrit la porte du palier du deuxième étage en haussant les épaules.

— Oui, oui.

Il ne s'était jamais vraiment posé la question. Il était bien dans cet appartement, sans doute. Pour raccourcir son châtiment, il devait rester lié à La Nouvelle-Orléans, et cet endroit en valait bien un autre. Il n'avait jamais envisagé de déménager. Mais était-ce parce que cet environnement lui convenait réellement ou par manque d'ambition ? Il n'aurait su le dire.

— Qui habite au premier étage ?

— Un type.

Elle le regarda bizarrement, deux marches en dessous de lui.

— D'accord, mais qui est-ce ? Que fait-il ? Quel âge a-t-il ?

— Je ne sais pas. La quarantaine, sans doute. Mais je ne le connais pas vraiment.

Et cela lui convenait parfaitement. Les autres habitants de la maison le laissaient tranquille et il en faisait autant. Cependant, sa réponse perturba visiblement Sara qui fronça les sourcils. Tant que l'on restait dans le domaine professionnel, les interviews, les recherches d'informations, il n'avait pas de problème. En revanche, les relations personnelles, ces conversations faites de petits riens et destinées à mieux se connaître restaient pour lui un obstacle presque infranchissable. Franchement, cela n'avait jamais été son fort, même au début du XIXe siècle, avant que l'alcool et la drogue s'adjugent presque toute son attention. Il avait toujours été plus à l'aise dans la pratique solitaire de la musique, de la peinture, de l'écriture. Toutefois, à l'époque, il essayait encore. Aujourd'hui, en revanche, il n'avait presque plus jamais besoin de dépenser l'énergie qu'il fallait pour tenter d'être normal.

Là, maintenant, c'était horriblement difficile. Il regrettait amèrement son envie initiale de travailler avec Sara Michaels. Il avait commis là une belle erreur de jugement, en prenant un raccourci qu'il aurait dû éviter.

— Quelle belle couleur ! commenta-t-elle quand elle entra à sa suite, en désignant les murs du salon peints en vert. Si vivante…

Il lui avait fallu deux semaines et six nuances de vert et de jaune pour obtenir ce mélange acidulé, cette teinte parfaite de citron vert. C'était drôle qu'elle le remarque parce que c'était la première fois en cent ans qu'il s'était autorisé à toucher un pinceau, à explorer le mariage des couleurs, à permettre à la création d'apporter de la joie et de la satisfaction dans sa vie. C'était une espèce de célébration – celle de l'espoir de pouvoir s'acquitter enfin de sa dette envers l'âme d'Anne s'il résolvait son meurtre. C'était la vivacité de cette couleur qui lui avait plu, et la façon dont elle reflétait la lumière du soleil dans toute la pièce.

— Merci, dit-il. J'avoue que je l'aime bien.

— Vous travaillez chez vous ? s'enquit-elle en regardant autour d'elle, désinvolte mais curieuse.

— Oui.

Cette façon qu'elle avait d'observer, d'examiner ses affaires le mettait mal à l'aise.

Personne ne venait jamais chez lui. Il se sentait envahi, dérangé. Il aurait dû lui proposer de la retrouver au bar d'un hôtel, ou dans un café. Il s'énervait de ne pas savoir comment se tenir, de ne pas savoir quoi faire de ses mains, d'être incapable d'entretenir et de diriger la conversation. Alors, il sentit l'envie de boire le gagner. Il ne connaissait que trop bien les symptômes : la bouche sèche, la poitrine oppressée, cet insidieuse petite voix qui lui murmurait que tout serait plus facile avec un verre de whisky.

Sauf que cela faisait soixante-quinze ans qu'il n'avait touché ni à la drogue ni à l'alcool. Il n'allait pas succomber au chant de sirène de cette fausse logique qui voulait le faire trébucher et l'entraîner à nouveau dans les affres de la dépendance.

— Attendez, je vais imprimer le plan de travail que j'ai établi pour ce projet, déclara-t-il pour raccrocher son esprit à autre chose qu'à l'envie de boire. Comme cela, vous pourrez y jeter un coup d'œil et nous nous verrons demain. Asseyez-vous, je reviens.

Il se rendit dans son bureau, pressé de s'éloigner de Sara. Sauf qu'elle le suivit. Il s'en rendit compte aussitôt en entendant le frottement de ses sandales sur le plancher, au bruissement de sa robe, au mouvement de l'air derrière lui, à son parfum étrange dans la composition duquel il lui semblait qu'il entrait de la cannelle. Il l'ignora et se pencha sur son ordinateur et ouvrit ses documents. Puis il chercha le plan de travail et cliqua sur « imprimer ». Tout en attendant que le papier sorte de la machine, il risqua un coup d'œil à Sara.

Elle tournait sur place en regardant ses tableaux blancs et ses tableaux d'affichage couverts de coupures de presse, de chronologies, de dates clés. Puis elle avisa le croquis d'Anne et se dirigea droit vers lui, la main levée comme pour le toucher. Mais elle se retint.

— C'est elle ? Anne Donovan ?

— Oui, se força à répondre Gabriel malgré la culpabilité qui lui serrait la gorge.

Il ne regarda pas le dessin. Il en connaissait chaque trait, chaque nuance, chaque tache de fusain.

— Elle est belle… Il y a quelque chose… je ne sais pas… comme de l'espoir, dans ses yeux.

Quelle cruelle ironie que ce soit justement Sara qui le remarque… Oui, Anne avait retrouvé l'espoir, dans les mois qui avaient précédé sa mort. Gabriel avait dû le sentir, puisqu'il l'avait saisi dans les esquisses et les portraits qu'il avait pu faire d'elle. Toutefois, sur le moment, il n'en avait pas réellement conscience. Tout ce à quoi il faisait attention, c'était à la satisfaction et au plaisir qu'il trouvait à prendre son opium et son absinthe en sa présence.

— C'est incroyable, quand on pense à la vie qu'elle a vécue…, commenta-t-il.

— Sa vie de prostituée, vous voulez dire ?

— Oui. C'est extraordinaire d'avoir réussi à continuer à espérer.

Ce n'est pas comme si lui-même avait pu être pour elle une consolation ou un espoir. Il avait encore du mal à comprendre ce qu'elle lui trouvait.

— Mon Dieu, oui, je comprends, fit-elle dans un souffle.

Puis elle se retourna, les joues rosies, comme si elle se rendait compte qu'elle venait d'en révéler un peu trop sur elle. Elle se racla la gorge.

— Alors, comment procédez-vous, pour un livre comme celui-ci ? Un meurtre qui a eu lieu il y a cent cinquante ans... Par où commencez-vous ?

Comme pour tous ses autres livres, même si celui-ci était plus personnel.

— On commence par le meurtre, expliqua-t-il. C'est ce qui éveille l'intérêt du lecteur. Ensuite, une fois qu'on l'a choqué, qu'on a son attention, on revient au décor.

— Au décor ?

— Oui, on plante le décor de la scène du meurtre. En l'occurrence, on décrit la vie d'une prostituée à La Nouvelle-Orléans en 1849. On remonte la chronologie et l'emploi du temps des différentes parties concernées. On présente les personnages.

— Je ne sais pas si mon cerveau fonctionne de cette façon, avoua-t-elle. Je ne sors pas de mon laboratoire. Je passe mon temps à examiner des lames au microscope. Et ce ne sont pas des personnages, ajouta-t-elle en croisant les bras. Ce sont des gens. De véritables êtres humains qui ont vécu et sont morts.

— Je le sais.

Il luttait chaque jour contre ce poids qui menaçait de l'écraser.

Il sortit le plan de travail de l'imprimante et le tendit à Sara. Il voulait qu'elle s'en aille, qu'elle sorte de son espace, qu'elle s'éloigne de sa culpabilité et de son dégoût de soi.

— C'est pour cela que j'écris les livres que j'écris, ajouta-t-il tout de même. Nous cherchons tous les deux à élucider un meurtre, n'est-ce pas ? Vous, celui de votre mère, et moi, celui d'Anne Donovan. Pour cela, il faut de la logique – ce dont une scientifique comme vous ne manque pas. Mais il faut également comprendre les protagonistes de l'affaire et le monde dans lequel ils ont vécu.

Elle prit la feuille en hochant lentement la tête.

— C'est vrai. Je comprends. Mais je veux que vous me promettiez que, quoi que vous écriviez, vous ne traiterez pas le meurtre de ma mère comme un feuilleton croustillant.

Désolé de sentir sa peine, s'en voulant encore, parce que c'était lui qui avait rouvert ses blessures, Gabriel lui parla doucement.

— Je n'en ai nullement l'intention, Sara, promit-il. Ce que je veux montrer, c'est comment la médecine légale, l'ADN, peuvent aider à faire la lumière sur un crime. Si je résous le meurtre d'Anne, cela pourra aider à élucider celui de votre mère et – si l'on s'y prend bien – à faire condamner le coupable. Mais je veux également montrer que, au bout du compte, c'est le facteur humain qui détermine si un crime va ou non être élucidé et si quelqu'un va être mis derrière les barreaux. Il me semble que ni la police ni la justice n'ont fait leur travail et, vis-à-vis de vous comme vis-à-vis de votre mère, cela me semble injuste.

Il n'aurait pas dû énoncer les choses aussi crûment, se reprocha-t-il en la voyant pâlir.

Elle regarda son classeur encombré de documents, les piles de papiers sur son bureau, sa bibliothèque qui débordait de références.

— Je sais que vous auriez pu faire cela sans moi, observa-t-elle. Je sais que vous n'aviez pas besoin de mon autorisation. Cela m'écœure, mais l'affaire est dans le domaine public. Alors j'apprécie beaucoup que vous ayez pris contact avec moi. Mais, en même temps, je ne peux pas m'empêcher de me demander pourquoi vous l'avez fait. Il aurait été plus simple pour vous de travailler seul en faisant appel à un médecin légiste indépendant.

C'était une question légitime qu'il s'était posée bien des fois depuis qu'il était entré en contact avec Sara et lui avait demandé de travailler avec lui. Surtout maintenant qu'elle se trouvait dans son bureau, si belle, déchirée par le chagrin et la détermination.

— Si je vous ai demandé de collaborer à ce projet, c'est en partie parce que j'ai besoin de vos compétences techniques, mais aussi parce que je tiens à respecter vos sentiments et à m'assurer que je présente les choses d'une façon qui ne vous blesse pas. Et puis la ténacité de quelqu'un qui est directement impliqué me sera utile.

Maintenant, c'était elle qui semblait avoir envie de disparaître. Elle fit même un pas vers la porte.

— Je suis directement impliquée. Hélas.

Il n'avait pas voulu lui retourner le fer dans la plaie. Il avait au contraire voulu la rassurer, lui faire comprendre qu'il comptait respecter ses sentiments, la nature personnelle de la mort de sa mère qui était, en outre, relativement récente. Mais il était parvenu à la bouleverser, malgré lui. Il se frotta le menton sans savoir que dire. Décidément, il manquait de savoir-vivre. Frustré, il laissa sortir ce qu'il pensait.

— Je ne sais pas ce que vous voulez que je vous dise.

— Je ne sais pas non plus, reconnut-elle en secouant la tête. Je ne sais pas. Et j'ai accepté de mon plein gré de participer. Je ne devrais pas vous mettre sur la sellette comme cela.

— Ça va aller, assura-t-il. Je suis certain que nous allons bien travailler ensemble. À demain, à 13 heures. Ici.

C'était très certainement une erreur, mais tous ses documents étaient ici, au bureau. Et, s'il se laissait intimider par une petite blonde fragile, il n'était ni un homme ni un ange déchu. Il était pathétique.

Elle hocha la tête, serrant le plan de travail et son sac dans sa main, et recula encore d'un pas.

— Permettez-moi de vous raccompagner, la pria-t-il.

Ses manières du XVIIIe siècle enfouies sous un siècle de solitude reprenaient déjà le dessus. Avec l'impression qu'il maîtrisait la situation. Oui, il allait y arriver.

— Non, non, ce n'est pas la peine. Merci. Au revoir, ajouta-t-elle après un dernier coup d'œil au dessin d'Anne.

Sur quoi elle disparut et il resta le regard perdu dans les yeux suppliants de sa maîtresse morte depuis si longtemps, représentée ici par sa main et, peut-être, tuée par cette même main.

Au bout de quelques pas dans Royal Street, Sara avisa un café dans lequel elle entra aussitôt. Elle avait besoin de boire un thé glacé et de se poser une minute pour se reprendre. Elle ne s'attendait pas à ce que ce soit aussi difficile, à se sentir aussi mal à l'aise en présence de Gabriel. Il paraissait devoir faire de gros efforts pour lui parler, comme si faire la conversation lui était extrêmement pénible. En revanche, il lui semblait qu'il la transperçait, la déshabillait de son regard brun sous lequel elle se sentait nue, vulnérable, faible.

Or cette impression de faiblesse était une chose qu'elle ne supportait pas. Elle ferait mieux de laisser tomber, d'abandonner cette quête grotesque tout de suite, d'oublier le passé et de se concentrer sur le présent. Et même l'avenir, bon sang. Mais elle ne le ferait pas. Elle le savait. Il lui fallait des réponses, songea-t-elle en dévissant le bouchon de sa bouteille de thé glacé. Il fallait qu'elle sache qui avait tué Anne Donovan. Et qui avait tué sa mère. Qu'elle sache si, d'une façon aussi étrange, incroyable et folle que possible, ces deux meurtres étaient liés.

Son téléphone sonna. Elle le prit en allant s'asseoir au fond du café pour ne déranger personne. L'heure du déjeuner était passée si bien qu'il n'y avait plus grand monde. Seuls quelques rares clients travaillaient sur leur ordinateur portable en sirotant leur boisson. L'écran de son portable affichait un numéro de Floride qu'elle ne connaissait pas.

— Allô ?

— Bonjour, Sara. Comment ça va ?

Son estomac se noua. Rien qu'à entendre sa voix, elle se sentait coupable.

— Rafe ?

— Oui. C'est moi. Je suis rentré chez moi depuis ma libération. Je voudrais te voir… Je m'inquiète pour toi. Tu es chez toi ? Je passe t'apporter à dîner.

Sa voix semblait chargée d'inquiétude.

— Merci, mais ça va, assura-t-elle. Il ne faut pas que tu t'inquiètes pour moi.

Là, elle exagérait peut-être. Dieu sait qu'elle avait besoin que quelqu'un s'inquiète pour elle. Mais ce n'était pas à lui de porter ce poids.

Et puis elle avait honte d'avoir été une telle épave, d'avoir été totalement incapable de le soutenir durant le procès. Même quand elle avait tenté de prendre sa défense, à la barre des témoins, le procureur l'avait massacrée. Il l'avait manipulée, avait tourné tout ce qu'elle disait de façon à donner l'impression que Rafe et elle étaient amants, que la relation qu'il avait avec sa mère était une couverture, une arnaque, jusqu'à ce qu'elle ait si peur de se retrouver sur le banc des accusés avec lui qu'elle se taise complètement.

En gros, elle l'avait laissé tomber. Elle l'avait abandonné à son triste sort d'accusé d'un crime qu'il n'avait pas commis, obligé de se défendre seul – et, maintenant, il voulait lui apporter à dîner. Décidément, il valait bien mieux qu'elle.

— Toi, comment vas-tu, Rafe ? lui demanda-t-elle. Est-ce que la presse te laisse un peu tranquille ?

Elle but une gorgée de thé et se massa la tempe de sa main libre. Elle ne pouvait pas fuir. Il fallait qu'elle rassemble, qu'elle analyse et qu'elle classe toutes ses émotions, sa culpabilité, sa peur.

— Aujourd'hui, cela n'a pas été trop mal, répondit-il. Personne n'a campé sur ma pelouse. En revanche, ces trois dernières semaines… j'aurais pu m'en passer.

Il parlait d'un ton léger qui aurait dû la réconforter mais qui ne faisait que lui rappeler combien il était plus fort qu'elle. Cette année, ils avaient vécu l'enfer, tous les deux, de différentes façons. Mais lui s'était relevé avec sa gentillesse, son charme et son humour intacts. Il envisageait de s'installer sur la côte Ouest et rouvrir un cabinet médical loin du cirque médiatique de la Floride du Sud-Ouest. Il ne semblait même pas amer d'avoir passé six mois à moisir en prison pendant qu'on traînait son nom dans la boue.

Elle, au contraire, s'était effondrée sous le poids de la mort de sa mère et avait sombré dans la dépendance aux tranquillisants. Maintenant, à La Nouvelle-Orléans, elle tentait de retrouver un lien fugace avec la jeunesse de sa mère. La culpabilité et les doutes qu'elle ne connaissait que trop bien l'assaillaient de nouveau, mais elle luttait pour les repousser. C'était un nouveau départ.

— Je suis désolée de ne pas avoir été là pour toi. De ne pas t'avoir soutenu. Sincèrement, assura-t-elle.

— Je comprends.

Elle savait que c'était vrai.

— J'ai quitté Naples, lui apprit-elle.

— C'est vrai ? Mais pourquoi ? Où es-tu ?

— J'avais besoin de m'en aller. Je reviendrai bientôt. Tu peux me joindre sur mon portable si tu as besoin de parler.

Elle ne voulait révéler à personne ce qu'elle faisait. Se rendre dans la ville où sa mère avait passé son enfance, cela sentait un peu fort le besoin de consulter. Et, si elle lui parlait du livre, il penserait qu'elle avait carrément perdu la tête. Se raccrocher à un semblant d'espoir scientifique pour résoudre un meurtre que la police considérait comme insoluble…

— Sara… où es-tu ?

Il paraissait inquiet.

Et il avait peut-être raison.

— Ne t'en fais pas. Ça va. Je rentre bientôt.

Peut-être. On verrait bien le moment venu.

— Prends soin de toi, ajouta-t-elle. Et, surtout, préviens-moi si tu quittes Naples. J'aimerais te revoir avant que tu partes sur la côte Ouest.

— D'accord.

Il marqua une pause et soupira avant de conclure :

— Bon courage, Sara.

— Merci. Toi aussi.

— Je vais porter des fleurs à Jessie. Je peux lui apporter quelque chose de ta part ?

Cette proposition lui fit l'effet d'une gifle. Elle sentit les larmes lui monter aux yeux et prit sur elle pour les retenir. Pour ne pas craquer dans le café.

— Volontiers. Apporte-lui des œillets, tu veux bien ? D'une couleur complètement déjantée.

Les œillets avaient toujours été une source de disputes entre elles. Sara soutenait qu'ils manquaient de classe, que c'étaient des fleurs bon marché tout juste bonnes à faire du remplissage. Mais sa mère les aimait. Peut-être précisément pour cette raison. Et elle les appréciait tout particulièrement dans des bleus, des verts, des roses si vifs qu'ils étaient l'œuvre d'une teinture et non de la nature.

— D'accord, accepta-t-il. Promets-moi de me donner de tes nouvelles.

— Oui. Je t'appelle bientôt. Au revoir.

Sara raccrocha avant que Rafe entende trembler sa voix.

Puis elle se surprit à fouiller dans son sac pour en sortir l'enveloppe en papier kraft. Elle feuilleta rapidement le contenu et s'arrêta à la photocopie d'un article de journal.

POIGNARDÉE À MORT !

Le titre tapageur allait à l'essentiel. Sara avait toujours cru que la couverture par les médias des meurtres et autres crimes était devenue plus racoleuse à l'époque de la télévision puis d'Internet. Mais, d'après ce qu'elle avait vu de l'affaire Anne Donovan, les journalistes du XIXe siècle ne valaient guère mieux.

> Le 7 octobre 1849 – Anne Donovan, 23 ans, une malheureuse femme de petite vertu, a été retrouvée ASSASSINÉE dans son lit de la Maison du repos des hommes las, maison de jeu et lieu de

> débauche de Dauphine Street. Les dix-sept coups de couteau de chasse qu'elle a reçus l'ont laissée défigurée, la poitrine mutilée. La violence de ce crime a choqué même l'insensible Mme Conti, qui a envoyé une fille chercher le coroner dès qu'elle a appris le décès de la victime. Le dernier à avoir vu Mlle Donovan vivante est M. Jonathon Thiroux, son AMANT, qui affirme qu'il n'a rien vu ni rien entendu alors qu'il se trouvait dans sa chambre au moment du meurtre. Il n'a été sujet à aucune arrestation et l'on est en droit de se demander, mesdames et messieurs, si notre bonne ville est réellement tombée aussi bas. Les meurtres sont-ils donc si courants, les riches ont-ils le bras si long que la police ne se donne même plus la peine d'enquêter sur un crime aussi atroce ? Si Mlle Donovan avait été assassinée à une adresse plus prestigieuse, justice aurait-elle été faite ?
>
> C'est peut-être une question à poser à monsieur le maire.

À l'évidence, le journaliste s'était servi du meurtre d'Anne Donovan pour mettre sur le tapis des griefs politiques. Mais toute l'attention que l'on pouvait attirer sur cette affaire était sans doute positive, songea Sara. Plus il y avait eu d'articles, de comptes rendus d'audience, de documents, de preuves matérielles amassées, plus il y avait de chances qu'une partie au moins ait traversé les décennies et puisse leur servir, à Gabriel St. John et elle, à élucider ce crime. Cela comptait beaucoup pour elle, car, si elle devait ne jamais voir l'assassin de sa mère derrière les barreaux – contrairement à ce qu'affirmait Gabriel, c'était plus que probable –, elle se consolerait un peu en sachant qu'elle avait fait la lumière sur le meurtre de son arrière-arrière-arrière-grand-mère.

Dans sa famille, quatre générations de femmes avaient été sauvagement assassinées, d'Anne Donovan à sa mère. C'était une peur qui la hantait depuis toujours, qui planait au-dessus de toutes ses décisions et ses projets à long terme, celle de mourir jeune, tuée par un inconnu. Sa mère s'en était moquée, n'en avait tenu aucun compte.

Et voilà qu'elle était morte.

Maintenant, Sara craignait plus que jamais d'être la prochaine sur la liste.

Chapitre deux

Gabriel était de bien meilleure humeur quand Sara Michaels se présenta à 13 heures tapantes le lendemain. Il était sorti marcher, la nuit précédente, dans Frenchman Street, jusqu'à l'autre côté de Rampart Sreet et Louis Armstrong Park. Il avait profité de l'air plus frais de la nuit, content, pour une fois, d'être immortel et de pouvoir se promener dans des endroits trop dangereux pour le commun des mortels à la nuit tombée. Sombre et désolé, le parc était l'endroit par excellence où se faire agresser, mais Gabriel appréciait la solitude qu'il lui offrait. Si tout le monde s'en tenait éloigné, il était certain de pouvoir y marcher seul.

Il avait passé toute sa vie sur terre à marcher seul. Ce n'était pas sa mission, pourtant. Il avait été envoyé comme veilleur. Comme guide. Pour protéger les hommes. Mais il avait échoué sur toute la ligne et il savait désormais qu'il n'y aurait pour lui ni pardon ni rédemption. Jamais il ne pourrait se racheter suffisamment pour compenser le mal qu'il avait fait. Cependant, il voulait au moins essayer pour Anne.

Sa vie sans substance chimique était déjà un triomphe en soi, un objectif atteint, mais il continuait de lutter pied à pied contre la tentation de retomber dans la béatitude, le brouillard où il était tellement intelligent, où tout était facile, calme. Cette lutte l'épuisait déjà et il ne lui restait pas de force pour tracer un chemin vers la rédemption. C'était pourquoi il n'avait jamais essayé de se colleter avec la vérité, concernant Anne, pourquoi il n'avait jamais voulu savoir si c'était lui qui l'avait tuée.

Aujourd'hui, cependant, la vérité, il était prêt à la regarder en face. Et, même s'il ne voulait ni ne pouvait chercher la véritable rédemption, celle qui lui ferait retrouver sa place au royaume de Dieu, il voulait être délivré de son châtiment. Il voulait être plus qu'un veilleur. Il voulait participer à l'humanité. Or, pour l'instant, cela lui était impossible car toutes les femmes qu'il touchait devenaient dépendantes de lui comme d'un opiacé. Toutes sombraient dans le désespoir quand elles découvraient qu'il ne pouvait pas leur donner davantage que ce qui ne leur suffisait jamais. Il avait donc choisi de s'isoler totalement plutôt que d'infliger ce destin à aucune femme. Sauf que, maintenant, les choses avaient changé. Il ne voulait plus être seul. Et il voulait être délivré.

Il lui semblait que la clé de son avenir résidait peut-être dans le passé.

Malgré leur rencontre un peu chaotique, c'est avec un optimisme prudent qu'il fit entrer Sara dans la cour et que, pour la seconde fois, il monta devant elle l'escalier qui menait chez lui. Il s'était rendu compte que leur collaboration pourrait leur être bénéfique à tous les deux. Ils souhaitaient tous deux résoudre des meurtres qui les touchaient personnellement et ce serait plus facile si l'autre était là pour servir de tampon. Chacun pourrait se concentrer sur l'affaire qui le concernait le moins avant de comparer les deux, ce qui leur permettrait de se retenir, de conserver une certaine mesure de logique et de contrôle. Il n'avait jamais étudié les documents relatifs au meurtre d'Anne de crainte d'y trouver la preuve irréfutable que c'était lui qui l'avait tuée. Aujourd'hui, le moment n'aurait pu être mieux choisi. Et il y avait plus en jeu que le simple fait de l'innocenter ou de l'absoudre.

Désormais, il y avait la mère de Sara. Et le besoin impérieux d'arranger l'avenir de sa longue existence tellement imparfaite.

Il ne méritait pas nécessairement d'avoir de la compagnie, mais il en avait envie. Dans certaines limites. Sans laisser Sara devenir trop proche de lui ou prendre trop de place dans sa vie. Ce ne serait pas facile, mais il voulait essayer. Cela devrait suffire à l'avertir du danger, à lui signaler qu'il recherchait de nouveau le frisson, qu'il abandonnait le bon sens au profit de son intérêt personnel. Mais Sara semblait inoffensive et il se contrôlait comme jamais il ne s'était contrôlé auparavant. Il était plus fort, désormais; il pouvait tout affronter.

Sara paraissait fatiguée, plus encore que la veille. Ses épaules s'affaissaient et sa tête pincée trahissait sans doute un violent mal de tête.

— Vous n'avez pas bien dormi ? lui demanda-t-il en la faisant entrer dans son bureau.

Elle se laissa tomber sur le divan sans hésiter quand il lui fit signe de s'asseoir.

— Je n'ai pas réussi à dormir, avoua-t-elle.

— Vous aviez bu beaucoup de café ?

Son éditrice se plaignait de ne pas supporter la caféine après 19 heures. Il ne prenait donc sans doute pas grand risque à lui faire cette réponse.

— Non. Vous en jouez ? lui demanda-t-elle en se retournant vers le salon.

— De quoi ?

Il suivit la direction de son regard et de son geste sans comprendre tout de suite. Puis il comprit. Elle parlait de son piano, un demi-queue, qui prenait poussière dans le coin gauche.

— Du piano. Vous en jouez ?

Jamais.

— J'en jouais, autrefois. Mais plus maintenant. Mais celui-ci est dans la maison depuis sa construction. Il a même été apporté pendant la construction, parce que, ensuite, il ne serait pas passé par les petites ouvertures. Il est donc impossible de le sortir sans le casser.

Un peu comme lui.

— Pourquoi n'en jouez-vous plus ? s'enquit-elle en plongeant ses yeux tristes et las dans les siens.

Ce n'était pas la caféine qui faisait perdre le sommeil à Sara Michaels, comprit-il. C'était l'inquiétude. Il sentit son intérêt renaître, sa curiosité persistante le titiller et, sans bien savoir pourquoi, il lui dit la vérité. Les mots lui échappèrent avant qu'il ait pu se demander s'il était bien sage de les prononcer.

— Je n'entends plus de musique, avoua-t-il.

— Oh…, fit-elle en fronçant les sourcils. Je suis désolée… ce doit être très triste… je ne voulais pas…

Elle rougit, visiblement peinée.

— Ce n'est pas grave. Vous ne pouviez pas savoir.

C'était vrai, cependant. Il n'entendait plus de musique dans sa tête, dans son cœur ni dans son âme. Le silence avait tout envahi. Ses doigts ne le démangeaient plus de l'envie de dessiner, de saisir la lumière et les silhouettes autour de lui, les notes ne chantaient plus dans son esprit, les mots ne demandaient plus à sortir sur le papier.

— Cela ne me manque pas, affirma-t-il.

Cela, en revanche, il n'était pas sûr que ce fût vrai. Mais Sara semblait avoir besoin d'être rassurée.

— Et vous ? Le laboratoire vous manque ?

Elle appuya le menton dans sa main et se pencha en avant, les coudes sur les genoux. Dans une autre robe légère, elle dégageait la même impression de féminité et de fragilité que la veille.

— Pas pour l'instant, non. Cela m'inquiète, d'ailleurs. Il y a près d'un an que je suis en congé. Cela devrait me manquer davantage.

— C'est peut-être quand vous y retournerez que vous vous rendrez compte que cela vous a manqué plus que vous ne le pensiez.

— Peut-être, fit-elle sans beaucoup plus de conviction que lui. Vous aussi, alors, vous savez. Peut-être que, si vous jouez, vous vous rendrez compte que cela vous manque.

Comme il ne répondait pas, elle se redressa.

— Alors, demanda-t-elle, que voulez-vous que je fasse, pour le projet ? Quelle est ma première mission ?

Le travail. C'était bien. Il fallait s'en tenir à cela. Cela permettait de garder des distances; c'était sans risque. Si ce n'est que ce travail reposait sur sa culpabilité – et le besoin de l'apaiser – ainsi que sur le désir de faire justice pour Anne, qui n'avait pas mérité de mourir.

— Il faut d'abord que vous preniez connaissance des principaux éléments de l'affaire, suggéra-t-il. Ensuite, j'aimerais que vous me fassiez part de votre interprétation des preuves médico-légales à mesure que nous les réunirons. C'est moi qui écris le livre, mais j'ai besoin que vous évaluiez les preuves anciennes et que vous déterminiez s'il est possible d'appliquer des techniques modernes sur celles qui pourraient encore exister. Il faut que nous mettions en évidence la différence que cela fait d'utiliser la médecine légale en comparant l'ancienne affaire et celle d'aujourd'hui. La plupart des documents n'ont même pas encore été étudiés. Il faut que nous suivions les indices et que nous tentions de démêler entièrement les deux affaires.

— Pourquoi écrivez-vous sur de véritables faits divers ? voulut-elle savoir. J'ai lu la liste de vos ouvrages. Vous en avez écrit dix. Comment cela vous est-il venu ?

— Oh, comme ça, répondit-il, impassible.

Il ne savait même pas pourquoi il s'intéressait aux crimes violents ni pourquoi il écrivait des livres dessus. Peut-être à cause de toutes les émotions négatives qui les sous-tendaient ? Peut-être pour se punir ?

— C'est un peu comme de faire des puzzles, ajouta-t-il. Et ça me permet de payer le loyer.

Il lui tendit un dossier dans lequel il avait réuni des documents utiles le matin même.

— Allez-y. Lisez cela.

Sara prit la chemise que lui tendait Gabriel et chercha son regard. Mais il l'évita. Alors elle se rassit sur le divan avec les papiers.

Il lui semblait avoir l'esprit complètement embrumé, le corps éreinté à cause du manque de sommeil. Elle avait passé quatre heures au lit à fixer le plafond de son triste appartement de location avant de renoncer et de se mettre à naviguer sur la Toile jusqu'à l'aube. Vers 10 heures, elle avait fait une sieste d'une heure. Au total, elle n'avait pas dû dormir plus de six heures ces trois derniers jours.

La chemise contenait le rapport de police concernant le meurtre d'Anne Donovan. L'écriture était difficilement lisible et la photocopie quelque peu piquée. Mais Sara parvint à déchiffrer l'essentiel.

7 octobre 1849

Deuxième district

Nom de la défunte : Anne Donovan

Résidant au 25, Dauphine Street, à la Maison du repos, maison de jeu et débit de boissons

Lieu du meurtre : idem
Le meurtre a probablement été commis entre le 6 octobre à 20 heures et le 7 octobre à 2 heures, selon les témoins

La victime a été découverte par John Thiroux et signalée aux autorités par Mme Conti, propriétaire de l'établissement

Il n'a été procédé à aucune arrestation sur le moment

Témoins : M. John Thiroux, Mme Conti, diverses autres femmes résidant à la Maison du repos

C'était tout. Aucune description du corps ni de la chambre. Ni d'interrogatoire de John Thiroux, ni d'évocation de l'arme du crime. Rien d'utile. Le rapport concernant le meurtre de sa mère lui avait semblé faire vingt kilomètres et comprendre des questions à l'infini ainsi que la liste de chaque cheveu, chaque fibre, chaque petit bout de n'importe quoi sortant de l'ordinaire qui avait été catalogué et classé.

Sara leva les yeux. Gabriel était assis à son ordinateur.

— C'est la seule description par la police de la scène de crime ? s'enquit-elle.

Il se retourna et lui fit un petit sourire.

— Pas terrible, hein ?

— Non. Cela ne nous apprend rien du tout. Il vous suffira de juxtaposer les deux rapports, dans votre livre, pour montrer où vous voulez en venir. La médecine légale a transformé en profondeur toutes les enquêtes criminelles. Je sais que vous souhaitez que nous voyions si nous pouvons résoudre l'affaire Donovan, mais comment faire, sans aucun élément tangible ?

Elle était déjà découragée.

— On ne peut pas, confirma-t-il. Mais les autres sources contiennent un peu plus d'informations. Nous avons le récit des témoins aux journalistes. Le compte rendu d'audience de la déposition du coroner. Et le témoignage de l'accusé.

Il se retourna dans son fauteuil et son T-shirt noir se tendit sur son torse.

— Pensez à ce que je vous ai dit; il faut planter le décor. Recréer les mois, les semaines, les jours précédant le meurtre. Puis reconstituer ce qui s'est passé par la suite. Il est rare que l'on trouve un meurtrier au-dessus de sa victime, l'arme encore fumante à la main, et disant : « Franchement, monsieur l'agent, j'ai été obligé de le faire. Nellie m'y a poussé malgré moi. »

Sara haussa un sourcil incrédule. Soudain, elle avait envie de rire. Gabriel avait pris une espèce de faux accent de cowboy tellement inattendu qu'il en était d'autant plus drôle.

— Mais comment savoir qui dit la vérité et qui ment ?

— On fait des recoupements, on cherche ce qui est cohérent – ou incohérent. Question de bon sens, ajouta-t-il en haussant les épaules. De logique. Lisez le reste du dossier et dites-moi ce que vous en pensez.

Il fallait donc associer la science aux déductions et aux raisonnements humains. C'était intéressant. *Il* était intéressant.

Sara le regarda se retourner vers son ordinateur. Ses cheveux retombèrent sur son front. Elle aurait voulu les caresser pour voir s'ils étaient aussi doux qu'ils en avaient l'air. Ce devait être l'effet de la fatigue parce qu'il ne lui arrivait jamais d'avoir envie de toucher les cheveux d'un homme. Toutefois, fatiguée et sur les nerfs comme elle l'était, elle avait une conscience inhabituelle de son propre corps, de la sensation de ses jambes nues sur le velours du canapé, du frôlement de la chemise cartonnée sur son poignet. Et, pour la première fois en un an, elle eut envie d'un contact avec un humain. Mais Gabriel n'avait pas l'air du genre tactile. Alors aller glisser la main dans ses cheveux était exclu. C'était comme s'il érigeait une barrière autour de lui. Son attitude indiquait qu'il avançait seul dans le monde. Pour l'instant, il lui tournait complètement le dos. Tout en lisant l'écran de son ordinateur, il tambourinait sur son bureau avec une cuiller en argent, en rythme – un rythme qu'il répétait encore et encore. En avait-il conscience ? C'était la base rythmique d'une chanson.

ASSASSIN !

Le 7 octobre 1849 – Même dans une ville où un meurtre par semaine est commis dans nos bas quartiers, le MEURTRE À COUPS DE COUTEAU d'Anne Donovan a retenu l'attention du public, à cause de la violence du crime et parce qu'il n'a été procédé à aucune arrestation sur le moment. S'il n'est un secret pour personne qu'un grand nombre de notables de la ville fréquente les lieux de mauvaise vie, leur statut suffit-il à les exempter de tout châtiment ? C'est ce qu'il semble, au vu des circonstances extraordinaires décrites ci-dessous par Mme Conti, propriétaire de la maison où le crime a eu lieu et premier TÉMOIN de la scène.

Anne Donovan a été l'employée de Mme Conti pendant un an environ avant sa mort. Elle est décrite par sa patronne comme : « Une rousse gentille et douce qui ne *lui* a jamais causé le moindre souci, ce qu'on ne peut pas dire de toutes ces filles. » À l'âge de Mlle Donovan, la plupart sont déjà durcies par le temps, manient le couteau, volent les clients. Cependant, tout le monde s'accorde à dire que ce n'était pas le cas de la victime. Mme Conti a donc rapporté qu'elle avait fait entrer l'amant en titre de la victime, John Thiroux, dans la chambre d'Anne Donovan à 20 heures, puis qu'elle s'était retirée dans son salon privé pour s'occuper de sa correspondance. Elle n'a rien entendu d'inhabituel jusqu'à 2 heures du matin, lorsque M. Thiroux est venu la chercher. Il avait du sang sur les mains, dans les cheveux et sur la jambe droite. Selon Mme Conti, il s'est contenté de dire : « Anne est morte. »

Le spectacle qui attendait la corpulente Madame dans la chambre de la fille semblait véritablement appartenir à un cauchemar. « J'ai vu beaucoup de choses, dans ma vie. Et j'ai déjà vu des gens assassinés. Mais cela ne ressemblait à rien de ce à quoi j'avais pu assister. C'était incroyable. Il y avait du sang partout. » Ce qu'elle a vu, c'était Anne Donovan, allongée sur le dos dans son lit, vêtue d'une simple chemise, le visage et le haut du corps lacérés de coups de poignard. Un couteau reposait dans sa main gauche. Le lit était couvert de sang, de même que le plancher en dessous et le mur derrière sa tête. Le sang dont l'odeur douceâtre emplissait la pièce.

Que pensait Madame de M. Thiroux ? « Je ne l'ai jamais pris pour un homme violent, mais il était là, n'est-ce pas ? Je me suis donc dit que c'était lui qui avait fait le coup. » Quand je lui ai demandé si elle avait eu peur de rester seule avec lui sur le moment, elle a répondu : « Pas le moins du Monde. Il s'était rassis dans son fauteuil et commençait une seconde bouteille, les yeux fermés. Je lui ai allumé sa pipe et je me suis dit que j'avais deux bonnes heures devant moi avant qu'il bouge. »

Pourtant, en arrivant, la police n'a rien fait pour arrêter M. Thiroux en qui nos lecteurs auront reconnu un riche artiste qui a largement contribué au développement des arts dans notre ville. Il est également de notoriété publique qu'il ne se passe pas un jour sans que M. Thiroux s'adonne à la boisson et à l'opium.

LES CATINS S'INSURGENT CONTRE LE MEURTRE DE LEUR SŒUR

Le 8 octobre 1849 – « Nous essayons de nous débrouiller, c'est tout », déclare Sally Swanson, une résidente de la Maison du repos, où une autre catin a été assassinée il y a deux nuits. « Il faut bien gagner sa croûte – mais c'est devenu dangereux. Ça ne va pas. » Si personne ne revient sur le droit des femmes de petite vertu de gagner leur vie sans la risquer, tout le monde n'est pas certain que l'existence légale des maisons de tolérance soit dans l'intérêt d'une ville de plus en plus connue pour sa criminalité. Malgré le mécontentement des habitants du quartier, les sources officielles semblent peu enclines à agir et, le plus souvent, la police ne fait rien pour rechercher les coupables des crimes. « Un de moins à combattre », semble être la réaction qui prévaut quand la vie d'un malheureux trouve une fin prématurée.

Pourtant, la police elle-même ne peut négliger une affaire aussi sanglante et épouvantable que la mort d'Anne Donovan, tailladée de façon si brutale que sa propre mère ne reconnaîtrait pas son corps. « Je l'ai entendue crier, affirme Molly Faye qui, cette nuit-là, occupait la chambre voisine. Mais je ne me suis pas inquiétée. J'ai pensé que c'était le boulot. »

Comme les autres filles de la maison, Molly craint que le tueur, qui est toujours en liberté, puisse entrer et sortir librement de la Maison du repos. Ainsi, dans l'espoir de se faire entendre, ces dames du 25 Dauphine Street sont entrées toutes ensemble au commissariat de police du deuxième district et ont exigé une enquête plus approfondie. Reste à savoir la réponse officielle qui sera donnée à cette tactique.

Le 9 octobre 1849

Au rédacteur en chef :

Monsieur,
Je crois parler au nom de la grande majorité des habitants de ce qui était autrefois un quartier respectable quand je dis m'inquiéter de la vitesse à laquelle le vice se répand. Alors qu'il se cantonnait autrefois aux docks et aux abords immédiats de Girod Street, il gagne presque toute la ville et il n'est pas un quartier qui ne soit affecté par l'augmentation rapide et licencieuse du nombre des lieux de débauche. Dans ma seule rue, il y a pas moins d'une demi-douzaine de maisons (qui abritaient autrefois des familles très bien) qui sont désormais transformées en repaires de débauche et d'où s'échappent des rires et de la musique à toutes les heures de la nuit, sans compter les allées et venues incessantes des hommes et les éclats de toute nature dans la rue. Maintenant, il y a eu ce meurtre au numéro 25, à quelques pas de là où vivent d'honnêtes citoyens travailleurs. Plusieurs voisins ont déjà vendu leur maison à perte pour fuir le fléau qui ne cesse de gagner du terrain. Du reste, je ne doute pas que, d'ici la fin de la semaine, deux ou trois autres aient pris la décision de vendre leur maison moins cher qu'ils ne l'ont achetée, pour quitter ce quartier en pleine décadence.

Si l'on ne fait rien, c'est toute la ville qui sera bientôt ternie par l'alcool et la promiscuité dans toutes ses rues, et les citoyens respectables n'auront plus nulle part où vivre.

Signé :
Un citoyen respectable qui souffre.

Chapitre trois

Troublée par la teneur des articles, Sara interrompit un instant sa lecture et s'appliqua à respirer lentement, régulièrement. Elle sentait une crise de panique la gagner – du genre de celles qui, autrefois, la faisaient se précipiter sur ses calmants. Mais elle ne pouvait pas faire cela. Il ne fallait pas. Il fallait qu'elle apprenne à gérer seule ses émotions, sans intervention chimique.

Elle inspira encore une fois. Elle ne s'attendait pas à ce que la lecture de ces archives la mette dans un tel état d'angoisse. Mais cette indifférence, ce dédain dont tous les témoins faisaient preuve vis-à-vis d'Anne Donovan, la femme, la prenaient à la gorge. On avait l'impression qu'ils n'y pensaient qu'après coup, qu'elle ne représentait pour eux qu'une bonne occasion d'exprimer leurs griefs et leurs inquiétudes – mais qu'ils ne jugeaient pas utile d'évoquer autre chose que les détails sensationnels et horribles de sa mort. Ils se délectaient à relater les mutilations qu'elle avait subies, mais personne ne disait d'où elle venait, comment elle s'était retrouvée prostituée ni si elle laissait une famille dans le deuil.

Cela ressemblait tant à la couverture médiatique du meurtre de sa mère que les parallèles lui firent froid dans le dos. Elle avait eu beaucoup de mal à apprendre à supporter cela, à se défaire de la haine, du dégoût de l'exaspération qu'elle ressentait quand les journalistes se servaient de sa mort pour attaquer le procureur. Jamais il n'était question de sa mère pour elle-même. Uniquement des failles des services de police, de l'entêtement du procureur et de sa détermination à mettre Rafe en examen malgré la faiblesse des arguments contre lui. Tout le monde avait une idée en tête et personne ne songeait qu'elle avait perdu sa mère.

Mais ce qui l'inquiétait le plus, c'était la facilité avec laquelle tout cela remontait à la surface. Elle n'arrivait toujours pas à se distancier. Oh, qu'elle aimerait que tout cela soit fini, que la page soit tournée… Elle voudrait redevenir normale.

— Ça va ?

Elle se redressa, morte de honte. Gabriel la regardait. Cependant, elle fut un peu réconfortée de ne pas lire de pitié ni d'horreur, sur son visage, mais seulement un léger étonnement.

— Oui, ça va, assura-t-elle.

Et c'était vrai. Elle allait tenir le coup. Avec suffisamment de volonté, elle y arriverait. C'était sûr. Parce qu'elle avait compris quelque chose sur elle-même. Même dans les pires moments, les moments les plus atroces, elle parvenait encore à trouver une lueur d'espoir. Alors, cela finirait par aller mieux. Il fallait simplement qu'elle lutte pour y arriver, qu'elle ne craque pas en cours de route.

Quelque chose dans la façon dont Gabriel St. John la regardait, dont ses yeux bruns lui assuraient que lui aussi avait des secrets, que lui aussi avait souffert, la poussa à dire :

— Il n'y a pas uniquement des parallèles matériels entre cette affaire et le meurtre de ma mère. Il y a également des similitudes dans la couverture médiatique. Je ne m'y attendais pas; cela m'a surprise.

Aussitôt, elle le regretta. Maintenant allaient venir les questions, la pitié, la curiosité malsaine, les soupçons sur ce qui la poussait à travailler avec lui sur ce livre. À chaque fois qu'elle parlait de la mort de sa mère, elle se sentait vulnérable, exposée; elle ne voulait pas être ainsi devant Gabriel. Elle ne voulait pas qu'il la prenne pour une folle.

— Quel genre de similitudes ?

La question était tellement terre-à-terre qu'elle comprit que, avec lui, cela allait être différent. Bien sûr, qu'il était différent. Il écrivait des livres fondés sur des crimes qui avaient vraiment eu lieu. Quand il parlait de sa mère, il ne montrait ni choc ni pitié; contrairement à la plupart des gens, il ne cherchait pas à la réconforter non plus. Il faisait preuve de tact, mais il se limitait aux faits. Étrangement, cela la soulageait. Il avait l'habitude de se pencher sur les détails des crimes violents; il ne la harcelait pas de questions désagréables. Et cela ne l'avait pas empêché de lui demander de participer à ses recherches. Il ne devait donc pas douter de ses motivations ni de sa santé mentale.

— Eh bien… Je ne sais pas trop ce que j'attendais des chroniqueurs judiciaires du XIXe siècle mais, au fond, c'était comme aujourd'hui. Tous les journalistes semblent avoir un angle, un point de vue à faire valoir. Qu'il s'agisse du peu d'intérêt de la police pour les crimes dans le cas d'Anne Donovan ou des accusations de manœuvres politiques et carriéristes émises contre le procureur dans le cas de ma mère, cela revient au même. Personne ne se soucie de la victime. Et cela ne me semble pas normal.

Gabriel avait passé un bras sur le dossier de son siège de bureau noir. Il inclina légèrement la tête pour l'observer.

— Et vous avez raison. Cependant, un crime, un meurtre brise l'illusion que la société fonctionne comme elle le devrait. Du coup, les gens regardent autour d'eux, se demandent ce qui ne va pas dans leur monde et émettent des accusations et des suggestions pour l'améliorer. La victime a donc une importance indirecte aux yeux de ceux que l'affaire touche de près ou de loin, ceux qui habitent le quartier, ceux qui lisent les journaux. Leur mort a un impact sans doute plus important, et sur la vie de plus de gens, que la plupart des gens n'en ont de leur vivant.

Sara le considéra en se demandant pourquoi elle n'avait jamais vu les choses sous cet angle. Elle se rendit compte que son cœur avait recouvré son rythme normal, que son angoisse était retombée. Elle essayait de mettre un peu d'ordre dans ses pensées pour formuler une réponse cohérente quand, brusquement, il se leva.

— Venez avec moi, dit-il en se dirigeant vers la porte d'un pas décidé.

— Que je vienne avec vous ? Mais où ?

Cependant, elle se leva du divan, posa les papiers sur un coussin et le suivit.

— Il faut que je prenne des photos de la maison où a eu lieu le meurtre, pour le livre. Allons-y maintenant, pendant qu'elle n'est pas à l'ombre.

Gabriel sortait un appareil photo du tiroir de la console près de la porte d'entrée.

Sara nota combien le mobilier était hétéroclite et étrange. C'était comme si tout avait été accumulé sur une très longue période, un peu au hasard. Cependant, il émanait de ce décor peu classique une harmonie et une chaleur certaines. On sentait qu'il faisait attention à ce qui l'entourait, qu'il appréciait les objets, mais sans excès. Rien n'était parfait ni trop recherché. Il semblait avoir fait ce qui lui plaisait.

Elle aimerait apprendre à agir comme cela.

Il ne prit pas l'étui de l'appareil photo. Il se contenta d'enrouler deux fois la lanière autour de son poignet et le saisit par le bouchon d'objectif, ce qui lui parut très imprudent. C'était manifestement un appareil de prix; une chute ne l'arrangerait certainement pas. Mais il n'avait pas l'air de s'en soucier. Il ouvrit la porte et lui fit signe de le précéder.

Elle se rendit compte que, en sortant, il ne verrouillait pas la porte. Elle compta jusqu'à trois en descendant l'escalier, se dit que cela n'avait pas d'importance, qu'il devait y avoir un bouton à pousser dans la poignée pour la bloquer. Malgré cela, elle ne put s'empêcher de lui demander :

— Vous avez fermé à clé ?

— Non.

Elle regardait où elle mettait les pieds et avançait prudemment dans l'escalier étroit de peur de glisser et de se rompre les os. Elle ne voyait donc pas l'expression de Gabriel, mais il ne semblait pas particulièrement craindre les cambrioleurs ni s'inquiéter pour son appareil photo.

— C'est plus sûr, quand même, de fermer à clé.

Elle se rendait compte qu'elle devait avoir l'air maniaque, ce qu'elle était. Elle savait que ses craintes étaient disproportionnées, mais la police lui avait appris que la porte de la maison de sa mère n'avait pas été forcée. Soit elle connaissait l'assassin et lui avait ouvert, soit la maison n'était pas fermée. De toute façon, il lui semblait risqué de ne pas verrouiller sa porte, quelles que soient les circonstances.

— La grille de la cour ferme à clé.

— Ah, d'accord. Très bien.

Sara se retourna. Il lui fit juste un petit sourire rapide qu'elle trouva extrêmement rassurant. Elle s'attendait à ce qu'il argumente, ou déclare qu'elle était paranoïaque, qu'il fallait qu'elle se détende un peu, qu'elle surmonte ses craintes. Tout cela, elle l'avait entendu des centaines de fois. Ses collègues le lui avaient dit, ses amis, ses voisins : des gens qui lui voulaient du bien, sincèrement, mais ne comprenaient rien.

Alors, que Gabriel lui dise juste ce qu'elle avait envie d'entendre et en reste là la soulageait profondément. Il n'était pas comme les autres, décidément. Et ce n'était pas désagréable.

— Alors, c'était comment, la vie d'une prostituée en 1849 ? s'enquit-elle tandis qu'ils sortaient de la cour et que le soleil éclatant lui faisait sortir ses lunettes noires de son sac.

— C'était une vraie vie de con.

Quelque chose dans le ton de sa voix lui fit lever la tête. Était-ce un jeu de mots ? Difficile à dire, parce qu'il ne la regardait pas. Les yeux baissés, il ôtait le bouchon d'objectif. Tout de même, il y avait une note d'amusement dans sa voix, une certaine conscience de l'horrible ironie de sa réponse. Peut-être même le besoin d'alléger un peu le sujet. Elle n'aurait su le dire précisément, parce qu'il n'était pas facile d'interpréter Gabriel. N'empêche que quelque chose lui disait qu'il plaisantait.

Cela lui plut.

Il leva son appareil et prit une rapide succession de clichés de droite à gauche, en terminant par elle. Elle ne s'attendait pas à cela, si bien qu'elle était certaine qu'elle aurait l'air idiot.

— Ne me prenez pas en photo, s'il vous plaît.

— Mais la lumière était bonne, se défendit-il avec ce demi-sourire qu'elle commençait de reconnaître.

Mon Dieu. Sara n'avait vraiment aucune envie de trop s'attacher à lui.

Ce serait encore une embûche qui risquerait de la faire tomber.

Cependant, elle courait aussi le risque de s'enfermer dans une bulle de son propre chef, d'avoir peur de tout, y compris de son ombre.

Elle avait pris un risque émotionnel important en venant à La Nouvelle-Orléans. C'était peut-être moins une fuite qu'un pas en dehors de sa zone de confort. Une façon de se forcer à regarder l'avenir sans crainte.

Oh, elle était encore terrifiée. Mais, au moins, elle eut soudain la certitude que ce voyage était exactement ce qu'il lui fallait pour reprendre le contrôle de sa vie.

LE COMITÉ DE VIGILANCE FORCE LA POLICE À AGIR

Le 9 octobre 1849 – Si le commissaire de police ne semble pas disposé à écouter les plaintes des prostituées, il semble en revanche prêt à céder à la voix du COMITÉ DE VIGILANCE qui exige qu'il agisse. Dans une ville assiégée par le crime, il n'est pas inhabituel que l'assassinat d'une femme perdue passe inaperçu. Mais c'est justement cette attitude cavalière qui a poussé certains citoyens au bout de leur tolérance. Composé de divers membres riches et influents, le Comité de vigilance a été constitué pour attirer l'attention sur l'immoralité croissante et la violence qui règnent dans certains districts. Le meurtre de la jeune Anne Donovan, l'acharnement et l'obscénité dont il témoigne, et le fait que celui qui devrait en toute logique être le principal suspect n'ait pas été arrêté est un signe de la corruption et de la complaisance omniprésentes chez ceux qui nous gouvernent.

Compte tenu de la dépendance de M. John Thiroux à la boisson hallucinogène bien connue qu'est l'absinthe, de sa consommation excessive de whisky et de l'opium qu'il fume fréquemment, il n'est pas difficile d'imaginer qu'il ait pu commettre un tel acte de violence. Quelle que soit sa position dans la société et son soutien financier de tel ou tel, si un homme commet un crime, il doit en être tenu pour responsable.

Il semble que la police soit de cet avis, ou craigne la réaction du public si elle n'agit pas, car elle s'est mise à enquêter sur le meurtre de Mlle Donovan et semble centrer son attention sur M. Thiroux.

La lumière était excellente. Elle éclairait le côté du visage de Sara, se reflétait dans ses cheveux blonds et mettait en valeur la jolie couleur dorée de ses bras et de ses jambes. Gabriel leva son appareil et reprit une photo d'elle en zoomant sur son visage, sans cesser d'appuyer sur le bouton quand elle ouvrit de grands yeux horrifiés et poussa un petit cri de détresse.

— Arrêtez !

Elle leva la main devant son objectif et, dans sa véhémence, le toucha même du bout des doigts.

Comme il ne voulait pas la mettre mal à l'aise, il baissa son appareil. Cependant, il ne regrettait pas les clichés qu'il avait pris. Sara avait une personnalité aussi contrastée que la ville autour d'elle. Elle était forte et fragile à la fois, et restait belle malgré la tragédie qu'elle avait vécue. Peut-être l'était-elle plus encore, maintenant que ses yeux racontaient ses souffrances et les leçons qu'elle avait apprises. Il avait remarqué qu'elle ne cessait de remuer les mains, de tripoter quelque chose – sa robe, ses cheveux, son sac. Comme si elle réfléchissait, s'inquiétait, toujours en éveil.

Sans raison particulière, elle l'attirait. Il savait bien que c'était dangereux, mais il n'en était pas moins intrigué.

— Que savez-vous de l'histoire de La Nouvelle-Orléans ? s'enquit-il en enroulant de nouveau le cordon autour de son poignet et en se remettant à marcher.

— Oh, je n'en connais que les grandes lignes, et encore.

— En 1849, c'était une ville qui avait grandi très vite à cause de l'afflux d'immigrants qui arrivaient par le port et d'Américains venus s'y installer pour faire des affaires après l'achat de la Louisiane. Cette année-là, beaucoup de chercheurs d'or qui se rendaient en Californie pour y faire fortune s'y sont également arrêtés. Imaginez quelque deux cent mille personnes dans une ville humide et chaude, entourée par les eaux… Un port florissant, des marins, des chercheurs d'or : de quoi faire prospérer la vente d'alcool, le jeu, la prostitution. Et, bien sûr, dans leur sillage, le crime. On dit que, à l'époque, La Nouvelle-Orléans était le théâtre d'un meurtre par semaine.

— Ce qui explique la prise de position de certains articles. Les gens semblent écœurés.

— Exactement. Mais les gens s'habituent à la violence s'ils en voient suffisamment. Et, si elle se cantonne à des quartiers où les gens dits « bien » ne vivent pas, il est facile de l'ignorer.

— Je ne vois pas comment on peut s'habituer à la violence.

Gabriel se retourna, surpris de sa voix hachée. Il se rendit compte qu'il marchait beaucoup trop vite pour elle. À bout de souffle, elle ne parvenait pas à se maintenir à sa hauteur et gardait les yeux rivés au trottoir pour ne pas trébucher.

Il ralentit.

— Pardon, dit-il. J'ai de grandes jambes.

— Alors que les miennes sont petites, répondit-elle en souriant et en levant la tête. Ces trottoirs auraient bien besoin d'être refaits.

— Mais cela fait partie du charme du Quartier français. D'ailleurs j'ai vu des femmes arpenter Bourbon Street en talons aiguilles après quelques verres; je ne sais pas comment elles font pour ne pas se casser les chevilles.

— Je n'ai jamais vu Bourbon Street. C'est la première fois que je viens ici.

— Nous pourrions y aller ce soir, si vous voulez. Il faut au moins que vous puissiez dire que vous avez vu Bourbon Street !

Qu'est-ce qui lui avait pris de lui faire cette proposition ? se demanda Gabriel. Il le savait, en fait. Il s'efforçait de lui faire la conversation, de la mettre à l'aise. Et puis l'idée de lui faire visiter la ville lui plaisait. Bon, il cédait aussi à cette petite attirance qui, décidément, ne le quittait pas. Il devrait faire cesser cela, il le savait. Mais il ne le faisait pas.

— Oui, répondit-elle. Avec plaisir.

Elle n'avait pourtant pas l'air très enthousiaste.

— Vous allez voir qu'il y a des choses qui n'ont pas changé, en cent cinquante ans, à La Nouvelle-Orléans. L'alcool et le sexe sont toujours aussi présents.

Le tourbillon dans lequel il s'était laissé happer. Les péchés qui lui manquaient toujours. Il n'avait rien appris. Il savait qu'il devait condamner ceux qui s'y adonnaient et préférer la pureté de la vie qu'il menait aujourd'hui. Mais il n'y arrivait pas. Il avait toujours envie de goûter à la peau d'une femme et de se laisser emporter dans les brumes de l'opium et de l'absinthe pour échapper aux détails grossiers et indélicats de la moralité. C'était ses vices; il le savait.

Il s'arrêta et regarda la maison bleu clair de l'autre côté de Dauphine Street.

Il fallait qu'il sache, il fallait qu'il acquière la conviction que, s'il avait certes des défauts, de graves défauts, il n'était pas capable de violence. De colère. Qu'il n'aurait pas pu prendre un couteau et découper la peau ivoire d'Anne, faire couler son sang, encore et encore.

Il ne s'en croyait pas capable. Il ne pensait pas l'avoir fait.

Mais il avait besoin d'en avoir la certitude. Autrement, il ne lâcherait jamais prise, il ne se pardonnerait jamais et le doute achèverait de ronger son âme déjà pourrie.

9 octobre 1849

Rapport de William Davidson, Deuxième district

Les femmes du 25, Dauphine Street, ont volontiers accepté d'évoquer la nuit en question, mais aucune n'a pu apporter d'information utile. Aucune n'a vu ni entendu personne entrer dans la chambre de Mlle Donovan ou en sortir, hormis M. Thiroux, et aucune n'a rien entendu d'inhabituel. Sauf Molly Faye qui a entendu un cri vers 1 heure du matin, car elle affirme que son client était encore dans sa chambre à ce moment-là et qu'il est parti à 1 heure et quart quand il s'est rendu compte qu'il allait rentrer chez lui en retard.

Les volets de la chambre de Mlle Donovan, côté rue, sont fermés et le sont restés. Un costaud garde la porte d'entrée de Mme Conti. Il déclare que personne n'a pénétré dans l'établissement entre les heures en question. En parlant avec les six dames qui se trouvaient dans la maison, je peux conclure avec une certaine précision qu'il y avait cinq hommes présents au moment du meurtre de Mlle Donovan, y compris M. Thiroux et le portier. Douze personnes au total en comptant la victime. Trois des six dames fournissent un alibi à trois des hommes et réciproquement. Deux des dames se servent mutuellement d'alibis car elles jouaient ensemble aux cartes dans la chambre qu'elles partagent. Les seuls suspects possibles sont donc Mme Conti, le portier (dont le nom est Jim Fury) et M. John Thiroux.

S'il est facile d'imaginer le colosse de portier ou Mme Conti, que la vie a passablement endurcie, capables de violence, je ne vois pas en quoi la mort de Mlle Donovan pourrait leur profiter à l'un ni à l'autre. Mme Conti aurait eu beaucoup à perdre du fait de la publicité donnée à ce crime. Et personne dans la maison n'a évoqué la moindre animosité entre Jim Fury (malgré son nom) et Mlle Donovan.

La conclusion naturelle est donc que M. Thiroux a pris le couteau sous l'influence de substances pharmaceutiques et a poignardé sa maîtresse à mort.

Sara n'avait aucune envie de se rendre sur Bourbon Street. D'après tout ce qu'elle en avait entendu dire, c'était une rue sale et bruyante. Elle imaginait des hommes renversant leur bière sur elle tandis que des femmes au décolleté avantageux chercheraient à attirer l'attention desdits hommes. Rien qu'à y songer, elle avait la migraine. Pourtant, elle avait tout de suite accepté parce que c'était Gabriel qui le lui proposait, et cela la perturbait. Ce n'était pas le moment, pour elle, d'entamer une relation avec un homme.

Cependant, elle ne se voyait pas annuler non plus.

Gabriel s'était arrêté et ôtait de nouveau le bouchon de son objectif.

— C'est la maison ? s'enquit-elle.

De l'autre côté de la rue, une bâtisse bleu pâle se dressait juste au bord du trottoir, comme presque toutes les maisons du Quartier français. Les volets d'un bleu plus sombre étaient fermés et au rez-de-chaussée et au premier étage. Seules les lucarnes du second laissaient entrer la lumière. Malgré son âge, la maison n'était nullement délabrée. Un peu fatiguée, tout au plus.

— Elle n'a pas l'air très grande, observa-t-elle.

— En effet. Il n'y a qu'un petit salon, dans lequel on jouait et on buvait, un salon privé qui servait de bureau à Madame et six petites chambres pour les filles au premier. Mme Conti s'était fait un appartement au second.

— Il n'y avait que six prostituées qui travaillaient ici ? L'article que j'ai lu me donnait l'impression qu'il y en avait plus.

— Oui. Mais toutes n'avaient pas leur chambre à elles. Certaines devaient partager. Et d'autres recevaient leurs clients dans le salon.

Cette image tira une grimace à Sara. Il lui semblait parfois que les femmes d'aujourd'hui avaient une vision faussée des maisons de passe. Loin du glamour et de la sensualité qu'elles imaginaient, c'était plus souvent des lieux minables et sales. Et la prostitution était une façon bien dure et dangereuse de gagner sa vie – très mal.

— Et il y avait beaucoup d'autres maisons du même genre dans cette rue ?

— Oui.

— Qu'est-ce qui pouvait conduire les femmes à la prostitution ? se demanda-t-elle tout haut.

Qu'est-ce qui avait réduit sa trisaïeule, Anne, à cette extrémité ? À moins qu'elle ait exercé ce métier parce qu'il lui plaisait, par choix ? Sans doute Sara ne le saurait-elle jamais.

— La drogue, l'alcool, la pauvreté, l'esprit de rébellion. Comme aujourd'hui, en gros.

Gabriel s'accroupit sur le trottoir et souleva son appareil.

— Vous êtes aussi photographe ? s'enquit-elle en se rappelant qu'il avait dit que ces clichés étaient destinés au livre.

— Non. Mais il me semble plus simple de prendre moi-même les photos dont j'ai besoin.

Il avait l'œil, tout de même. Elle s'en rendait compte. Il se tourna vers la gauche, jeta un coup d'œil au ciel avant de se concentrer de nouveau sur le viseur et de faire le point.

— Ce n'est plus le numéro 25, observa-t-elle.

Il y avait une plaque au-dessus de la boîte aux lettres, à droite de la porte à laquelle on accédait grâce à une seule marche de brique. C'était une rue calme, sans circulation et avec très peu d'activité. La maison bleue faisait un peu triste, sans végétation.

— Les propriétaires savent-ils qu'un meurtre a été commis ici ?

— Je l'ignore. Je ne leur ai jamais parlé. La maison appartient à une société immobilière. Quand j'ai pris contact avec le notaire qui s'en occupe, il a refusé tout net que je fasse des photos de l'intérieur. Il a essayé de me faire croire que le crime avait eu lieu dans la maison d'à côté.

— Comment savez-vous que ce n'est pas le cas ?

Il tourna vers elle son regard brun indéchiffrable.

— Faites-moi confiance, je le sais. J'ai fait des recherches.

Elle frémit. Malgré la chaleur, elle eut soudain la chair de poule. Elle se retourna vers la maison.

— Que savez-vous d'Anne Donovan ? lui demanda-t-elle. Comment a-t-elle abouti ici ? Est-ce à cause de la drogue ? de l'alcool ? de la pauvreté ? des trois à la fois ?

— D'après les témoignages que l'on a sur elle, c'est la pauvreté. Personne ne parle de drogue ni d'alcool.

— En ce qui la concerne directement. En revanche, on dit que son amant s'adonnait à l'opium et à la boisson.

— Oui. L'absinthe, plus précisément.

La chaleur et l'humidité devenaient vraiment pénibles à Sara, sans doute à cause du manque de sommeil. Pour avoir passé presque toute sa vie dans le sud de la Floride, elle était habituée à cette chape de moiteur. Mais, là, elle sentait qu'il lui fallait de l'eau. Très vite. La tête lui tournait. La douleur lancinante dans son côté droit passerait peut-être si elle ne restait pas debout. Elle s'accroupit sur le trottoir à côté de Gabriel, tira sa jupe sur ses genoux et trouva son équilibre. Elle ne voulait pas que ses jambes ni ses fesses touchent le sol.

— L'absinthe est un alcool ? Je crois en avoir entendu parler, mais je n'en suis pas certaine.

— C'est la fameuse fée verte, une boisson alcoolisée faite d'huile d'armoise et servie diluée avec de l'eau sucrée. À cause des propriétés hallucinogènes qu'on lui prêtait et de la dépendance qu'elle était censée entraîner, elle a été interdite au début du XXe siècle.

— Et c'est vrai ? demanda Sara en regardant Gabriel, un peu chancelante.

Elle n'avait pas la force de se tenir ainsi sans effort. Lui, en revanche, ne semblait avoir aucun mal.

À son tour, il se tourna vers elle. Il était si près qu'elle distinguait l'ombre de sa barbe blonde.

— Elle crée une dépendance dans la mesure où, lorsqu'on a découvert un endroit où l'on se sent brillant, charmant, intelligent et attirant, on a envie d'y revenir souvent. Et, finalement, de ne jamais en partir.

Sur ce, il se leva, d'un coup, et traversa la rue sans regarder ni à droite ni à gauche. Elle avait presque eu l'impression qu'il avait lui-même l'expérience de la dépendance. À moins qu'elle n'imagine cela chez tout le monde tant ses propres difficultés l'avaient rendue sensible à ce problème. En prenant des somnifères, elle n'avait certes pas cherché à se sentir intelligente ni attirante; tout ce qu'elle voulait, c'était trouver le sommeil. Un sommeil profond. Une fuite. Et puis était venu un moment où elle n'avait même plus envie de se réveiller, de sortir du lit, et cela lui avait fait peur. C'est à ce moment-là qu'elle avait fait une cure de désintoxication.

Gabriel avait peut-être une histoire du même ordre. Et peut-être pas. Elle l'observa tandis qu'il prenait des photos de la porte d'entrée, des volets, de la rue, de la plaque. Elle avait l'impression de vivre un moment étrange, presque surréaliste. C'était le contraste entre la petite maison, qui restait debout malgré le poids de l'histoire, et lui, au premier plan, qui allait et venait au soleil. Lui aussi était étrange. Rapide et vif quand il bougeait, il était également capable de la plus parfaite immobilité; elle aimait bien le regarder. Si on lui avait dit, il y a deux ans, qu'elle se retrouverait accroupie sur un trottoir sale de La Nouvelle-Orléans en train de regarder travailler un auteur d'enquêtes sur des faits divers réels, elle aurait éclaté de rire. Elle n'avait pas prévu de quitter Naples, et encore moins pour venir ici. Pourtant, sa vie avait changé irrévocablement et elle était arrivée à cet instant pour le meilleur et pour le pire.

Le ciel était d'un bleu fabuleux derrière la maison. Des nuages blancs encadraient le toit. Les lucarnes du second étage étaient poussiéreuses, mais le soleil les éclairait. Suffisamment pour lui révéler, derrière celle de gauche, un homme qui la regardait. Elle perdit l'équilibre et tomba sur le côté, le cœur battant. Il n'y avait personne tout à l'heure, elle en était sûre. Elle se reprit et regarda de nouveau la fenêtre. Plus rien.

— Gabriel ! appela-t-elle sans trop savoir pourquoi.

Ce devait être simplement un propriétaire ou un occupant qui regardait ce qui se passait dans la rue, qui observait sa maison.

— Oui ?

Il se retourna vers elle d'un air interrogateur, son profil encadré par la porte d'entrée derrière lui. De nouveau, Sara eut la chair de poule, la peau glacée et moite. Elle voulut se lever mais n'y parvint pas. Alors elle resta immobile et se contenta de dire :

— Il y a quelqu'un dans la maison.

Gabriel traversait déjà la rue à longues enjambées. Quelques secondes plus tard, il lui tendait la main pour l'aider à se relever.

— Comment le savez-vous ?

Elle glissa la main dans la sienne et le laissa la tirer debout.

— Merci.

Puis elle le lâcha et épousseta le derrière de sa jupe.

— J'ai vu quelqu'un à la fenêtre du deuxième étage, expliqua-t-elle.

Ils levèrent la tête tous les deux; il n'y avait personne.

— Bah, j'ai le droit de prendre des photos de l'extérieur, que ça plaise ou non au propriétaire.

C'était vrai. Et Sara ne comprenait pas pourquoi cet homme l'avait tant déstabilisée, au propre comme au figuré. Sans doute était-ce parce qu'elle ne s'attendait pas à voir ce visage la fixer.

— Vous avez des photos anciennes de la maison ? voulut-elle savoir.

— La plus ancienne que j'aie pu trouver date de 1910.

— Vous avez toujours vécu à La Nouvelle-Orléans ? demanda-t-elle encore tandis que Gabriel lui faisait signe de se remettre en marche.

Pour sa part, elle y était née, fruit d'une brève liaison de sa mère avec un videur de Bourbon Street. Sa mère était une adolescente normale – un peu rebelle, mais sans excès – de la petite bourgeoisie de banlieue, quand sa propre mère avait été assassinée. Alors, il n'avait pas fallu six mois pour qu'elle fuie son père et se mette à boire et à danser dans les clubs en mentant sur son âge puisqu'elle était mineure. Au moment de la naissance de Sara, le videur était déjà parti et elle avait perdu son emploi – mais trouvé un autre petit ami qui l'avait recueillie avec son bébé. Deux ans plus tard, à dix-huit ans, Jessie avait fui en Floride avec un médecin à la retraite qui était intelligent et très riche, mais n'avait pas suffisamment de jugeote pour se rendre compte que sa très jeune petite amie n'en voulait qu'à son argent.

À sa mort, Jessie avait pris un nouveau départ, avec une maison à elle, et coupé tous les liens avec son passé jusqu'au jour où son père les avait retrouvées quand Sara s'était vu accorder une bourse pour l'université de Tulane et avait figuré sur la liste des lauréats dans le journal de La Nouvelle-Orléans.

Sa mère avait refusé de parler à son père et Sara n'avait pas eu le courage d'accepter la bourse et de partir à La Nouvelle-Orléans. Car ce serait revenu à défier sa mère qui répétait sur tous les tons qu'elle détestait sa famille et La Nouvelle-Orléans – sans dire pourquoi. Elle était donc allée à l'université de l'État de Floride, mais n'avait jamais trouvé la paix qu'elle cherchait, ni le lien avec sa mère. Jamais elle n'avait pu comprendre ce qui la motivait, ce qui lui avait fait prendre les décisions qu'elle avait prises. Ni ce que cela lui avait fait de perdre sa mère aussi jeune.

Maintenant, c'était au tour de Sara d'avoir perdu sa mère. Et elle se rendait compte qu'elle n'arrivait pas mieux à faire face à ce drame.

— Oui. J'y suis né, répondit-il en traversant la rue en diagonale. Je ne peux pas vivre ailleurs. À quoi pensez-vous ?

— À rien. À la ville. Pourquoi ?

Elle remonta ses lunettes sur son nez.

— Parce que vous oubliez de regarder où vous mettez les pieds. Vous devez donc être très absorbée par vos pensées.

Sara s'arrêta. C'était vrai. Elle ne pensait même plus à guetter les trous dans le trottoir. N'empêche qu'elle devait avoir l'air plus que bizarre.

— Pas tant que cela. Je me disais seulement que j'avais bien fait de ne pas profiter de la bourse qui m'avait été accordée pour Tulane... qu'il était idiot de penser que, à dix-sept ans, je devrais quitter ma maison et mes amis pour venir ici, sous prétexte que j'y étais née, mais sans autre raison.

— Ah bon ? Mais alors qu'est-ce qui vous avait donné envie de venir ? Pourquoi avoir demandé la bourse ?

C'était là le hic, n'est-ce pas ?

— Je ne sais pas. Peu importe.

Mais qu'il était énervant que Gabriel ait d'emblée mis le doigt sur le cœur du problème. Elle voulait des réponses. Elle voulait savoir pourquoi sa mère avait fait les choix qu'elle avait faits. Et la vérité que Sara devait admettre était sans doute qu'il n'y avait pas de réponses aux questions qu'elle se posait.

Son côté recommença à lui faire mal. Elle se massa du plat de la main en regardant autour d'elle.

— Où sommes-nous ? Ce n'est pas par ici que nous sommes arrivés, si ?

— Non. Nous repartons dans l'autre sens. Au cimetière.

Chapitre quatre

Gabriel s'attendait à ce que Sara proteste. D'ailleurs, il se rendit compte que son premier mouvement était de refuser. Mais elle le surprit – comme quand il lui avait proposé d'aller voir Bourbon Street. Pour le cimetière, elle avait accepté en le suivant, simplement. Sauf qu'ils étaient arrivés, maintenant, et que la grille était verrouillée.

— Zut. Ils ferment à 15 heures. Il doit être un tout petit peu plus tard.

Mais il voulait des photos du cimetière, de la tombe d'Anne. La lumière était encore bonne, le ciel d'un superbe bleu azuré, et il était là. Il ne voulait pas avoir à revenir. Il n'aimait pas ce cimetière. Pas plus que Sara, visiblement, qui se frottait les bras comme si elle avait froid et croisait et décroisait les chevilles d'un air inquiet.

Lui, ce lieu lui rappelait qu'il ne mourrait jamais, que des gens bien mieux que lui avaient quitté le royaume des mortels, certains bien trop tôt, tandis que lui était condamné, par son inconduite, à arpenter la terre, sans but, pour l'éternité. Alors le cimetière éveillait sa colère. Il était frustré de s'en voir refuser l'accès, au propre comme au figuré. Il était rare qu'il se serve de sa force; il préférait généralement ignorer ce qu'il était et ce dont il était capable. Cependant, là il fit une exception. Il tira un bon coup sur le cadenas, qui se brisa.

— Regardez ça, dit-il à Sara. On peut entrer, maintenant.

— Gabriel ! protesta-t-elle. Si c'était fermé, ce n'est pas pour rien. C'est qu'il ne faut pas qu'on entre.

Il était déjà à l'intérieur et savait qu'elle allait le suivre. Sa peur du cimetière et d'enfreindre la loi était moins forte que sa crainte de rester seule.

Les coquillages crissaient sous les pieds de Gabriel. Il s'arrêta au niveau de la première tombe à droite et se retourna vers elle.

— Venez, Sara. Ce n'est pas la mer à boire.

— La grille était fermée à clé.

Elle avait un peu avancé, mais elle regardait autour d'elle d'un air inquiet, comme si elle craignait de se faire arrêter, ou, peut-être, de se faire agresser ou de tomber sur un fantôme.

— Je remettrai un cadenas à la place de celui que j'ai cassé, promit-il. Mais puisque c'est ouvert, maintenant, autant prendre quelques photos. Je vais vous montrer la tombe d'Anne.

Il ne comprenait pas pourquoi il ne laissait pas tomber, tout simplement. Pourquoi il ne faisait pas demi-tour pour ramener Sara chez lui. Elle avait besoin d'être un peu poussée, estimait-il. Ou alors c'était lui qui en avait besoin. Et, s'il la poussait, elle le pousserait par réaction.

Ils avaient beaucoup en commun. L'un comme l'autre, ils vivaient dans une petite bulle fragile et devaient prendre sur eux pour vivre à peu près normalement. Mais ils se mentaient et refusaient de voir la réalité : ils étaient comme accrochés au bord du précipice, à un cheveu de la chute.

— Venez, insista-t-il en lui prenant la main et en l'entraînant à sa suite dans le cimetière.

Elle prit une brusque inspiration et posa sur lui ses yeux bleus si lumineux. Elle secoua la tête pour marquer son refus mais se mit à avancer avec lui, sa main douce et chaude dans la sienne. Cela faisait longtemps qu'il n'avait touché personne, qu'il n'avait pas éprouvé cette sensation de chaleur et de douceur, cette caresse d'une peau contre la sienne. C'était si bon, si intense, si réel qu'une douloureuse nostalgie l'envahit. Oh, avoir quelqu'un avec qui partager des plaisirs, du plaisir, avec qui parler, passer du temps. Non, se reprit-il. Ces rêves-là n'étaient pas pour lui. Il n'avait pas le droit d'y songer.

Alors il lui lâcha la main et se mit à marcher à une allure qu'elle ne pouvait pas suivre.

Il se tenait déjà devant la tombe qu'il avait payée. La tombe qui contenait les restes d'Anne Donovan, quand Sara le rejoignit et dit :

— C'est fou ce que cet endroit est paisible.

— Oui.

C'était vrai. Le cimetière était très calme. Le soleil de l'après-midi tapait sur les tombes blanches et projetait l'ombre de celle d'Anne.

— Voilà l'endroit où est enterrée Anne Donovan, lui apprit-il.

— Comment le savez-vous ? Son nom n'est pas inscrit.

— La plaque est tombée. Dans ce climat humide, le marbre se fendille et s'effrite.

Il ne l'avait pas fait remettre. Il ne savait pas bien pourquoi, du reste.

— Quoi qu'il en soit, le registre paroissial indique que c'est bien cette tombe-ci. Elle y est enterrée seule.

De cela aussi, il se sentait coupable. C'était absurde car il savait que les âmes ne demeuraient pas dans les tombes, mais, à La Nouvelle-Orléans, les caveaux étaient peuplés de familles entières – trois, huit, vingt personnes pouvaient être ensevelies ensemble. Il trouvait cela réconfortant, ce lien qui persistait, que l'on montrait. Mais Anne était seule. Seule dans la mort comme elle l'avait été dans la vie.

— J'ai lu que c'était John Thiroux qui avait payé les obsèques…, se souvint-elle.

— Oui. Elle a d'abord été incinérée.

— Je me demande pourquoi.

Parce qu'il ne supportait pas d'imaginer la décomposition de son corps si jeune et si beau sous ses plaies.

— Je ne sais pas, répondit-il néanmoins.

C'était une belle tombe, ceinte d'une grille de fer forgé, propre. Elle avait été repeinte récemment. Elle était ornée d'une statuette représentant un ange en pleurs. Ce n'était pas Gabriel qui l'avait choisi. Il avait même été horrifié, en le découvrant, il y a cent cinquante ans. Mais il avait donné la somme nécessaire à son avoué et l'avait laissé s'occuper des détails. Il était trop assommé par le chagrin, la culpabilité et l'alcool pour s'en charger lui-même. Mais quelle cruelle ironie que l'homme de loi ait justement choisi ce symbole d'un ange en pleurs pour orner la pierre…

Il prit quelques photos de la tombe et de l'ange.

— Il ne devait pas y avoir beaucoup de monde aux obsèques. Cela devait être triste.

Gabriel secoua la tête, non sans se demander si cela aurait été mieux ou pire que le spectacle qu'il revoyait comme si c'était hier.

— Au contraire, répondit-il. Les gens éprouvent une intense fascination pour les meurtres. Il y avait un monde fou à l'enterrement d'Anne Donovan. Les gens s'y sont pressés avec une curiosité morbide. Il pleuvait des trombes, ce jour-là. La rue, les trottoirs, le cimetière étaient transformés en un terrible bourbier glissant. L'orage avait fait retomber la température et il y avait du brouillard. On ne voyait que le chapeau noir juste devant soi et les tombes blanches qui s'élevaient soudain de part et d'autre de l'allée. C'était épouvantable, à l'image de sa fin.

Une femme s'était approchée de Gabriel, tenant une enfant par la main, le visage déformé par le chagrin, baigné de larmes. Et elle l'avait giflé. Une gifle sonore qui avait franchi le brouillard ambiant et celui de son esprit, et même cette culpabilité qui ne le quittait plus jamais. C'était la cousine d'Anne, avait-elle dit. Et elle l'avait maudit avant de disparaître. Il ne l'avait jamais revue; il n'avait plus jamais entendu parler d'elle.

Ce qu'elle ignorait, c'était que, maudit, il l'était déjà. Et il vivait toujours cet enfer auquel elle l'avait voué.

Sara s'appuya à la barrière de fer forgé qui entourait la tombe et observa la marque plus claire laissée par la plaque qui s'était détachée.

— Personne ne mérite de mourir comme cela…

Le bras de Sara frôla le sien. Il fut presque surpris de se rendre compte qu'elle ne lui arrivait qu'au menton. Elle avait une voix extrêmement déterminée, pour une femme aussi petite et apparemment aussi fragile.

— Ce doit être dur, pour vous, après ce qui est arrivé à votre mère…, avança-t-il.

— Oui, confirma-t-elle dans un soupir. Son enterrement a été semblable à celui d'Anne du point de vue de la couverture médiatique. Et de l'assistance – des spectateurs, devrais-je dire. Les gens étaient bruyants, irrespectueux. C'était odieux. Et puis tout est allé si vite, les premiers jours… La police ne cessait de poser de nouvelles questions, de changer d'avis, de chercher d'autres choses. Les médias voulaient trouver le meilleur angle pour raconter l'histoire. Et moi, je ne me rendais pas compte de grand-chose. J'étais hébétée. Je répondais de mon mieux aux questions de la police, j'essayais de régler tous les détails, d'encaisser le choc. Il y avait une bonne dizaine de policiers en uniforme à l'enterrement. Pour contrôler la foule, paraît-il. Mais cela m'a semblé une telle atteinte à ma vie privée… Et puis la presse a monté en épingle le fait que je sois arrivée avec Rafe… Mais c'est parce que c'était l'être qui aimait le plus ma mère. Et nous étions amis, lui et moi. Il était normal que je vienne avec lui.

— Vous êtes arrivée aux obsèques avec Rafe ?

Gabriel le savait, parce qu'il avait lu beaucoup d'articles sur la mort de la mère de Sara, mais il voulait entendre ce qu'elle avait à dire de lui.

— Il était parfaitement logique que j'arrive avec le petit ami de ma mère, puisque je n'ai pas d'autre famille.

Elle glissa l'index sous ses lunettes pour s'essuyer un œil. Pourtant, Gabriel ne pensait pas qu'elle pleurait.

— Sur le moment, je n'ai pas compris que c'était lui le principal suspect. Il n'a fallu que cinq jours à la police pour conclure à sa culpabilité et l'arrêter pour meurtre. En revanche, il a fallu près d'un an à la justice pour le relaxer.

— Comme John Thiroux.

— Lui-même.

— Est-ce pour cela que cette affaire vous intéresse ? voulut-il savoir. Ou cherchez-vous uniquement à résoudre le meurtre de votre mère ?

— Non, je veux résoudre les deux. Toutefois, je ne suis pas certaine qu'il soit possible à l'heure actuelle de découvrir qui a assassiné ma mère. Si je suis venue, c'est surtout pour voir si la médecine légale peut jeter un jour nouveau sur l'assassinat d'Anne. Et aussi, c'est vrai, à cause de ces étranges similitudes : l'arme employée, le fait qu'elles aient toutes deux été tuées dans leur lit, l'accusation qui se porte d'abord sur leur amant – amant qui a découvert le corps.

Et puis à cause d'un autre fait que, sans doute, tout le monde ignorait. Même Gabriel. Anne Donovan était l'arrière-arrière-grand-mère de Jessie Michaels. Et, avant de mourir, sa mère avait reçu une copie de l'article annonçant le meurtre d'Anne Donovan.

Sara n'avait parlé ni à la police, ni à Rafe, ni à Gabriel du courrier anonyme que sa mère avait reçu trente-six heures avant sa mort. Car elle avait l'horrible pressentiment qu'un seul homme pouvait être au courant de ce lien de parenté et, si cela se confirmait, elle en serait brisée. Certaines réponses étaient parfois plus terribles que l'ignorance. Elle ne devrait même pas révéler à Gabriel ses sentiments, les émotions que lui inspirait le meurtre de sa mère. Mais il était si facile de lui parler…

Il l'écoutait, sans bouger, sans jamais donner l'impression qu'il la jugeait. C'était comme s'il comprenait qu'il n'avait pas le droit de jeter la pierre. En même temps, il était capable de témoigner de la compassion, et de tenir un discours rationnel.

— J'imagine que beaucoup d'hommes ont déjà été accusés d'avoir tué leur maîtresse – et je pense qu'un grand nombre d'entre eux était coupable.

— Et lui, vous pensez qu'il est coupable ? John Thiroux ?

Sara fixait la tombe, le carré effrité où l'on aurait dû pouvoir lire un nom et des dates mais qui avait disparu, effacé, comme la femme sous la pierre. Tout se brouillait devant ses yeux. La chaleur l'enveloppait, l'étouffait.

— Je n'ai pas encore lu tous les documents. Et les résultats de l'analyse ADN du couteau ne sont pas revenus. Donc, je n'en sais rien.

Cela ne devrait même pas compter, songea-t-elle. Et pourtant… Il lui semblait que, si elle parvenait à reconstituer ce qui était arrivé à Anne Donovan, elle pourrait ensuite reconstituer le puzzle de sa vie. Elle pourrait triompher de la mort, laisser le passé s'éloigner et regarder l'avenir avec confiance et espoir. Elle pourrait reprendre son travail. Être normale.

Le processus de deuil était différent pour chacun. Sara se rendait compte que, pour elle, il s'agissait de trouver, pour s'y raccrocher, des choses qu'elle pouvait contrôler. De se rebeller contre un univers qui lui dictait sa vie.

— Nous allons creuser jusqu'à ce que nous trouvions des réponses, déclara-t-elle. Pour Anne. Pour ma mère.

— Mm. Pour nous, Sara, vous et moi, autant que pour elles. Nous avons besoin de savoir, n'est-ce pas ? Sauf qu'il se peut aussi qu'il n'y en ait pas, de réponse.

Il avait raison, même si elle répugnait à le croire, et même si elle se demandait ce que cela pouvait lui faire, à lui. Il s'agissait de sa famille à elle. De son passé, de son présent, de son avenir à elle. Pas des siens.

Son vertige ne passait pas. Brusquement, le cimetière lui paraissait étouffant.

— Pouvons-nous partir ? demanda-t-elle. J'ai besoin d'un verre d'eau.

Sans l'attendre, elle tourna les talons et se dirigea vers la grille en glissant sur les graviers et les coquillages dans ses tongs. Une fois dans la rue, elle put de nouveau respirer normalement. Mais son angoisse ne retomba pas.

Arriverait-elle jamais à s'en débarrasser ?

Après avoir acheté une bouteille d'eau à un marchand dans la rue, Sara décida de rentrer chez elle et d'essayer de dormir. Et Gabriel estima que c'était ce qu'il y avait de mieux pour elle. Il lui avait trouvé très mauvaise mine, au cimetière. Elle avait même un peu chancelé au moment de partir.

L'eau avait tout de même paru lui faire du bien et lui avait rendu quelques couleurs, et elle avait mangé une barre de céréales avant de reprendre sa voiture. Elle préférait reporter leur sortie à Bourbon Street au lendemain; bien entendu, il avait accepté. Il rentra chez lui à pied. Il connaissait par cœur le Quartier français où il vivait depuis cent cinquante ans. Les fissures, les maisons, les nuances, les habitants n'avaient plus de secret pour lui. Il percevait les changements, même les plus ténus. Il décida de couper par Bourbon Street pour passer devant les bars qui s'animaient déjà en cette fin d'après-midi de vendredi. Les panneaux annonçant trois pour le prix d'une. Les hand grenades. Les mojitos. Les jäger bombs. Pour sentir le parfum unique de cette rue, mélange de bière, d'eau de Javel et de friture.

Il se sentait fort. Il contrôlait la situation. Il était toujours son propre maître s'il pouvait passer ainsi à un mètre de la tentation sans y succomber. Cela l'encourageait. Dans son corps humain, il risquait davantage de céder à la faiblesse et au péché. Il devait mener les mêmes luttes que les mortels. C'était censé l'aider à comprendre ceux qui l'entouraient et sur lesquels il devait veiller, qu'il devait protéger. En réalité, cela n'avait fait que hâter sa chute. Mettre en lumière ses défauts. Attiser son besoin d'échapper à l'accablante réalité de la peine et de la souffrance des hommes.

À chaque fois que Gabriel empruntait Bourbon Street, il se demandait ce qui arriverait le jour où il ne serait plus capable de se contrôler et où il boirait un verre. Pour l'instant, il avait toujours résisté. Et il résista encore.

Mais, en arrivant chez lui, il trouva Alex dans la cour, en train de lire le journal dans son fauteuil de fer forgé.

La grille était toujours fermée à clé, bien sûr. Alex aimait faire ce genre de cinéma.

Gabriel soupira. Il n'était pas d'humeur à supporter Alex et ses manipulations. Enfin, heureusement que Sara était rentrée chez elle. Il ne voulait pas qu'Alex la rencontre.

— Qu'est-ce que tu fabriques ici ? lui demanda-t-il.

Alex lui sourit, découvrant tout son charme et ses dents blanches.

— En voilà une façon de saluer un vieil ami ! protesta-t-il.

— Je ne crois pas que nous ayons jamais été amis, répliqua Gabriel en passant à côté de lui en se dirigeant vers l'escalier.

Alex le suivit.

— Il est vrai que, en théorie, notre relation est plus proche de celle de deux frères. Nous avons été des anges, ensemble, autrefois. Aujourd'hui nous sommes des démons. Les frères Grigori, démons. Ah, ça me plaît bien, tiens, enchaîna Alex en riant. On dirait un numéro de cirque. Les incroyables frères Grigori vont vous fasciner par leurs actes démoniaques et leurs péchés éblouissants !

Gabriel roula des yeux excédés et monta les marches au petit trot.

— Eh ! Pourquoi tu ne ris pas ? C'était drôle. Je suis drôle.

— Si tu le dis.

Il ouvrit la porte de chez lui, entra et posa son appareil photo sur la console. Ignorant Alex, il se rendit dans la cuisine. L'heure du déjeuner était passée depuis longtemps; il avait faim.

— Puisque tu es trop mal élevé pour le faire, je m'invite et je me mets à l'aise, lança Alex du salon.

— Je n'en doutais pas.

Gabriel n'arrivait même pas à lui demander pourquoi il lui rendait visite – même s'il était curieux de le savoir. Il ne voulait surtout pas lui manifester le moindre intérêt, parce que Alex, comme tous les démons Grigori, était un être avec qui il n'avait aucune envie de passer du temps. Ils lui rappelaient ce qu'il avait été, ce qu'il était devenu. Ils lui rappelaient que, au fond de lui, il se croyait meilleur qu'eux mais que le temps lui montrait qu'il n'en était rien.

Tandis que Gabriel sortait un burrito du congélateur et le débarrassait de son emballage, Alex poursuivit :

— Je cherche Marguerite. Tu l'as vue ?

Gabriel s'arrêta au moment de mettre le burrito au micro-ondes et se retourna. Il ne voyait pas Alex qui avait dû s'asseoir sur le canapé.

— Cela fait des années que je n'ai pas vu Marguerite.

Il n'en avait aucune envie. Elle l'avait trahi pendant son procès et il lui faisait moins confiance encore qu'aux autres Grigori.

— Ah bon ? Je ne savais pas. Bon, si tu la vois, s'il te plaît, préviens-moi. Il faut que je lui parle de quelque chose, or cela fait des mois qu'elle a disparu et que je n'arrive plus à mettre la main sur elle.

— Elle n'a peut-être pas envie que tu la trouves.

Quand la sonnerie de l'appareil retentit, Gabriel en sortit le burrito qu'il fit glisser sur une serviette en papier.

— Mais je suis son père ! s'offusqua Alex. Nous avons d'excellentes relations.

Gabriel ignorait ce qu'étaient d'excellentes relations entre un démon et sa fille mi-démon, mi-humaine mais, selon lui, Alex et Marguerite ne s'entendaient pas si bien que cela. Enfin, cela ne le regardait pas.

— Je te dirai si je la vois, mais n'y compte pas trop.

— Tu ne sors pas tellement, si ?

— Non.

C'était volontaire. Gabriel se rendit dans le salon en mordant dans son en-cas. Il trouva Alex sur le canapé, en train de regarder son appareil photo.

— C'est qui, cette blonde ? s'enquit-il en retournant l'appareil pour lui montrer l'écran sur lequel on voyait Sara, dans la rue, de profil.

Merde. L'idée même qu'Alex puisse être au courant de son existence le mettait mal à l'aise. Dans un effort pour paraître désinvolte et ne pas attirer l'attention d'Alex, il haussa les épaules.

— Oh, une fille qui m'aide à faire des recherches.

— Elle pourrait être mignonne, sans cet air de chien battu, commenta Alex avec une grimace. Si tu as envie de t'amuser un peu, tu dois pouvoir trouver mieux que ça.

Gabriel ne partageait pas du tout ce jugement sur Sara, mais là n'était pas la question.

— Je n'ai pas envie de m'amuser : c'est une relation professionnelle.

Oh, il ne lui déplairait pas d'explorer d'autres possibilités plus intimes. Mais il ne fallait pas. Il devait résister.

Alex posa l'appareil photo et le regarda d'un air narquois.

— Je n'en doute pas. Tu n'es pas très marrant, dans l'ensemble. Je ne comprends pas pourquoi tu n'acceptes pas ce que tu es. Pourquoi tu n'en profites pas. Tu es un ange déchu. Donc un démon. Fais la fête, Gabe. Amuse-toi.

Sauf que Gabriel avait encore une conscience, contrairement à Alex. En tout cas, Alex était capable de justifier tous ses excès avec un aplomb impressionnant.

— Ta sollicitude me touche, mais tout va bien.

— Mouais, enfin tu vis dans un purgatoire que tu as toi-même créé. Tu ne recherches pas la rédemption, mais tu ne jouis pas non plus du péché. C'est comme si tu errais sans but, ajouta-t-il en se levant. Comme si tu te contentais d'exister, pour exister. Allez, conclut-il en lui donnant une tape dans le dos. Prends soin de toi. À plus.

Sur quoi il s'en alla, laissant Gabriel avec du burrito plein la bouche et la conviction qu'Alex avait raison. Tant qu'il ne saurait pas s'il avait ou non tué Anne, il ne pourrait pas avancer.

Vers quoi, il l'ignorait, mais il serait temps de s'en soucier plus tard.

Pour l'instant, il fallait qu'il perce la vérité à jour avant que le doute le consume et que la solitude finisse par lui faire à nouveau rechercher le réconfort de la bouteille.

Sara avait du mal à garder les yeux ouverts. Cependant, elle savait qu'il serait désastreux de faire une sieste à 17 heures alors qu'elle souffrait déjà d'insomnies. Elle faisait les cent pas dans son appartement dont elle détestait déjà la moquette grise élimée et le canapé gris et violet. Il était équipé de mobilier bon marché, mais ce n'était pas vraiment ce qui lui déplaisait. Elle n'avait pas besoin de marques ni de tissus chers. Non, ce qu'elle n'aimait pas, c'était son absence de caractère. Et puis rien, dans cette pièce, ne parlait d'elle, de ses goûts, de ce qui l'intéressait. Elle aurait voulu des plantes vertes, des œuvres d'art, des plaids matelassés adoucis par le temps, un téléviseur à écran plat avec un disque dur pour pouvoir regarder toutes les émissions de téléréalité dont elle ne se lassait pas.

Elle n'était là que depuis deux jours, mais elle se rendait déjà compte qu'elle n'était pas faite pour le provisoire. Cet endroit ne reflétait pas sa personnalité. Elle avait besoin de ses affaires, de sa vie. Entourée d'objets qu'elle connaissait, elle se sentait plus heureuse et plus forte. Sauf que tout ce qu'elle avait était au garde-meuble à Naples.

Quand le téléphone sonna, elle se jeta dessus pour répondre, trop contente d'être distraite de son envie de dormir. Si elle s'asseyait, elle craignait de céder au sommeil. Ce qui signifierait une nouvelle nuit blanche.

— Allô ?

— Sara Michaels ? demanda une voix masculine.

— Oui.

Zut. Elle aurait dû vérifier le numéro de son correspondant sur l'écran.

— Ici Robert Blackman, du *Naples Daily News*. J'aimerais vous parler de l'acquittement du Dr Marino.

Re-zut, songea Sara en soupirant.

— Pas de commentaire.

— Est-il vrai que vous ayez déménagé à La Nouvelle-Orléans ?

— Qui vous a dit cela ? demanda-t-elle, choquée.

L'idée que l'on puisse la surveiller, la traquer, presque, lui faisait froid dans le dos. Et puis, pour tenter de rattraper le coup, dans l'espoir qu'il laisse tomber le sujet, elle ajouta :

— En tout cas, ce n'est pas vrai.

— Ah bon ? Mais je sais que vous avez vendu votre appartement et la maison de votre mère, et que vous avez démissionné. Alors vous allez partir avec le Dr Marino sur la côte Ouest ?

Un frisson de dégoût la parcourut.

— Non.

Elle raccrocha en tremblant. Ce n'était pas fini. L'histoire la poursuivait.

Toutefois, elle le savait depuis le début. Elle pouvait fuir, mais pas se cacher.

La vérité, cette vérité qu'elle s'efforçait d'accepter, à laquelle elle s'efforçait de se conformer, c'était qu'il fallait se décider à faire face.

À prendre le dessus.

Les mains tremblantes, elle composa le numéro de téléphone de Gabriel.

— Allô, c'est Sara.

Il parut surpris, mais assez agréablement, peut-être, espéra-t-elle.

— Bonsoir. Comment ça va ?

— Beaucoup mieux.

Enfin, plus ou moins, corrigea-t-elle *in petto* en inspirant à fond.

— Votre invitation à aller voir Bourbon Street tient toujours ? Je crois que ça m'amuserait, en fin de compte.

Elle redoutait sa réaction, mais elle fut excellente. Il était surpris, oui, mais agréablement, cela ne faisait aucun doute. Et il n'hésita pas un instant avant de répondre :

— Bien sûr qu'elle tient toujours. Et, si vous voulez, nous pourrions manger un morceau avant. Il ne se passe pas grand-chose à Bourbon Street avant 22 heures.

— Super. Je serai chez vous dans une heure environ.

Juste le temps de se préparer.

L'idée de boire un verre à Bourbon Street devenait soudain extrêmement tentante.

9 octobre 1849

Interrogatoire de M. Thiroux conduit par William Davidson

M. Thiroux a accepté cet interrogatoire de son plein gré et refusé le droit de prendre contact avec son avocat.

L'interrogatoire a eu lieu dans sa suite à l'angle de Royal Street et d'Orleans Street. M. Thiroux a exprimé des remords et des regrets qui m'ont paru sincères au sujet de la mort de Mlle Donovan, et indiqué qu'il paierait son enterrement car il n'y avait pas de famille pour se charger de l'organisation ni des frais.

Lorsque je lui ai demandé de m'expliquer ce qui s'était passé la nuit en question, voici le récit qu'il m'en a fait :

« J'avais bu plusieurs verres d'absinthe et fumé un peu d'opium. Je me suis endormi peu après mon arrivée à 20 heures. Quand je me suis réveillé, il faisait nuit et j'ai cru qu'Anne dormait parce que je la voyais allongée sur le lit, un bras le long du corps. J'ai décidé de la dessiner et j'ai commencé à le faire. Au bout de quelques instants, je me suis approché pour voir l'expression de son visage. J'ai glissé dans son sang répandu sur le sol, puis j'ai vu ce qui lui était arrivé. À l'évidence, elle était morte, d'une mort atroce. Alors je suis allé chercher Mme Conti. Mais, avant, je me suis couvert de honte en vomissant par terre, sous l'effet du choc que m'a causé cette découverte et ce que l'on avait fait subir à une femme à laquelle j'étais très attaché. »

Si personne d'autre n'est entré dans la maison et si Mlle Donovan ne s'est pas débattue et n'a opposé aucune résistance, ce que les témoins attestent, la triste conclusion que je me vois contraint de tirer, c'est que M. Thiroux, sous l'influence des stupéfiants, est entré dans une folie meurtrière et a assassiné sa maîtresse, sans préméditation ni souvenir de son acte. Voici qui témoigne de la rage que l'alcool peut provoquer chez un homme, et qui a coûté la vie à Mlle Donovan.

Chapitre cinq

ARRESTATION IMMINENTE !

Le 10 octobre 1849 – En trois jours, la police, prête au départ à classer le meurtre de Mlle Donovan comme impossible à résoudre, en est maintenant à avoir pratiquement JUGÉ et CONDAMNÉ John Thiroux pour ce crime avant même son arrestation. Rien n'a été fait pour rechercher d'autres suspects éventuels et les rapports de police officiels lus par nous indiquent que l'on a clairement des vues sur l'artiste, philanthrope et discret érudit.

Avocats de la tempérance, fourbissez vos armes car cette affaire va se révéler un banc d'essai pour la tolérance des citoyens de La Nouvelle-Orléans vis-à-vis de l'abus de boisson et de substances pharmaceutiques. Choisissez votre

> camp et rangez-vous du côté que vous voulez car nos affaires, nos résidences et la substance même de notre ville pourraient être drastiquement transformées par les conclusions tirées suite à ce meurtre et son rapport avec la consommation d'alcool.

— Alors on a arrêté John Thiroux, comme cela ? demanda Sara à Gabriel qui était assis en face d'elle à une table du restaurant Brennan's, sur Royal Street. Sans plus de preuves ?

Elle passa le doigt sur le bord de son verre de vin en tournant et retournant les faits dans son esprit. Il était intéressant de parler de l'affaire en profondeur, logiquement, avec le détachement engendré par un siècle de distance avec la sinistre réalité. Pour la première fois, elle comprenait l'intérêt du métier de Gabriel. Jouer à Hercule Poirot, mais sans décevoir personne si l'on ne parvenait à aucune conclusion satisfaisante. C'était bien plus facile que de songer à sa mère.

Ce brusque revirement dans l'enquête initiale sur le meurtre d'Anne Donovan lui paraissait bizarre. L'arrestation de Thiroux était-elle réellement le fruit de la campagne médiatique ? La police craignait-elle la presse ? Il était trop tôt, elle n'était pas suffisamment avancée dans ses lectures et ses recherches pour le dire. Toutefois, le changement intervenu dans les quatre jours séparant le meurtre de l'arrestation était manifeste.

— Eh bien, il y avait tout de même certaines preuves. Il se trouvait dans la chambre et il avait du sang sur les mains. Personne n'avait entendu de bruit de lutte. Il n'y avait aucun signe d'effraction. Les présomptions désignaient donc John Thiroux comme le suspect logique. Quant au mobile… C'est plus aléatoire. Quoi qu'il en soit, il en a eu l'occasion.

Gabriel étala une épaisse couche de beurre sur un morceau de baguette bien croustillante dans lequel il mordit.

C'était le quatrième, nota Sara en le regardant avec envie. Comment faisait-il pour ne pas grossir ? Si elle faisait comme lui, elle aurait des poignées d'amour avant même que l'addition arrive.

— Si l'on y réfléchit, dans des circonstances identiques, aujourd'hui, la police emmènerait certainement la personne présente sur le lieu du crime pour l'interroger. Reconnaissez que tout le désigne comme coupable.

— Mais ce n'est pas votre avis, n'est-ce pas ?

Autrement, il ne se donnerait sans doute pas la peine d'enquêter ni d'écrire sur cette affaire.

— Je trouve que quelque chose ne colle pas. Nous avons là un homme qui n'a jamais montré la moindre violence, et qui était sous l'influence de l'opium qui est une drogue passive, et de l'absinthe, qui n'est pas hallucinogène.

— Selon vous. Mais vous avez dit que, à l'époque, on était persuadé du contraire. Et puis, pouvez-vous réellement savoir ce qu'il a pris ce soir-là ?

— Non, sans doute. Nous n'avons que son témoignage. Du reste, je suis convaincu que la qualité du produit était variable. Mais il est resté dans la chambre, ajouta-t-il après avoir bu une gorgée d'eau. Et il l'a dessinée. Pourquoi faire cela s'il l'avait tuée ?

— Parce qu'il ne se rendait pas compte de ce qu'il faisait – ou de ce qu'il venait de faire – s'il était sous l'emprise de l'alcool et de la drogue. Ou parce qu'il en a retiré un plaisir pervers ? Pour ne pas se faire prendre en quittant la maison avec du sang sur lui ? Je ne sais pas, fit Sara en haussant les épaules. Qu'est-ce qui pousse les criminels à faire ce qu'ils font ? Les meurtres sont souvent aveugles et étranges.

Elle regarda le jardin du restaurant. Les arbres verdoyants se balançaient dans la légère brise du soir. La fontaine était éclairée d'une lumière douce.

— Pas aussi aveugles que vous croyez, rectifia-t-il. Les mobiles sont souvent assez simples : l'appât du gain, la fureur, la curiosité. L'appât du gain est calculateur. La fureur est bâclée, sale. La curiosité est mise en scène. Ce sont les psychopathes qui tuent par curiosité. Et ils ont deux caractéristiques : ils n'éprouvent pas de remords et ils ne veulent pas se faire prendre.

— John Thiroux était un psychopathe, selon vous ?

Gabriel posa sur elle son regard sombre.

— En l'occurrence, à l'époque, je crois que personne n'a imaginé qu'il puisse s'agir d'un meurtre avec préméditation. On a conclu à un crime passionnel – sans doute à juste titre vu la sauvagerie des coups. En revanche, si c'est John Thiroux le coupable, ce n'est sans doute pas un psychopathe parce qu'il serait étrange qu'il soit resté sur le lieu du crime. Les psychopathes ne veulent pas se faire prendre. S'il avait prévu de la tuer, il aurait sans doute préparé sa fuite. Mais ni la police ni le procureur n'ont jamais semblé envisager qu'il pouvait s'agir d'un meurtre avec préméditation. Tout le procès a par ailleurs tourné autour de la culpabilité de Thiroux, son état d'esprit au moment des faits… Était-il conscient de ses actes? Était-il assez fort, dans son état, pour commettre un acte aussi violent? Selon le coroner, c'est quelqu'un de très fort qui a porté les coups. Le procureur a affirmé que, dans un état de rage causé par l'alcool, tout le monde était capable de tuer à coups de couteau.

Hélas, Sara jugeait que le procureur devait avoir raison. Sous l'effet de l'adrénaline et de la colère, presque tout le monde pouvait tuer si la victime se trouvait dans une position vulnérable, comme c'était le cas d'Anne – au lit, déjà endormie, peut-être.

— Mais, si ce n'est pas lui, qui cela peut-il être ? Quelqu'un peut-il être entré et l'avoir assassinée pendant qu'il était dans son fauteuil, assommé par la drogue ?

Cela paraissait difficilement imaginable à Sara. Il aurait au moins entendu quelque chose. Senti le danger. Toutefois, elle était bien placée pour savoir quel effet deux sédatifs au moment du coucher pouvaient avoir. Certaines nuits, sa maison aurait pu brûler autour d'elle qu'elle ne se serait rendu compte de rien. C'était le but, d'ailleurs.

— Quelqu'un qu'elle connaissait ? Un inconnu ? Je ne sais pas. Mais j'imagine qu'il n'était pas difficile du tout d'aller et venir sans se faire remarquer. Les voisins avaient l'habitude de voir toutes sortes d'hommes entrer et sortir. Personne n'aurait fait attention.

— Mais les femmes de la maison ont affirmé n'avoir rien vu.

— N'ont-elles pas également déclaré qu'elles étaient occupées, à l'heure des faits ? fit-il d'un air malicieux.

Sara se sentit piquer un fard aussi exaspérant qu'inexplicable. C'était des prostituées; évidemment qu'elles couchaient avec des hommes. Ce n'était pas une information. Il n'y avait pas non plus de quoi être gênée; ce n'était pas comme si elle parlait de sexe dans des circonstances la concernant directement. N'empêche qu'elle avait le feu aux joues.

— Oui, il me semble que toutes, sauf deux, étaient censées être occupées avec des hommes.

— Et les gens qui habitent ce genre de quartier, qui vivent au jour le jour, ont tendance à garder les yeux baissés et à s'occuper de leurs affaires. Ils ne veulent pas se trouver mêlés à quelque chose qui pourrait leur faire du tort. On observe ce genre de réaction aujourd'hui aussi. Il n'est pas rare qu'il y ait un échange de coups de feu entre gangs, avec soixante-quinze témoins dont aucun n'a rien vu.

— Sans doute.

Sara recula un peu pour laisser le serveur poser sa salade devant elle. Quand il s'éloigna, elle demanda à Gabriel :

— Alors, quelle est la question la plus importante à se poser, ici ?

— John Thiroux a-t-il tué Anne Donovan ? Voilà la question la plus importante. À quel stade de l'ivresse était-il ? Un homme dans son état aurait-il pu tuer avec une telle violence ? Et, si ce n'est pas lui qui l'a fait, qui est-ce ? Si c'est lui, comment se fait-il qu'il ait été acquitté ? Si la médecine légale avait existé au XIXe siècle, aurait-elle permis d'élucider le crime ? Ou le facteur humain du jury est-il toujours déterminant dans un procès, quelles que soient les preuves apportées par la police scientifique ?

— Peut-on vraiment répondre à ces questions ?

La tâche semblait écrasante. Il y avait bien peu de documents. Ils n'avaient accès qu'à très peu de preuves. Et Sara se considérait comme une technicienne de laboratoire, pas une enquêtrice de terrain. Elle réalisait des analyses sérologiques et ADN de substances connues ou non prélevées sur des scènes de crimes et rédigeait des rapports. Même si elle répondait à des questions du type « ce liquide rougeâtre est-il ou non du sang et, si c'en est, est-ce du sang humain ou non ? », ce n'était pas à elle qu'il revenait de lier cette information à l'enquête criminelle. Alors elle ne savait pas trop par où commencer.

Mais Gabriel leva son verre en un toast qui avait quelque chose d'impudent.

— Nous allons essayer, déclara-t-il. Alors, cette salade Degas ?

— Elle est très bonne, assura-t-elle sans trop savoir comment déchiffrer son expression amusée. Vous l'avez déjà goûtée ?

Gabriel ne répondit pas. Il n'avait pas encore touché à sa salade à lui.

— Cela faisait longtemps que je n'étais pas venu dans ce restaurant, dit-il en regardant autour de lui. Il n'a pas beaucoup changé.

— C'est très agréable.

Elle appréciait sincèrement ce restaurant calme et élégant et son excellent personnel. Elle avait été étonnée qu'il le choisisse pour ce dîner impromptu. Elle s'attendait plutôt à ce qu'il propose un sandwich ou un burger.

— Degas, le peintre, a vécu quelque temps à La Nouvelle-Orléans, non ? se rappela-t-elle.

— Environ un an. Cela lui vaut d'avoir une salade qui porte son nom.

— Et si c'était une coïncidence, si cela n'avait rien à voir avec lui ?

— Je ne crois pas aux coïncidences.

Sara avala une bouchée de laitue et de noix de pécan et regarda Gabriel dont le visage était éclairé par la flamme de la bougie. C'était un homme séduisant, à la peau sans défaut, aux pommettes élégantes, au menton fier et aux cheveux d'une longueur inexplicable mais qui lui allait idéalement. Dans l'ensemble, il était très bien de sa personne. Le genre sur lequel on se retournait – mais que l'on avait oublié cinq minutes après l'avoir croisé. Oui, c'était ce qu'elle se disait. Sauf quand elle croisait son regard. Alors, elle se souvenait qu'elle ne pouvait le chasser de ses pensées. Quand elle rencontrait ses yeux bruns, volontairement ou non, ils captaient son attention. Elle se sentait irrésistiblement attirée, retenue. Et, tout au fond, elle lisait une profondeur étrange, de la douleur, un appel silencieux mais désespéré.

Cela devait venir d'elle. Elle devait voir ce qu'elle avait envie de voir. Projeter sur lui ce qu'elle ressentait. Elle ne voulait pas être seule dans son trouble, son chagrin, sa recherche d'un avenir qu'elle puisse comprendre et dans lequel elle trouverait sa place.

— À quoi croyez-vous ? voulut-elle savoir.

Cette question lui fit détourner le regard. Il prit sa fourchette.

— Je ne sais pas; j'ai oublié.

Hm. Il avait des secrets, c'était certain. Une histoire.

— De la même façon que vous n'entendez plus de musique ?

— Oui. Quelque chose de cet ordre, confirma-t-il en piquant rageusement sa salade. Et vous, depuis combien de temps êtes-vous médecin légiste ?

Ce n'était pas très subtil mais, s'il y tenait, elle voulait bien changer de sujet.

— Sept ans. Je suis diplômée depuis huit ans mais, comme je n'ai pas travaillé depuis un an, je ne peux pas dire que j'exerce ce métier depuis huit ans.

— Ne vous culpabilisez pas d'avoir pris un congé.

C'était plus facile à dire qu'à faire.

— Je n'y peux rien. Je me sens inutile.

Il haussa les épaules.

— Et alors ? Soyez inutile quelque temps. Qu'est-ce que ça peut faire ? Vous avez le droit de vous laisser aller un peu à votre peine et de ne servir à rien d'autre.

Sara fut tellement surprise par sa réponse qu'elle laissa échapper un bref éclat de rire. Elle s'était attendue à des paroles d'encouragement, une variante ou une autre de ce que ses amis ne cessaient de lui répéter depuis un an : il fallait qu'elle avance, qu'elle se remette au travail pour passer le cap. Personne ne lui avait encore donné la permission d'être inutile.

— Qui a dit que vous deviez passer chaque instant à faire des choses importantes ? On ne peut pas chasser ses émotions à force de travail.

Mon Dieu ! c'était bien vrai. C'était ce qu'elle avait essayé de faire pendant les deux mois qui avaient suivi la mort de sa mère. Mais elle s'était rendu compte que, quand elle tentait d'ignorer ses sentiments, ils ressurgissaient au moment où elle s'y attendait le moins.

— Vous avez entièrement raison, reconnut-elle.

Elle finit son vin et le considéra, stupéfaite. C'était étrange, surréaliste, bizarre, mais tellement bien, à la fois, d'être assise en face de lui en ce moment… Dire que, d'une phrase toute simple, il avait balayé toute une année de culpabilité qu'elle traînait partout avec elle. Elle avait vécu un drame très violent et débilitant. Face à ce genre d'épreuve, certains étaient capables de crâner. Pas elle. Et ce n'était pas grave.

— Donc, vous êtes écrivain, pianiste, photographe et philosophe, remarqua-t-elle. Quels autres talents cachés avez-vous ? Parlez-moi de vous.

« Racontez-moi votre histoire, aurait-elle voulu lui demander. Partagez avec moi cette peine qui hante votre regard. » Elle éprouvait un besoin tangible, une forte envie de connaître la cause de son chagrin pour pouvoir le réconforter comme il venait de le faire pour elle, rien que par sa présence. Et par l'acceptation tacite de ses singularités.

— Que voulez-vous savoir ?

Tout.

— Pourquoi la salade Degas vous perturbe.

Gabriel se mit à rire.

— Elle me perturbe, c'est tout. Il n'y a pas d'autre peintre qui ait donné son nom à une salade. Qu'avait-il de si extraordinaire ?

Sara laissa tomber sa fourchette. Soudain, elle avait compris.

— Vous peignez aussi, n'est-ce pas ?

— J'ai arrêté.

Évidemment. Il avait arrêté.

— Que n'avez-vous pas arrêté ?

— J'écris des livres sur des faits divers réels, répondit-il en portant sa fourchette à ses lèvres, une lueur charmeuse dans le regard. Et je dîne avec de belles blondes.

— Une à la fois, ou en groupe ?

Sara n'en revint pas de s'entendre prononcer ces mots. Elle flirtait ! Elle savait encore flirter, et elle aimait cela.

— Une seule à la fois, toujours. Je préfère ne pas être distrait.

Quelque chose lui disait qu'il lui plairait infiniment d'être la seule cible des attentions romantiques de Gabriel.

— Ah, et vous vous laissez facilement distraire ?

Sara reprit son verre de chardonnay et fit tourner le liquide à l'intérieur avant d'en boire une gorgée.

Il posa un instant les yeux sur son verre avant de les reporter sur son visage.

— Non, je ne suis pas facile à distraire. Je suis très tenace. Quand je veux quelque chose, je ne renonce pas facilement, que ce soit ou non raisonnable.

C'était un avertissement à peine déguisé. Mais Sara sentit que ses hormones ne voulaient rien entendre. Elle recevait la caresse de ses mots dans tout son corps et la chaleur qui naissait entre ses jambes ne venait pas du vin.

— Et là, que voulez-vous ? lui demanda-t-elle.

Elle se rendit compte qu'elle était imprudente, qu'elle flirtait et avec Gabriel, et avec le danger.

Si une petite partie d'elle-même espérait l'excitation de l'entendre répondre : « vous », elle aurait dû sentir que cela ne correspondait pas à ce qu'elle savait de lui. Ce n'était pas un charmeur, et il n'était pas toujours facile à comprendre.

— Je veux résoudre un meurtre. Et recommencer.

Bien sûr. Elle aussi. N'empêche que c'était un peu démoralisant de l'entendre l'énoncer aussi abruptement. Ce qui était ridicule. Parce qu'elle n'avait pas l'intention d'avoir avec lui une liaison de quelque nature que ce soit.

— Ensuite, je serai libre de me consacrer à ce que je veux d'autre.

Il n'en fallut pas davantage pour rallumer son désir.

Sara imaginait Bourbon Street comme une espèce de très longue tournée des bars. C'était assez juste, mais rien ne l'avait préparée à cet assaut de bruits, d'odeurs et d'images. Il y avait des gens partout, qui entraient dans les bars et les clubs et en sortaient, parlaient, riaient, renversaient des verres, attrapaient des perles jetées des balcons, se pelotaient gentiment. Et de la musique, en direct ou non, qui s'échappait de tous les établissements. Des lumières étincelantes, clignotantes, colorées perçaient la nuit, vives et tapageuses, sans parvenir à pénétrer dans les coins sombres et au fond des ruelles.

— Eh ! lança un portier en faisant un clin d'œil à Gabriel. Une petite *lap dance* pour votre dame ?

Gabriel secoua la tête.

— Non, merci. Enfin, ajouta-t-il en se tournant vers Sara, sauf si vous en avez envie, bien sûr.

— Euh, non.

Ce n'était vraiment pas son truc. Cela dit, en regardant autour d'elle, elle commençait à se demander ce qui était son truc. Elle venait de recevoir un collier de perles de Mardi gras sur la tête et, franchement, elle n'avait pas trouvé cela particulièrement drôle ni agréable. Elle le portait tout de même par-dessus son T-shirt, maintenant, pour être un peu dans l'ambiance. Enfin, pour l'instant, elle avait un peu de mal à s'y mettre. Si elle aimait beaucoup danser, se tortiller sur du hip-hop ne la tentait pas plus qu'une *lap dance*. Non, ce qu'elle aimait, c'était la musique des années quatre-vingt, celle que sa mère lui avait fait écouter toute son enfance. Cela dit, elle ne se voyait pas vraiment se jeter sur la piste dans sa jupe en jean, son T-shirt et ses ballerines avec Gabriel.

Il y avait trop de bruit pour pouvoir faire la conversation. Tout ce qui restait à faire, c'était boire en regardant les gens. Gabriel lui fit signe d'entrer dans un bar. Elle passa devant lui et se fraya un chemin dans la foule jusqu'à un tabouret. Aussitôt, le barman lui demanda ce qu'elle voulait; elle commanda un chardonnay. Mais, avant qu'elle ait pu ouvrir son sac, Gabriel avait payé en balayant ses protestations d'un geste.

— Merci. Et vous, vous prenez quelque chose?

Soudain, elle se rendit compte qu'il n'avait pas bu de vin à table, contrairement à elle.

Il secoua la tête et remit son portefeuille dans sa poche avant de lui passer son verre.

— Non, je ne bois pas. Je suis alcoolique.

Elle faillit tomber de son tabouret. Ses pieds glissèrent même du barreau sur lequel elle les avait posés.

— Oh! Mon Dieu, je ne savais pas. Je suis confuse.

Elle se hâta de lui prendre le verre, désolée de l'avoir soumis à la tentation toute la soirée.

Mais il se mit à rire.

— Je n'allais pas le siffler, je vous le promets. Cela fait des années que je n'ai pas bu.

— Bravo.

Que dire d'autre ? En plus, ils étaient pratiquement contraints de hurler pour couvrir le bruit de la musique.

— Mais nous n'étions pas obligés de venir ici si cela vous gêne, ajouta-t-elle.

— Tout va bien. Je suis maître de la situation, Sara. Cela ne me gêne absolument pas.

Un peu surpris, il se rendit compte que c'était vrai. Ce n'était pas l'alcool qui le tentait le plus. Malgré l'odeur de la bière, les verres de vin, de whisky ou de hand grenade, la spécialité locale, qui circulaient autour de lui, il n'avait pas envie de boire. Non, ce qu'il voulait, c'était toucher Sara. Promener les doigts sur sa peau douce, rapprocher son corps du sien, presser les lèvres au coin de sa bouche voluptueuse, fermer les yeux pendant qu'ils se frôlaient, s'étreignaient, trouvaient un réconfort tactile qui leur rappellerait qu'ils n'étaient pas seuls.

Car ils se sentaient seuls, l'un et l'autre, c'était évident. En ce qui le concernait, il en avait conscience depuis longtemps et il luttait quotidiennement contre l'impression d'exister en dehors du monde qui l'entourait. Or, il décelait la même crainte dans les yeux de Sara. Sa force et sa détermination ne parvenaient pas tout à fait à dissimuler sa vulnérabilité qui refaisait surface quand elle le regardait. Il lui plaisait, cela se sentait. Elle le désirait. Et elle avait peur de ses sentiments.

Lui aussi.

Pourtant, dans ce café bondé, il avait l'impression qu'ils étaient seuls au monde. Il s'appuya au bar près de son tabouret en faisant exprès de frôler son genou. Elle se redressa et poussa sa jambe. Puis la ramena à sa place comme si elle avait décidé de résister à son instinct initial.

— Si vous avez envie de vous en aller, dites-le-moi, lui enjoignit-elle.

— Pas avant de vous avoir vue danser.

Elle lui jeta un regard mi-intimidé mi-coquet.

— Eh bien, vous risquez de rester là un moment, repartit-elle. Je ne vais pas danser.

— Pourquoi ? Manifestement, vous en avez envie. Vous battez la mesure du pied depuis que vous êtes assise, et c'est tout juste si vous ne sautillez pas sur votre tabouret.

Le groupe jouait une chanson de Bon Jovi. Ce n'était pas sa tasse de thé, mais Sara semblait apprécier.

Cependant, elle secoua la tête.

— Non. Je ne vais pas danser toute seule.

— Il y a déjà d'autres femmes sur la piste.

Elles étaient au moins une demi-douzaine, avec un ou deux hommes, à se trémousser devant la petite scène.

— Non. Laissez tomber.

Elle glissa ses cheveux blonds derrière son oreille et se redressa.

Cependant, quand les musiciens attaquèrent un morceau d'AC/DC, Sara poussa un petit cri de joie et se mit à bouger en rythme. Gabriel sentait qu'elle luttait intérieurement mais que c'était son désir de rester discrète et de se contrôler qui allait l'emporter. Cela le contraria. Que ferait-elle s'il la poussait sur la piste ? Le problème fut résolu par une femme coiffée d'une perruque de Mardi gras en plumes violettes et dorées. Elle s'approcha en oscillant des hanches, s'empara de la main de Sara et la fit descendre de son tabouret pour l'entraîner sur la piste avec un grand sourire amical.

Elle eut beau protester, la femme était déterminée. Trente secondes plus tard, Sara dansait. Un instant, Gabriel crut qu'elle allait détaler pour revenir s'asseoir, mais il vit ses épaules se détendre et elle se mit à onduler en riant avec sa nouvelle copine.

Peu à peu, elle se lâcha et se mit à danser vraiment, les cheveux libres, les hanches remuant dans sa petite jupe en jean, les bras écartés. Gabriel ne la quittait pas des yeux. Sous le jeu des lumières, elle s'abandonnait au rythme de la musique. Avec un large sourire sincère, elle se tourna vers lui et haussa les épaules d'un air amusé. Il sentit sa bouche s'assécher.

Il y avait quelque chose d'excitant à la voir s'animer comme cela, se défaire de ses réticences, se laisser aller à s'amuser. S'exposer sans se soucier de ce que l'on pouvait penser d'elle. Il devinait qu'elle ne se conduisait jamais comme cela; plus jamais, en tout cas, depuis la mort de sa mère.

Qu'elle était belle…

La tentation était trop forte pour son corps privé de sexe depuis soixante-quinze ans. Il se mit à la désirer violemment, douloureusement.

Mais il ne pouvait pas l'avoir.

— *John, où vas-tu ?*

Gabriel se retourna vers Molly qui s'était assise dans son lit, les cheveux en désordre, l'air angoissé. Elle était jolie et enthousiaste, et il l'avait prise deux fois dans la nuit, dans une tentative désespérée pour imprégner ses sens de plaisir et oublier. Pour effacer de son esprit le souvenir atroce d'Anne, mutilée et immobile.

Et voilà que Molly devenait collante.

— Je rentre chez moi.

— Non !

Elle sauta du lit avec une agilité impressionnante pour une femme nue et enroulée dans les draps.

Gabriel se pressa d'enfiler son pantalon. Le sang battait à ses tempes. Il avait les mains qui tremblaient. Il lui fallait un verre. Et son lit. Maintenant qu'il avait apaisé ses besoins physiques, la voix de Molly lui tapait sur les nerfs. Il avait envie d'être seul avec son absinthe, de s'élever plus haut avant de retomber dans son lit et dans le sommeil jusqu'à ce qu'il trouve la force d'ouvrir les yeux et de recommencer.

— Reste toute la nuit, Johnny, le pria-t-elle. Tu ne le regretteras pas.

Elle fit glisser ses doigts sur sa poitrine et approcha la bouche de la sienne.

Il tourna la tête pour éviter ses lèvres et prit sa chemise. Tant d'attention, de dévotion l'étouffait. Elle ne lui avait pas paru aussi émotive quand il avait commencé à la voir – plus parce que l'occasion s'en présentait et que c'était commode que par véritable intérêt pour elle.

— Non, je rentre.

Elle éclata en sanglots bruyants. Il la regarda, horrifié. Sa poitrine nue se soulevait au rythme de ses pleurs. Elle tendit les mains vers lui, l'air suppliant.

— Dis-moi que tu reviens demain.

— Je n'en sais rien, répondit-il en passant les bras dans les manches de sa chemise froissée. Je ne sais pas.

À l'évidence, ç'avait été une erreur. Cela ne faisait qu'une semaine qu'il voyait Molly, et encore, irrégulièrement. Il n'imaginait pas qu'elle se ferait des idées. Mais il n'aimait pas le mélodrame et il ne recherchait pas une relation permanente. Anne n'était morte que depuis deux mois. Il n'était pas prêt à s'attacher à une autre femme.

Sans doute avait-il aimé Anne.

Molly se cramponna à son bras.

— Promets-moi de revenir demain. Je ne tiendrai pas toute une journée sans toi. Je n'y arriverai pas.

Cette affirmation véhémente était tellement étrange que Gabriel s'arrêta pour regarder son visage marbré par les larmes, ses cheveux bruns emmêlés collés à ses joues.

— Mais pourquoi donc ?

— Parce que je t'aime, déclara-t-elle passionnément en se collant contre lui. J'ai besoin de toi.

Gabriel recula, horrifié. Il n'était pas digne d'être aimé. Et il n'avait rien fait pour encourager ni pour susciter une telle exaltation.

— Non, tu ne m'aimes pas, répliqua-t-il. C'est absurde.

Gabriel se rechaussa en esquivant les doigts de Molly qui voulait le saisir à la ceinture.

— Si ! Tu ne peux pas dire que ce n'est pas vrai. Je mourrai si tu ne reviens pas demain.

Cette annonce puérile d'une femme sur les nerfs, ce mépris de la vie et de la mort écœurèrent Gabriel. Il se dégagea et avança. Il ne voulait pas toucher Molly. Il ne voulait pas recourir à la force pour la repousser; mais il fallait qu'il s'en aille.

— Non, tu ne mourras pas, et je trouve choquant que tu le prétendes compte tenu du chagrin que nous avons tous eu pour Anne.

Mais cette fustigation n'eut aucun effet sur Molly. Elle rejeta la tête en arrière d'un air de défi et repoussa les cheveux collés sur sa joue.

— Je suis bien contente qu'Anne ne soit plus là, déclara-t-elle en relevant le menton. Si elle n'était pas morte, jamais tu ne te serais intéressé à moi. Et moi, tout ce que je veux, c'est toi.

Gabriel attrapa sa veste et s'enfuit, claquant la porte derrière lui sur les larmes de Molly, le cœur battant violemment. Cette altercation était délirante, mais il n'était pas en état de la décrypter.

Il allait rentrer chez lui et boire de l'absinthe.

Tout devenait beaucoup plus logique quand il avait bu.

Mme Jane Gallier
117 Esplanade Avenue
La Nouvelle-Orléans, Louisiane

M. Jonathon Thiroux
34 Royal Street
La Nouvelle-Orléans, Louisiane
Le 17 décembre 1849

Mon très cher John,
Je me rends compte qu'il est assez inconvenant de vous écrire comme cela, mais je ne puis me retenir de me mettre en rapport avec vous. Bien que ma situation de veuve me donne un peu de liberté, je sais qu'engager une correspondance avec vous est quelque peu déplacé. Toutefois, cela fait trois jours que je ne vous ai pas vu et je ne supporte plus votre absence.

Ce qui me pousse à prendre la plume, c'est le besoin d'exprimer mon extrême déception devant votre disparition et de vous prier sincèrement, ardemment, de trouver un moment dans votre emploi du temps très chargé pour venir me présenter vos hommages.

Peut-être peignez-vous. J'admire et respecte votre art et ne souhaite pas vous déranger. Toutefois, il me semblait que, maintenant que nous entretenions une relation nouvelle, intime, nous allions passer du temps ensemble. Je dois avouer que j'ai la pénible impression que vous vous êtes servi de moi, et que vous me négligez maintenant que je me suis offerte à vous. Je vous croyais mieux que cela, mieux que tous ces hommes égoïstes et insensibles qui charment et flattent les femmes uniquement pour gagner leurs faveurs puis se débarrassent d'elles négligemment. Si c'est ce que vous avez fait, je reconnais avoir été bien dupée. Puissiez-vous en concevoir une honte douloureuse et sentir la brûlure de la haine que votre attitude indigne m'inspire à votre égard.

Hélas, cher John, je ne dois pas vous fustiger. Ce n'est pas vous, je le sais. Vous êtes différent des autres, j'en suis convaincue. Je ne veux pas vous réprimander ni vous prêter des motivations ou des défauts qui ne sont pas les vôtres, même si je souffre et que je suis bien seule. Vous avez certainement des occupations plus pressantes et plus importantes qui doivent passer avant moi. Je ne suis pas une jeune fille et ne me fais pas d'illusions sur l'amour ni sur les promesses des hommes. Pourtant, il faut que je vous dise que je n'ai jamais ressenti pour personne ce que je ressens pour vous. C'est humiliant, mais, s'il le faut, je vous supplierai – oui, je vous supplierai – de venir me présenter vos hommages en personne dès que possible. Je ne supporte pas l'idée d'un seul jour de plus sans que vous me touchiez, sans que vos lèvres me donnent ce plaisir exquis.

Je ne me lasse pas de vous, John. Je deviendrai folle de désir si vous ne me revenez pas tout de suite. Il me tarde infiniment de lire votre réponse, ou, mieux, de recevoir votre visite.

Votre Jane
qui vous aime et vous espère

Le dos de Gabriel heurta le mur de la ruelle. Il regarda à droite et à gauche, la vue brouillée par l'alcool. En se tenant aux briques pour ne pas perdre l'équilibre, il rejeta la tête en arrière et ferma les yeux au moment où la putain qu'il venait voir pour la troisième nuit d'affilée s'agenouillait devant lui sur le trottoir.

La vive fraîcheur de l'air ajoutait à la sensation de brûlure, à l'impression exacerbée que ses jambes le portaient à peine, à la confusion qui lui embrumait l'esprit.

Avec celle-ci, ce serait différent. C'était une fille de rue endurcie, pleine de colère, aux mains sales, édentée. Elle n'attendrait rien d'autre de lui que son argent qui lui permettrait de s'acheter du whisky – ou un morceau de pain. Il n'y aurait ni communication entre eux, ni attentes, ni serments.

Et il pourrait ainsi apaiser son esprit affolé.

Il déglutit, la bouche sèche. La bouteille qu'il avait vidée une demi-heure plus tôt lui manquait déjà. Il s'efforça de jouir des soins qu'elle lui prodiguait, d'ignorer qu'ils lui soulevaient le cœur.

Mais c'était impossible. Il avait envie de se retourner pour vomir sur le pavé puant sur lequel ruisselaient les eaux usées. Il respira profondément et se concentra sur son vit, sur la chaleur qui l'enveloppait, sur la palpitation qui montait du plus profond de son être et se transformait en élancement fiévreux sous les caresses de sa langue brûlante. Ni sa tête ni son cœur n'y avaient de part. Il ne cherchait qu'une délivrance animale, se forçait à se distancier, à se concentrer, à laisser son corps prendre ce qu'il voulait.

Il fut soulagé que l'affaire se passe rapidement et efficacement, que son corps coopère. Moins de deux minutes plus tard, il se rebraguettait. Il voulait rentrer chez lui. Il se força à ouvrir les yeux et tendit la main à la fille pour l'aider à se relever.

Le sourire faussement timide qu'elle lui fit soudain le surprit.

— Tu es un drôle de coco, toi, pas vrai ?

C'était la seconde fois qu'il entendait le son de sa voix haut perchée et rauque à la fois. Il haussa les épaules et fouilla dans ses poches en quête d'une pièce à lui donner, les doigts tremblants, maladroits.

— Même heure, même endroit demain ? demanda-t-elle en redressant la veste de Gabriel d'un geste étrangement tendre.

Aussitôt, il sentit l'inquiétude le reprendre. Il allait dire que non, qu'il ne reviendrait pas demain, quand la putain des rues, qui avait sans doute perdu sa place dans une maison pour cause de mauvais caractère ou de consommation d'alcool excessive, lui caressa les cheveux de ses doigts crasseux.

— Un corps peut s'attacher à un drôle de coco comme toi. Dis-moi que tu reviendras demain. Je le ferai pour rien.

— Non, ce n'est pas la peine.

Il ne voulait même pas de ses attentions physiques. Il avait simplement voulu se prouver quelque chose, démontrer que ce qu'il croyait être son châtiment n'était que le fruit de son imagination fertile.

Cependant, la fille se raccrocha au devant de sa chemise.

— S'il te plaît, dis que tu viendras. J'aime ton goût. Je vais penser à toi toute la journée.

Oh, mon Dieu… Il sentit monter cette supplique machinale dans sa gorge alors qu'il savait qu'il ne pouvait compter sur aucun secours de ce côté-là. Déchu, il était tombé si bas qu'il avait reçu le châtiment suprême. Non seulement il avait été chassé du royaume des cieux, mais il était condamné à voir ses défauts imités par les femmes qu'il rencontrait.

— Je ferai tout ce que tu veux, plaida-t-elle. Permets-moi seulement de rester avec toi. De t'aimer.

Elle avait les yeux rougis par le désespoir. Ses cheveux gras retombaient en paquets sur ses épaules. Il sentait ses mains calleuses sur son torse.

Alors, il sut que c'était vrai. Tel était bien son châtiment. Toutes les femmes avec lesquelles il avait une relation physique le recherchaient, le désiraient comme lui l'absinthe.

Il était dépendant de l'alcool et de l'opium; elles étaient dépendantes de lui.

C'était horrible et accablant. Il s'écarta pour échapper à ses serres et partit en titubant sans écouter ses plaintes ni le claquement de ses semelles dans la rue tandis qu'elle le suivait, le poursuivait.

Il n'y aurait plus de femmes.

Jamais.

Chapitre six

— Vous êtes sûre de ne pas vouloir vous arrêter ailleurs ? demanda Gabriel tandis qu'ils descendaient Bourbon Street en direction de Dumaine Street.

— Non, merci. Il faut vraiment que je rentre.

Sara n'en revenait pas d'avoir dansé aussi longtemps. Gabriel avait dû mourir d'ennui à l'attendre avec son verre d'eau glacée alors qu'elle était restée sur la piste tout un set.

Mais elle s'était tellement amusée, c'était tellement libérateur de suivre la musique sans réfléchir, sans s'inquiéter. De ressentir, simplement. Et d'interagir avec les gens d'une façon aussi décontractée et anonyme.

Elle soupira en jouant du bout des doigts avec son collier de perles. Le manque de sommeil et le vin la rattrapaient. Elle était fatiguée – mais d'une bonne fatigue, une fatigue agréable.

— Merci pour cette sortie, dit-elle. Je me suis bien amusée, et je vous suis très reconnaissante d'avoir enduré une soirée d'ennui pour me faire découvrir Bourbon Street.

— Je ne me suis pas ennuyé du tout : j'apprécie votre compagnie et j'aime regarder les gens.

Sara décida de prendre sa déclaration au pied de la lettre sans se poser de question. Et de profiter du plaisir de marcher à côté de Gabriel.

— C'est vrai qu'il y avait des gens à regarder..., reconnut-elle en se souvenant de l'homme d'un certain âge qui avait soudain décidé de danser le smurf – pour un résultat qui n'était pas à hauteur de ses efforts.

— Quand on va sur Bourbon Street, il faut s'attendre à voir n'importe quoi à tout moment, commenta Gabriel. C'est ici que nous tournons, ajouta-t-il en indiquant une rue à leur droite.

Sara regarda et perdit d'un coup sa belle humeur. La rue était sombre et déserte, ses rares boutiques, fermées.

— Ça n'a pas l'air très sûr, observa-t-elle.

— Si, si. Je passe tout le temps par là.

C'était de la folie, selon elle, que de se risquer dans une ruelle à 1 heure et demie du matin.

— Je ne crois pas que ce soit une bonne idée, insista-t-elle.

— Nous n'avons pas le choix. Pour rentrer, il faut que nous empruntions une rue transversale. Autant prendre celle qui mène directement chez moi. Nous sommes restés sur Bourbon Street le plus longtemps possible.

Il lui fit un sourire rassurant et s'engagea dans la venelle obscure.

— Venez. C'est tout près. Nous serons arrivés dans trois minutes.

Sara lui emboîta le pas, non parce qu'elle était convaincue, mais parce qu'elle ne voulait pas rester seule.

— Il ne m'est jamais rien arrivé, affirma-t-il.

Selon elle, cela signifiait que ses chances statistiques de se faire agresser augmentaient. Toutefois, elle ne savait pas ce qui, dans sa peur, reposait sur du réel bon sens et ce qui était une conséquence du meurtre de sa mère. Sans doute y avait-il un peu des deux. Quoi qu'il en soit, le résultat était le même. Elle avait les mains moites et l'estomac noué. Les mains enfoncées dans les poches de sa jupe en jean, elle ne cessait de jeter des coups d'œil inquiets à droite et à gauche. Elle vérifiait chaque porte, chaque coin sombre, chaque fissure tout en prenant garde à rester assez près de Gabriel pour l'appeler à la rescousse en cas de besoin. Le savoir à portée de sa main la rassurait tout de même profondément.

Surtout quand elle entendit un bruit à sa droite.

Aussitôt, elle saisit l'avant-bras de Gabriel et chuchota :

— Vous avez entendu ?

— Quoi donc ?

Il s'arrêta et la considéra d'un air légèrement curieux, mais pas inquiet le moins du monde.

Sara, elle, était terrifiée. D'autant que le bruit se refit entendre.

— À droite. J'ai entendu remuer. Il y a quelqu'un dans l'embrasure de la porte, un mètre devant vous.

Elle voulut le faire revenir en arrière, mais il résista. Pire, il voulut avancer pour voir de quoi il s'agissait.

C'était ridicule. Suicidaire, d'aller ainsi au-devant de l'homme armé qui les attendait certainement pour les voler et les tuer. Non, ce qu'il fallait faire, c'était tourner les talons et fuir en courant. Ils n'auraient qu'à prendre un taxi sur Bourbon Street pour rentrer chez Gabriel.

Manifestement, il était d'un autre avis. Il se dégagea de son emprise et s'approcha de la porte. Il était idiot, ou quoi ? Sara ouvrit la bouche, prête à hurler s'il fallait appeler au secours.

Elle retint son souffle en le voyant baisser la tête.

— Ce n'est qu'un chat, Sara.

Oh... merci mon Dieu ! songea-t-elle en pressant les deux mains sur la poitrine et en poussant un profond soupir.

— Vous en êtes sûr ? vérifia-t-elle tout de même.

— Sûr que c'est un chat ? Euh, oui, fit-il d'un ton amusé en s'accroupissant et en tendant la main.

D'accord, c'était une question idiote. Sara se força à avancer pour s'assurer qu'il n'y avait vraiment rien à craindre. En effet, ce n'était qu'un chat. Un chaton, même. Une petite boule de poils grise, maigrichonne, qui les regardait en clignant de ses yeux verts.

Entendant son miaulement pitoyable, Sara oublia d'un coup ses craintes.

— Oh, qu'il est mignon..., fit-elle en s'accroupissant à côté de Gabriel pour regarder de plus près.

En réalité, le chaton était très maigre; il avait le poil sale et collé.

— Mon Dieu..., murmura-t-elle. La pauvre petite chose...

Comme il refusait de lui sentir les doigts, Gabriel retira sa main.

— Ce doit être un chat errant, observa-t-il. Pas de collier. Je dirais qu'il n'a que quelques mois et, vu son état, cela doit faire un moment qu'il est dans la rue.

Sara caressa la tête du petit animal qui ne se déroba pas et finit même par se frotter contre son poignet.

— Je vais le prendre, déclara-t-elle. Je ne peux pas le laisser comme cela.

L'embrasure de la porte était répugnante, couverte de mégots de cigarettes et de vieux *chewing-gums*. Sara ramassa le chaton qui ne se défendit pas et ne chercha pas à lui échapper.

Elle s'attendait à ce que Gabriel proteste, fasse des commentaires sur la saleté du chat et les maladies dont il pouvait être porteur ou lui demande ce qu'elle allait en faire. Mais il ne dit rien. Il se contenta de lui poser la main au bas du dos pour la faire avancer.

— Il ne pèse rien, commenta Sara en serrant le petit chat au creux de ses bras pour qu'il ne s'échappe pas.

Du reste, il ne semblait pas en avoir la moindre envie. Niché contre sa poitrine, il ronronnait si fort qu'elle l'entendait.

— Nous pourrons lui donner à manger chez moi, proposa Gabriel en ôtant la main de ses reins pour la poser sur son bras et l'arrêter le temps de regarder avant de traverser Royal Street.

Sara apprécia ce geste protecteur. Il la surprit aussi un peu. Il lui semblait trop secret, absorbé par ses pensées pour être capable d'une telle sollicitude. Cela dit, il avait été ainsi toute la soirée. Peut-être était-ce quand il arrêtait de travailler et s'intéressait au monde extérieur qu'elle découvrait son véritable caractère. Il était curieux qu'elle le trouve introverti alors qu'il lui parlait, parfois assez longuement, comme durant le dîner. Mais elle avait l'impression d'une barrière entre lui et ce qui l'entourait, une distance. Une réserve.

Ce ne fut pas ce qu'elle ressentit quand il poussa la grille de la cour. Elle se sentit à l'abri, protégée de l'obscurité menaçante de la rue, et poussa un « ouf » de soulagement intérieur quand il referma derrière eux. L'ombre des maisons et des recoins l'avait terrifiée. En revanche, elle n'avait pas peur de Gabriel, même si elle savait qu'elle n'avait aucune raison logique de lui faire confiance.

Après tout, s'il s'intéressait tant aux meurtres, c'était peut-être pour faire taire ses propres intentions meurtrières. Oui, il pouvait aussi bien être un tueur en série. Comme n'importe qui. Toutefois, sans se fonder sur rien d'autre que sur son instinct et la tristesse et la mélancolie qu'elle lisait dans les yeux de Gabriel, elle ne parvenait pas à le croire capable de violence. Il était aussi abîmé qu'elle, et cela l'attirait.

— Vous auriez une caisse dans laquelle je puisse mettre le chat ? demanda-t-elle. Je ne voudrais pas qu'il se cache sous les sièges de ma voiture ou se glisse sous les pédales.

— Sûrement, dit-il en montant l'escalier au trot pour ouvrir la porte de son appartement.

Sara le suivit plus lentement. Le temps qu'elle arrive en haut, il avait déjà un bol de lait à la main. Il le posa par terre devant le canapé et Sara s'assit en tailleur sur le parquet, le chaton sur ses genoux. Il ne lui fallut pas longtemps pour sentir la nourriture et s'aventurer dans sa direction, en gardant les pattes arrière sur les jambes de Sara, mais en s'étirant au maximum pour atteindre le bol. Il se mit à en laper le contenu, hésitant, d'abord, puis avec de plus en plus d'assurance et de vitesse. Il se retourna une fois, du lait plein le museau et les moustaches, et cligna des yeux avant de se remettre à boire.

C'était décidé, Sara le gardait. Que ce soit pratique ou non, il était trop adorable pour qu'elle s'en sépare.

— Tenez, voilà une serviette pour servir de couverture, dit Gabriel en lui tendant un drap de bain d'une blancheur éclatante et qui sentait bon l'assouplissant.

Il avait un vrai talent de blanchisseur.

— Merci, fit-elle en la prenant, avant d'ajouter : elle va être fichue. Il faut que je le lave; en attendant, il va salir la serviette.

— Lavez-le donc ici, tout de suite. Il vaut mieux éviter de le transporter comme cela, de toute façon. Et son poil est tout collé. Ça ne doit pas être très confortable, ça doit le tirer.

Sara leva la tête vers Gabriel tout en passant doucement les doigts sur la fourrure de l'animal. Il lui parut soudain que la pièce était devenue plus claire, le contour des objets plus défini que tout à l'heure. Tout ce qui l'entourait lui semblait plus réel. C'était absurde, mais elle avait l'impression que même Gabriel et elle étaient plus nets. L'envie de toucher et d'être touchée, de poser la tête sur l'épaule d'un homme et de se reposer l'envahit de nouveau. Malgré la nuit noire et silencieuse, malgré la fatigue du manque de sommeil, son esprit s'emballait, survolté, excité, toutes ses craintes pour une fois tenues en respect. Elle avait passé une bonne soirée. Sans se douter qu'elle savait encore le faire, elle s'était bien amusée.

Maintenant, elle était chez Gabriel et il lui proposait de laver son chaton. Cela devrait lui faire bizarre, pourtant, qu'ils soient ensemble, que leurs chemins se soient croisés.

D'autant qu'il était alcoolique. Ce qui signifiait qu'ils pouvaient potentiellement se faire beaucoup de mal l'un à l'autre. Car ils étaient tous deux sujets à l'addiction.

Mais leur relation de travail se doublait d'une étrange amitié naissante, amitié dont elle avait un besoin désespéré et à laquelle elle n'allait pas renoncer sous prétexte d'un petit risque que les choses aillent trop loin.

— J'avoue que je veux bien, si cela ne vous embête pas.

— Pas du tout. Vous n'avez qu'à faire cela dans le lavabo de la salle de bains. Il aura moins peur.

— Merci, fit Sara en souriant.

Un homme qui se souciait du bien-être d'un chaton ne pouvait être que bon. Et elle se sentait en sécurité, avec lui. Et normale. Oui, même si le manque de sommeil lui donna un vertige quand elle se leva trop vite, elle se sentait normale. Non, normale n'était pas le mot juste, se reprit-elle intérieurement. La normalité lui échappait encore. Mais elle se sentait vivante.

Pour la première fois depuis un an.

Dans sa petite salle de bains, Gabriel regardait Sara essayer de savonner le petit chat qui se tortillait autant qu'il pouvait. L'eau avait éclaboussé tout le devant de son débardeur et le miroir et dégoulinait de ses cheveux. Sale ou pas, le chaton ne voulait pas se laver. Mais Sara était déterminée. Douce et gentille, mais déterminée.

Au bout de cinq minutes un peu chaotiques, elle finit par envelopper la petite bête dans la serviette et la serrer contre elle. Puis elle s'ébroua pour chasser ses cheveux mouillés de son visage et regarda Gabriel en riant.

— Voilà. Ce n'est pas si mal.

Elle déposa un baiser sur la tête grise et humide du chaton.

— Tu as survécu, petit Ange, ajouta-t-elle. À partir de maintenant, ça va être du gâteau, je te promets.

Non, il avait dû mal comprendre le nom du chat. Ou c'était simplement un terme d'affection qu'elle avait employé.

— Ange ? répéta-t-il prudemment.

— C'est son nom, expliqua Sara en embrassant de nouveau le chaton. Ça lui va bien, je trouve.

Il dut faire un gros effort pour ne pas lever les yeux au ciel ni sortir de la salle de bains. Elle ne comprendrait pas ce genre de réaction. Elle ne savait pas, elle ne pouvait pas savoir la vérité. Elle ne pourrait pas la comprendre. Alors, il se contenta de répondre :

— C'est mignon. Allez vous installer sur le canapé pour l'essuyer un peu mieux, si vous voulez. Je vais vous chercher un T-shirt sec; le vôtre est trempé.

Une ombre d'inquiétude passa sur son visage, mais elle s'empressa de la dissimuler.

— Super. Merci, dit-elle.

En se rendant dans sa chambre, Gabriel s'arrêta jeter un coup d'œil dans son bureau. Son regard fut attiré par sa collection de cuillers à absinthe. Il s'aventurait de nouveau en territoire dangereux. Il était condamné par ses péchés à rester seul. Il ne pouvait impliquer Sara, malgré ce qu'une simple amitié avec elle pouvait avoir de tentant. Il allait lui passer un T-shirt et lui dire de rentrer chez elle. Et peut-être même lui demander d'y rester pour travailler. Ils n'avaient pas besoin d'être assis l'un à côté de l'autre pour étudier des archives.

Mais, quand, après avoir retourné trois tiroirs, il revint avec un T-shirt ni trop vieux et déchiré, ni marqué d'une phrase idiote, ni gigantesque, Sara s'était endormie sur le canapé, étendue de tout son long, le chaton toujours niché dans la serviette sur sa poitrine – et tout aussi endormi que sa maîtresse. Il ne pouvait pas réveiller Sara. Ce serait cruel, vu le mal qu'elle avait à dormir. Et puis elle devait avoir peur de repartir seule. Manifestement, les rues sombres la terrifiaient.

Alors il trouva une couverture dans le placard et la déplia sur elle, jusqu'à la taille, en dessous du chat. Puis il se mit à aller et venir dans son appartement, refusant de reconnaître que, malgré son air épuisé, elle semblait très paisible dans ce sommeil profond. Refusant aussi de voir que la lumière de la lampe qui filtrait sur sa joue dissimulait les cernes qui ternissaient la beauté de son visage. Refusant enfin de faire attention à la façon dont ses doigts s'enfonçaient dans le poil du chaton, trahissant son besoin désespéré de se raccrocher à quelque chose.

Non, il ne la dessinerait pas. Cela faisait cent cinquante ans qu'il n'avait pas pris un crayon, qu'il n'en avait pas éprouvé le besoin. Mais voilà que l'envie l'en reprenait. Ses doigts le démangeaient. L'artiste qui sommeillait en lui demandait à se réveiller, à reproduire ce qu'il voyait, la lumière, la femme devant lui. Mais il ne le ferait pas.

Son regard tronqué de pécheur ne pouvait rien donner de beau.

Description policière de la scène de crime (non datée) par William Davidson

La chambre dans laquelle Mlle Donovan résidait et a été assassinée fait environ deux mètres sur trois mètres cinquante et donne sur la rue par une seule fenêtre munie de volets qui étaient fermés. Le lit de Mlle Donovan est contre le mur côté sud, près de la porte qui donne sur le couloir intérieur. Le lit est fait d'un cadre de bois bon marché avec un matelas assez mince. Contre le mur opposé, chaise et coiffeuse couverte de différents articles de toilette féminins. Chaise et petite table au centre de la pièce, face au lit. Une pipe à opium, une bouteille d'absinthe vide, une seconde bouteille d'absinthe un tiers vide, verre vide et cuiller sur un plateau sur la table.

La malle de Mlle Donovan contient cinq robes, deux paires de chaussures, trois dollars et divers effets personnels dont un collier de diamants – indubitablement faux. La malle était fermée mais pas verrouillée. La victime était vêtue d'une chemise et rien d'autre. Une flaque de sang sur le sol près du lit, du sang sur le mur derrière la tête de la victime, des éclaboussures de sang sur pratiquement tout le matelas. Pour une description de la victime, voir le rapport du coroner.

Mme Conti et M. Thiroux attestent tous deux que rien ne manque dans la chambre et que rien n'a été déplacé.

Les objets ci-dessous ont été trouvés dans la chambre :

- un couteau de chasse placé dans la main gauche de la victime. Sans doute l'arme du crime compte tenu des dimensions de sa lame droite – 15 centimètres de long et 1,5 centimètre de large – qui correspondent à la taille approximative des plaies de la victime ;
- une bouteille d'absinthe et une pipe à opium (dont il faudra se débarrasser comme il convient);
- deux cuillers à absinthe, l'une au bord émoussé (sur le plateau sur la table) et l'autre en forme de fleur de lys (trouvée par terre dans le sang);
- effets personnels, à remettre à la famille de la victime s'il est possible de la localiser;
- dessin au crayon d'un bras de femme, trouvé sur le sol à côté du lit, avec taches de sang.

Sara se réveilla en sursaut, raide, désorientée. Instinctivement, elle s'assit à demi. Elle ne croyait pas avoir rêvé, mais quelque chose l'avait brusquement arrachée au sommeil. Elle se rendit compte qu'elle était encore chez Gabriel, sur le canapé. Le chaton n'était plus sur elle. Elle n'avait même pas eu le temps de céder à la panique quand elle vit qu'Ange s'était installé sur le canapé, à ses pieds.

Le cœur battant, elle se frotta les yeux en se demandant combien de temps elle avait sommeillé. Il faisait sombre. Elle ne voyait pas Gabriel. Une lampe avait été laissée allumée à l'autre bout du salon, mais toutes les autres étaient éteintes. Le tic-tac d'une horloge résonnait dans le silence de l'appartement. On était au milieu de la nuit, comprit-elle. Gabriel avait dû lui mettre cette couverture sur les jambes, la laisser dormir et aller se coucher.

C'était un peu gênant. Elle manquait tellement de sommeil que la fatigue avait fini par la rattraper et qu'elle s'était assoupie sur son canapé. C'était pire que gênant, maintenant qu'elle y songeait. C'était inquiétant. En tout cas, cela aurait dû l'inquiéter de s'endormir ainsi chez un quasi-inconnu. Au lieu de cela, elle songea qu'il devait y avoir une raison pour qu'elle arrive à si bien dormir chez Gabriel alors que, ailleurs, elle n'y parvenait pas.

Et c'était ce que cela signifiait, qui était inquiétant, bien plus que sa vulnérabilité dans le sommeil.

Avisant son sac sur la console, elle prit son téléphone. Il indiquait 4 h 46. Elle avait donc dormi près de trois heures. C'était plutôt bien, pour elle, ces temps-ci. Elle se sentait bien, d'ailleurs, malgré sa nuque un peu raide et la soif causée par le vin qu'elle avait bu. Toutefois, elle ne se rendormirait pas, elle le savait. Elle avait les yeux grands ouverts, et envie d'aller aux toilettes. Elle se leva en faisant attention de ne pas déranger le chat.

Elle traversa le salon et le couloir sur la pointe des pieds pour se rendre dans la salle de bains. Le bruit de la chasse d'eau lui fit faire la grimace. Il fallait qu'elle repasse devant la chambre de Gabriel pour retourner dans le salon, et la porte n'était pas fermée. Elle ne put résister à la tentation d'au moins jeter un coup d'œil à l'intérieur. Entre la lampe allumée dans le salon et le clair de lune qui entrait par la fenêtre, elle distingua les contours de sa silhouette allongée sur le côté, de dos. Le drap était remonté jusqu'à sa taille et ses cheveux retombaient sur ses épaules nues.

Sara reconnut le sentiment qui lui étreignit la poitrine, tout le corps, quand elle le regarda. Il l'intéressait, et pas seulement sur le plan intellectuel. Sur le plan sexuel. Pourquoi lui et pas un autre ? Elle l'ignorait. Toujours est-il qu'il était le premier, en plus d'un an, à lui inspirer du désir. Sans même essayer, du reste. Il ne flirtait pas avec elle, ne lui avait pas fait d'avances. N'empêche que la vue de lui dans son lit, de ses épaules fermes, de son corps mince et musclé au clair de lune suffit à assécher la bouche de Sara, à lui tendre les pointes des seins, à lui faire palpiter l'intérieur des cuisses.

Ce genre de réaction physique à un homme qu'elle connaissait à peine ne lui ressemblait pas; elle ne savait qu'en faire. Elle ne s'était jamais considérée comme une femme particulièrement sensuelle, et voilà qu'elle avait envie de sexe. Absolument. Avec Gabriel. Elle voulait sentir son poids sur elle, elle voulait qu'il prenne possession de ses lèvres, de tout son corps, qu'il l'emplisse. Qu'il aille et vienne en elle tandis qu'elle écarterait les jambes pour l'accueillir. Elle le sentait presque, elle l'attendait, ce moment où il la pénétrerait et où son corps céderait, l'accepterait, où, unis, ils fuiraient la réalité en s'abandonnant au plaisir charnel.

Troublée par ces pensées, Sara croisa étroitement les bras sur sa poitrine et s'ordonna de se reprendre.

La chambre de Gabriel était petite et dépouillée, comparée au reste de son appartement. Il n'y avait que le lit et une commode. Tiens, il n'avait pas pris la peine de tirer le store de la fenêtre. Soit le lever du soleil ne l'empêchait pas de dormir, soit il s'en servait comme réveil. Ce qui était plus étrange encore, c'était qu'elle ne l'entendait pas respirer. Il ne faisait pas le moindre bruit et, sous cet angle, elle ne voyait pas sa poitrine se soulever et se baisser. Il était aussi immobile que silencieux.

Et s'il était mort ? Il n'y avait aucune raison à cela, puisqu'il était en pleine forme il y a à peine quelques heures. Mais, maintenant que l'idée avait germé dans son esprit, elle ne parvenait plus à s'en défaire. C'était possible. Tout était possible. Il ne faisait vraiment pas le moindre bruit. Et si, en faisant le tour du lit, elle découvrait qu'il avait été poignardé ? qu'il avait eu la gorge tranchée ? Il pouvait y avoir du sang plein le lit : de là où elle se trouvait, elle ne le verrait pas. Oui, si cela se trouvait, il était mort, les yeux grands ouverts, vitreux.

Elle se rendait bien compte que sa réaction était exagérée. Il n'avait pas pu être assassiné pendant qu'elle dormait sur le canapé. Toutefois, il ne fermait pas sa porte à clé. Quant à elle, elle dormait si profondément qu'elle pouvait ne rien avoir entendu. D'autant que, s'il avait été égorgé, il n'aurait fait aucun bruit.

Sara sentit la bile lui monter dans la gorge. Elle comprit qu'elle ne pourrait pas s'en aller sans s'être assurée que Gabriel était vivant, sain et sauf, et qu'il dormait profondément. Le cœur battant, les mains moites, elle s'avança. Il lui semblait que ses sandales faisaient un bruit effrayant dans la nuit. En faisant le tour du lit, elle crut que l'angoisse allait la faire vomir. Elle ne voulait pas le toucher ni se pencher au-dessus de lui en restant derrière son dos. Le toucher, ce serait trop intime. Il fallait qu'elle le voie d'abord, qu'elle se rende compte si l'indicible s'était produit. Elle ferma un instant les yeux, le temps de se glisser entre le lit et la fenêtre, en traînant les pieds pour ne pas trébucher s'il y avait des choses par terre.

Puis elle prit son courage à deux mains, se retourna et se força à regarder Gabriel, de face, terrifiée à l'idée de découvrir le pire. Avec un soulagement proche du malaise, elle se rendit compte, d'abord, qu'on ne lui avait pas tranché la gorge. Il n'y avait pas de sang sur son matelas. Et il était bien vivant, conclut-elle en le voyant bouger la main sur l'oreiller.

— Merci, mon Dieu, fit-elle dans un souffle en portant la main droite à sa poitrine.

Il allait bien. Tout allait bien. Il fallait qu'elle se ressaisisse, qu'elle cesse de voir le danger et la mort à tous les coins de rue. Et, surtout, il fallait qu'elle sorte de sa chambre avant qu'il la voie, là, en train de le fixer.

Sauf que, en reculant, elle heurta le radiateur. Cela ne fit pas beaucoup de bruit. Mais, quand elle se retourna, elle vit que Gabriel avait ouvert les yeux et qu'il la regardait en clignant des paupières.

— Sara… qu'est-ce qu'il y a ?

— Je…

Elle ne savait trop que dire, comment lui expliquer.

— Vous avez froid ? Je vous ai sorti un T-shirt sec. Je l'ai laissé à côté de votre sac. Je vais vous le chercher.

Il s'assit, révélant la ceinture de son caleçon.

— Non, je n'ai pas froid. Ne vous levez pas.

Elle était gênée par ce qu'elle avait fait, et par la sollicitude de Gabriel.

— Je suis allée à la salle de bains. En revenant, je vous ai vu et j'ai cru… vous aviez l'air… j'ai cru que vous étiez mort, avoua-t-elle en rougissant. Alors je suis entrée vérifier que vous alliez bien.

— Ah, fit-il en fronçant les sourcils.

Elle se sentait idiote.

— Hm, tout va bien. Je ne suis pas mort, je vous le promets.

Il lui sourit en se haussant sur un coude.

— C'est ce que je vois.

Elle était morte de honte. Et, pourtant, elle avait encore peur. Il avait été si facile de se représenter les coupures, les lacérations, son regard fixe… Ce n'était, hélas, que trop révélateur de son état.

— Je suis désolée. Je me suis endormie sur votre canapé. Je ne sais pas trop ce qui s'est passé. Je vais rentrer chez moi.

— Là, tout de suite ? Certainement pas. Il n'est pas question que vous alliez à pied à votre voiture et que vous fassiez la route jusqu'à Kenner, déclara-t-il. Vous n'avez qu'à dormir ici, ajouta-t-il en tapotant le matelas à côté de lui. Venez. Allongez-vous, nous allons nous rendormir.

Dans son lit ? Très, très mauvaise idée. D'un autre côté, c'était tellement tentant… Elle resta là, indécise.

— J'ai laissé le chat sur le canapé, fit-elle valoir.

— Il va y être très bien. Allez, venez.

Il ouvrit le drap pour l'inviter.

— Je vois que vous avez peur, Sara, reprit-il. C'est normal d'avoir peur du noir après ce que vous avez vécu.

Cette remarque lui fit l'effet d'un coup de pied dans le ventre et lui donna envie d'éclater en sanglots. Comment faisait-il pour voir aussi clairement ce qu'elle se donnait tant de mal pour cacher ? Elle avait peur du noir. Peur de l'inconnu. Peur des ombres dans tous les recoins. Peur de l'avenir. Alors elle ôta ses sandales et se glissa dans le lit avec Gabriel. Elle ne voulait plus être seule tout le temps. Elle posa la tête sur l'oreiller tandis qu'il remontait le drap sur elle. Le lit était tout chaud et doux. L'oreiller devait être en duvet. Et elle sentait la présence très virile de Gabriel à côté d'elle, tout près, mais qui ne la touchait pas.

Elle garda les yeux rivés au plafond pour éviter de le regarder. En principe, elle dormait sur le côté, mais l'idée de se tourner vers lui dans le lit la mettait mal à l'aise. Ce serait trop intime. D'un autre côté, elle trouvait mal élevé de lui tourner le dos. Alors elle resta sur le dos, les yeux ouverts, à essayer de respirer plus lentement pour trouver le sommeil – même si elle savait qu'il ne viendrait pas.

— Détendez-vous, Sara, murmura Gabriel en glissant la main dans la sienne et en la serrant avant de la lâcher. Tout va bien.

C'était vrai. Elle le savait. Tout allait bien. Elle allait bien. Elle avait pris des coups, elle avait été déchirée, presque détruite, mais elle était toujours vivante. Toujours elle-même. Et elle dormait sur le côté, normalement. Comme elle avait envie d'être normale, elle se tourna sur le côté gauche, face à la fenêtre. Lorsque Gabriel se rapprocha et lui caressa les cheveux, elle ferma les yeux et soupira doucement. C'était si bon de sentir quelqu'un la toucher, même si son geste n'était pas sexuel… Peut-être parce qu'il n'était pas sexuel, justement. Il était si près, maintenant, que son corps chaud et détendu frôla le sien. Quand il bâilla tout près de son oreille, elle sentit son souffle sur sa peau.

Il avait posé la tête sur le même oreiller qu'elle et la main sur sa hanche. C'était bon, ce poids réconfortant par-dessus sa jupe, songea-t-elle.

Elle rouvrit les yeux. Dans la cour, un arbre se balançait d'avant en arrière au clair de lune. Pour la première fois depuis bien, bien longtemps, elle n'éprouva pas le besoin de baisser les stores pour ne pas voir la nuit. La vue était belle. Les feuilles dansaient. Les ombres bougeaient et changeaient de forme. Elle était bien, à l'abri, à l'intérieur.

Alors, ses yeux se fermèrent et elle s'endormit.

Chapitre sept

Compte rendu de l'autopsie d'Anne Donovan réalisée par le Dr Maxwell Raphael le 7 octobre 1849, à 2 heures de l'après-midi, en présence du Dr William Gregory

Victime de sexe féminin, morte depuis environ douze heures, blanche, vingt-trois ans. L'examen du col de l'utérus indique qu'elle a donné naissance à au moins un enfant. La victime avait un peu de liquide mais aucun aliment dans l'estomac au moment de sa mort, ce qui indique qu'elle n'a pas été empoisonnée. Légère malnutrition mais pas de maladie.

Cause de la mort : une entaille de 18 centimètres en travers du cou, de droite à gauche, qui a coupé le cartilage, les tissus environnants et l'artère carotide, entraînant la mort par hémorragie. Pas d'hématomes ni de marques d'entraves sur le corps, sauf un bleu de la taille du pouce, à droite de la bouche, au-dessus de la lèvre et à 5 centimètres du nez. Outre la plaie au cou, la victime présente dix-sept entailles à la poitrine, l'abdomen et dans la région génitale; la plupart des plaies font

1,5 centimètre de large et ont une certaine profondeur. Tous les organes intacts et présents, même si l'utérus, la vessie, l'estomac et le poumon gauche ont été perforés. Compte tenu de l'uniformité des plaies, l'arme unique semble être un couteau à lame droite. La mort a été immédiate et provoquée par l'entaille initiale au cou. Les autres coups ont été portés post mortem.

Il n'y a pas de trace de rapport sexuel.

Certificat de décès d'Anne Donovan

Que l'on se souvienne que, CE JOUR, à savoir : le huit octobre de l'an de grâce mille huit cent quarante-neuf et soixante-seizième jour de l'Indépendance des États-Unis, s'est présenté devant moi, John Richard Thomas, OFFICIER D'ÉTAT CIVIL dûment appointé et ayant prêté serment pour la PAROISSE D'ORLÉANS, ÉTAT DE LOUISIANE, Jonathon Thiroux, témoin compétent résidant dans cette paroisse qui déclare qu'Anne Donovan a quitté cette vie hier aux alentours d'une heure trente du matin, à l'âge de vingt-trois ans environ.

— À quoi ça rime ?

Gabriel, qui recherchait sur son ordinateur les effets de l'armoise contenue dans l'absinthe sur les utilisateurs, se retourna vers Sara assise en tailleur sur le divan de son bureau, les jambes cachées sous sa jupe longue. Sa frustration se lisait sur son visage.

— Pourquoi est-ce John Thiroux qui a déclaré le décès d'Anne ? voulut-elle savoir. Si je comprends bien, c'est lui qui est allé à l'état civil; la police ne s'est occupée de rien.

— C'est lui qui a découvert le corps, expliqua-t-il.

Et il ne l'oublierait jamais. Ce qu'il aimerait, en revanche, c'est se rappeler ce qui s'était passé avant sa mort. Mais, là, c'était le trou noir. Il n'avait qu'un vague souvenir d'Anne, de plaisir puis de flottement dans les abysses. Et, ensuite, le sang. La mort.

— C'était normal à cette époque, précisa-t-il.

— Mais il se peut fort bien que ce soit lui qui l'ait tuée! protesta-t-elle. Alors pourquoi est-ce lui qui a déclaré le décès? C'est trop bizarre.

— Vous croyez qu'il l'a tuée? demanda-t-il, curieux.

Il voulait acquérir la certitude de son innocence. Il en avait besoin. Sara, elle, n'avait pas le même intérêt dans l'affaire. Peut-être parviendrait-elle à une conclusion différente. Et comment savoir qui avait raison? Sans confirmation par l'ADN, ils ne trouveraient pas d'explication logique. Ils ne sauraient rien de façon probante. Mais il souhaitait s'en approcher le plus possible.

— Je ne sais pas, reconnut Sara. Je n'en sais pas encore suffisamment long. Mais j'aimerais enquêter un peu mieux sur John Thiroux. Ces documents ne semblent pas contenir beaucoup de renseignements sur lui.

Elle ne trouverait pas grand-chose ailleurs. John Thiroux était apparu soudainement à La Nouvelle-Orléans en 1847, et il en avait disparu tout aussi soudainement en 1851. Gabriel avait repris son vrai nom quand il était clairement apparu qu'il ne repartirait pas. Qu'il était bloqué là pour toujours, lié à La Nouvelle-Orléans pour une durée indéfinie.

— Alors, c'est la mission que vous vous fixez?

Il éprouvait une étrange culpabilité à la voir aussi déterminée à faire des recherches sur lui, l'homme assis en face d'elle, l'homme dans le lit duquel elle avait dormi la nuit précédente. Il lui avait offert du réconfort, et il avait aimé cela. C'était bon, cette proximité, cette impression d'*être* simplement avec une autre personne. En revanche, il était mal de la laisser s'engager dans ce qu'il savait être une impasse et perdre son temps. Il avait la réponse à toutes les questions qu'elle se posait. Mais il ne pouvait pas la lui donner. Elle ne croirait jamais à son immortalité. Elle ne comprendrait pas son châtiment.

— Je crois, oui, répondit-elle. Ça me semble un point de départ logique, puisqu'il n'y a pas d'autre suspect. Et vous, comment allez-vous assembler les éléments du livre ? Vous avez dit que vous commenciez par le crime, puis que vous plantiez le décor. Et ensuite ?

— Les principaux protagonistes. Autrement dit John Thiroux, dont vous vous occupez, Anne Donovan et l'absinthe. L'autopsie laisse entendre qu'elle a eu un enfant. A-t-il survécu ? Qu'est-il advenu de lui ? Anne avait-elle des ennemis ? Un mari, un petit ami qu'elle aurait quitté avant de devenir prostituée ? Et je veux savoir si l'absinthe est une substance psychotrope. J'ai du mal à expliquer le processus de construction du livre… c'est logique, pour moi, mais je ne peux pas l'expliquer.

Il suivait le fil de l'histoire et se laissait porter par elle, même s'il s'agissait de faits réels. Du moins était-ce ainsi qu'il procédait d'ordinaire, quand il n'était pas impliqué personnellement. Pour l'histoire d'Anne, c'était différent et il n'était pas parfaitement impartial. Il était même concerné au premier chef par le résultat et il éprouvait un besoin intense – un espoir, peut-être – de résoudre ce crime, de rendre justice à Anne, de réparer un tort. Il voulait également aider Sara à tourner la page sur le meurtre de sa mère.

Sara se tapota la lèvre inférieure du bout de l'index. Après qu'ils s'étaient réveillés, elle était rentrée chez elle et Gabriel s'était demandé si elle allait revenir ce jour-là. Elle avait eu l'air gênée, mal à l'aise, quand le matin les avait trouvés dans le même lit. Mais, après avoir pris son petit déjeuner et sa douche, elle était revenue avec son chat et s'était attaquée avec ténacité à sa pile de documents.

— Je vous fais confiance pour la rédaction, dit-elle en souriant. C'est votre livre, après tout. Mais vous savez ce qui me chiffonne ? Si Anne était une prostituée, il ne vous semble pas étrange qu'il n'y ait pas de trace de rapport sexuel ? Ils ont bien dû coucher ensemble, quand Thiroux est arrivé, non ? Il ne la payait pas pour lui faire la conversation.

Non, Gabriel ne la payait pas pour lui faire la conversation, même si Anne était de bonne compagnie. Maintenant, il se demandait comment elle voyait leur relation. Sur le moment, il n'avait pas eu l'impression d'être grossier ni dominant avec elle, mais, elle, c'était peut-être ainsi qu'elle le ressentait. Peut-être le méprisait-elle et ne voyait-elle en lui qu'une source de revenus. Il ne le saurait jamais.

— S'il avait consommé beaucoup d'alcool et d'opium, fit-il valoir, je doute que le sexe ait été sa première préoccupation.

Il n'empêche que Gabriel se posait aussi la question de l'absence de rapport sexuel, alors qu'il l'avait surprise avec un autre homme. À ce moment-là, il était certes perturbé par le manque, mais pas encore ivre. Il avait bien vu un homme allongé sur Anne et qui la besognait consciencieusement. Il en était absolument certain. Alors pourquoi le coroner n'avait-il rien remarqué ?

Il voulait aussi savoir qui était cet homme. Parce que, hormis lui, c'était le suspect le plus plausible. Sauf qu'aucun des témoignages ne faisait mention de lui. À la barre, Mme Conti avait même nié qu'Anne ait reçu un client avant lui, bien que l'avocat de Gabriel lui ait posé la question de but en blanc. Elle avait menti, donc. Mais pourquoi ?

— J'ai peine à croire que le sexe ne fasse pas toujours partie des premières préoccupations d'un homme, objecta-t-elle.

Gabriel rit.

— Mouais… enfin, quand on fait l'amour à une bouteille, on n'a pas forcément besoin d'une femme.

Sara s'assombrit

— Je suis désolée, dit-elle. Je ne voulais vous donner l'impression de prendre l'addiction à l'alcool à la légère.

— Ce n'est pas grave, Sara. Vous n'avez pas besoin de marcher sur des œufs avec moi; je ne suis pas sensible à ce point.

C'était peut-être vrai – et peut-être pas. Il lui arrivait de se sentir hypersensible. Mais pas avec elle. Peut-être parce qu'elle ne semblait pas être du genre à l'insulter intentionnellement ni être du genre je-sais-tout. Elle avait trop de problèmes, elle-même, pour juger les siens.

— Puis-je vous demander depuis combien de temps vous êtes sobre ? s'enquit-elle. Vous semblez très bien gérer la situation.

Il ne pouvait pas lui dire la vérité – soixante-quinze ans – sans passer pour un fou. Alors, il répondit :

— Sept ans et demi.

Elle parut impressionnée.

— Ouah, fit-elle, c'est formidable.

Elle se mordilla la lèvre en considérant la pile de papiers sur ses genoux. Puis elle le regarda dans les yeux.

— Je peux vous dire quelque chose ?

— Bien sûr.

Il ne fallait pas qu'il se rapproche de Sara, il le savait. Mais il en avait envie, au point d'encourager une plus grande intimité entre eux, de la solliciter. N'avait-il donc rien appris au cours du siècle dernier ?

— J'ai été dépendante des somnifères, lui révéla-t-elle. Après la mort de ma mère. Comme je ne pouvais plus dormir, j'ai commencé à prendre des sédatifs, puis de plus en plus, de plus en plus forts. Et, brusquement, je me suis rendu compte que j'avais un gros problème. Je suis sortie de désintoxication il y a six semaines.

Elle se recula un peu, comme si elle s'attendait à une riposte de sa part, presque à une agression verbale. Mais il n'était ni surpris ni déçu de ses aveux. Il savait ce que c'était que de se faire broyer par la pression de la réalité, comme il était tentant et facile d'y échapper artificiellement, de chercher des réponses là où il n'y en avait pas. Ce qui l'impressionnait le plus, chez Sara, c'était la vitesse à laquelle elle avait réagi. Sa mère était morte depuis un an environ. Elle n'avait dû céder à l'attrait des somnifères que six mois à peine. Il était admirable qu'elle ait demandé de l'aide aussi vite. D'ailleurs, à observer la détermination sur son visage et d'après ce qu'il avait vu de sa personnalité depuis qu'ils se connaissaient, il ne doutait pas qu'elle vainque sa dépendance. Même si elle ne pouvait pas vaincre ses démons – d'autant qu'elle ne se doutait pas de la nature de celui qui était assis à un mètre d'elle.

Non. Il ne voulait pas être un démon, pour elle, se reprit-il.

Et il fallait qu'il garde ses distances émotionnellement.

Mais pas avant de lui avoir assuré qu'il la trouvait extraordinaire.

— Je trouve formidable que vous vous soyez attaquée au problème aussi vite, dit-il. Pour ma part, il m'a fallu bien longtemps pour même reconnaître que j'avais un problème, et plus longtemps encore pour réagir. Vous pouvez être fière de vous pour avoir affronté le vôtre de face et l'avoir résolu. Cela m'inspire un profond respect.

— Merci. Mais je me sens mieux. Vraiment. Je suis du genre à vouloir tout maîtriser, alors il m'était très désagréable de perdre le contrôle de ma vie.

Gabriel savait que, à vouloir tout maîtriser, on finissait souvent par visser si fort le couvercle de ses émotions que l'on ne pouvait plus respirer et que l'on finissait par exploser.

— Vous avez une idée de qui a tué votre mère ? l'interrogea-t-il. Ou de ce qui a pu faire échouer l'enquête ?

C'était indiscret, sans doute, de lui demander cela, mais toutes les réponses qu'elle cherchait encore étaient pour elle un puissant moteur. C'était à cause d'elles qu'elle était tombée sous l'emprise des sédatifs. À cause d'elles qu'elle avait quitté la Floride.

Elle resserra sa jupe autour de ses jambes mais répondit sans se dérober.

— Je ne sais pas qui a pu faire cela. Vraiment. En tout cas, je pense sincèrement que ce n'est pas Rafe, d'abord parce qu'il aimait ma mère et, ensuite, parce que je l'ai vu partir ce soir-là. Nous avions dîné ensemble et nous nous sommes tous séparés en sortant du restaurant. Il s'en est allé dans la direction opposée. Et elle a été tuée une heure plus tard. Il me semble que les enquêteurs ont piétiné parce que, dès le premier jour, ils ont fait fausse route en ne retenant que ce qui leur semblait être l'évidence. À ma connaissance, ils n'ont même pas envisagé d'autres possibilités. Maintenant, je suis sûre que les autres pistes éventuelles ne peuvent plus rien donner.

C'était sans doute vrai. Ce qui trahissait une faille du système judiciaire. Cependant, il n'y avait sans doute pas eu d'autres directions dans lesquelles enquêter.

— Il y avait beaucoup d'indices. Les ont-ils tous étudiés ?

— C'est cela, le plus agaçant : ils n'ont jamais voulu me dire précisément ce qu'ils avaient ou non. Pourtant, ils n'avaient pas à me cacher ces informations… C'était ma mère, et ils n'ont pas voulu me donner de détails. Tout ce que je sais, c'est que les cheveux et les fibres vestimentaires qu'ils ont retrouvés sur elle correspondaient à ceux de Rafe – ce qui est logique puisqu'ils venaient de dîner ensemble et qu'il venait souvent chez elle. Dans son lit. J'en suis certaine. Ils sortaient ensemble depuis un an.

— Cela a dû être terriblement frustrant, pour vous, en tant que médecin légiste, de ne pas pouvoir accéder à toutes ces données…

— Oh oui, confirma-t-elle en hochant la tête. Vous ne pouvez pas savoir à quel point.

Gabriel nota mentalement qu'il devrait voir s'il pouvait se procurer les comptes rendus d'audience maintenant que le procès était fini. Ces histoires d'indices l'intriguaient, ainsi qu'un certain nombre d'autres choses.

— Rafe a-t-il souvent cité la *Bible* durant le procès ? voulut-il savoir.

— La *Bible* ? répéta-t-elle, perplexe. Rafe ? Je ne crois pas. Mais je n'ai pas assisté à la plus grande partie du procès. Pourquoi ?

Voilà qui était intéressant. Ce ne pouvait pas être le hasard, vu la complexité de la citation que Gabriel avait lue dans le journal.

— Je viens de lire un article dans lequel il citait la *Bible*; un passage dans lequel il était question de vie vertueuse.

— C'est vrai ? s'étonna-t-elle. Rafe ne m'a jamais paru être particulièrement religieux, pourtant.

Gabriel haussa les épaules.

— C'est peut-être le stress du procès, avança-t-il. En tout cas, Sara, je suis désolé, sincèrement désolé que l'enquête n'ait pas abouti. Mais de nouvelles preuves vont peut-être surgir; ils vont peut-être finir par résoudre le crime – qui sait?

— Franchement, repartit-elle en inclinant la tête sur le côté, vous y croyez vraiment?

Maintenant qu'ils avaient mis un homme en accusation et qu'il avait été acquitté, non, il n'y croyait pas vraiment. Peut-être l'homme qui avait été arrêté était-il réellement l'assassin. Peut-être pas. Mais il y avait très peu de chances pour que la police et le procureur réunissent suffisamment d'éléments pour accuser quelqu'un d'autre un an après. Alors, il décida de dire la vérité à Sara.

— Non, je n'y crois pas vraiment. Je pense que c'est fait et que vous êtes partie en essayant de trouver comment vous faire à l'idée que justice ne serait jamais rendue à votre mère.

Sara regardait par la fenêtre derrière lui tout en caressant lentement la tête du chat.

— Oui, c'est assez bien résumé. Et j'apprécie votre franchise. J'en ai assez de tous ces gens qui me disent « d'essayer de voir le bon côté des choses ». Il n'y a pas de bon côté, merde. Et même s'ils arrêtaient quelqu'un, qu'est-ce que cela changerait? Ma mère est morte et ses dernières minutes sur terre ont été une véritable torture. Alors, en effet, il faut que je trouve le moyen de l'accepter et que je continue à avancer.

Il fut surpris de l'entendre jurer, mais cela lui sembla plutôt positif. Elle libérait de la pression – en gardant le contrôle. Elle laissait sortir sa révolte sans dérailler non plus. C'était une bonne chose.

— Oui, confirma-t-il.

— Savez-vous que l'on ne meurt pas instantanément? Si une personne se fait trancher la gorge, elle reste consciente, incapable d'émettre un son, le temps que son artère ait déversé suffisamment de sang pour entraîner la mort. Elle sent donc, plus ou moins consciemment, les coups de couteau que le tueur lui porte à la poitrine, au ventre, au visage, et elle ne peut rien faire. Elle est totalement impuissante.

— Je le sais, assura-t-il.

Cela faisait partie des causes de sa culpabilité. Il ne pouvait pas mourir, tandis que, les mortels, si. Et parfois dans des souffrances atroces. Et c'était ce qui était arrivé à Anne tandis que lui flottait dans un brouillard de plaisir.

— J'en sais assez long sur les meurtres, ajouta-t-il.

Soudain, elle se mit à rire et se frotta le visage des deux mains.

— Nous faisons une belle équipe, n'est-ce pas ? Dans le genre lugubre…

— C'est vrai. Mais, si vous voulez être crédible, il va falloir virer le chat.

Elle haussa les sourcils d'un air surpris.

— Qu'est-ce qu'il a qui ne va pas, mon petit Ange ?

— Cela, précisément. Vous ne pouvez pas être déprimée ni amère avec un chaton qui s'appelle Ange. C'est contradictoire. Et je refuse de mettre un pantalon de cuir, en ce qui me concerne. Alors je crois que nous allons devoir renoncer.

— Il va falloir que nous soyons heureux ? fit-elle en esquissant un sourire.

— Je le crains, oui.

— Bon. Il y a sans doute pire, comme destin.

Et comment.

Le portable de Sara sonna sur ces entrefaites.

— Cela vous ennuie, que je réponde ?

— Non, pas du tout. Allez-y.

Il remit son casque qui lui déversa du rock à plein volume dans les oreilles, afin de ne pas entendre sa conversation privée. Puis il se remit à l'étude des ingrédients entrant dans la composition de l'absinthe. De l'éthanol – un psychotrope, c'était certain. De l'armoise – sans doute, mais comment savoir quelle quantité avait pu s'accumuler dans le corps d'un consommateur excessif ? D'autant que cette substance pouvait être toxique quand on en abusait, et que Gabriel était immortel. Bref, il était impossible de dire combien il en avait dans le sang au moment du meurtre. Et puis, à cette époque-là, ce n'était pas de l'absinthe de qualité qu'il buvait. Il ne voyait pas pourquoi dépenser autant d'argent quand un substitut bon marché l'enivrait aussi vite. Un substitut qui pouvait aussi bien contenir du plomb ou Dieu sait quels métaux lourds.

C'était écœurant de songer à tout ce qu'il avait pu se mettre dans le corps.

Gabriel prit une cuiller de sa collection et se mit à battre la mesure sur son bureau.

Il le savait, une partie de lui aurait toujours soif de ce réconfort et se souviendrait toujours avec nostalgie du moment où l'on versait l'eau sur le sucre dans la cuiller, de l'instant presque érotique où l'absinthe d'un vert brillant se troublait de vert clair.

Au fond de lui, il était toujours dépendant. Tant qu'il n'aurait pas vaincu son addiction une fois pour toutes, il resterait maudit.

Être dépendante du dépendant. Quel terrible destin… Il fallait qu'il prenne garde à ne pas entraîner Sara dans une fin aussi terrible.

Voyant le nom de Rafe s'afficher sur l'écran de son téléphone, Sara répondit.

— Allô ?

— Bonjour, c'est moi. Comment vas-tu ?

Ses oreilles avaient dû tinter. Bizarrement, Sara se sentait un peu coupable d'avoir parlé de lui avec Gabriel, même vaguement. Il lui semblait encore qu'elle ne l'avait pas soutenu avec suffisamment de loyauté durant la dernière partie du procès. C'était comme si elle avait besoin de se rattraper, encore et encore, en rappelant à tout le monde qu'il était innocent.

— Ça va, répondit-elle. Tu n'as pas encore quitté la Floride, si ?

Elle voulait vraiment le revoir avant qu'il parte s'installer en Californie.

— Non. Je suis encore là au moins deux semaines. Il me reste quelques détails à régler. Et toi, tu es vraiment à La Nouvelle-Orléans, Sara ? demanda-t-il après avoir marqué une pause.

Elle ferma un instant les yeux. Elle n'avait pas voulu le mettre au courant, de peur qu'il s'inquiète.

— Qui te l'a dit ?

— C'est dans le journal, bien sûr. Mais je sais quels mensonges les journalistes sont capables de publier, alors je préfère te poser la question. Et te prévenir, si c'est le cas, qu'ils sont au courant.

Ils. Ceux qui la suivaient, qui la prenaient en photo, l'appelaient, lui posaient des questions indiscrètes et indélicates. Ceux qui avaient perturbé les obsèques de sa mère. Et découvert son petit séjour en désintoxication – séjour dont ils avaient fait leurs choux gras. Les médias.

— Oui, je suis à La Nouvelle-Orléans. Merci de me mettre au courant.

— Je peux te demander ce que tu fais là-bas ?

C'était une question lourde de sens, à laquelle elle ne pouvait répondre entièrement.

— J'avais besoin de m'éloigner de Naples. Je fais du tourisme. J'ai loué un appartement pour trois mois.

— Un appartement ? Dans le Quartier français ? Garden District ?

— Non. À Kenner.

— Jamais entendu parler. Tu fais du tourisme, alors ? O.K.

Il n'avait pas l'air de la croire, mais il n'insista pas.

— N'oublie pas de visiter les cimetières, lui conseilla-t-il. Tout le monde dit qu'ils sont à voir absolument.

En temps normal, ce ne serait pas son premier choix. Toutefois, elle put répondre en toute honnêteté.

— C'est déjà fait. Très intéressant.

— Alors mange du gumbo à ma santé et rentre bientôt, en pleine forme, d'accord ?

— D'accord. Merci. De ton côté, si tu as besoin d'aide pour ton déménagement, fais-moi signe.

— Merci, mais ça va aller. C'est à cela que servent les déménageurs. Tu m'appelles la semaine prochaine ?

Cela, elle pouvait le faire. Il paraissait se faire du souci pour elle, et ce n'était pas désagréable.

— Promis.

— Bon. Je t'aime.

— Moi aussi, je t'aime.

Elle raccrocha et regarda Gabriel. Il n'avait pas l'air de l'écouter, mais lui semblerait-il bizarre qu'elle dise au petit ami de sa mère qu'elle l'aimait ? C'était le cas, platoniquement, parce que Rafe avait rendu sa mère heureuse. Il l'avait aimée, avec un calme et une constance remarquables – car ce n'était pas simple. Instable et capricieuse, sa mère n'était pas facile à vivre. Mais Rafe semblait avoir sur elle une influence apaisante.

Personne n'aurait rien trouvé à y redire s'il avait eu soixante ans et sa mère quarante-six. Sauf que, comme il n'en avait que trente et un, tout le monde doutait de la légitimité de leur relation et semblait croire qu'un homme ne pouvait pas aimer une femme plus âgée que lui sans arrière-pensée.

Gabriel s'était remis à battre la mesure avec une cuiller. Ce n'était pas des souvenirs, manifestement, mais il en avait toute une collection. Au moins une douzaine. Bien alignées sur le mur où elles étaient accrochées à des clous par les trous ménagés dans leur partie creuse. Il n'avait pas repris la même que l'autre jour, nota-t-elle. Sans doute battait-il la mesure du morceau qu'il entendait dans ses écouteurs. Il devait avoir un vrai don pour la musique, vu l'aisance avec laquelle il tenait le rythme tout en lisant l'écran de son ordinateur. Ce n'était guère surprenant, du reste, puisqu'il jouait du piano. Ou qu'il en avait joué.

Associait-il le piano à l'alcool ?

Ce serait une bonne raison pour qu'il ait cessé de jouer de la musique. En tout cas, c'était triste.

Elle ouvrit son ordinateur portable sur ses genoux et releva ses courriels. Elle était surprise que Gabriel ait un accès à Internet dans son appartement, alors que le bâtiment très ancien manquait de bien d'autres aménagements modernes. Cependant, il en avait vraiment besoin pour son travail. Dans sa partie à elle, en revanche, ce n'était pas vital. De toute façon, elle était en congé sabbatique. N'empêche qu'elle aimait bien consulter son courrier de temps à autre. Parmi les spams et les blagues que lui faisait suivre son amie Jocelyne, il y avait aussi quelques messages personnels de cette dernière qui lui demandait de ses nouvelles et qui voulait savoir si elle profitait bien de son voyage touristique à La Nouvelle-Orléans. Elle s'en voulait un peu de lui avoir menti à elle aussi, mais elle ne s'était pas sentie capable de lui révéler les vraies raisons de son séjour. Il lui semblait qu'elles étaient trop étranges, trop désespérées pour que même ses proches puissent la comprendre.

Elle rédigea une rapide réponse dans laquelle elle ne lui disait pas grand-chose. Puis elle fit défiler le contenu de sa boîte. Un courriel retint son attention.

Il était intitulé : « Il reste des zones d'ombre dans l'affaire Michaels ». Elle ne connaissait pas l'expéditeur.

Les bras soudain couverts de chair de poule, elle cliqua à contrecœur sur le message. Il contenait un lien vers un article en ligne du *Naples Daily News* qu'elle parcourut rapidement.

> L'affaire du meurtre de Jessie Michaels n'est pas classée, selon la police de Naples. Bien que le Dr Rafe Marino ait été acquitté la semaine dernière du meurtre de sa petite amie – commis en juillet 2007 –, le procureur Daniel Smithton a indiqué qu'il y avait une nouvelle piste. Bien que les médias aient souligné à de nombreuses reprises que la mise en examen du Dr Marino était bâclée, le procureur persiste à affirmer que les arguments qui pèsent contre lui sont nombreux. Ce procès interminable et dont on a beaucoup parlé a été désastreux pour la réputation de Smithton dont le taux de condamnation était jusqu'alors de 100 % pour les homicides.
>
> Durant le procès, Smithton a avancé l'hypothèse que Marino avait une liaison avec la fille de la victime, Sara Michaels, et qu'ils avaient

> préparé ensemble le meurtre de leur petite amie et mère. Dans la mesure où il n'est pas possible de mettre Marino en examen deux fois pour le même crime, l'acharnement de Smithton à élucider cette affaire tend à indiquer qu'il pourrait maintenant chercher à accuser Sara Michaels de complicité d'assassinat.

Merde. Sara inspira profondément, à plusieurs reprises, en luttant contre la nausée qui la gagnait et en s'interdisant de lire la fin de l'article qui ne faisait que récapituler ce qu'elle savait déjà. Et qui était pure spéculation. En évoquant son éventuelle arrestation, les médias ne faisaient que prolonger une affaire qui leur avait valu beaucoup d'attention. Il n'y avait absolument rien, aucune preuve à retenir contre elle. L'avocat de Rafe le lui avait répété à maintes reprises. Rien ne permettait d'affirmer qu'ils avaient une liaison – et pour cause. Quant aux preuves contre lui, elles n'étaient qu'indirectes. Certes, l'absence d'alibi lui avait fait grand tort. Elle, en revanche, travaillait cette nuit-là. N'empêche que, bien qu'il n'ait pas d'alibi, personne ne l'avait vu chez la mère de Sara au moment du meurtre. Personne ne l'avait vu entrer dans la maison. Personne n'avait vu sa voiture sur le parking. Personne ne l'avait vu marcher dans la rue.

Toute l'accusation reposait sur les cheveux et les fibres vestimentaires, et sur une empreinte digitale retrouvée sur la fenêtre de la chambre de sa mère et qui correspondait à l'index gauche de Rafe. D'accord. Mais sa mère et lui passaient tout leur temps libre ensemble, généralement chez elle. Alors, aux yeux de Sara, cela ne signifiait rien. En fin de compte, le jury avait été du même avis. Cela ne suffisait pas à le reconnaître coupable.

Et, elle, rien ne permettait de l'accuser. Il fallait qu'elle s'en souvienne. Elle n'avait jamais vu Rafe sans sa mère et ils n'avaient parlé au téléphone que lorsqu'il se trouvait chez Jessie. Personne n'avait donc ni raison de croire ni, encore moins, de preuve qu'ils avaient une relation et avaient pu organiser quelque chose d'aussi odieux que l'assassinat de sa mère.

D'ailleurs, pourquoi aurait-il fallu qu'ils la tuent pour être ensemble ? C'était absurde. Rafe était médecin. Il n'avait pas besoin de la toute petite assurance-vie de sa mère ni de sa maison.

Sara fut tentée d'effacer le courriel pour s'en débarrasser, mais elle se retint. Elle savait qu'il fallait le conserver. Qu'il fallait rechercher qui le lui avait envoyé pour savoir si c'était un simple hasard ou si le journal cherchait à lui extorquer une réaction. Toutefois, elle n'était pas prête à se pencher sur la question pour le moment. Elle voulait oublier la Floride et se concentrer uniquement sur le meurtre d'Anne Donovan. C'était Gabriel qui devait enquêter sur celui de sa mère pour les besoins du livre. Elle fit donc glisser le message dans un dossier intitulé « divers » et ferma sa messagerie.

Puis elle ouvrit un nouveau document Word et se mit à taper. Concernant l'affaire Donovan, il y avait un certain nombre de questions auxquelles elle voulait des réponses, qu'ils parviennent ou non à savoir ce qui s'était passé. Elle les tapa pour organiser ses pensées.

D'où venait John Thiroux ?

Où était-il allé après son acquittement ?

Qui s'était occupé de l'enfant d'Anne Donovan ?

Et puis il y avait la question fondamentale, celle qu'elle osait à peine écrire noir sur blanc, celle qui liait le présent au passé, la Floride à la Louisiane. Celle qu'elle n'avait jamais formulée tout haut. Celle dont elle n'avait fait part à personne de peur de passer pour folle ou qu'on l'accuse de mentir. Celle à laquelle elle n'avait pas de réponse.

> Pourquoi mon arrière-arrière-arrière-grand-mère, mon arrière-arrière-grand-mère, ma grand-mère et ma mère ont-elles toutes été assassinées ? Est-ce une coïncidence ? Une malédiction ? Pourquoi la petite-fille d'Anne Donovan, Mary Conway, n'a-t-elle pas été tuée ? Quelqu'un est-il au courant des deux premiers meurtres et a-t-il cherché à les reproduire dans les deux derniers ? Pourrait-il s'agir de mon grand-père ?
>
> Suis-je la prochaine ?

La dernière question, la plus courte, contenait toutes ses craintes et avait sous-tendu tous ses actes de l'année écoulée. Elle était terrifiée à l'idée que son tour puisse venir, n'importe quand.

— Vous voulez aller déjeuner ?

Sara sursauta en entendant le son de la voix de Gabriel. Pour ne pas qu'il lise ce qu'elle avait écrit, qu'il sache ce qu'elle pensait, elle referma brusquement son ordinateur et le regarda en clignant des yeux. Il s'était retourné sur son siège et la considérait d'un air curieux. Elle sentit aussitôt qu'elle avait réagi avec excès, mais il ne lui en fit pas la remarque.

— Euh, oui. Avec plaisir.

Tant pis s'il était un peu tard pour feindre la nonchalance.

— Super. Dites-moi quand vous êtes prête.

Il ferma les fenêtres de son écran avant d'éteindre l'ordinateur et raccrocha sa drôle de cuiller avec ses semblables.

Elle appréciait beaucoup que, quoi qu'il pense d'elle, Gabriel ne semble pas la prendre pour une folle. Car elle-même doutait souvent de sa santé mentale. Il ne sourcillait pas devant ses comportements les plus étranges. Même quand elle le regardait les yeux écarquillés à 4 heures du matin alors qu'il essayait de dormir. Et il ne lui en avait pas fait honte. Ni de cela ni de rien d'autre.

— Cela vous embête que j'envahisse votre espace ? lui demanda-t-elle en se levant et en s'étirant. Je pourrais sans doute faire tout cela chez moi, si vous préférez.

Elle se sentait un peu coupable d'encombrer son appartement, sa vie. Elle n'avait pas prévu qu'elle passerait autant de temps à lire des documents et à les classer. Il n'avait certainement pas besoin qu'elle soit là pour le faire. Pas tous les jours, en tout cas. Donc elle voulait lui permettre de lui dire s'il préférait être seul.

— Non, je ne préférerais pas.

Ce fut tout ce qu'il dit. Il n'avait pas besoin de développer. Sara prenait tout ce qu'il disait pour argent comptant, parce que, sans qu'elle sache bien pourquoi, il lui semblait qu'il disait la vérité et ne gaspillait pas sa salive en paroles inutiles.

Elle fut étrangement soulagée qu'il souhaite qu'elle reste. Au fond, corrigea-t-elle *in petto,* ce n'était peut-être pas si étrange que cela. Elle l'appréciait. Il l'attirait, même s'il ne faisait rien pour cela, ne flirtait pas réellement avec elle, ne faisait aucun sous-entendu sexuel. Quoi qu'il en soit, elle se plaisait en sa compagnie et espérait un peu que, petit à petit, ils finiraient par franchir la frontière et tenter une relation physique. Elle ne souhaitait rien de permanent, pas même une vraie relation. En revanche, une aventure sexuelle ne serait pas de refus.

Allons, mieux valait sans doute qu'il ne lui fasse pas d'avances. Car, malgré ce qu'en disait son corps, la dernière chose qu'il lui fallait, c'était des complications.

— Le chat peut rester tout seul ici ? demanda-t-elle.

— Bien sûr. Il faut juste l'enfermer dans une pièce où il ne pourra rien lui arriver. Ma chambre, par exemple. Il ne risquera rien.

Gabriel prit Ange sur le divan et le tint d'une main contre sa poitrine tout en le grattant doucement derrière les oreilles. Elle le suivit pour s'assurer que le chaton serait bien installé.

Mais elle ne tarda pas à le regretter. En entrant dans la chambre de Gabriel, la première chose qu'elle vit fut une longue trace de sang sur la vitre, à l'extérieur.

— Oh, mon Dieu ! s'écria-t-elle. Qu'est-ce que c'est ?

Il s'approcha, laissant tomber Ange sur le lit défait.

— C'est sûrement un oiseau qui a heurté la fenêtre. Il doit être tombé dans la cour.

Sara frémit. Jusqu'à l'année dernière, elle manipulait pourtant des échantillons de sang à longueur de journée – dans l'exercice d'un métier qu'elle avait choisi.

Mais, maintenant, elle commençait à se demander pourquoi le sang la poursuivait, partout.

Chapitre huit

Le lundi, avant l'arrivée de Sara, Gabriel ouvrit les résultats de l'analyse de l'empreinte digitale. Il fallait tout un courriel long et alambiqué pour conclure que l'empreinte marquée dans le sang sur le dessin d'Anne qu'il avait fait la nuit du meurtre ne correspondait pas au pouce droit de la série d'empreintes qu'il avait fournies pour comparaison.

Les siennes.

Ce n'était donc pas son empreinte, dans le sang, ce qui l'étonnait parce qu'il se rappelait avoir ramassé le dessin après avoir vomi. Quand il avait les doigts poisseux d'avoir touché le matelas plein de sang. L'empreinte aurait donc dû être la sienne. Ce qui signifiait qu'il ne pouvait se fier à son souvenir des événements.

Ce n'était pas une bonne nouvelle.

Sur quels autres points sa mémoire le trahissait-elle ?

Il n'y avait sur terre qu'un seul être qui puisse se rappeler les événements de cette soirée et des mois qui avaient suivi. Mais Gabriel refusait de prendre contact avec lui – Raphael. De toute façon, il ne savait même pas où il était à l'heure actuelle.

Gabriel avait passé le siècle dernier à couper les ponts avec les Grigori, à nier la réalité de son statut, à faire comme s'il était un mortel comme les autres. Mais ce n'était pas le cas. Il avait été un ange, autrefois. Un ange envoyé pour veiller sur les mortels, les guider, les protéger. Et, comme Alex et les autres veilleurs qui l'avaient précédé, il avait succombé au vice humain, à l'un des sept péchés capitaux. Pour Alex, c'était la luxure. Il avait copulé avec des humaines et donné naissance à deux filles. Pour Raphael, c'était la colère, une colère qui bouillonnait en permanence sous son apparence passive et débordait dans sa passion pour les sports violents – et comme spectateur et comme participant. Et, pour Gabriel, c'était la gourmandise, la gloutonnerie. La consommation excessive de drogues et d'alcool. Car la dépendance était bien la forme ultime de gloutonnerie, l'incapacité à cesser de consommer même lorsque cela devenait dangereux, nuisible, destructeur.

Alex avait accepté son péché et son statut de démon et jouissait également des deux. Gabriel, lui essayait de nier l'un comme l'autre. Il ne se sentait pas mauvais. Il n'aimait pas susciter le péché chez les autres ni faire souffrir les humains. Sa conscience ne le laissait jamais en repos, ce qu'il appréciait. Il l'entretenait même. Ses défauts, ses péchés étaient les siens et, au fond de lui, il ne se sentait ni ange ni démon; humain, tout simplement.

Et, pourtant, irréfutablement immortel.

Il fallait qu'il se détache d'Anne. Il fallait qu'il sache que ce n'était pas lui qui l'avait tuée pour pouvoir avancer vers un avenir qui ne soit pas stagnant, pour quitter le purgatoire dans lequel il s'enfermait lui-même, comme l'avait observé Alex.

Sauf qu'il n'était pas certain du tout de découvrir la vérité. Pour commencer, il ne savait absolument pas à qui pouvait appartenir cette empreinte.

S'il avait l'ADN d'Anne, au moins, il pourrait trouver un semblant de réponse. Car si le sang séché conservé sur la lame du couteau de chasse n'était ni le sien ni celui d'Anne, cela signifierait qu'il y avait eu une troisième personne dans la pièce. Une personne qui se serait coupée dans sa frénésie meurtrière déployée contre Anne. Cela n'apprendrait pas son identité à Gabriel parce qu'il n'y avait personne de vivant pour établir une comparaison d'ADN, ni d'autre suspect hormis l'homme mystère qui l'avait précédé dans la chambre, mais, au moins, cela lui permettrait d'avoir la certitude qu'il n'avait pas tué.

Il avait besoin de savoir que, dans sa faiblesse, il n'avait violé ni sa propre nature ni les lois de la morale au point de prendre la vie d'une femme sans défense.

Par les fenêtres ouvertes, il entendit quelqu'un entrer dans la cour. Ce devait être Sara, puisqu'elle lui avait annoncé qu'elle arriverait vers 10 heures. Il l'avait trouvée un peu nerveuse, samedi. Sans doute était-elle gênée d'avoir dormi avec lui dans son lit. Quoi qu'il en soit, sans raison apparente, elle était rentrée chez elle après le déjeuner et, depuis, il ne l'avait pas revue.

Il se satisfaisait parfaitement de sa propre compagnie, mais, avant de la connaître, il ignorait combien il était seul. Ou, plutôt, il le savait, mais il parvenait à faire comme s'il ne s'en rendait pas compte. Maintenant, c'était différent. Il aimait lui parler, échanger des idées avec elle, entendre son rire. Et respirer son parfum si féminin, poser la main au bas de son dos. Il ne pouvait plus nier le plaisir que lui procurait sa présence. Il fut donc heureux de l'entendre arriver.

Il lui avait donné une clé de la grille pour qu'elle puisse aller et venir sans avoir à attendre qu'il vienne lui ouvrir. D'ordinaire, il ne pensait même pas toujours à la verrouiller, et son voisin non plus. Mais Sara avait besoin que ce soit fermé à clé. C'était un soutien, une illusion de sécurité à laquelle elle se raccrochait pour l'instant, et il respectait cela. Elle avait vécu des choses très pénibles cette année et, contrairement à lui, elle n'était pas immortelle. Elle pouvait mourir.

Il lui fallut une minute pour se rendre compte qu'elle ne montait pas l'escalier. Il tendit l'oreille et s'autorisa pour une fois à utiliser ses sens extrêmement développés. Il comprit qu'elle était restée dans la cour. Elle marchait sur les vieilles briques et tirait un siège près de la table en fer forgé qui n'avait pas bougé depuis dix ans.

Gabriel se leva et se rendit dans sa chambre. Il avait nettoyé la tache de sang et refermé la fenêtre pour se protéger de la chaleur d'août. Mais il la voyait à travers la vitre, assise à la table, en train de lire le contenu d'une enveloppe en papier kraft posée sur ses genoux. Elle avait posé les pieds sur une autre chaise et bien enroulé sa jupe jaune autour de ses jambes. Ses cheveux blonds tombaient en cascade sur ses épaules. Elle y enfouit les doigts pour les enrouler sur sa tête avant de les laisser retomber.

Le soleil brillait sur ses jambes, mais elle gardait le nez et les joues à l'ombre de la maison.

Sans réfléchir, Gabriel rentra, prit son appareil photo et, le plus silencieusement possible, ouvrit la fenêtre. Il orienta son objectif vers le bas et prit une série de clichés pour tester la lumière. Puis il fit le point sur son visage pour saisir son profil, la courbe de ses lèvres sensuelles, la force de ses traits et la délicatesse de son petit nez qui avait du mal à tenir ses lunettes noires. Il appuya sur le bouton, encore et encore, zoomant en avant et en arrière pour prendre tantôt son visage et tantôt l'image entière de *Sara à l'étude*, un peu penchée en avant, ses épaules tendues contrastant avec la décontraction du bas de son corps.

À mesure qu'il prenait photo après photo, Gabriel sentait grandir sa frustration. Ce n'était pas avec le déclic d'un bouton qu'il voulait immortaliser ces moments. C'était par la création. Ses doigts seraient-ils encore capables de rendre les courbes de son corps, l'expression de son visage, la dualité de la lumière, l'angle de plongée ? Il posa l'appareil sur son lit et alla fouiller dans son placard. Après avoir écarté quelques caisses, il en sortit une qu'il conservait tout au fond. Elle contenait un carnet de croquis tout neuf, qui n'avait jamais servi. Et un seul crayon, taillé, prêt à servir. Il les avait achetés dans un moment de faiblesse, un moment où l'envie était trop forte de sentir le crayon fin entre ses doigts caressant le papier pour y faire naître ses pensées et ses émotions.

C'était bon de toucher à nouveau son matériel. Il n'ouvrit pas le carnet à la première page, mais au milieu. Il fallut à peine une minute pour que le photographe se change en dessinateur. Très vite, les lignes apparurent, rapides et assurées, définissant les contours du corps de Sara. Le grattement de la mine sur le papier le stimulait. Tandis qu'il travaillait, son regard ne cessait d'aller et venir de haut en bas, cherchant frénétiquement à saisir la juxtaposition de la tension et de la relaxation. Elle changea de position et libéra sa jupe coincée sous ses mollets.

Elle devait avoir chaud, au soleil, parce qu'elle saisit le revers pour l'agiter et s'éventer les jambes. Puis, sans cesser de lire, elle remonta le bas de sa jupe vers ses cuisses et écarta les genoux, posant un pied à terre.

La bouche de Gabriel s'assécha.

Son attitude était, involontairement, d'une sensualité extraordinaire. Elle se concentrait sur les documents qu'elle lisait, comme la décontraction de ses jambes en témoignait. Et c'était bien ce qu'il y avait de si sexy, de savoir qu'elle était ainsi naturellement, qu'elle ne cherchait pas à séduire.

Il tourna la page et recommença. Il voulait aussi conserver cette nouvelle pose, ce complet abandon. Sa sensualité. La longueur de sa nuque, la finesse de ses jambes. C'était époustouflant. Il dessinait à toute vitesse pour finir avant qu'elle bouge, avant qu'elle le voie, avant que le soleil tourne. Ses doigts se souvenaient de tout, bien qu'il n'ait pas dessiné depuis cent cinquante ans. Il jouissait pleinement de ses souvenirs, de cet instant, de ce talent qui lui avait été donné.

Dessiner debout n'avait jamais été naturel, pour lui. Dans un mouvement d'impatience, il s'assit sur l'appui de fenêtre, les jambes à l'extérieur, les pieds pendant le long du mur de brique, son carnet en appui sur ses cuisses écartées. Et il se remit au travail, satisfait de ce qu'il faisait, enchanté du silence de la cour, troublé tout juste par le bruissement des feuilles des arbres et des buissons et par Sara qui tournait une page de temps en temps sur ses genoux.

Elle remonta encore un peu sa jupe, révélant une délicieuse portion de sa jambe toujours étendue.

Il avait envie de la toucher, de promener la main le long de cette jambe chaude et ferme, de la caresser intimement en surveillant son visage pour la voir se détendre, capituler, accepter le plaisir qu'il lui donnerait de ses doigts. Il voulait l'entendre soupirer et découvrir toute l'étendue de sa beauté.

Quand il eut retranscrit sa silhouette sur son carnet, il étudia son croquis et le compara au modèle vivant de la femme devant lui. C'était bien. Il était content.

Il ne regrettait pas d'avoir couru le risque. D'avoir enfreint une règle qu'il s'était fixée.

Ce dessin était à lui. Il le garderait.

Il adoucissait la ligne de son épaule du bout du pouce quand il l'entendit crier.

Sara se prélassait au soleil, se délectant de sa chaleur sur son visage et ses bras, même si elle commençait à la faire transpirer. Le calme de la cour l'avait attirée. La table et les chaises étaient un peu branlantes – à moins que les briques moussues se soient peu à peu enfoncées ou effritées, rendant le sol irrégulier. Quoi qu'il en soit, elle était bien, seule, entre les murs couverts de vigne vierge, pour lire les derniers éléments des rapports de police sur l'affaire Donovan.

La perspective de revoir Gabriel la rendait un peu nerveuse. Elle s'était conduite de façon un peu étrange, samedi, elle en avait conscience. Mais dormir avec lui dans son lit, se faire une peur bleue par deux fois – d'abord dans la rue puis quand elle l'avait cru mort – et recevoir ce courriel qui suggérait sa culpabilité, ç'avait été trop pour elle. Alors, ne sachant plus où se mettre, elle était partie. C'est pourquoi l'idée de le revoir lui donnait le trac.

Au demeurant, Gabriel n'était pas lui-même exempt d'excentricités. Il avait tendance à s'abstraire, plus que la moyenne. Elle savait donc, intellectuellement, qu'elle n'avait pas à craindre sa réaction. Il ne s'était certainement pas formalisé de sa conduite. N'empêche qu'elle était heureuse de ces quelques minutes au soleil pour rassembler ses esprits avant de monter chez lui. Avec un peu de chance, il allait regarder par la fenêtre, la voir et descendre l'accueillir. Ainsi, elle pourrait lui dire bonjour, assise, avec ses lunettes de soleil, et non debout en se balançant d'un pied sur l'autre et en jetant des regards furtifs de droite et de gauche quand il lui ouvrirait la porte.

Ce n'était pas un plan très solide ni très courageux, elle en convenait. Mais elle ne pouvait pas tout le temps affronter les difficultés en face. Elle avait bien le droit de se dérober de temps à autre. D'ailleurs, l'idée de ne pas se rendre chez lui ce matin ne lui était même pas venue. Elle n'était pas dégonflée à ce point.

Un mouvement qu'elle saisit du coin de l'œil lui fit lever la tête.

Elle poussa un hurlement de frayeur et sursauta sur sa chaise.

— Mon Dieu ! Mais qu'est-ce que vous fabriquez ?

Gabriel était sur le rebord de la fenêtre ouverte, la moitié de son corps suspendu dans le vide. Sa première impression fut qu'il allait sauter. Puis elle se rendit compte qu'il était simplement assis, un grand carnet à la main.

— Salut ! fit-il en agitant la main.

Très décontracté. Comme s'il était parfaitement naturel de s'installer en équilibre instable plus de dix mètres au-dessus d'un sol de brique sur lequel une chute serait fatale.

— Qu'est-ce que vous faites là ? lui redemanda-t-elle en le regardant, ses documents serrés contre elle.

Elle s'attendait à le voir perdre l'équilibre et basculer en avant d'un instant à l'autre. Franchement, elle ne se voyait pas capable de le rattraper, d'autant qu'il devait faire trente centimètres et vingt kilos de plus qu'elle.

— J'ai été pris par l'inspiration, expliqua-t-il sans manifester la moindre intention de rentrer.

Il se mit même à balancer les jambes en lui tendant le carnet pour le lui montrer.

— L'inspiration de quoi ? De tomber et de vous tuer ? Pour l'amour du ciel, rentrez ! Et faites attention.

— Je ne vais pas tomber, assura-t-il. Et j'ai été pris par l'inspiration de dessiner. Montez donc voir.

Sara était intriguée et contente qu'il ait eu envie de dessiner. Mais la peur qui menaçait de l'étouffer l'empêchait de profiter pleinement de ce plaisir.

— Je ne monterai pas tant que vous ne serez pas en sécurité à l'intérieur.

Il inclina légèrement la tête sur le côté et sourit. Puis il hocha la tête, tout simplement, et dit :

— D'accord.

Elle étreignit sa liasse de feuilles tandis qu'il repassait les jambes dans la chambre et ne se remit à respirer normalement que quand il se leva et referma la fenêtre.

Seigneur ! Qu'est-ce que c'était que ces acrobaties ? Son instinct de survie devait être déficient, conclut-elle. Il ne fermait pas les portes à clé, n'hésitait pas à regarder ce qui se passait dans l'ombre des portes à 2 heures du matin et se balançait à la fenêtre du deuxième étage.

Une bonne raison de plus d'éviter d'avoir une relation avec lui. Elle passerait son temps à s'inquiéter – et, franchement, elle avait déjà suffisamment de sujets d'inquiétude.

Du reste, il ne cherchait pas à initier quoi que ce soit entre eux, il ne fallait tout de même pas qu'elle l'oublie.

Prête à le réprimander à nouveau, elle monta l'escalier et entra chez lui par la porte déjà grande ouverte. Elle espérait qu'il venait de l'ouvrir pour elle et qu'il n'avait pas passé, pire, la nuit ainsi. Elle s'interdit tout de même de lui en parler de peur d'avoir l'air de le harceler. Lui faire prendre conscience des risques qu'il prenait en s'asseyant sur sa fenêtre qui n'avait même pas de balustrade était une chose. Mais, si elle remettait en plus la question de la porte sur le tapis, elle passerait vraiment pour une folle.

Ce qu'elle était peut-être.

Cependant, sa sévérité se dissipa d'un coup quand il lui présenta son carnet de croquis.

Elle resta bouche bée, littéralement.

C'était *elle*. Il l'avait dessinée, magnifiquement. Avec des lignes pures et une espèce de franchise brute qui n'excluait pas la bienveillance.

Elle comprenait l'image qu'il avait eue d'elle, de la fenêtre. Détendue et pensive à la fois, chauffée par le soleil, les jambes écartées.

Mon Dieu.

— C'est… c'est très beau, bredouilla-t-elle. Vous avez beaucoup de talent.

Et elle s'était trompée quand elle avait cru qu'il ne s'intéressait pas à elle. Le dessin avait quelque chose de vivant et trahissait l'attirance de l'artiste pour son modèle. Oui, elle la voyait. La sentait. À moins qu'il ait simplement cherché à faire de l'effet, mais elle n'y croyait pas. Il avait perçu la sensualité de sa pose et senti qu'elle faisait l'amour avec le soleil, l'acceptait, le désirait.

— Merci.

Il regarda le dessin, un sourire satisfait aux lèvres, son crayon derrière l'oreille.

— Je vous l'ai dit : j'ai été pris par l'inspiration.

— Pourquoi aviez-vous arrêté de dessiner ? s'enquit-elle en tendant la main pour le tourner aussi vers elle afin qu'ils puissent le contempler tous les deux.

Il y avait quelque chose de très flatteur et gratifiant à se voir ainsi sur papier.

— Si vous avez réalisé cela en quelques minutes, ajouta-t-elle, je me demande de quoi vous êtes capable avec des pinceaux et plus de temps…

Gabriel posa les yeux sur elle. Son bras, sa jambe, son corps étaient tout près des siens. Elle sentait le parfum de son après-rasage et celui, étrangement innocent, de son shampooing pour bébé. Elle comprit une chose étrange. Prises individuellement, toutes les facettes de sa personnalité lui plaisaient, l'attiraient. Parfois, l'image d'ensemble lui paraissait un peu floue, mais, si elle en considérait les éléments séparément, elle appréciait tout.

— Il y a une raison pour laquelle j'ai tout arrêté, Sara – dessiner, peindre, jouer du piano… Tout cela requiert des émotions. Une certaine vulnérabilité. Je suis obligé de m'exposer.

Il passa le pouce sur ses cheveux, sur le dessin.

Elle frémit de désir.

— Quand on est alcoolique et que l'on essaie de rester sobre, expliqua-t-il, tout ce qui libère les émotions, comme cela, et oblige à s'abandonner totalement, est mauvais. Il faut du contrôle – moi, en tout cas, j'en ai eu besoin – pour garder mes distances avec l'alcool. Donc j'ai dû brider ma créativité. Vous comprenez ?

— Oui.

Oui, elle comprenait. Parfaitement.

— Je vous ai dit que je voulais toujours tout contrôler, lui rappela-t-elle. Je vois très bien ce que vous voulez dire. Alors pourquoi maintenant ? s'enquit-elle en le regardant.

Il haussa les épaules.

— Je ne sais pas. J'ai senti que c'était bien. Que je me maîtrisais. Et cela m'a fait plaisir.

— Ça se voit.

Elle rougit en découvrant à quel point elle avait les jambes écartées.

— Je me croyais seule, précisa-t-elle.

— Je sais. C'est ce qu'il y avait de si charmant. Vous ne saviez pas que je vous regardais.

— Combien de temps êtes-vous resté ainsi, sur le rebord de la fenêtre ? Vous avez failli me faire avoir une attaque.

— Pas longtemps, assura-t-il en riant. Et j'ai un excellent équilibre.

— Les chats aussi; n'empêche qu'il leur arrive de tomber.

Gabriel la surprit en passant le doigt le long de sa joue, doucement, lentement.

— Ne vous en faites pas, dit-il. Moi aussi, j'ai neuf vies.

C'était si délicieux, cette caresse, qu'elle dut lutter contre l'envie de fermer les yeux et de se laisser aller contre lui.

— Personne ne vit éternellement, Gabriel. Ne prenez pas de risques inutiles.

— Et si, chaque jour, j'avais l'impression que j'allais vivre éternellement ? Et si cela me semblait interminable ?

Il plongea ses yeux bruns dans les siens et laissa retomber sa main.

Sa voix grave contrastait étrangement avec la finesse de ses traits. Il sembla à Sara qu'elle l'emplissait. Il avait le visage plus près du sien qu'elle ne croyait. Leurs corps se frôlaient avec désinvolture. Il n'y avait pas de notion d'espace personnel entre eux. Elle céda à la tentation de lui toucher les cheveux. Rien que le bout. Légèrement. Pour les lisser. Ils étaient aussi doux et soyeux qu'elle l'imaginait.

— Peut-être est-il temps de renouer avec certaines des choses qui vous donnaient de la joie autrefois, avança-t-elle.

Elle voulait dire la peinture, le piano. Mais ce fut une étincelle coquine qui s'alluma dans les yeux de Gabriel.

— Ah oui ? Lesquelles ?

— Ce que vous voulez. Le dessin, par exemple.

— Peut-être. Si vous voulez bien poser pour moi.

Sara se figea. Il était si près d'elle, maintenant, qu'elle sentait son souffle sur son visage. Elle sentait qu'il la scrutait et lui lançait un défi. Et il allait l'embrasser. Elle en était sûre. Elle l'espérait de tout son être, elle attendait de sentir son corps contre le sien, de goûter sa bouche, d'y glisser la langue, de pouvoir, enfin, enfouir les doigts dans ses cheveux.

— Je vais y réfléchir, murmura-t-elle. Mais je ne suis pas très à l'aise. Je risque d'avoir l'air guindé, si je pose.

— Je ne vous crois pas, repartit-il. Je pense que si vous décidez de faire quelque chose, vous le faites sans hésiter.

Elle n'était pas certaine à cent pour cent qu'il ait raison. Elle se demandait aussi si c'était tout ce qu'il voulait dire, vraiment, ou s'il lui posait une question. Tout ce qu'elle savait, c'était que s'il comptait sur elle pour prendre l'initiative d'un baiser, cela n'arriverait pas. Elle n'allait pas risquer leur relation professionnelle ni l'espèce d'amitié qui naissait entre eux.

— C'est comme pour la danse, expliqua-t-il. Une fois que vous avez décidé de vous y mettre, vous vous êtes donnée à fond.

Cette remarque la gêna. Peut-être parce que danser, se lâcher, lui rappelait les défauts de sa mère, cette attitude débridée qu'elle affichait trop souvent. Sara eut un mouvement de recul et physique et émotionnel. Il n'allait pas la toucher, elle s'en rendait compte, maintenant. Et elle était trop à vif pour faire le premier pas. Ce n'était vraiment pas une bonne idée, sans doute.

— Oui. Et vous, quand vous vous décidez à vous remettre à dessiner, vous vous jetez pratiquement par la fenêtre pour le faire.

Gabriel ne répondit pas. Il se contenta de la fixer d'un regard dans lequel elle lisait mille choses qu'elle ne comprenait pas.

— Y a-t-il un endroit où je puisse aller chercher du café ? s'enquit-elle.

Elle avait besoin de sortir, de s'éloigner de lui.

— Tournez à droite dans Royal Street. C'est un peu plus loin, sur le même trottoir.

Il restait toujours imperturbable devant sa façon de sauter du coq à l'âne. Peut-être avait-il l'esprit aussi changeant que le sien.

— Merci. Vous voulez quelque chose ?

Il fit non de la tête. Puis il laissa échapper une espèce de rire incrédule.

— Quoi ? demanda-t-elle.

— Rien.

Ce devait être le mot le plus exaspérant de la terre.

Alors, sans chercher à en savoir davantage, Sara prit ses lunettes de soleil dans son sac et ressortit.

Chapitre neuf

Gabriel voulait retrouver l'enfant. Si le coroner affirmait qu'Anne avait accouché, il était possible que le bébé ait été mort-né. Ou qu'il soit mort peu de temps après sa naissance. Sauf que, dans ce cas, il y aurait des documents d'état civil. Considérant qu'Anne avait pu avoir cet enfant à partir de quinze ans, il avait demandé les archives concernant les enfants portant le nom de famille de Donovan pour toute La Nouvelle-Orléans et les années 1841 à 1849. Il ne lui semblait pas possible qu'Anne ait accouché l'année de sa mort, parce qu'il la connaissait déjà, mais cela ne coûtait pas grand-chose d'étendre sa recherche jusque-là.

Pendant que Sara était sortie chercher du café, il consulta les résultats, qui lui avaient été envoyés par courriel. Dans un premier temps, cela lui suffisait. Il n'aurait besoin de voir le certificat de naissance complet que quand il aurait trouvé un ou plusieurs noms correspondant.

Il était possible que, si Anne avait effectivement eu un enfant, il soit resté en Irlande. Mais Gabriel en doutait. D'autant qu'elle lui avait dit être venue en Amérique à treize ans et qu'il n'avait aucune raison d'en douter. Ce n'était pas une raison pour ne pas vérifier la date de son arrivée, d'ailleurs, ainsi que son âge. Faute de certificat de naissance, là encore, il devait se fier à ce qu'elle lui avait dit – à savoir qu'elle avait vingt-trois ans à l'époque des faits.

Donovan était par ailleurs son nom de jeune fille. Si elle avait eu un enfant naturel, quel nom portait-il ? Donovan, sans doute, à moins qu'il ait été adopté. Il pouvait également avoir été confié à des amis ou de la famille pour qu'ils l'élèvent.

Il avait peu de chances de réussir, il s'en rendait compte, mais quelque chose lui disait que c'était important. À moins que ce soit lui qui veuille qu'il y ait un enfant. Qui espère que, grâce à cela, elle avait en quelque sorte continué d'exister, qu'elle n'était pas morte avant d'avoir vécu, avant d'avoir transmis un héritage.

Cinquante-cinq enfants étaient nés sous le nom de Donovan à La Nouvelle-Orléans au cours des huit ans qui l'intéressaient. Certains étaient inscrits seuls, d'autres avec des parents. Dans ce cas, c'était d'abord le nom de jeune fille de la mère qui apparaissait, puis son nom d'épouse et le nom du père. Parmi les mères, il y avait trois « Anne », dont une sans *e* à la fin, ainsi qu'une A. Donovan sans nom d'épouse et sans père.

Gabriel cocha ces quatre-là et commanda une copie de leur extrait de naissance par courriel.

Puis il changea d'avis. Il ne voulait pas attendre. S'il se rendait en personne à la bibliothèque, il pourrait les visionner sur microfilm puis commander les copies qu'il lui faudrait.

Il allait laisser un mot à Sara et ne pas fermer la porte en partant.

L'idée de l'attendre et de se rendre à la bibliothèque avec elle était tentante, mais il avait senti son mouvement de recul tout à l'heure. Manifestement, il avait dit ou fait quelque chose qui ne lui avait pas plu, mais il ne savait pas quoi. En tout cas, elle avait détalé. Ce qui valait aussi bien. Il avait eu grand-peine à résister à la tentation de la toucher, ce qui aurait été une très, très mauvaise idée.

Il allait donc s'en tenir à un mot et la laisser respirer un peu. Cela faisait moins d'une semaine qu'ils se connaissaient. Cependant, leur relation lui paraissait très intime, très avancée pour le peu de temps qui s'était écoulé. Mieux valait faire un peu machine arrière et passer moins de temps avec elle.

Même s'il n'en avait pas envie.

Sara commanda un café glacé à emporter. Elle était trop agitée pour rester le boire sur place. Gabriel lui avait fait perdre son sang-froid; elle éprouvait le besoin de marcher pour brûler ce trop-plein d'énergie.

Elle avait eu envie qu'il l'embrasse. Terriblement envie. Il avait voulu la convaincre de poser pour lui alors que ce qu'elle aurait aimé, elle, c'était qu'il lâche son carnet et son crayon et lui fasse l'amour, la touche partout, intimement, qu'il couvre sa peau de baisers. Ce n'était pas pour cela qu'elle était venue à La Nouvelle-Orléans. N'empêche que si une partie d'elle pressentait que ce ne pouvait être que désastreux, une autre, plus audacieuse, lui chuchotait : « Pourquoi pas ? » Oui, pourquoi se priver d'une liaison torride qui lui rappellerait le plaisir d'être vivante ?

Donc, si ce n'était pas le motif de son séjour, ce pourrait être un avantage annexe des plus appréciables.

Mais, si elle était là, c'était aussi pour en apprendre un peu plus sur sa mère et essayer de comprendre la fille qu'elle avait été, la jeune femme insouciante qu'elle était devenue. En remontant Royal Street, Sara comprit que ses efforts seraient vains. Sa mère avait toujours été distante, sur le plan émotionnel. Elle ne lui donnerait pas dans la mort ce qu'elle avait gardé pour elle de son vivant.

Sauf que Sara savait que la mort de sa grand-mère avait changé le cours de la vie de sa mère, qui n'avait que seize ans quand sa mère à elle avait été assassinée. Et c'était Jessie qui avait trouvé son corps, poignardé dans leur maison de banlieue. Six mois plus tard à peine, elle avait fui son père et commencé à danser sur Bourbon Street.

Jamais sa mère ne lui avait expliqué ces choix quelque peu radicaux. Elle n'avait jamais répondu autre chose à ses questions que : « Je n'aimais pas les règles. »

Cédant à une impulsion, Sara coupa par Orleans Street en direction de Bourbon Street. Le soleil tapait impitoyablement sur ses épaules nues. Elle remonta ses lunettes sur son nez en faisant attention de ne pas mettre un pied dans les trous du trottoir. Les rues du Quartier français étaient toutes semblables : étroites, bordées de maisons qui se dressaient au ras des trottoirs, fermées par des portes et des volets de bois, et des grilles et des balustrades de fer forgé. Pourtant, chacune avait sa personnalité, son ton à elle. Il y en avait de miteuses et d'élégantes, de calmes et d'animées. Orleans Street était calme et réservée. Un hôtel occupait presque tout le pâté de maisons qui faisait l'angle avec Bourbon Street, et cela lui convenait très bien. C'était sa première promenade seule dans le Quartier français; elle avait beau avoir envie de l'aimer de s'y plaire, elle ne parvenait pas à se défaire de l'impression qu'elle n'y avait pas sa place. Et qu'elle était vulnérable. Qu'elle faisait une cible idéale.

Il était important de faire face à ces sentiments, de reconnaître qu'elle était en dehors de sa zone de confort, rien de plus. Il n'y avait pas de danger. Personne ne voulait sa peau.

Elle se demanda un instant dans quel sens prendre Bourbon Street et opta pour la gauche. Le club dans lequel sa mère dansait autrefois avait changé de nom, mais, le soir de sa mort, elle avait bu pas mal de margaritas en dînant avec Sara et Rafe et, brusquement, s'était mise à évoquer cette époque. Elle leur avait dit que le club se trouvait vers le numéro quatre cents, parmi d'autres du même genre. Ensuite, elle avait regretté tout haut que Rafe ne l'ait jamais vue danser sur les tables parce que, pour la citer, elle était « trop canon ».

Sara était horrifiée, mais Rafe s'était contenté de lui sourire et de lui dire qu'elle l'était toujours. Puis il lui avait gentiment signalé qu'elle n'avait peut-être pas intérêt à boire encore une margarita si elle voulait pouvoir marcher jusqu'à la voiture. Si c'était Sara qui l'avait dit, sa mère lui aurait fait une scène et aurait continué à boire. En revanche, la remarque de Rafe ne l'avait pas vexée. Elle avait simplement ri en concédant qu'il avait sans doute raison, et répété qu'il était dommage qu'il ait encore été en couches-culottes à l'époque où elle dansait.

Quatre heures plus tard, elle était morte.

Sara passait devant des clubs de strip-tease dont les murs extérieurs étaient couverts d'affiches annonçant des filles nues à peine majeures et toutes sortes de numéros sexuels connus dans le monde entier. Elle n'était jamais entrée dans une boîte de strip-tease. Sans bien savoir pourquoi, elle s'arrêta devant la porte d'un club et, après avoir passé quelques minutes à examiner les affiches, se demanda si elles reflétaient bien la réalité. Les danseuses étaient-elles réellement aussi heureuses et gaies qu'elles en avaient l'air ? Soudain, elle eut envie de voir ce qui se passait à l'intérieur, de savoir, de se rendre compte de l'audace qu'il avait fallu à sa mère pour, à seize ans, mentir sur son âge et danser presque nue devant des hommes.

— Vous cherchez du travail ?

Elle jeta un coup d'œil au portier qui lui avait posé la question et s'interdit de rougir.

— Non, répondit-elle.

— Vous êtes sûre ?

Il lui sourit. C'était un homme séduisant, de trente-cinq ans environ, vêtu d'un costume.

— Ça paie bien et on aurait besoin d'une blonde. L'un de nos meilleurs clients vous a déjà repérée et s'est renseigné sur votre compte. Si vous lui plaisez, cela vous garantit au moins cinquante dollars par soir rien qu'en pourboires.

— Comment cela, il m'a repérée ? Je viens de m'arrêter.

Elle n'avait vu personne sur le trottoir. Il faut dire qu'elle n'avait d'yeux que pour les affiches qu'elle contemplait avec une fascination morbide.

— Il y a une minute. Il vous a remarquée en entrant.

Il fit un signe de tête en direction de la porte et lui adressa encore un charmant sourire.

— Entrez donc voir les autres filles et vous faire une idée, lui enjoignit-il.

Elle n'en revenait pas qu'il y ait des danseuses sur scène à midi un lundi – mais c'était Bourbon Street. Les bars proposaient déjà trois pour le prix d'une, les karaokés étaient ouverts.

— Non, merci.

Toutefois, elle ne put s'empêcher de jeter un coup d'œil par la porte ouverte. Tout ce qu'elle vit, ce fut un couloir sombre et, au bout, des jambes de femmes sur la scène.

C'est alors qu'elle eut la désagréable impression que quelqu'un l'observait. De l'intérieur du club.

Elle frémit et se frictionna les bras. Était-ce le client dont lui avait parlé le portier qui continuait de l'observer ? C'était très désagréable.

— Bon, eh bien, bon après-midi. Et n'hésitez pas à revenir si vous changez d'avis, dit le portier en se détournant d'elle pour faire signe à deux passants.

Après avoir jeté un dernier coup d'œil au club et n'avoir rien remarqué de particulier, Sara reprit la rue dans l'autre sens, revenant sur ses pas. Elle voulait regagner l'appartement de Gabriel, la sécurité de sa cour. Elle ne découvrirait pas ce qui avait motivé, attiré sa mère sur Bourbon Street. Il fallait qu'elle admette qu'elle ne trouverait pas la réponse à toutes les questions qu'elle se posait. Des réponses dont, d'ailleurs, elle ne voudrait peut-être pas si elle les avait. Au fond, on ne pouvait imaginer deux personnalités plus opposées que celles de sa mère et la sienne.

Ce qui était curieux, c'était qu'elle ne se soit jamais tellement interrogée sur son père biologique. Logiquement, si elle ne tenait pas de sa mère, c'était à lui qu'elle devait ressembler. Pourtant, elle n'avait jamais eu envie de le retrouver. Elle n'avait demandé son nom qu'une fois. Sa mère lui avait répondu qu'elle ne se souvenait pas de son nom de famille. Uniquement de son prénom, Brian. Son nom « commençait par S », mais elle n'avait pas été capable de lui en dire plus. Sara n'avait jamais reposé la question. Qui était ce Brian S., ce qui l'avait poussé à devenir videur, ce qui avait pu l'attirer chez une Jessie Michaels de seize ans : tout cela n'avait guère d'importance à ses yeux.

Peut-être était-ce parce que c'était sa mère qui avait dirigé sa vie, et pas lui. Sa mère qui l'avait élevée, qui l'avait prise dans ses bras et qui l'avait grondée, qui oscillait sans cesse entre les élans d'affection et une distance glaciale. C'était sa mère qui avait influencé sa psyché à tous les niveaux. Et, maintenant, elle restait seule pour ramasser les morceaux de sa vie.

Cela la mettait en colère. Contre sa mère. Contre le monde.

Sara pressa le pas en slalomant entre les trous et en évitant les portiers des boîtes et un barman agressif qui tentait déjà de fourguer des verres par la porte ouverte de son établissement. Il fallait qu'elle laisse tout cela derrière elle, qu'elle reparte de zéro, ici, tout de suite. Sauf que ce n'était pas si facile à faire quand elle sentait son passé la poursuivre. Elle le retrouvait dans l'enquête sur le meurtre d'Anne Donovan, dans les courriels qui évoquaient sa culpabilité, dans le livre qu'écrivait Gabriel. Là, tandis qu'elle marchait, elle avait la sensation troublante que quelqu'un l'observait, la suivait.

Un instant, prise de panique, elle ne se rappela plus quelle rue transversale elle devait prendre pour rentrer. Elle l'avait dépassée, c'était sûr. Et puis, avisant un panneau qui indiquait Dumaine Street, elle se souvint que c'était la rue de Gabriel. Au moment de s'y engager, elle se retourna pour voir si, oui ou non, elle était suivie. Mais il n'y avait qu'un petit groupe de femmes en tenue de bureau estivale et un homme qui arrosait la rue.

Bon sang ! elle était complètement paranoïaque. N'empêche qu'elle ne parvenait pas à se défaire de cette impression. Elle se mit à marcher de plus en plus vite. Chez Gabriel, elle trouva la grille ouverte. Elle traversa la cour et monta l'escalier en courant. Elle avait hâte de retrouver sa présence rassurante. Il y avait un mot sur la porte.

« Suis à la bibliothèque. Je reviens bientôt. Entrez. G. »

Sara arracha le papier et actionna la poignée. Il avait laissé son appartement ouvert. Et sa cour. Et un mot signalant à qui voulait le lire qu'il n'était pas chez lui et qu'il n'avait pas fermé à clé. Il n'avait peur de rien tandis qu'elle était craintive pour deux – voire plus. Elle entra et tira le verrou derrière elle. Elle s'était tellement pressée que son cœur battait la chamade.

Elle sortit son portable au cas où elle aurait besoin d'appeler la police et fit le tour de l'appartement pour s'assurer qu'elle s'était bien enfermée seule à l'intérieur. Elle regarda dans toutes les pièces, ouvrit le placard de sa chambre et vérifia même qu'il n'y avait personne derrière le rideau de douche. Elle finit par son bureau où elle se laissa tomber sur le divan, au bord des larmes.

Elle résista, parce qu'elle avait horreur de pleurer. Cela signifiait qu'elle n'avait fait aucun progrès, qu'elle ne se contrôlait pas parfaitement, et cela la désespérait. Elle releva la tête et, pour se distraire, se rapprocha de sa collection de cuillers accrochées au mur à côté de l'ordinateur pour l'étudier. Elles lui parurent anciennes. Étaient-ce vraiment des cuillers, d'ailleurs ? Leur extrémité oblongue et les trous dont elles étaient percées permettaient d'en douter.

Agitée et inquiète, elle songea qu'elle ferait mieux de se remettre à la lecture des documents qu'elle avait apportés. Elle n'avait pas pris son ordinateur et n'avait pas envie de se servir de celui de Gabriel sans lui avoir demandé la permission, mais elle pouvait noter à la main les questions qui lui venaient à l'esprit. Elle voulait en apprendre davantage sur John Thiroux, savoir d'où il venait et où il était allé après son acquittement. Les articles de presse de l'époque ne parlaient pas du tout de son passé. Tout ce qu'elle avait lu n'évoquait que son travail d'artiste et son problème de drogue. Il n'y avait rien sur sa famille, ses études, l'origine de sa fortune, ce qui l'avait fait sombrer dans l'alcool et l'opium.

Mais, au lieu de se mettre au travail, elle se prit à regarder les objets qui traînaient sur son bureau. Elle, qui n'était pas du genre fouineur, ne savait pas ce qui la poussait à observer avec autant d'avidité la vieille tasse qui servait de pot à crayons, la bouteille d'eau vide gisant sur le côté, écrasée, les trombones tordus, les piles de livres en rapport avec la criminologie. Gabriel était désordonné, mais pas sale. Il n'y avait ni poussière, ni papiers d'emballage de nourriture, ni taches poisseuses.

Un dossier était ouvert à côté de l'ordinateur. Impossible de ne pas voir la copie du dessin sur le dessus – une femme, représentée de profil, assise au bord d'un lit. Il devait s'agir d'Anne Donovan, mais, de côté, c'était difficile à dire. Il était signé JT dans le coin inférieur. Sara l'examina quelques instants en se répétant que, non, il ne fallait pas. Mais elle ne put s'en empêcher. Elle tourna la première page et découvrit un second dessin. C'était Anne, allongée sur le ventre sur le lit, nue, la tête posée sur les bras, l'air plus ensommeillé que sensuel. Comme si elle venait de se réveiller pour découvrir que son amant la dessinait depuis un petit moment.

C'était malgré tout un portrait intime et Sara éprouva une profonde tristesse pour Anne, pour la vie qu'elle avait menée, pour sa fin brutale et prématurée.

Dans le même temps, instinctivement, elle sentit que l'homme qui avait fait ces dessins respectait la femme qu'il avait sous les yeux. Il y avait une certaine tendresse dans ce qu'il montrait d'elle. Sa nudité ne semblait pas être pour lui un sujet d'excitation, mais simplement une façon de montrer dans leur totalité sa beauté, ses courbes, son corps de femme.

Il y avait encore trois autres dessins. Le premier représentait Anne à sa coiffeuse, en train de se poudrer. Sur le suivant, elle souriait ardemment à l'artiste. Elle avait dû aimer John Thiroux, en conclut Sara. Ou au moins le désirer, l'admirer. Éprouver de la reconnaissance pour lui. Il n'y avait ni dégoût, ni ennui, ni résignation dans l'intensité de son regard. Enfin, le troisième dessin représentait sa gorge, ses boucles qui tombaient sur ses épaules dont l'artiste rendait les lignes gracieuses avec une élégante précision. Du bout des doigts, elle jouait avec un collier de perles niché au-dessus de son décolleté. On ne voyait pas son visage, mais elle avait des mains fines et soignées.

En dessous, elle découvrit encore deux autres esquisses qui la firent reculer, sous le choc.

— Mon Dieu ! fit-elle tout haut.

C'était des copies, comme les autres. Le premier reproduisait la scène de crime. Il était d'une brutalité atroce. Voir ce corps de femme sur le dos, le visage et le buste mutilés, les draps marqués de taches sombres qui figuraient le sang, la flaque sur le sol, lui donna la nausée. Ce n'était qu'un croquis au crayon dont les lignes brouillées ne permettaient pas de déceler tous les détails. Pourtant, il fit remonter ses souvenirs de la mort de sa mère, des photos de la scène de crime qui avaient été présentées durant le procès, de la violation de ce qu'elle avait subi.

Enfin, le dernier dessin représentait le bras d'Anne, gracile, au clair de lune, ses doigts retombant sur le côté du matelas. La photocopie était maculée de taches sombres qui zébraient le poignet d'Anne et mouchetaient le côté droit de la feuille. En découvrant les contours à peine marqués d'une empreinte digitale, Sara comprit que les traînées noires étaient, à l'origine, du sang. Le sang d'Anne. Et que la personne qui avait ramassé le dessin avant qu'il ait séché y avait laissé la marque de son doigt.

John Thiroux, peut-être. Ou un policier. Ou un tiers non identifié – l'assassin, peut-être. En tout cas, l'empreinte appartenait à quelqu'un qui avait été présent sur place, qui avait vu le corps d'Anne peu de temps après sa mort.

Sara laissa retomber le croquis sur celui de la scène de crime. Elle ne voulait plus les voir, ni l'un ni l'autre. Néanmoins, elle les avait à peine lâchés qu'elle les reprit. Qu'elle le veuille ou non, il fallait qu'elle cherche des réponses. Il fallait qu'elle sache qui avait tué Anne Donovan.

Et qui avait tué la fille d'Anne.

Et sa mère et sa grand-mère.

Compte rendu d'audience du procès de l'assassinat d'Anne Donovan, l'État de Louisiane contre Jonathon Thiroux, déposition de Marguerite Charles, le 7 janvier 1850

Le procureur : Devant moi, James R. Jackson, procureur de la paroisse d'Orleans, témoigne Marguerite Charles, qui connaît l'accusé, Jonathon Thiroux, et a prêté serment et juré de répondre à toutes les questions que la cour lui posera durant ce procès. Madame Charles, depuis combien de temps connaissez-vous l'accusé ?

Charles : Depuis un an.

Le procureur : Dans quelles circonstances avez-vous fait sa connaissance ?

Charles : Nous nous sommes rencontrés lors d'un bal chez des amis communs. Les Huntsworth, il me semble, mais je n'en suis pas certaine. Quoi qu'il en soit, au cours de la conversation, j'ai appris que M. Thiroux était peintre. J'ai manifesté de l'intérêt pour son art et nous nous sommes liés.

LE PROCUREUR : Vous êtes-vous revus en dehors de réunions mondaines ?

CHARLES : Oui. J'ai commencé à poser pour M. Thiroux, pour ses dessins. Il fait des esquisses au crayon avant de réaliser ses tableaux à l'huile.

LE PROCUREUR : Étiez-vous seule avec lui durant ces séances de pose ? Où avaient-elles lieu ?

CHARLES : Oui, nous étions seuls. Elles avaient lieu à son atelier de Royal Street, où il réside actuellement.

LE PROCUREUR : Posiez-vous habillée ? en peignoir ?

CHARLES : Parfois habillée, parfois en peignoir. D'autres fois au naturel.

LE PROCUREUR : Ces « autres fois », entendez-vous par « au naturel » – pardonnez-moi si je me trompe – que vous vous dévêtiez pour poser ?

CHARLES : Oui. John a peint au moins trois nus de moi. Il souhaitait reproduire les formes d'une femme plus voluptueuse et j'ai été flattée qu'il me choisisse.

LE PROCUREUR : Certes. Et pourquoi avez-vous cessé de poser ainsi pour M. Thiroux ?

CHARLES : Parce que, lors de notre dernière séance, qui a eu lieu en juin dernier, il m'a menacée avec un couteau quand je me suis plainte de me raidir et lui ai demandé que nous nous interrompions.

LE PROCUREUR : Il vous a menacée avec un couteau ? D'où le sortait-il, ce couteau ? Dites-nous précisément ce qui s'est passé en cette terrible circonstance ?

CHARLES : J'étais assise sur le divan. Non pas étendue, mais assise bien droite, de face les jambes croisées, les mains à plat sur le siège.

LE PROCUREUR : Quels vêtements portiez-vous ?

CHARLES : Aucun. Comme je posais depuis longtemps et que j'avais mal aux épaules, j'ai demandé la permission de faire le tour de la pièce. Mais John a dit non sans même me regarder. Il était complètement absorbé par son dessin. Cependant, je commençais à me sentir vraiment mal. La migraine me faisait une barre derrière les yeux. Pour la seconde fois, j'ai donc demandé à faire une pause en expliquant l'inconfort dans lequel je me trouvais. Avant que je puisse me rendre compte de ce qu'il faisait, il était devant moi, armé d'un couteau qu'il me brandissait furieusement devant le visage. Je ne sais pas d'où sortait ce couteau parce que je ne l'ai même pas vu le tirer. Mais il m'a ordonné de me taire et de ne pas bouger si je ne voulais pas qu'il me transperce.

LE PROCUREUR : Est-ce précisément ce qu'il vous a dit ? « Ne bougez plus ou je vous transperce » ?

CHARLES : Oui.

LE PROCUREUR : M. Thiroux avait-il bu ?

CHARLES : Oui. Je l'ai vu boire deux verres entiers d'absinthe dans l'heure précédant l'incident.

LE PROCUREUR : Je n'ai pas d'autre question. Merci, madame Charles.

LA FEMME D'UN DÉPUTÉ POSE NUE POUR UN ASSASSIN POTENTIEL !

Le 8 janvier 1850 – Hier, nous avons assisté à une nouvelle tentative de l'accusation de noircir la personnalité de l'accusé John Thiroux et de montrer qu'il a un passé violent. Pour ceux qui étaient présents au palais de justice, ce fut une scène digne d'une pièce de théâtre. L'accusé – un séduisant artiste; les avocats des deux parties – charmants; le juge – bourru; la jolie et généreuse épouse du député Pierre Charles : tous étaient présents pour jouer leur rôle respectif.

De nouveau, les débats se sont ouverts à 10 heures et tout le monde s'est retourné quand Mme Charles est entrée dans la salle dans une élégante robe de soie grise imprimée de motifs dorés, ses cheveux d'ébène tombant sur ses épaules rondes. Elle s'est présentée à la barre pleine d'assurance et d'empressement et a prêté serment d'une voix claire et mélodieuse, la main délicatement posée sur la *Bible*.

Seule la défense savait à ce moment-là pourquoi Mme Charles avait été appelée à témoigner, même si beaucoup – dont votre serviteur – se doutaient que Mme Charles et M. Thiroux se connaissaient pour évoluer dans les mêmes sphères de la société. Il n'est pas étonnant qu'un monsieur aussi charmant et inoffensif que l'accusé n'ait pas eu de mal à trouver des muses, même dans les milieux les plus élevés. Cette révélation a soulevé un murmure dans le tribunal, mais pas plus qu'il n'était nécessaire pour souligner que le sens de la déposition de Mme Charles avait été bien compris. Les dames qui s'ennuient et dont le mari est absent acceptent les hommages qu'on leur présente – et quoi de plus flatteur que d'immortaliser le visage et la silhouette d'une femme sur la toile ?

On peut en revanche affirmer, compte tenu de l'émoi que cette révélation a provoqué dans l'assistance, que personne ne s'attendait à ce que Mme Charles avoue sans sourciller et sans rougir qu'elle avait posé pour M. Thiroux telle que dame Nature l'avait faite.

Et la salle a jugé plus stupéfiant encore d'entendre que M. Thiroux s'était emporté contre la charmante et vulnérable Mme Charles d'une façon aussi scandaleuse. Il n'est pas étonnant d'apprendre que l'accusé avait une bouteille à sa disposition en cette circonstance. Il n'apparaît donc pas comme un homme maître de lui-même, respectueux des femmes et totalement incompris comme la défense voudrait vous le faire croire.

Ce témoignage soulève un grand nombre de questions. Ainsi, le député Pierre Charles était-il au courant de la prodigalité et de la disponibilité avec lesquelles son épouse soutenait les arts ?

Naples Daily News, 17 juillet 2007 – Tandis que les témoignages se poursuivent au procès du Dr Rafe Marino pour le meurtre de sa compagne Jessie Michaels, la défense a légèrement changé de stratégie lors de l'audience d'hier. Jusqu'à maintenant, elle se concentrait sur le défaut de preuves et affirmait que les éléments relevés par la police scientifique étaient présents sur les lieux du fait de la relation entre la victime et l'accusé. Mais, aujourd'hui, la défense a pris une position plus agressive en soulignant qu'une femme telle que Jessie Michaels, ancienne strip-teaseuse et toxicomane et alcoolique à l'époque de sa mort, avait fort bien pu mener une double vie. D'une part celle de petite-bourgeoise de banlieue qui sort avec un jeune médecin très bien et charmant et d'autre part celle d'une femme qui fréquentait les clubs de strip-tease et mélangeait l'alcool et les drogues euphorisantes. La défense a fait valoir que ce comportement avait pu la faire entrer en contact avec son assassin.

Tout au long du procès, le Dr Marino a catégoriquement affirmé son amour et son affection pour la victime.

Chapitre dix

Sara partit de chez Gabriel et rentra chez elle après avoir griffonné un message au bas du mot qu'il lui avait laissé. Sans ordinateur et sans savoir dans combien de temps il rentrerait, elle ne pouvait pas rester. Elle avait eu tort de laisser son portable et Ange dans son appartement. Le chaton lui manquait et elle s'inquiétait pour lui.

Et puis ces dessins l'avaient troublée. Ils lui avaient montré que, malgré tout le temps qui s'était écoulé, tout cela était réellement arrivé. Ce n'était pas de la fiction. Il s'agissait bien d'une femme et de sa vie. Une femme tout aussi réelle que sa mère.

Habituée aux embouteillages de Naples et de ses environs, Sara n'avait pas hésité à prendre un appartement à vingt minutes du Quartier français. Cependant, elle commençait à comprendre l'étonnement de Gabriel. Le côté pratique du Quartier français, où l'on pouvait faire toutes ses courses à pied, était bien séduisant. Et elle en avait déjà assez des allées et venues en voiture à Kenner. Depuis Kenner, devrait-elle dire. Qu'est-ce que c'était que ce lapsus ?

Elle s'était déjà garée à sa place réservée quand elle se rendit compte qu'il y avait quelqu'un devant la porte de son appartement. Instinctivement, elle fit une marche arrière pour aller se mettre dans une autre place et laissa tourner le moteur en regardant l'homme frapper à la porte, encore et encore, et essayer de regarder à l'intérieur par la fenêtre. Il semblait on ne peut plus normal, de taille et de poids moyens, avec des cheveux bruns si courts qu'ils dépassaient à peine de sa casquette de base-ball. Il portait un pantalon de toile marron et un polo vert. Il avait une grosse enveloppe à la main et tenait son téléphone dessus, calé sous son pouce.

Ce qu'il y aurait de rationnel, de raisonnable à faire, ce serait de sortir de la voiture, d'aller le trouver et de lui demander ce qu'il voulait. Mais Sara n'en avait aucune intention. Elle se sentait plus en sécurité à rester l'observer de sa voiture, même si le plus probable était que cet homme vende des magazines ou propose des brochures à connotation religieuse. Ou que ce soit un journaliste.

Sans doute sa paranoïa reprenait-elle le dessus, mais elle ne voulait pas courir le risque. Elle n'avait rien à dire à la presse – à part une bordée d'injures bien senties.

Quand son portable sonna, elle sursauta.

— Merde ! maugréa-t-elle avant de sortir l'appareil de son sac sans quitter des yeux l'homme devant chez elle.

Il appuyait de nouveau sur la sonnette, plus longuement qu'il n'était d'usage pour un représentant.

Le nom de Gabriel apparaissait sur l'écran de son téléphone.

— Allô ? dit-elle.

— Salut ! Où êtes-vous passée ?

— Je suis rentrée chez moi. Vous n'avez pas trouvé mon mot?

Il avait l'air contrarié, mais elle était trop préoccupée par cette visite inattendue pour essayer de le rassurer.

— Si, mais pourquoi? Vous veniez d'arriver, et vous êtes repartie.

— Vous aussi, vous êtes parti, fit-elle valoir. Je suis sortie acheter un café et vous êtes parti.

— Mais je suis revenu.

— Moi aussi.

— Sauf que vous êtes repartie.

Si elle n'avait pas été aussi inquiète, elle en aurait ri.

— Nous avons déjà établi cela. Nous sommes tous les deux partis et revenus, puis je suis partie une seconde fois et je ne suis pas revenue, parce que je ne savais pas quand vous alliez revenir.

— Je n'ai pas été long, protesta-t-il avec humeur.

— D'accord.

Voilà que l'homme essayait de tourner le bouton de la porte de son appartement, secouait la porte, la poussait. Bien entendu, elle ne céda pas. Sara l'avait fermée à clé, plutôt deux fois qu'une. Fallait-il appeler la police? Cela dit, un homme qui frappait à la porte ne pouvait pas réellement être qualifié de menaçant, même s'il essayait d'ouvrir. On allait la prendre pour une folle.

— Sara? Tout va bien? demanda Gabriel.

— Mouais…

Elle coupa le contact. C'était frustrant de réagir ainsi, d'être aussi peureuse.

— Vous voulez bien rester en ligne? le pria-t-elle. Je suis sur le parking et il y a un type à ma porte. Il ne s'en va pas. Je crois qu'il faut que j'aille voir ce qu'il veut.

— Il a l'air dangereux?

— Non. Il a l'air de l'entraîneur d'une équipe de base-ball d'enfants. Mais cela fait cinq bonnes minutes qu'il est là, alors je crois que je vais y aller pour me débarrasser de lui.

— Très bien. Je ne quitte pas.

Il était absurde de penser que rester au téléphone avec Gabriel qui se trouvait à plus de vingt kilomètres de là allait la protéger de quoi que ce soit. Pourtant, c'était extrêmement rassurant.

— Je crois que j'ai trouvé le certificat de naissance de la fille d'Anne Donovan, lui annonça-t-il.

Sara était sortie de sa voiture et traversait le parking.

— C'est vrai ?

Un instant, elle se demanda si elle devait lui avouer qu'elle savait qui était la fille d'Anne; qu'elle le savait depuis le début. Sauf que, alors, il voudrait savoir toute la vérité – vérité qu'elle n'était pas prête à lui révéler.

— Oui. Elle s'appelait Margaret Donovan. Elle avait six ans au moment de la mort d'Anne. J'ignore ce qu'elle est devenue, mais c'est un point de départ. Si nous pouvons retrouver les descendants d'Anne, nous pourrons enfin faire quelque chose du sang séché préservé sur la lame du couteau qui a été retrouvé sur les lieux.

— Comment ? Nous n'avons pas l'ADN de John Thiroux. Si nous découvrons que le sang n'est pas celui d'Anne en le comparant avec celui d'un de ses descendants, cela nous apprendra seulement qu'il y avait quelqu'un d'autre dans la chambre, ce que nous savons puisque quelqu'un l'a tuée.

— Eh bien…

— Ne quittez pas, Gabriel.

Sara était arrivée derrière l'homme qui s'était retourné d'un air interrogateur. Elle garda le téléphone à l'oreille mais dirigea le micro vers son menton.

— Je peux vous aider ? demanda-t-elle.

Il lui fit un sourire sympathique et agita devant elle l'enveloppe qu'il tenait à la main et l'agita.

— Êtes-vous Sara Michaels ? s'enquit-il. J'ai un colis pour vous.

— Merci.

Elle tendit la main, toujours déroutée par son comportement. Ce n'était pas un livreur. Il ne portait pas non plus l'uniforme d'une société de transport. D'ailleurs il n'y avait pas de camionnette UPS ou FedEx sur le parking.

— Vous pouvez signer ici ? Heureusement que vous êtes arrivée. Je ne peux pas laisser ce genre de chose sur le pas de la porte. Je ne suis payé que si je le remets en main propre.

Cette annonce lui fit froid dans le dos.

— Qu'est-ce que c'est ?

Elle coinça le téléphone entre son oreille et son épaule et, en guise de signature, griffonna un S suivi d'un trait. Il ne lui semblait pas très prudent d'utiliser sa signature officielle, mais elle ne voulait pas commencer à discuter avec lui non plus. Tout ce qu'elle voulait, c'était qu'il s'en aille.

— En général, des documents judiciaires. Des citations à comparaître, ce genre de chose. Désolé, ajouta-t-il avec un sourire contrit.

— D'accord. Ça vient d'où ?

Elle regarda l'enveloppe. L'adresse de l'expéditeur était inscrite, mais il n'y avait pas de nom.

— Je ne peux rien vous dire de plus que ce qui est écrit ici.

C'était une adresse à Naples.

— Très bien, merci, répondit-elle le cœur battant.

Cela devait venir de son avocat. Il était le seul à connaître son adresse actuelle. Des paperasses pour la vente de la maison, sans doute, ou quelque chose qui concernait le procès de Rafe. Il devait simplement la tenir au courant.

En tout cas, ce n'était pas un mandat d'arrestation. On n'envoyait pas ce genre de chose par courrier. C'était la police qui venait et qui vous passait directement les menottes.

— Très bonne journée, lança-t-il en lui faisant un petit signe avant de s'éloigner.

— Merci, vous aussi, murmura-t-elle d'un ton absent en remettant son téléphone de façon à pouvoir parler.

— Allô ? dit-elle. Ce n'était qu'un livreur qui m'apportait un colis.

— Ah, très bien. De quoi parlions-nous ?

Sara se retourna, vit que l'homme était remonté dans sa voiture et démarrait. Elle ouvrit la porte de son appartement et la referma à clé derrière elle.

— Aucune idée, avoua-t-elle franchement. Et je crois qu'il faut que je raccroche. Cette enveloppe doit venir de mon avocat; il faut que je regarde ce qu'elle contient.

Elle jeta un coup d'œil autour d'elle et découvrit Ange installé sur l'accoudoir du canapé, profondément endormi. Elle jeta son sac par terre et déchira l'enveloppe sans même attendre d'avoir coupé la communication, trop pressée de s'assurer qu'il s'agissait bien de papiers concernant la vente de la maison ou de documents bancaires. Un quelconque courrier du tribunal des successions. Ni plus ni moins.

— Votre avocat ? Mais pourquoi avez-vous un avocat ?

— Pour régler la succession de ma mère, ce genre de chose…

Sara fronça les sourcils. Les papiers qu'elle sortait de l'enveloppe ne semblaient pas être des formulaires ni des documents imprimés. Le papier lui semblait satiné, comme…

Des photos. Elle poussa un cri en découvrant un cliché de sa mère, morte. Il y avait du sang partout – sur le mur, le lit, son cou, ses épaules, sa poitrine, son ventre, ses bras.

— Oh… oh, mon Dieu…, gémit-elle en feuilletant la pile qu'elle avait dans la main. Mon Dieu.

— Qu'est-ce qu'il y a ?

Elle prit sur elle pour inspirer profondément et se retenir de vomir. Il ne fallait pas céder à la panique qui lui montait dans la gorge et menaçait de l'étouffer.

— Sara. Qu'y a-t-il dans ce colis ? demanda Gabriel d'une voix calme et pleine d'autorité.

— Des photos. De ma mère. Morte.

Elle prit la dernière, prise en plongée par la fenêtre de la chambre. Elle révélait les plaies qu'elle avait reçues à la poitrine d'une façon brutale, détaillée, sordide, sa chair nue ravagée par le couteau et le tueur.

Elle s'empressa de tout remettre dans l'enveloppe.

— J'ai la nausée, annonça-t-elle.

Son cœur se souleva. Elle avait vu les photos de la scène de crime au tribunal, mais très brièvement, quand le procureur, qui essayait de la déstabiliser, les lui avait fait passer sous le nez. Elle n'avait jamais eu le temps de les examiner vraiment.

— Sara, écoutez-moi. Remettez les photos dans l'enveloppe et refermez-la. Vous m'entendez ?

— C'est déjà fait, répondit-elle d'une voix tremblante, les larmes aux yeux.

Elle avala sa salive. Ses haut-le-cœur commençaient à passer.

— C'est vous qui les avez demandées, pour votre livre ? s'enquit-elle.

— Non. Bien sûr que non. Je ne ferais jamais une chose pareille sans vous demander la permission, de toute façon, et je ne veux pas inclure de photos de scène de crime. Et si j'avais besoin de documents concernant le meurtre de votre mère, c'est à moi que je les ferais envoyer; pas à vous.

Bien sûr. Tout cela était logique.

— Alors qui a pu me les envoyer?

Elle n'avait pas fini sa phrase qu'elle sentit la peur la gagner. Quelqu'un savait où elle était, connaissait son adresse. Personne n'avait accès à ces photos sauf la police et les personnes impliquées dans le procès de Rafe. Elle reprit les photos et étudia celle prise en plongée. Étaient-ce les clichés officiels de la scène de crime ou d'autres, pris avant l'arrivée de la police – par le tueur?

— Oh! Et si c'était l'assassin qui me les avait envoyées?

Les mains moites, elle regarda de nouveau autour d'elle. Elle n'avait même pas vérifié les fenêtres ni les autres pièces. Quand Ange bondit du canapé, elle sursauta.

— Il sait où je suis.

— Sara, j'arrive. Donnez-moi votre adresse.

— Euh…

Elle n'arrivait plus à réfléchir. Elle ne se souvenait pas de son adresse. D'ailleurs, si cela se trouvait, elle ne l'avait jamais sue. Les éclaboussures de sang sur la photo se brouillèrent. La tête lui tournait. Elle allait s'évanouir. Elle lutta et se raccrocha à la réalité. Elle se força à rouvrir les yeux, à respirer et s'appuya au mur. Les taches noires devant ses yeux et le bourdonnement à ses oreilles se dissipèrent et elle parvint à rester debout.

Elle remit les photos dans l'enveloppe et la referma soigneusement, puis elle la fourra sous un magazine, sur la table basse.

— Désolée, je ne la connais pas. Je viens d'emménager.

Comme s'il ne le savait pas. Seigneur ! elle perdait la tête. Elle se força à reprendre l'enveloppe et lut à Gabriel l'adresse qui était inscrite dessus. Quelle ironie… L'expéditeur savait mieux qu'elle où elle habitait.

Gabriel était capable de voler. Son corps immortel, ses pouvoirs démoniaques lui permettaient de défier l'air, l'espace et les lois de la physique. Il fut tenté de s'en servir, pour une fois, afin d'atteindre Sara plus vite. Mais comment justifier une arrivée aussi rapide, et sans voiture ?

Il pouvait également projeter ses pensées dans l'esprit d'un mortel, ce qui lui permettrait d'apaiser Sara, de la réconforter, de la rassurer. Sauf qu'elle risquait de croire qu'elle entendait des voix, qu'elle devenait folle, ce qui serait pire encore.

Alors il allait falloir qu'il soit patient et que, comme n'importe quel mortel, il prenne sa voiture.

Ce qui ne lui plaisait pas du tout.

Il arriva chez Sara vingt minutes plus tard. S'il avait eu un peu de bon sens, il l'aurait rappelée de son portable. Il aurait pu mettre à profit le trajet pour lui parler, la calmer. Heureusement, elle ne lui avait pas paru sur le point de craquer. Mais elle avait semblé comme engourdie, anesthésiée, ce qui l'avait inquiété tout autant – si ce n'est plus.

Mais elle vint lui ouvrir dès qu'il frappa, fort, impatiemment, en vérifiant les chiffres de métal fixés à sa porte une troisième fois pour être bien sûr qu'il ne se trompait pas de bâtiment.

— Salut, fit-elle.

Elle lui fit un sourire tremblant.

— Eh…, répondit-il doucement.

Il ne savait pas réconforter. Il n'en avait pas l'habitude. Il n'était pas très sociable, ni bavard. Il n'avait pas de repartie. Il ne savait jamais que dire. Artiste avant tout, il ne savait qu'observer, et créer. Cependant, il sentit d'instinct que Sara avait besoin d'un contact physique. Cela émanait d'elle, comme quand il s'était réveillé et l'avait trouvée à côté de son lit.

Sara aimait qu'on la touche. Elle en avait envie, besoin.

C'est donc ce qu'il fit, tout en sachant que ce n'était pas prudent. Il ne voulait pas faire semblant de ne pas se rendre compte de sa souffrance. Il la prit dans ses bras et la serra contre lui en repoussant la porte du bout du pied.

— Fermez à clé, le pria-t-elle.

— D'accord.

Il la lâcha, se retourna et poussa le verrou.

— Où est le chat ? demanda-t-elle en regardant autour d'elle d'un air inquiet. Il n'a pas filé ?

— Non. Il est couché sur la table basse.

Alors seulement, Sara se détendit et se laissa aller contre lui, lui passant les bras autour de la taille. Il l'étreignit en lui frottant le dos, appréciant la douceur et la chaleur de son corps. Il inspira à fond pour s'imprégner du parfum de ses cheveux.

— Ça va aller, murmura-t-il.

— J'aimerais vous croire. Mais j'ai peur.

Elle releva la tête pour le regarder. Son regard pitoyable et craintif lui serra le cœur.

— Qui a pu m'envoyer ces photos ? Qui sait où je me trouve ? Si vous les voyiez… J'ai presque l'impression qu'elles ont été prises par le tueur avant l'arrivée de la police.

— Rentrons chez moi, lui suggéra-t-il en la serrant un peu plus étroitement. Nous les regarderons là-bas. Et nous verrons de quoi il s'agit. Maintenant, prenez vos affaires et Ange, et allons-y.

— Mes affaires ? répéta-t-elle en fronçant les sourcils.

— Je ne crois pas que vous soyez bien ici, seule. Si ?

Il devinait que, en l'attendant, elle avait fait les cent pas en se rongeant les ongles et en vérifiant et en revérifiant que la porte et les fenêtres étaient bien fermées.

Elle pâlit.

— Non, reconnut-elle. Je crois que je vais rompre mon bail. Ou alors je pourrais m'installer à l'hôtel quelques jours pour voir si je me sens mieux. En tout cas, reconnut-elle en frissonnant, vous avez raison. Je ne peux pas rester ici ce soir. Et je ne veux pas de ces photos près de moi.

— Vous pouvez venir chez moi.

Il n'était pas question qu'il la dépose à l'hôtel et s'en aille. Elle était toute pâle et tremblante, les mains moites. Il l'imagina enfermée à double tour dans une chambre, incapable de dormir, angoissée, en proie au désir de plus en plus fort de prendre une pilule, un petit quelque chose pour s'apaiser, se détendre, se reposer enfin.

Il ne voulait pas qu'elle ait à lutter contre cela, qu'elle ait peur. D'autant qu'il n'était pas impossible qu'elle soit en danger, même s'il n'y croyait pas vraiment. Le plus probable était que les photos proviennent d'un journaliste extraordinairement indélicat.

Quoi qu'il en soit, il voulait qu'elle soit à l'abri, en sécurité, avec lui.

— Gabriel, je ne sais pas… Vous êtes très gentil… mais est-ce vraiment une bonne idée ?

Malgré son air inquiet, elle s'appuyait contre lui.

— Pourquoi ne serait-ce pas une bonne idée ?

— Parce que… je ne sais pas.

Parce qu'ils étaient attirés l'un par l'autre. Voilà ce qu'elle voulait lui dire. Il l'entendait presque, le lisait dans ses yeux bleus suppliants tandis qu'elle remettait la décision entre ses mains.

La tenir ou la repousser. Être rationnel ou irrationnel. Faire preuve de compassion ou de cruauté. À chaque fois, l'une et l'autre option pouvaient se révéler destructrices, pour eux deux.

— Je ne vois pas de raison logique pour que nous n'allions pas chez moi. Où est la nourriture du chat ? Je vais prendre ses affaires pendant que vous faites votre sac.

Il écarta ses cheveux de son visage, comme ça. Pour la toucher. Pour se rassurer, être certain qu'il ne regretterait pas sa décision. Et pour se rappeler que ce genre de contact presque fortuit pouvait entraîner des caresses qui entraîneraient des baisers qui entraîneraient du plaisir sensuel, suite auquel les femmes s'accrochaient à lui, le suppliaient, pleuraient, en réclamaient davantage. Elles le voulaient désespérément, elles voulaient tout de lui, son esprit, son corps, son cœur, son âme. C'était comme si elles cherchaient à l'engloutir tout entier pour devenir lui.

Un pas à la fois. C'était ainsi que cela arrivait. Un frôlement. Puis un autre. Et, peu à peu, une immersion progressive. Exactement comme une gorgée en entraînait une autre, puis un verre, une bouteille, comme une fois par semaine devenait une fois par jour puis toutes les deux heures jusqu'au moment où on ne sortait plus de l'ivresse, où l'on ne recherchait plus que l'abîme flou dans lequel on flottait en absorbant toujours plus de liquide.

Et si Sara n'était pas comme les autres ?

Non, il ne valait mieux pas mettre à l'épreuve cette théorie qui ne reposait que sur l'espoir.

N'empêche que, quand elle s'en alla faire ses bagages et qu'il rassembla les affaires du chat, ce qu'il éprouva, ce fut une satisfaction teintée de défi et une joie impatiente à l'idée de passer plus de temps avec Sara.

BOURREAU DES CŒURS !

Le 10 janvier 1850 – On a pu encore assister à un spectacle fort divertissant, au tribunal, lors du procès pour meurtre de Jonathon Thiroux, quand une certaine Molly Faye a été appelée à témoigner. Cette professionnelle, qui travaille à la Maison du repos des hommes las où Anne Donovan a été assassinée dans son sommeil, a avoué à la Cour qu'elle, comme Mlle Donovan avant elle, avait passé un accord illicite avec l'accusé après la mort de Mlle Donovan.

Cela est, certes, de mauvais goût de la part de M. Thiroux; cependant, il n'y a rien de CRIMINEL à passer ainsi d'une femme à une autre. Néanmoins, le procureur soutient que cela met en lumière certains aspects déplaisants de la personnalité de M. Thiroux. Toutefois, avant que l'on ait pu se faire une idée de ce qu'impliquait l'ardent témoignage de Mlle Faye, une autre malheureuse, Sally Swanson, est venue à la barre. Mlle Swanson a également parlé de SES relations avec M. Thiroux, dans des détails si crus que le juge Henry l'a interrompue et a prié les dames et les enfants de moins de dix-huit ans de quitter le tribunal avant de permettre à Mlle Swanson de reprendre.

Adepte des *dancings* et aimant à s'écouter parler, Mlle Swanson a échafaudé une histoire de passion et de plaisirs de la chair sordide, digne du tristement célèbre marquis de Sade, que l'on ne peut rapporter dans ces pages. Cependant, si presque toute l'assistance se taisait, choquée ou simplement pendue aux lèvres écarlates de Mlle Swanson, une personne n'a pu garder son calme. Mlle Faye, indignée de découvrir que la liaison de Mlle Swanson avec M. Thiroux avait coïncidé avec la sienne, l'a interrompue avec la dernière véhémence en la traitant de « sale menteuse ».

Ce qui s'est ensuivi est à peine croyable. Mlle Swanson a, le plus calmement du monde, traité Mlle Faye de tous les noms – dans des termes que l'on ne peut retranscrire ici et que, très franchement, on préférerait ne pas voir quitter les docks. Sur quoi Mlle Faye s'est ruée à la barre pour gifler sa rivale. Une bagarre telle que je n'en ai jamais vue dans un tribunal a éclaté : échange de coups, cheveux arrachés, robes déchirées et j'en passe. Il a fallu plusieurs minutes aux trois huissiers pour séparer les deux tigresses. Tandis que l'on reconduisait les femmes à leur banc, Mlle Faye a échappé à son gardien pour se jeter aux pieds de M. Thiroux et lui étreindre les jambes en le suppliant de dire publiquement la vérité, à savoir « qu'il l'aimait, et elle seule » !

M. Jackson a affirmé tout au long du procès que M. Thiroux avait poignardé à mort Mlle Donovan « après une consommation immodérée de spiritueux ».

Nous devons bien admettre que, si M. Thiroux est constamment soumis à des manifestations aussi écœurantes que celles auxquelles il nous a été donné d'assister au tribunal, il n'est guère étonnant qu'il se soit mis à boire. À vrai dire, s'il produit un tel effet sur les femmes qu'elles se jettent à ses genoux à toute occasion, il est même étonnant qu'il n'ait pas retourné son couteau sur lui pour échapper à ces grotesques scènes d'hystérie.

Mme Jane Gallier
117 Esplanade Avenue
La Nouvelle-Orléans, Louisiane

M. Jonathon Thiroux
34 Royal Street
La Nouvelle-Orléans, Louisiane

Le 10 janvier 1850

Monsieur Thiroux,

Après avoir lu, avec beaucoup de désarroi et de dégoût, le récit des événements qui se sont déroulés hier au tribunal lors de votre fâcheux procès, je vous avoue que je suis horrifiée et que je me sens trahie. Oui, trahie. Il me semblait, monsieur, que, si vous étiez de nature passionnée (comme c'est le cas de tous les artistes de votre espèce), vos ardeurs se limitaient à vos toiles et à ma personne. Imaginez ma détresse, l'humiliation que j'ai subie, mon désespoir en voyant s'étaler dans des pages accessibles à tous le récit de vos turpitudes.

S'il vous reste un tant soit peu de respect et de considération pour moi, je crois qu'il vaut mieux que nous ne nous voyions plus. À cet effet, je prierai désormais mon majordome de vous refuser l'entrée de ma maison lorsque j'y serai. Je vous retourne également la mèche de cheveux que je vous avais prise pendant que vous dormiez. Je ne supporte plus la vue de ce brin angélique. Il ne fait qu'alimenter mes pleurs et contribue à briser mon cœur trop généreux.

Un jour, je l'espère, vous regretterez ce que vous avez perdu.

Sincères salutations,
Madame Jane Gallier

Mme Jane Gallier
117 Esplanade Avenue
La Nouvelle-Orléans, Louisiane

M. Jonathon Thiroux
34 Royal Street
La Nouvelle-Orléans, Louisiane

Le 11 janvier 1850

Mon très cher John,

Oubliez, je vous en prie, la lettre insensée que vous avez reçue hier. Je ne sais pas ce qui m'a pris et je regrette amèrement mon geste depuis que cette horrible missive n'est plus en ma possession. S'il vous plaît, dites-moi que vous me pardonnez et venez me voir aujourd'hui car vous me manquez affreusement. Comme rameau d'olivier, je vous ai trouvé votre cru favori.

Oh, dites-moi que vous viendrez et que vous me pardonnez. Je ne supporte pas l'idée de ne plus vous revoir.

C'est dans l'angoisse que j'attends, que j'espère votre venue. Lorsque nous serons réunis, me permettrez-vous de m'excuser de la dureté de mes mots ? Me rendrez-vous la mèche de cheveux que j'ai eu l'impudence de vous renvoyer ?

Je vous en supplie, John, mon si cher John, hâtez-vous de venir me visiter aujourd'hui.

Votre Jane qui vous aime ardemment et vous est plus dévouée que jamais.

Sara avait meilleure mine. Elle avait repris des couleurs et s'était redressée, avait relevé la tête. Gabriel aurait presque dit qu'il ne l'avait jamais vue aussi bien. Aussi calme et animée à la fois. Comme si, après avoir vu les photos, avoir touché le fond et manqué de se noyer dans la lie de sa peur, elle était remontée à la surface, déterminée à ne plus vivre ainsi.

Gabriel avait imaginé qu'elle souhaiterait se distraire, éviter quelque temps de songer aux deux meurtres. Il allait lui proposer une promenade au bord du fleuve, un déjeuner, peut-être un film. Mais à peine furent-ils arrivés chez lui que Sara laissa tomber son sac dans le salon, rangea la nourriture d'Ange dans le placard, s'assit sur le divan de son bureau et lui demanda de lui rappeler ce qui, dans les éléments qu'ils détenaient concernant l'affaire Donovan, pouvait servir à des tests ADN.

— Vous êtes sûre de vouloir faire cela tout de suite ?

Pendant qu'elle faisait son sac, il avait jeté un coup d'œil aux photos qu'elle avait reçues. C'était horrible – et d'autant plus, pour elle, puisqu'il s'agissait de sa mère. Cela avait dû lui porter un coup terrible.

Pourtant, elle hocha la tête avec conviction.

— Oui, affirma-t-elle, j'en suis sûre. Je veux que nous écrivions ce livre, que nous fassions tout ce qui est en notre pouvoir soit pour résoudre ces meurtres, soit, au moins, pour montrer les progrès des enquêtes criminelles.

Elle rajusta les bretelles de son débardeur, lissa ses cheveux en arrière et les attacha en une espèce de queue-de-cheval.

— Je crois à la médecine légale. J'ai toujours trouvé une certaine satisfaction professionnelle à prendre une substance inconnue et à l'identifier. À fournir aux enquêteurs les éléments dont ils ont besoin pour reconstituer le puzzle et arrêter les criminels. Peut-être n'y arriverons-nous pas cette fois-ci, mais nous pouvons essayer. Quel que soit le résultat, quand nous aurons écrit le mot « Fin » et que vous remettrez votre manuscrit à votre éditeur, je serai parvenue à faire mon deuil. C'est ce que je veux. En finir. Et avancer.

Si seulement c'était aussi simple… Gabriel se demandait souvent si la notion de faire son deuil n'était pas une espèce de mythe psychologique. On n'oubliait jamais. Les choses s'estompaient, devenaient plus supportables, faisaient moins souffrir, mais elles subsistaient dans l'inconscient pour toujours et agissaient sur les pensées, l'essence, l'avenir des êtres.

Néanmoins, il se contenta de répondre à Sara :

— D'accord. Alors, voilà ce que nous avons. Une mèche des cheveux de John Thiroux, grâce à Mme Gallier. Une empreinte digitale sur une esquisse du bras d'Anne Donovan. Du sang séché sur la lame retrouvée sur le lieu du crime ainsi que sur la cuiller à absinthe ramassée par terre. C'est tout. Nous n'avons rien d'autre. Si nous avons énormément de chance, nous parviendrons peut-être à retrouver la trace de la fille d'Anne Donovan et à découvrir si elle a eu des descendants – mais je prends sans doute mes désirs pour des réalités. Et, même si nous retrouvons un descendant, qu'est-ce qui nous dit qu'il acceptera de nous donner un échantillon de sang ?

Sara fit la grimace.

— C'est vrai. J'imagine que beaucoup de gens seraient troublés qu'on leur fasse ce genre de demande.

Certes, il y avait un risque de blesser quelqu'un. Mais Gabriel estimait qu'il était temps de mettre de côté les sentiments irrationnels et de suivre toutes les pistes qu'ils pouvaient.

— Les vivants sont souvent troublés par la mort, observa-t-il.

Appuyé à son bureau, les jambes croisées, les bras refermés sur la poitrine, il observait Sara. Il prenait grand plaisir à la voir jouer avec sa queue-de-cheval, la ramener devant son épaule, en caresser les pointes du bout des doigts. Son débardeur orange moulait sa poitrine. Il se rappela combien il avait aimé la tenir contre elle et sentir les courbes de son corps épouser les siennes. Heureusement que le moment ne s'y prêtait pas, car la tentation se faisait de plus en plus grande.

— J'ai l'impression que les vivants sont troublés par tout, fit-elle valoir en ouvrant de grands yeux avant de lui demander, d'une petite voix : Que pensez-vous qu'il y ait, après ? Où croyez-vous que vont les morts ?

— Au ciel.

Il pouvait l'affirmer sans hésitation. Il l'avait vu. Il l'avait vécu. Il l'avait ressenti. Il n'avait pas voulu partir. Il aurait préféré passer l'éternité dans ce royaume de lumière, là où chacun trouvait ses réponses, où il se sentait généreux et sage. Mais il était descendu sur terre et avait été submergé par la souffrance des hommes, leur désespoir et son impuissance. Jusqu'à ce qu'il retrouve son royaume – au fond d'une bouteille.

— Je l'espère, fit-elle calmement. Je l'espère sincèrement.

Et puis, avant qu'il ait rien pu dire, elle se redressa.

— Bon. Alors. Nous avons l'ADN de John Thiroux et peut-être celui d'Anne. Nous avons du sang sur l'arme et sur la cuiller à absinthe ramassée par terre. On peut imaginer que, dans les deux cas, ce sera celui d'Anne. Mais cela peut être celui de l'assassin. L'empreinte digitale ne pourra nous servir à rien sauf si nous retrouvons celles de John ou d'Anne – et pour le doigt qui a touché le dessin – ce qui est hautement improbable.

Ils avaient les empreintes de John, puisque c'était les siennes. Il savait déjà qu'elles ne correspondaient pas, mais il ne pouvait pas franchement révéler ce détail à Sara.

— Où sont tous ces échantillons ? voulut-elle savoir. Les avez-vous envoyés à un laboratoire ? Et comment les avez-vous obtenus, d'ailleurs ?

— Tout est déjà au labo. Je ne devrais pas tarder à avoir des nouvelles. Au début de la semaine prochaine, j'espère.

Il ne répondit pas à sa question sur la façon dont il s'était procuré les éléments. Il ne pouvait pas lui dire qu'il avait la mèche parce que c'était lui, John Thiroux, et que Jane Gallier la lui avait renvoyée. Que, de toute façon, c'était ses cheveux à lui. Il ne pouvait pas non plus lui expliquer pourquoi il avait conservé les lettres de Jane, ainsi que la mèche qu'elle y avait ajoutée cette fois-là, dans un tiroir de son bureau pendant toutes ces années. Ni que, malgré ce qu'elle affirmait, ses relations avec elle s'étaient bornées à quelques dîners et un baiser. Que c'était sa séduction démoniaque qui transformait le comportement des femmes de façon aussi drastique et leur faisait voir et sentir des choses qui n'existaient pas, ne correspondaient pas à la réalité.

— Il est dommage que le rapport du coroner soit si insuffisant. Les éclaboussures de sang auraient pu nous en apprendre beaucoup, de même qu'une meilleure description des plaies et une évaluation plus précise de l'heure du décès.

— C'est tout le problème. Et c'est ce que nous devons montrer.

Il voulait comparer le meurtre d'Anne et celui de la mère de Sara pour mettre en évidence les progrès de la médecine légale et son importance dans l'enquête – mais en montrant également que le facteur humain ne pouvait disparaître du système judiciaire. C'était des gens qui élucidaient les crimes, des gens qui étaient condamnés ou acquittés. Pas des preuves matérielles.

Elle fit la moue avant de demander :

— Vous voulez montrer le rapport d'autopsie de ma mère, n'est-ce pas ?

— Ce serait la meilleure façon de mettre en évidence ce que la médecine légale peut apporter à une enquête criminelle. Mais uniquement si cela ne vous dérange pas trop.

— Non, ça va. Ce n'est pas comme si les circonstances de sa mort étaient secrètes. Les journaux et la télévision ne nous ont épargné aucun détail sordide.

Et, pour faire bonne mesure, elle venait d'en recevoir les photos.

Chapitre onze

— Il faut donc que nous dressions la liste des similitudes entre les deux affaires, déclara Gabriel.

Il était terriblement frustré de ne pas tout pouvoir dire à Sara. Toutefois, il fallait aussi qu'il reste réaliste quant à l'écriture du livre. Dans sa connaissance personnelle des faits, il y avait beaucoup de choses qu'il ne pouvait pas expliquer, dont il ne pouvait pas se servir.

— Dans les deux cas, c'est leur amant la dernière personne à les avoir vues vivantes. Toutes deux ont subi des mutilations du visage et du haut du corps. Toutes deux ont été tuées à l'aide d'un couteau de chasse. Dans leur lit. Sans trace d'effraction ni de rapport sexuel, récitait Sara tout en tapant sur son ordinateur. Vous pensez à autre chose ?

— Rafe avait-il un problème d'alcool ?

C'était une question qu'il se posait depuis qu'il avait lu le tout premier article sur cette affaire.

Sara le regarda comme s'il avait complètement perdu la tête.

— Non. Absolument pas.

— Est-il croyant ?

— Non. Vous m'avez déjà posé la question et je vous ai répondu la même chose. Franchement, je ne l'ai jamais vu mettre les pieds dans une église ni même évoquer Dieu.

C'était très bizarre, songea Gabriel, si l'on considérait la citation rapportée par l'article qu'il avait trouvé en ligne. Il fut tenté de l'ouvrir dans le dossier qu'il consacrait à l'affaire dans son ordinateur et de la lire à Sara, mais il se retint.

— Donc, selon vous, où l'enquête concernant le meurtre de votre mère a-t-elle patiné ?

Sara hésita.

— Je ne sais pas, avoua-t-elle. Je me rends compte que ce n'était pas une affaire simple. Il n'y avait pas réellement d'indices. Pas de sperme, pas de sang autre que celui de ma mère, pas d'empreintes digitales si ce n'est celles de Rafe. Pas de témoins non plus, pas de voiture inconnue dans le quartier. Pas de bruit. Pas d'activité inhabituelle autour de la maison les jours précédant le meurtre. Les volets étaient fermés, de même que les fenêtres. Personne n'a rien vu ni entendu.

Gabriel fut forcé de lui poser la même question qu'elle lui avait posée concernant John Thiroux.

— Pourquoi n'avez-vous jamais douté de l'innocence de Rafe ? Comment se fait-il que vous soyez si sûre qu'il n'est pas coupable ?

— Il aimait ma mère. Et il était médecin. C'est un homme plein de charme, très protecteur, bienveillant.

Elle regarda son ordinateur qu'elle repoussa de ses genoux. Puis elle regarda Gabriel dans les yeux.

— Je ne peux pas me tromper, ajouta-t-elle. Il ne peut pas l'avoir fait. Si je me trompais, cela signifierait que je ne suis pas capable de reconnaître un assassin d'un homme bien.

C'était donc là la cause de son entêtement. Personne n'avait envie de croire qu'un proche, quelqu'un qu'il voyait souvent, à qui il tenait, en qui il avait confiance ait pu lui mentir, le duper, le trahir et cacher derrière son sourire un cœur plein des intentions les plus noires.

— Sara, s'il est coupable, ce ne sera pas votre faute si vous ne vous en êtes pas aperçue. Certainement pas. Vous vous rappelez ce que nous avons dit des psychopathes ? Ils sont charmants, séduisants et ils trompent tout le monde. C'est ce qui leur permet de tuer et de ne pas se faire prendre.

— Cela ne me console pas vraiment. Vous ne voyez pas que, si c'était Rafe – ce que je ne crois vraiment pas –, il me semblerait que j'aurais dû m'en douter, faire quelque chose pour l'empêcher ?

— Je sais. Mais vous ne pouvez pas vous infliger cela. Vous ne pouviez pas vous en douter, et vous n'auriez rien pu faire pour l'empêcher.

— C'est facile à dire, pour vous. Vous n'avez pas à vivre avec cette culpabilité.

Si elle savait…

— Vous croyez ? repartit-il en laissant retomber ses bras avec un rire amer. Vous n'imaginez pas le poids de la culpabilité que je porte. Vous m'avez demandé pourquoi j'écrivais des livres sur des meurtres ? C'est une espèce de réparation. Une pauvre tentative de rattraper le meurtre de ma petite amie que je n'ai pas empêché, que je n'ai pas pu empêcher.

En lui disant cela, il commettait une imprudence, mais cela lui était égal. Il était trop en colère. Elle croyait être la seule à avoir souffert, la seule à tituber sous le poids de la culpabilité d'être encore en vie quand quelqu'un qu'elle aimait était mort ? Mais, lui, ce poids, cela faisait cent cinquante ans qu'il le portait. Il était même étonnant qu'il arrive encore à avancer.

— Quoi ?

Elle pâlit comme s'il l'avait giflée.

— Oh, mon Dieu, murmura-t-elle. Mon Dieu. C'est pour cela que vous vous êtes mis à boire, n'est-ce pas ? C'est pour cela que vous ne peignez plus, que vous n'entendez plus de musique… Oh, Gabriel… je suis désolée. Vraiment désolée.

Il ne devrait pas accepter sa pitié. Il n'en voulait pas. Il ne la méritait pas. Alors, conscient de la dureté de sa voix, il répondit.

— Non, il ne faut pas. Ce n'est pas votre problème. C'est le mien.

— Je sais que ce n'est pas mon problème. Mais nous avons le même, Gabriel. Et moi qui me suis posée en victime, qui ai fait comme si j'étais la seule à avoir souffert alors que, à l'évidence, vous aussi… Je le regrette sincèrement.

Sa sollicitude, sa compassion l'exaspérèrent. Il voulait être en colère et elle le privait de cette échappatoire. Ses traits si doux, ses yeux lumineux étouffaient sa rage, et cela le rendait fou.

— Vous n'avez rien à regretter. Vous avez vos propres difficultés à affronter, et j'ai les miennes. Un partout.

— Il ne s'agit pas de compter les points, se défendit-elle. Tout ce que je veux dire, c'est que j'étais tellement absorbée par mon chagrin que je n'ai pas vu le vôtre.

— Je n'ai pas de chagrin.

Non. Il se sentait coupable. Il était écœuré. Il s'apitoyait sur son sort et tentait de trouver un sens à sa longue, à son interminable existence.

— Si. Mais vous êtes déterminé à l'ignorer.

Voilà qu'elle cherchait à l'éclairer, maintenant ! À quel moment la conversation avait-elle basculé ? Il s'écarta d'elle, bien décidé à couper court à cette ridicule dissection de son psychisme.

— Vous vous interdisez tout plaisir, aussi bien physique qu'émotionnel, pour vous punir. Oh, j'aurais dû deviner, pour votre petite amie. C'est tellement évident, maintenant...

La colère le reprit de plus belle. Non, il n'était pas si facile à comprendre. C'était un démon, enfin ! Elle ne savait rien de lui.

— Eh bien, félicitations.

Sentant qu'elle s'approchait de lui par-derrière dans l'intention de le toucher, il se déroba. Mais il se retourna et la regarda dans les yeux.

— Vous croyez avoir tout compris de moi. De mon côté, je pense que vous vous trompez sur bien des points, mais il y a un point que vous avez parfaitement perçu. Je refuse le plaisir physique. Je ne peux pas y faire face. Je ne peux pas faire face à l'alcool, au sexe. Je ne le veux pas.

— Peut-être que moi non plus, fit-elle d'une voix douce et triste. Je suis désolée.

— Arrêtez de vous excuser !

Elle n'avait rien à se reprocher.

Cependant, en voyant la grimace que lui tirait sa brusquerie, ce fut à son tour de s'en vouloir.

— Sara, c'est moi qui suis désolé. Bon sang ! Comment en sommes-nous arrivés là ?

Elle le considéra calmement et dit, d'un ton neutre :

— Par des meurtres. Voilà comment nous en sommes arrivés là.

C'était tellement hardi et tellement vrai à la fois, tellement cru que la colère de Gabriel retomba d'un coup.

— C'est vrai, au fond, reconnut-il. Et c'est vraiment nul.

Au lieu de répondre, elle s'approcha de son bureau.

— Qu'est-ce que c'est ? demanda-t-elle en touchant une de ses cuillers.

— Des cuillers à absinthe.

À chaque fois qu'il en trouvait une chez un antiquaire, ou autre, il l'achetait. C'était une curieuse habitude, au fond, mais cela l'aidait. Ainsi, il parvenait à garder sa vie actuelle en perspective en lui rappelant en permanence son passé.

— Ah ? C'est comme ça ? Je ne savais pas du tout.

Elle passa le doigt dessus, d'un bout à l'autre, en fronçant les sourcils.

— J'ai vu qu'il en était question dans les rapports de police, commenta-t-elle, mais je ne savais pas à quoi cela ressemblait. Pourquoi croyez-vous que John Thiroux en ait eu deux dans la chambre ? Il lui en fallait vraiment deux ?

— Je ne pense pas. Sauf s'il servait deux verres à la fois.

Cela l'avait toujours laissé perplexe. Sans doute était-ce parce que la plupart de ses cuillers étaient chez Anne. Peut-être en avait-il sorti une, puis l'avait oubliée et en avait pris une autre. À moins qu'il en ait apporté une, sans raison apparente, si ce n'est que celle en forme de fleur de lys était sa préférée parce qu'elle était suffisamment large au milieu pour ne pas laisser déborder une seule goutte du précieux liquide.

— Et comment se fait-il que l'une des deux soit tombée par terre et pas l'autre ?

— Il a dû la faire tomber en se levant pour regarder Anne.

Sara touchait les cuillers les unes après les autres. Elle réfléchissait. Leur désaccord, leur dispute, leur éclat de tout à l'heure était visiblement passé, oublié. Soudain, elle en saisit une.

— Attendez un peu.

— Quoi ?

— S'il s'agit d'un crime passionnel que John Thiroux n'avait pas prémédité, pourquoi se serait-il promené avec un couteau de chasse ? Qui trimballe un couteau de chasse dans sa poche sans raison ? John Thiroux était-il chasseur ? pêcheur ?

Gabriel faillit s'étrangler de rire. Vraiment pas. Pour tout sport, il attelait, montait à cheval et boxait. Il ne s'était jamais intéressé à la nature.

— Je ne crois pas. C'était un artiste et tous les rapports indiquent que son principal passe-temps, c'était de boire. Pas de dépecer ses prises du jour.

— Dans ce cas, sérieusement, pourquoi avoir un couteau sur soi ?

— Il a déclaré devant le tribunal que ce n'était pas le sien. Qu'il n'était jamais armé. Mais le procureur a affirmé qu'il pouvait mentir, parce que c'était un quartier dangereux et qu'il aurait été logique de s'y promener armé.

— D'un couteau de chasse ?

— Je suis d'accord : ce n'est pas logique. Un couteau de chasse est fait pour dépecer ou pour tuer. C'est grand, lourd, encombrant.

Sara secoua la tête.

— Donc, s'il en avait un sur lui, c'est bien qu'il comptait la tuer. Or j'imagine qu'il n'aurait pas bu autant et qu'il ne serait pas resté sur place après son acte s'il avait agi avec préméditation. Et, dans le cas contraire, on peut supposer qu'il aurait saisi la première arme qui lui serait tombée sous la main – la bouteille d'absinthe, un verre, la cuiller à absinthe ou même ses mains nues – pour la tuer. Tiens, il aurait même pu l'étrangler avec le ruban de ses cheveux, l'étouffer avec un oreiller ou même la frapper à coups de poing jusqu'à ce que mort s'ensuive. Vous pensez que le couteau aurait pu être à elle ?

— C'est possible.

À vrai dire, Gabriel était presque certain du contraire. Sauf que, hélas, il ne pouvait pas faire part à Sara de ce qu'il savait précisément. Il ne pouvait pas lui révéler que le couteau n'appartenait pas à John Thiroux, qu'il savait qu'Anne n'était pas suffisamment dure pour posséder une telle arme. Elle en aurait eu peur.

— Et concernant l'affaire de votre mère ? s'enquit-il. Qui pouvait détenir un couteau de ce type ?

— Je ne sais pas, fit-elle en se mordillant la lèvre et en s'appuyant à son bureau. Ce n'est vraiment pas le genre de Rafe, qui est très citadin. Et il est certain qu'il n'avait pas un couteau de chasse dans son short ni dans son polo quand je l'ai vu un peu plus tôt à dîner. Pff, ajouta-t-elle avec un rire incrédule. Je ne peux même pas l'imaginer avec un aussi grand couteau. Il ne ferait pas de mal à une mouche.

— Voyons si nous pouvons découvrir qui vous a envoyé ces photos. Il doit bien y avoir un numéro de suivi ou je ne sais quoi.

Cela l'ennuyait. Il ne semblait y avoir aucune raison logique pour que quelqu'un ait adressé ces clichés à Sara – surtout sans aucune explication ni aucune instruction. Et il avait dû falloir faire des recherches pour trouver son adresse actuelle en Louisiane.

Elle frémit.

— Je l'espère, répondit-elle. Mais j'ai presque peur de découvrir qui les a expédiées. Ou de me rendre compte que nous ne pouvons pas le découvrir. Vous voyez ce que je veux dire ?

— Oui.

— Ah ! s'exclama-t-elle en jetant les deux mains en l'air. Je voudrais que nous résolvions tout cela, et ne plus y penser. Je voudrais ne plus penser à un meurtre. Je suis morte de peur, et j'ai horreur de cela.

Gabriel, lui, n'avait pas peur. Pas de la même chose qu'elle, en tout cas – la mort. Il l'accueillerait bien volontiers, au contraire, trop heureux de retourner dans l'autre monde. Mais il ne pouvait pas. C'était interdit à un pécheur comme lui, et il n'était pas fou au point de désirer aller en enfer. Il devait donc rester sur terre, dans la peau d'un mortel, et vivre jusqu'à avoir expié ses péchés. Il était épuisé d'exister ainsi jour après jour, sans but, sans amis, sans rien à faire que tenir le coup, pas à pas. Il n'en pouvait plus. Il voulait que cela cesse enfin; autrement, il fallait qu'il se trouve un avenir.

Ce qu'il craignait, c'était que ni l'un ni l'autre ne se produise jamais et qu'il soit condamné à stagner indéfiniment dans cet enfer intime.

Plus Sara y songeait, plus elle était convaincue que John Thiroux était un psychopathe. Un tueur séduisant et charmant qui avait tué d'autres femmes avant Anne Donovan et, peut-être, après. Depuis vingt-quatre heures qu'elle était installée chez Gabriel, bien décidée à trouver un semblant de réponse aux milliers de questions qu'elle se posait, elle essayait de trouver des informations sur John Thiroux avant et après le procès – et elle ne trouvait rien. Absolument rien.

Gabriel l'avait laissée plusieurs heures à la bibliothèque tandis qu'il cherchait d'où les photos de sa mère avaient été expédiées. Assise à un ordinateur, raide de toutes ces heures d'immobilité, gelée à cause des excès de zèle de la climatisation, Sara commençait à se dire qu'il ne devait pas avoir beaucoup plus de succès qu'elle. John Thiroux apparaissait pour la première fois dans les pages « société » du *New Orleans Bee* en 1847, à l'occasion d'une grande fête donnée par un député – et il disparaissait sans laisser de trace début 1851, date de l'acte de vente de sa maison de Royal Street.

Les archives d'Ellis Island et du Port of Orleans ne portaient pas trace de son arrivée en Amérique. En revanche, elle avait découvert qu'Anne Donovan était arrivée à treize ans à La Nouvelle-Orléans, en 1839, en compagnie de sa mère Mary Donovan, âgée de trente-quatre ans. Sara ignorait s'il s'agissait de la même Mary Donovan, mais elle avait également trouvé un certificat de décès sur lequel figuraient le même nom et la même année de naissance à peine trois ans plus tard. Ce qui pouvait expliquer comment Anne Donovan s'était retrouvée prostituée, si, à seize ans, elle n'avait ni famille ni revenus.

En revanche, John Thiroux demeurait un complet mystère, et Sara n'était pas suffisamment bonne enquêtrice pour dénicher autre chose. Peut-être était-il innocent. Peut-être s'était-il beaucoup déplacé – d'autant que les documents historiques étaient irréguliers et de qualité inégale. Toutefois, il lui semblait de plus en plus probable qu'il ait tué Anne, et qu'il ait prévu son coup. Sans doute avait-il apporté le couteau de chasse et l'avait-il poignardée délibérément, comptant sur son rang dans la société et le fait qu'il soit resté dans la chambre pour le disculper.

Oui, c'était parfaitement vraisemblable.

Sauf s'il avait réellement perdu conscience et que quelqu'un en avait profité pour entrer et tuer Anne. Mais pourquoi ?

Elle n'avait toujours pas de réponse. Rien que des questions, encore des questions.

Affamée, fatiguée, Sara quitta la salle des archives, son carnet empli de notes griffonnées à la hâte, et sortit. Le soleil réchauffait sa peau glacée. Elle s'assit sur les marches et sortit son téléphone. Comment avoir peur au milieu de tous ces gens qui allaient dans toutes les directions ? Il faisait un temps magnifique et elle n'avait même pas à craindre de devoir regagner un appartement vide. Gabriel serait là. Dieu, que c'était bon...

C'était dangereux, ce soutien émotionnel. C'était un pied de nez à son indépendance et à sa force intérieure. N'empêche qu'elle aimait le rythme imposé par la présence de quelqu'un d'autre. Elle était heureuse de pouvoir exprimer une idée tout haut et qu'il y ait quelqu'un pour l'entendre. Elle aimait sentir ses mouvements, entendre son pas sur le plancher, la façon dont il faisait craquer ses doigts quand il réfléchissait. Elle aimait aussi son sourire de plus en plus familier, ses petits mouvements de tête pour écarter ses cheveux, son odeur toujours fraîche. Elle savait que les choses n'étaient pas compliquées avec lui, qu'elle n'était pas obligée de parler. Et puis il était bon de se réveiller en sentant la présence rassurante et forte d'un homme à côté d'elle – car il avait insisté pour qu'elle dorme, platoniquement, dans son lit avec lui. Elle aurait pu être mal à l'aise, trouver cette intimité gênante, mais ce n'était pas le cas. Sa peur se faisait toute petite, restait comme enfermée à clé dans une boîte quand elle se trouvait avec Gabriel et il lui semblait si facile de partager un appartement, ses pensées, sa vie avec lui qu'elle n'osait pas songer à ce que cela pouvait signifier.

Elle n'avait jamais vécu avec un homme, sauf, à l'occasion, le temps d'un week-end ou de vacances passés avec un petit ami. Elle n'avait jamais fait l'expérience de la véritable cohabitation, de la routine quotidienne. Vivre ensemble, travailler, coexister, c'était nouveau pour elle. Et, à vingt-neuf ans, en habitant avec Gabriel, elle se rendait compte qu'elle était prête.

Évidemment, avec lui, ce n'était pas possible. C'était une illusion. Tous les deux, ils tenaient tout juste le coup. S'ils se raccrochaient l'un à l'autre, ils basculeraient plus vite encore dans le précipice.

Mais cela ne l'empêchait pas de le désirer. D'avoir envie, pour l'instant, de faire comme s'ils étaient amis. Ensemble.

Elle sortit ses lunettes de son sac et se les ficha sur la tête. Puis elle étendit les jambes et appela Gabriel sur son portable.

— Salut, fit-elle.

— Salut, tu as fini ?

Depuis qu'ils cohabitaient, ils s'étaient mis à se tutoyer, tout naturellement.

— Oui. Tu peux passer me prendre ou je rentre en taxi ?

— Tu as trouvé quelque chose ?

— Non, pas vraiment. John Thiroux a disparu après son procès.

— C'est bien ce que je craignais. Mais cela valait le coup de vérifier.

Un souffle dans l'appareil lui indiqua qu'il avait changé son téléphone d'oreille.

— Il me reste un truc à faire, annonça-t-il. Tu préfères m'attendre ou rentrer en taxi ?

— Je peux rentrer en taxi. Tu es chez toi ?

— Non, en ville. Je nous prends quelque chose pour le dîner et je te retrouve à la maison.

Cette façon de dire « à la maison » fit courir un petit frisson le long du dos de Sara. Cela l'agaça. Non, il ne fallait pas. Il ne fallait pas céder à cette tentation. Elle n'avait pas d'avenir avec Gabriel. « La maison », ce serait là où elle s'installerait, ce qu'elle en ferait. Ce serait chez elle. Et elle y serait seule, comme elle l'avait toujours été.

Elle avait dû se taire suffisamment longtemps pour inquiéter Gabriel car il lui demanda :

— Ça ne te dérange pas de rentrer à l'appartement toute seule ?

Loin de s'énerver ou de s'impatienter de ses réactions de peur, il semblait même inquiet pour elle. Sans qu'elle sache pourquoi, sa gentillesse lui fit monter les larmes aux yeux. Elle ferma fort les paupières pour les ravaler.

— Non, ça va. Merci. Si je me mets à flipper, crois-moi, je t'appellerai.

Elle se força à rire, tout en se doutant qu'il ne serait pas dupe.

— Oui, n'hésite pas. Je rentre d'ici une heure maxi, d'accord ?

— D'accord.

Elle lui dit au revoir et raccrocha. Alors, elle laissa libre cours à ses larmes et aux sanglots silencieux qui lui soulevaient la poitrine.

Peut-être ne pleurait-elle pas assez. Peut-être avait-elle besoin de faire sortir ses émotions. De se laisser aller. De se permettre de ressentir des choses.

Gabriel s'enfonça dans le coin d'un café animé pour téléphoner à Dan Fieldhouse, le chroniqueur judiciaire d'un journal de Floride qui avait couvert le plus gros de l'enquête et du procès de l'affaire Michaels. Il lui avait demandé cet entretien sous prétexte de clarifier un certain nombre de points pour son livre, ce qui était vrai. Mais, désormais, il avait aussi une raison personnelle de vouloir découvrir la vérité sur ce meurtre. Il voulait que Sara puisse tourner la page. Il voulait la protéger d'incidents tels que l'envoi de ces horribles photos.

Une fois qu'ils eurent évoqué les tenants et les aboutissants de l'affaire, Gabriel lui demanda, à titre officieux :

— D'après votre expérience, Dan, croyez-vous que le Dr Marino soit coupable ?

— Entre nous ? Oh, oui, j'en suis pratiquement convaincu. Mais, contrairement à notre très estimé procureur, je pense qu'il a agi seul. J'ai vu la fille de la victime plusieurs fois, au tribunal et lors des obsèques. Il n'est pas pensable une seconde qu'elle soit impliquée de près ou de loin dans le meurtre de sa mère. Son chagrin était sincère. Tandis que celui de Marino était uniquement pour la façade. Feint et calculé. J'ai suivi beaucoup d'affaires de meurtre. J'ai vu toutes sortes de criminels, des plus mesquins aux plus violents. Ils mentent tous – certains mieux que d'autres, c'est tout. Marino est un bon menteur, mais, selon moi, cela reste un menteur.

Gabriel avait exactement la même impression. Son charme, son calme, ses airs de parfait petit ami affligé, l'attention, l'affection qu'il témoignait à Sara : tout cela avait tiré des sonnettes d'alarme dans son esprit. Il s'était dit qu'il réagissait peut-être ainsi par jalousie, qu'il était un peu facile de juger Rafe alors qu'il ne le connaissait pas, mais voilà que Dan Fieldhouse confirmait sa réaction instinctive.

— Donc, vous pensez qu'il s'agit d'un acte prémédité ?

— Non. Je pense que quelque chose a déclenché son geste ce jour-là. En revanche, je ne serais pas étonné qu'il ait tué d'autres femmes avant elle. Mais je n'ai aucune preuve pour étayer ce que j'avance. C'est juste une impression.

— A-t-il jamais rien dit de compromettant quand vous l'avez interviewé ?

— Eh bien, son avocat était toujours présent. Je n'avais donc droit qu'à des réponses formatées, si vous voyez ce que je veux dire. Mais, un jour, je suis passé au parloir sans m'être annoncé. Je me figurais que, sans son avocat, il allait refuser de me voir. En fait, il a accepté de me parler. Il était très bavard, ce jour-là, et très arrogant. Il m'a parlé de ses projets d'aller s'installer sur la côte Ouest et de repartir de zéro dès qu'il aurait été acquitté, ce qui, dans son esprit, ne faisait aucun doute. Puis il m'a balancé une citation extrêmement bizarre.

Gabriel se redressa sur sa banquette, l'appareil calé contre son épaule, son ordinateur ouvert, prêt à taper.

— S'agissait-il d'un passage de la *Bible* ?

— Non. Attendez, je regarde.

Il y eut une courte pause, puis Dan revint.

— Voilà ce qu'il m'a dit : « Mon âme ne trouve le chemin du ciel que par la beauté de la terre. » C'est de…

— Michel-Ange, acheva Gabriel sans lui en laisser le temps.

Il connaissait cette phrase. Il la connaissait même bien parce que l'artiste voyait des anges dans son œuvre. Il trouvait le ciel dans la peinture, la sculpture. Par la beauté de la terre…

— Oui, Michel-Ange. Il a dit cela sans raison, sans rapport avec la conversation. J'étais en train de le cuisiner, d'essayer de trouver un mobile pour le crime, de lui demander s'ils avaient des problèmes, s'il haïssait les femmes, enfin vous voyez. Et, soudain, il m'a sorti cette phrase de but en blanc. Qu'est-ce que ça veut dire, d'après vous ?

Pour Gabriel, cela voulait dire presque à coup sûr que Rafe Marino était un tueur.

Sara s'efforça de tenir bon et de ne pas passer un coup de fil affolé à Gabriel. Elle sortit du taxi, fit deux pas pour traverser le couloir et ouvrit la grille. Ce n'était pas la mer à boire. Il n'y avait personne dans la cour, ni dans l'appartement.

Sauf que, si, quelqu'un était assis sur les marches. Une jeune femme de vingt-cinq ans à peine, avec les cheveux teints en noir, les épaules nues et un essaim de papillons tatoué sur le bras. Elle tenait un petit sac à dos sur ses genoux et rongeait ses ongles vernis de noir.

Sara lui sourit et s'apprêta à passer à côté d'elle. Elle devait attendre le voisin du dessous, que, du reste, elle n'avait encore jamais vu.

Mais la file sauta sur ses pieds quand Sara se mit à monter l'escalier.

— Eh ! Vous habitez là ? demanda-t-elle en désignant la porte de chez Gabriel.

— Oui.

Inutile de se lancer dans des explications compliquées.

— Qu'est devenu Gabriel ? Il a déménagé ?

Elle s'était remise à se manger l'ongle en parlant, l'air angoissé.

— Non, il vit toujours ici, répondit Sara le plus prudemment possible, car elle ignorait où elle voulait en venir.

— Vous habitez avec lui ? interrogea-t-elle en pointant le doigt vers elle.

Sa grossièreté irrita Sara.

— Oui. Je peux vous aider ?

— Je suis Rochelle, déclara la fille.

Ah. Et donc ?

— Voulez-vous que je dise à Gabriel que vous êtes passée ?

Rochelle sembla réfléchir un instant.

— Il rentre quand ?

— Plus tard.

— Et vous vivez vraiment avec lui ?

Sara aurait pu lui dire la vérité, à savoir qu'elle n'était là que temporairement, mais elle n'en eut pas envie. Alors elle lui montra la clé de l'appartement et répondit :

— Oui.

Sur quoi Rochelle éclata en sanglots.

— Comment a-t-il pu me faire ça ? Je... je suis amoureuse de lui... et il ne vient plus à la boutique. Et, maintenant, vous êtes là et je... oh, je voudrais mourir !

Elle fit demi-tour et descendit l'escalier en courant. Ses sandales claquèrent sur les briques de la cour.

— Attendez ! la rappela Sara qui descendit à sa suite.

Il fallait qu'elle rétablisse la vérité, qu'elle lui avoue qu'elle ne vivait pas avec Gabriel au sens strict du terme. Et si Rochelle était sa petite amie et que Sara avait fichu en l'air leur relation ? Une partie d'elle ne pouvait s'empêcher de songer « bah, tant pis... », mais ce qu'il y avait de meilleur en elle savait qu'il était mal de tromper la jeune femme.

Sauf qu'elle était partie. Elle était déjà presque arrivée à Royal Street, et elle courait bien plus vite que Sara n'en était capable. Génial. Fantastique. Et, maintenant, comment allait-elle faire pour expliquer à Gabriel qu'elle avait peut-être bousillé sa vie amoureuse ? Ce n'était pas comme si elle était au courant qu'il en avait une, cela dit. Il ne lui avait jamais laissé entendre en aucune façon qu'il voyait quelqu'un. Il ne passait ni ne recevait aucun coup de téléphone en sa présence et passait pour ainsi dire tout son temps avec elle. Comment aurait-elle pu deviner qu'il sortait avec Rochelle ?

Et, d'abord, pourquoi lui avait-il proposé de dormir dans son lit s'il avait une petite amie ? Cela ne tenait pas debout.

Énervée, jalouse, et pourtant convaincue qu'il n'y avait personne dans sa vie, Sara était encore sur le pas de la porte cinq minutes plus tard quand elle vit Gabriel tourner au coin de la rue, un sac de papier brun à la main.

— Salut, lança-t-il en approchant. Qu'est-ce que tu fais là ?

— Ta petite amie est passée, annonça-t-elle en faisant un effort désespéré pour ne pas grimacer.

— Ma petite amie ? répéta-t-il avec une perplexité qui paraissait sincère. Mais je n'ai pas de petite amie.

— Rochelle.

Il ne semblait pas plus avancé.

— Qui est Rochelle ? s'enquit-il.

Intéressant…

— Environ un mètre soixante-cinq, de longs cheveux noirs – très mal teints, soit dit en passant –, la peau claire, avec une jupe longue bordeaux et un débardeur vert olive.

Gabriel n'avait toujours pas l'air de voir de qui il s'agissait, alors elle poursuivit :

— Des papillons tatoués partout sur le bras. Elle a dit que tu ne passais plus à la boutique. Mais elle n'a pas précisé quelle boutique. Elle a seulement dit qu'elle était ta petite amie.

Ce qui n'était manifestement pas le cas, nota Sara avec une satisfaction certaine. Toutefois, les papillons semblèrent lui rafraîchir la mémoire.

— Ah ! Ça y est, je vois qui tu veux dire. Ce n'est pas ma petite amie. Cela ne l'a jamais été. Nous ne sommes même jamais sortis ensemble. Et je ne suis pas certain du tout d'avoir su qu'elle s'appelait Rochelle, assura Gabriel d'un air encore plus perplexe. Elle travaille dans la boutique de sandwichs de Decatur Street. Pendant un temps, j'y allais peut-être deux fois par semaine. Et puis je me suis lassé des *po'boys*.

Sara faillit éclater de rire.

— Quoi ? Tu t'es lassé des *po'boys* ? C'est tout ? À l'entendre, c'était plutôt chaud, entre vous. Ouah, c'est bizarre.

— Comment a-t-elle su où j'habitais ? Et même comment je m'appelais, d'ailleurs ?

Gabriel lui fit signe de le précéder dans la cour. Elle se retourna vers lui tout en marchant.

— On ne te demande pas ton nom pour prendre ta commande ?

— Si, confirma-t-il en se renfrognant. Mon prénom, seulement. Je me demande si elle m'a suivi jusqu'ici.

— Ce serait bien le genre. Cela dit, maintenant que j'y pense, elle n'a jamais dit qu'elle était ta petite amie. Seulement qu'elle était amoureuse de toi.

— Amoureuse de moi ? répéta-t-il en haussant les sourcils d'un air stupéfait. Mais je n'ai fait que lui commander quelques *po'boys* à la crevette.

— Elle a dit « amoureuse » de toi, j'en suis sûre et certaine. Et elle s'est mise dans tous ses états quand je lui ai dit que nous habitions ensemble.

Rétrospectivement, c'était sans doute aussi bien qu'elle ne l'ait pas rattrapée dans la rue. Mieux valait que Rochelle croie que Gabriel avait une petite amie. Ainsi, elle pourrait dépasser ce béguin illusoire qu'elle avait pour lui.

Il avait l'air de se retenir de sourire quand il s'arrêta au pied de l'escalier.

— Tu lui as dit que nous vivions ensemble ?

— C'est vrai, fit-elle valoir en plissant le nez. J'habite ici, pour l'instant.

— Tu étais jalouse d'elle ? demanda-t-il d'une voix basse un peu taquine.

Elle s'esclaffa.

— Bien sûr que non !

— Tu n'as aucune raison de l'être, puisque je n'ai jamais eu la moindre relation avec elle. Mais ça ne me déplairait pas que tu le sois.

Ça alors ! Il flirtait avec elle. Il n'y avait pas à s'y tromper. Le ton de sa voix le lui faisait sentir, et sa façon de se pencher vers elle.

— Ah oui ? repartit-elle. Et pourquoi cela ?

Il était si près, maintenant, que tout ce qui les séparait, c'était le sac de nourriture dans sa main. Cela sentait les épices, le poulet à l'orientale. De sa main libre, il lui caressa le bout des cheveux et en enroula une mèche autour de son index.

— Parce que cela voudrait dire que tu veux bien que je fasse ça…

— Me toucher les cheveux ? demanda-t-elle bêtement.

Elle voyait l'ombre de sa barbe sur son menton. Aucune imperfection, aucune cicatrice, aucun défaut, aucune décoloration ne lui marquait le visage. De près, il était encore plus agréable à regarder que de l'autre bout de la pièce. De près, elle percevait toute la force de sa mâchoire, la finesse de ses pommettes, le désir qui brillait dans ses yeux ensorcelants.

De près, elle n'avait aucun espoir – ni aucune intention – de lui résister. Ses doigts dans ses cheveux la faisaient frémir d'impatience.

— Oui. Et ça…

Cette fois, il se pencha sur elle et l'embrassa. Aussitôt, elle ferma les yeux pour profiter à fond de ce baiser, le savourer pleinement. Il commença par une légère pression des lèvres, comme pour voir sa réaction, puis, sans hésiter, il prit possession de sa bouche et enfouit les doigts dans ses cheveux pour la maintenir contre lui.

Ce baiser était si sexy, si habile qu'il envahit entièrement Sara. C'était le genre de baiser que l'on sentait dans tout son corps. Il réveilla ses seins et l'intérieur de ses cuisses, lui procurant à la fois une grande satisfaction et l'envie effrénée d'en recevoir davantage. C'était si bon qu'elle lui rendit la pareille et s'ouvrit à lui, brûlante de désir.

Confusément, Gabriel se rendait compte qu'il ne devrait pas faire ce qu'il était en train de faire. Toutefois, il ignora la voix de la raison et continua de sentir, de toucher, de goûter les lèvres de Sara. Elle était délicieuse, chaude, douce, petite et pourtant forte et confiante, sûre d'elle. Elle lui rendait son baiser avec passion, ferveur et, quand il voulut glisser la langue en elle, elle l'accueillit sans hésiter. Ils unirent leur langue et elle lui saisit les bras. Heureusement qu'il tenait un sachet de nourriture chinoise, sinon, il l'aurait collée au mur pour plaquer sa douloureuse érection contre elle et lui aurait arraché son T-shirt pour lui sucer les seins.

Il serait très, très facile de perdre le contrôle, avec elle. De passer des baisers aux caresses puis de se retrouver nu avec elle et de la prendre. Il en mourait d'envie. Et il savait qu'il pouvait.

Mais il faudrait se contenter d'un baiser. Alors, il dévora sa bouche de plus belle, la pressa, la lécha et la suça, plongea la langue plus loin encore en elle jusqu'à ce que Sara trébuche en arrière sous la force de ses assauts, perde l'équilibre et rompe le contact. Elle le regarda en clignant des yeux, les lèvres brillantes et humides, tandis qu'ils haletaient tous les deux. Elle ouvrait et fermait les poings nerveusement le long de son corps. Les pointes durcies de ses seins saillaient, bien visibles sous son T-shirt. Elle avait une mèche de cheveux collée à la lèvre inférieure, qu'elle ne se donna pas la peine de repousser. Il lisait la reddition sur son visage. Il n'avait qu'un mot à dire pour qu'ils montent dans sa chambre, sur son lit et se déshabillent pour jouir pleinement l'un de l'autre. Et il en avait envie. Terriblement.

La seule chose dont il avait plus envie encore, c'était sa liberté. Parce qu'il ne pouvait pas faire l'amour à Sara. Rochelle en était un rappel. Il ne voulait pas que Sara sombre dans cet état de désespoir, dans cette fièvre, cette envie absurde insufflée par le démon d'être possédée par lui, encore et encore. Il ne se le pardonnerait jamais s'il la prenait et lui infligeait cela, s'il la voyait se perdre dans cette dépendance débilitante à lui, Gabriel, qui n'était pourtant digne d'aucune forme d'amour.

Il n'avait touché Rochelle qu'une fois, pour chasser une fourmi de son bras pendant qu'elle lui rendait sa monnaie, et voilà le résultat. Voilà où cela l'avait menée, la malheureuse.

Alors il n'avait pas le choix. Gabriel devait rester fort. Il s'essuya la bouche, non sans regretter son geste. Il allait avoir encore plus de mal à résister maintenant qu'il avait goûté à Sara. Mais il tiendrait bon. D'autant qu'il lui cachait beaucoup de choses. Et qu'elle allait le haïr si elle les apprenait. Surtout si Rafe était bien l'assassin de sa mère.

— Tu as faim ? lui demanda-t-il en reprenant le sac de papier à deux mains.

— Quoi ? fit-elle en clignant des paupières comme un bébé chouette.

Puis elle inspira à fond et rentra son T-shirt dans sa jupe.

— Très bien. Dînons. Super. Merci.

Chapitre douze

Compte rendu d'audience du procès de l'assassinat d'Anne Donovan, l'État de Louisiane contre Jonathon Thiroux, le 13 janvier 1850, interrogatoire du Dr Stephens par l'avocat de la défense, Me Swift.

Me Swift : Dr Stephens, pouvez-vous nous expliquer ce que c'est que l'absinthisme ?

Dr Stephens : Certainement. C'est un syndrome dont finissent par souffrir les consommateurs chroniques d'absinthe. Il se caractérise par la dépendance, des crises, du délire et des hallucinations.

Me Swift : Qu'entendez-vous, précisément, par dépendance ?

Dr Stephens : Un besoin physique du produit toxique lui-même en l'occurrence l'absinthe.

Me Swift : Et vous dites que l'absinthisme entraîne des crises, du délire et des hallucinations ?

Dr Stephens : C'est exact.

Me Swift : Une personne souffrant d'absinthisme peut-elle perdre ses facultés durant ces crises, ces périodes de délire ou ces hallucinations ?

Dr Stephens : Absolument. Cela fait partie du jeu.

Me Swift : Et, suite à un épisode de ce type, il est possible de ne pas se souvenir de ce qui s'est produit dans l'intervalle ?

Dr Stephens : Certainement. Ces traumatismes cérébraux peuvent très facilement entraîner des pertes de mémoire.

Me Swift : Diriez-vous que quelqu'un qui a consommé de l'absinthe tous les jours pendant une période d'au moins dix-huit mois risque de souffrir d'absinthisme et donc de ces crises, de ces états de délire et de ces hallucinations ?

Dr Stephens : De l'absinthe tous les jours pendant dix-huit mois ? Grands dieux ! je dirais qu'une personne en ayant fait une telle consommation doit presque à coup sûr souffrir d'absinthisme. Cela ne fait aucun doute dans mon esprit.

Me Swift : Merci, docteur. Je n'ai pas d'autre question.

Compte rendu d'audience du procès de l'assassinat d'Anne Donovan, l'État de Louisiane contre Jonathon Thiroux, le 14 janvier 1850

Le procureur : Dr Raphael, selon votre opinion de médecin, les blessures infligées à Anne Donovan étaient-elles faciles à faire avec un couteau de chasse ?

Dr Raphael : Je ne suis pas certain de comprendre votre question.

Le procureur : Je vous prie de m'excuser. Permettez-moi de la reformuler. Nous avons entendu lors d'un témoignage les très graves blessures qu'un couteau de chasse peut faire à un individu. C'est sans aucun doute une arme très dangereuse. Diriez-vous que n'importe qui, fort ou non, peut, au moyen de ce type de couteau, infliger des plaies telles que celles d'Anne Donovan ?

Dr Raphael : Non, je ne dirais pas cela. La profondeur des plaies, la violence de l'attaque et les lésions au niveau des organes comme des os indiquent, selon moi, que l'assassin était un homme de bonne stature, et très fort.

Le procureur : Même si ce type de couteau est employé par les chasseurs pour vider les poissons et dépouiller les animaux ?

Dr Raphael : Je ne suis pas expert en matière de couteaux. Tout ce que je peux vous dire, c'est que les os ont été pénétrés en de nombreux endroits et que, en tant qu'expert médical, je ne pense pas qu'une personne intoxiquée au point de perdre connaissance ait pu infliger des blessures aussi profondes. Je ne pense pas non plus qu'une femme en ait été capable. Je crois que seul un homme très fort et en pleine possession de ses moyens a pu le faire.

Le procureur : Avez-vous déjà agi en qualité de coroner lors d'une précédente affaire de meurtre dont l'arme du crime serait un couteau de chasse ?

Dr Raphael : Non. Je ne suis entré en fonction qu'il y a six mois.

Le procureur : Est-il vrai, docteur, que vous connaissiez l'accusé ?

Dr Raphael : Oui, je l'ai rencontré à plusieurs reprises, toujours lors de grandes réunions mondaines.

Le procureur : Étiez-vous amis ?

Dr Raphael : Je ne dirais pas cela, non. Nous avons dû échanger à peine une douzaine de phrases.

Le procureur : Pourtant, vous avez été vu par au moins sept témoins, dînant seul avec l'accusé, par deux fois, l'année dernière. Pas d'autre question.

Gabriel l'avait embrassée et s'était écarté immédiatement. Puis il lui avait servi un dîner chinois. Qu'est-ce que cela voulait dire ? Elle n'en avait aucune idée. Et elle n'était pas d'humeur à jouer aux devinettes.

Il ne lui restait pas d'énergie pour tergiverser. Le chagrin, le manque de sommeil et la peur lui avaient tout pris. Alors, tout en dînant, elle se contenta de dire :

— Tu n'étais pas obligé de t'arrêter, tu sais.

— Arrêter quoi ? lui demanda-t-il.

Mais, à son air prudent, elle devina qu'il voyait très bien de quoi elle parlait.

— De m'embrasser. Cela me plaisait.

Énormément. Et elle aurait bien voulu qu'il recommence. Elle voulait qu'il la déshabille, qu'il l'embrasse entre les cuisses, qu'il la caresse avec sa langue jusqu'à la faire jouir, puis qu'il la pénètre, sans ménagement. Cette idée suffisait à l'exciter, ce qui l'étonnait. Ce n'était pas son genre de réagir aussi sexuellement face à un homme. Elle ne comprenait pas vraiment ce que cela signifiait, mais elle avait trop envie de lui pour simplement songer à déchiffrer ce que signifiait sa réaction. Elle avait envie de lui, simplement. Envie de se sentir vivante. Envie de connaître à nouveau cette plénitude.

— Je sais. À moi aussi, assura-t-il en jouant avec ses baguettes.

Comment faisait-il pour arriver à s'en servir ? Elle finissait toujours avec la moitié de son dîner par terre quand elle essayait.

— Mais ?

— Mais… Sara, je ne peux pas. Je ne suis pas capable de te donner ce dont tu as besoin, dit-il avec un regard implorant.

Elle ne voulait pas entendre cela, parce qu'elle ne lui avait rien demandé.

— Pourquoi ? Tu es impuissant ?

Gabriel laissa échapper un rire surpris.

— Non, répondit-il avec un petit sourire. Je suis pratiquement sûr que non.

— Alors tout va bien, parce que je n'attends pas de promesses d'amour pour toujours. Rien d'autre que du sexe. Nous sommes attirés l'un par l'autre, alors où est le problème ?

Tout en parlant, elle se rendait compte qu'elle simplifiait les choses à l'extrême. Cependant, elle ne savait pas pourquoi, mais il lui semblait essentiel d'avoir le dessus dans cette discussion. Elle avait *besoin* de coucher avec Gabriel. Besoin de savoir.

— Ce n'est pas si simple. Le sexe se résume-t-il jamais vraiment au sexe ? Les sentiments finissent toujours par s'en mêler, fit-il valoir en laissant retomber ses baguettes dans son assiette. Je suis écrasé par la culpabilité vis-à-vis de ma petite amie. Et les relations sexuelles, c'est le moment où l'on baisse complètement la garde, tu sais. Je crois qu'il est dangereux pour moi de perdre le contrôle.

— Pourquoi ? Parce que, si tu perds le contrôle, tu risques de devoir reconnaître qu'il est bon de vivre, que tu as passé un bon moment, même sans ta petite amie ?

Il lui jeta un regard de défi.

— Oui. Tu dois savoir ce que c'est.

C'était pour cela qu'elle le comprenait si bien. Et c'était pour cela qu'elle était certaine qu'ils se faisaient du mal tous les deux en continuant de se laisser ronger par la culpabilité.

— Alors, si j'insiste et que tu finis par céder, c'est moi qui aurai le mauvais rôle, c'est ça ?

Il secoua la tête.

— Non. Je ne céderai pas. Et nous allons finir par nous désintéresser de la question tous les deux.

— Ah oui ? contra-t-elle, furieuse. Tu as tout compris, toi, dis-moi ?

— Absolument.

Il hocha la tête avec assurance.

— Dans ce cas, pourquoi m'as-tu embrassée ?

Elle ne savait pas trop si elle le regrettait ou non. Ç'avait été le plus merveilleux des baisers et il avait satisfait, entre autres, sa curiosité. D'un autre côté, maintenant, elle savait qu'il existait une très forte alchimie entre eux – et il soutenait qu'ils ne pouvaient rien y faire.

— Parce que je suis un imbécile.

Réponse masculine typique. Apparemment les hommes avaient l'impression que, en reconnaissant qu'ils étaient idiots, ils pouvaient se décharger de toutes les responsabilités.

— Je ne peux pas te contredire.

C'était un peu facile, comme réponse, mais elle ne voulait pas jouer à ce petit jeu-là. Pas avec lui. Pas maintenant.

— N'essaie même pas, lui confirma-t-il en souriant.

Sara piqua une carotte, toujours irritée.

— Tu n'as pas trouvé qui a envoyé les photos, si ? demanda-t-elle.

— Non. Mais je crois que nous devrions prévenir la police, et ici, et à Naples.

C'était bien la dernière chose qu'elle avait envie de faire.

— Tu parles. On va me faire remplir des tonnes de paperasses et il ne se passera jamais rien.

— Ce n'est pas comme si n'importe qui se présentait avec des photos horribles. Là, cela pourrait peut-être servir leur enquête.

— Quelle enquête ? Ils pensent qu'ils ont trouvé le coupable. Ils ont fini. Qu'il ait été condamné ou non, l'affaire est close.

Sara s'était efforcée de se dire que cela ne la rendait pas amère, mais, à l'entendre, on aurait pu penser le contraire. Sans doute l'était-elle encore, finalement.

Gabriel ne lui en fit pas la remarque.

— C'est comme tu veux, se contenta-t-il de dire. On peut le signaler, mais on n'est pas obligé.

— Je n'en ai pas envie. Pas pour l'instant. Plus tard, peut-être.

Qu'est-ce qui aurait changé, plus tard, pour la faire se raviser ? Elle l'ignorait. Mais elle avait du mal à prendre des décisions définitives. Elle préféra changer de sujet sans lui laisser le temps de répondre.

— Qu'est-ce que tu penses de cette histoire d'absinthisme ? lui demanda-t-elle. Tu crois que ce syndrome existait réellement ? Et qu'il a pu débiliter John Thiroux au point de le rendre incapable de poignarder Anne avec un couteau de chasse ?

— Je suppose que l'absinthisme n'était qu'une façon de désigner l'alcoolisme. Je suis convaincu qu'une consommation excessive pouvait se traduire par des trous de mémoire, comme avec n'importe quel alcool. Quant aux hallucinations et au délire ? Je doute qu'il se soit agi de véritables hallucinations. Je pense que, prise seule, l'absinthe provoque une ivresse plus forte qu'un autre alcool, mais c'est tout.

Sara était assise sur le canapé à côté de Gabriel, le dîner posé sur la table basse devant eux. Juché sur l'appui de fenêtre, Ange regardait dans la cour. Elle n'en revenait toujours pas de se sentir aussi à l'aise avec lui, chez lui, dans sa vie. Maintenant qu'elle était au courant de ce qui était arrivé à sa petite amie et de la façon dont il se punissait de sa mort, elle se rendait compte de l'énorme concession qu'il faisait en la laissant entrer dans son espace personnel. Et elle avait envie de l'aider à avancer autant qu'elle avait envie d'avancer aussi.

— J'aimerais bien savoir si cette ivresse a quelque chose de particulier. On peut encore se procurer de l'absinthe ?

— Oui. En ligne, principalement.

Gabriel ne mangeait plus. Il jouait distraitement avec son riz du bout de sa fourchette.

— J'en ai une bouteille, ajouta-t-il.

— Pourquoi ? s'enquit-elle, surprise.

— Parce que je me suis dit la même chose que toi. Si je savais exactement ce que l'on éprouvait, je pourrais déterminer par moi-même qui disait vrai. Thiroux a toujours affirmé qu'il était inconscient et n'avait rien entendu. Le procureur a soutenu que, dans un accès de rage et de violence, c'était lui qui avait poignardé Anne Donovan. Et le coroner a fait valoir qu'un homme sous l'influence de l'absinthe n'aurait pas eu la force nécessaire. Comme j'avais envie de savoir, j'ai acheté une bouteille d'absinthe.

Sara le considéra, de profil. Il avait beau parler avec nonchalance, elle comprenait parfaitement ce qu'il sous-entendait.

— Mais tu ne peux pas en boire, et tu le sais. Le jeu n'en vaudrait pas la chandelle.

— Je sais, confirma-t-il en posant ses baguettes et en repoussant son assiette. C'est pourquoi elle est toujours dans le placard de la cuisine, fermée.

— Je suis heureuse que tu n'aies pas cédé.

Elle lui caressa le genou, le cœur serré par la peine qu'elle éprouvait pour lui, et pour elle.

— Mais, moi, je peux, ajouta-t-elle. Alors je vais faire l'expérience.

S'il tenait à le savoir suffisamment pour avoir pris un tel risque, elle pouvait répondre à la question pour lui. L'alcool n'était pas son démon à elle.

— Tu n'es pas obligée de faire cela, protesta-t-il.

Il la regarda comme il le faisait parfois, en fouillant en elle de son regard brun insondable, comme s'il souhaitait partager mille pensées avec elle mais ne le pouvait pas. S'y refusait.

— Je sais que je ne suis pas obligée. J'en ai envie.

Maintenant qu'elle en avait pris la décision, elle était déterminée. Elle se leva et se rendit dans la cuisine.

— Dans quel placard est-elle ?

Gabriel se leva et suivit Sara. Il ne savait pas s'il devait la laisser boire son absinthe ou le lui interdire. Il devinait que, s'il refusait tout simplement de la laisser faire, elle n'insisterait pas. Et ce fut d'abord ce que lui dicta son instinct. La faire sortir de la cuisine, s'interposer entre le placard et elle, casser la bouteille et en vider le contenu dans l'évier. Il était pris d'un léger accès de panique à l'idée qu'elle goûte à sa bouteille, qu'elle s'en aille dans cet endroit qu'il avait tant aimé et dont il rêvait encore. Mais Sara n'était pas lui, et elle ne faisait pas cela pour fuir quoi que ce soit. Elle le faisait pour comprendre. Et puis elle devait être encore bouleversée par les photos. Par une certaine ironie, boire de l'absinthe devait être pour elle une façon de reprendre le contrôle, de défier la mort et ces deux affaires de meurtre qui paraissaient insolubles.

N'empêche qu'il voulait lui dire non. Il alla même jusqu'à :

— Sara, ce n'est pas une bonne idée.

Mais, quand, après avoir ouvert tous ses placards, elle dénicha la bouteille et la sortit, il ne la lui arracha pas des mains.

— Si, c'est une bonne idée. J'ai besoin de savoir, Gabriel. Tu ne comprends pas ? Je ne peux rien faire d'autre… Je ne peux pas ressusciter ma mère et je ne peux pas… avec toi. Cela, en revanche, je peux le faire. Je peux faire le nécessaire pour résoudre le meurtre d'Anne Donovan, au moins d'une manière qui nous satisfasse tous les deux.

Le défi et le désespoir qu'il sentait dans sa voix le forcèrent à admettre qu'elle avait réellement besoin de cette expérience. Il fallait qu'elle se libère de ses peurs, qu'elle sorte du coin dans lequel elle s'était retranchée, qu'elle laisse libre cours à son audace et à sa colère. La sauvagerie qui se peignait sur ses traits le fit songer à l'autre façon dont elle pourrait se lâcher. Une relation sexuelle torride. Avec lui. Il pourrait la soulever, la poser sur le plan de travail de la cuisine, lui relever sa jupe et la prendre d'un coup, comme il en rêvait.

Elle avait envie de lui. Il le sentait dans ses paroles, le lisait sur son visage et dans son langage corporel, dans la façon dont elle tenait la bouteille contre sa poitrine. Quand elle se passa la langue sur les lèvres, il se sentit gagné par une érection douloureuse et palpitante qui ne demandait qu'à être soulagée. Cela ne faisait aucun doute : ce serait passionné, intense, rapide. Presque brutal.

Et c'était ce qu'il voulait.

Mais il ne pouvait pas. À tout prendre, l'absinthe était moins dangereuse que le sexe.

— Je t'attrape un verre.

Il se retourna, ouvrit le placard et sortit un verre à orangeade. Il n'avait chez lui ni verre à alcool, ni tire-bouchon, ni seau à glace. Aucun accessoire qui puisse lui rappeler l'alcool. Sauf ses cuillers à absinthe.

— Merci, fit-elle en examinant la bouteille. Ça se boit pur ?

— Je te le déconseille : tu vas trouver cela infâme.

Il posa le verre sur le comptoir, à l'endroit précis où il avait imaginé Sara les jambes écartées.

— On va la diluer avec de l'eau sucrée, à la façon traditionnelle. Tu peux même choisir une de mes cuillers, si tu veux. Autant vivre l'expérience à fond.

S'il n'avait pas l'air enchanté, c'était parce que sa maîtrise était mise à rude épreuve. Mais la tentation la plus grande contre laquelle il devait lutter, ce n'était pas l'alcool. C'était Sara. Il mourait d'envie de la toucher, de promener les doigts sur ses bras, de lui prendre la main. De mêler ses doigts aux siens et de l'attirer à lui pour l'embrasser mieux, plus longuement que tout à l'heure, en bas de l'escalier.

Au lieu de quoi il dévissa le bouchon et versa cinq centimètres d'absinthe dans le verre.

Sara se pencha pour sentir et eut aussitôt un mouvement de recul.

— Beurk. Quelle odeur pharmaceutique !

Il faillit éclater de rire.

— Il y a de l'anis et d'autres plantes, expliqua-t-il. C'est pour cela que je t'ai suggéré de la diluer.

— Je vais chercher une cuiller.

Elle fronçait encore le nez et tenait ses bras serrés contre sa poitrine.

— Mais, objecta-t-elle, si on la dilue, cela signifie que je vais devoir en boire plus.

— Tu peux goûter des deux façons.

En l'attendant, il prit du sucre et un verre d'eau glacée.

Elle revint presque aussitôt, avec la plus ornée de toutes ses cuillers. C'était un objet très élégant, d'une certaine valeur. Elle la rinça, la sécha et la lui tendit.

— Elle m'a toujours particulièrement plu, celle-ci, déclara-t-elle.

Gabriel la posa en travers du verre. Une sensation d'euphorie douce et chaude l'envahit. Son corps se souvenait du moment de clarté magnifique et impénétrable qui suivait ce cérémonial. L'assurance qu'il était brillant et maître de lui, qu'il atteignait tous ses objectifs, qu'il réussissait tout ce qu'on lui demandait.

C'était une illusion, bien sûr, et il fut tenté de claquer la cuiller sur le plan de travail, de jeter le verre. De démontrer son autorité sur la vie, le destin, les émotions.

Néanmoins, la meilleure façon de prouver qu'il gardait le contrôle, c'était de servir Sara et de lui passer le verre. De renoncer après avoir vu l'eau couler sur le sucre et à travers les trous de la cuiller. Après avoir vu l'absinthe et l'eau s'unir en un si beau nuage. Après avoir écarté la cuiller et tenu le verre lourd de promesses dans sa main.

Gabriel donna donc le verre à Sara en la regardant bien en face. Elle le lui prit en ouvrant de grands yeux clairement interrogateurs.

— Merci, se contenta-t-elle pourtant de murmurer d'une voix rauque.

— Je te conseille de la boire à petites gorgées, comme de la bière ou du vin. Pas cul sec. Tu veux t'asseoir et regarder la télé ? Ou jouer aux cartes ? Tu sais jouer au rami ?

En fait, il détestait jouer aux cartes. S'il pouvait apprécier la logique qu'elles requéraient, il avait horreur de devoir s'en remettre en partie au hasard. Mais il était prêt à le faire si Sara en avait envie. Ils ne pouvaient pas rester assis là sans rien faire pendant qu'elle buvait. Lui, en tout cas, n'en avait pas la force.

— Tiens, bonne idée. J'étais très forte, à l'université.

Elle prit une gorgée d'absinthe et fit la grimace.

— Hm. Ça ne vaut pas la margarita, commenta-t-elle.

Il n'en avait aucune idée : il n'avait jamais bu de margarita. Cela n'existait pas, au XIXe siècle, et Gabriel n'avait pas bu depuis la prohibition.

— Lèche un peu de sucre, si c'est trop amer, lui conseilla-t-il.

Elle obtempéra et passa le bout de la langue sur la cuiller pour recueillir ce qui restait. Gabriel se détourna et alla dans le salon chercher un jeu de cartes. Il ne pouvait pas la regarder. Il ne pouvait pas voir ce petit bout de langue rose et humide sans l'imaginer sur son corps, sans songer à y joindre la sienne, à la glisser dans sa bouche et au creux de ses cuisses.

Cela faisait trop longtemps, pour lui. Il y avait quatre-vingts ans qu'il se tenait entièrement à l'écart des femmes. Au début du XXe siècle, il était plus facile d'aller en voir anonymement à Storyville en sachant qu'elles n'auraient aucun moyen de retrouver sa trace. Il faisait même exprès d'en choisir dont les sens étaient émoussés par l'alcool et la drogue pour qu'elles ne se souviennent pas de lui, ne tirent aucun plaisir de leurs rapports et ne se mettent pas à le désirer d'une façon aberrante. Ainsi, il pouvait assouvir ses besoins physiques et prendre le large avant d'avoir à en assumer les conséquences.

Mais ce n'était plus aussi facile. Il n'y avait plus d'anonymat. Aujourd'hui, on pouvait retrouver n'importe qui, si on y tenait vraiment. Et puis l'idée de s'adresser ainsi à la lie, aux plus désespérées d'entre les désespérées, à celles qui, accros au crack et ravagées par quantité de maladies, en étaient réduites à vivre dans la rue heurtait son sens esthétique, et, surtout, sa notion du bien et du mal. Il ne pouvait pas, ne voulait pas se servir d'une femme ainsi, pour un soulagement physique indigne. Du reste, le sexe comme besoin physiologique ne l'intéressait plus. Il pouvait se débrouiller seul, pour cela.

Par ailleurs, il n'était pas question qu'il ait une relation sexuelle avec une femme qu'il connaissait, qui risquait de tomber amoureuse de lui, de devenir dépendante de lui. Il ne pouvait pas soumettre une femme – Sara, en l'occurrence – à cela, pas même quand son désir était aussi fort, aussi désespéré que ce soir. Du reste, ce qu'il lui avait dit était également vrai. En couchant avec une femme, il laissait échapper un peu de son contrôle, et il n'était pas certain d'être capable d'en assumer les conséquences. D'autant qu'il commençait à ressentir des effets assez aigus et douloureux de ses quelque huit décennies d'abstinence.

Certes, sa main savait le calmer, mais ce ne serait jamais la même chose que de s'enfouir dans le corps d'une femme.

Alors, il s'éloigna de Sara de façon à ce qu'ils ne puissent pas se toucher. Après avoir sorti les cartes d'un tiroir, il tira un fauteuil de l'autre côté de la table basse et s'y assit. Puis il s'occupa en rangeant les restes du dîner pendant que Sara arrivait en sirotant son absinthe.

— Ça s'améliore à chaque gorgée, reconnut-elle. Tu crois que c'est parce que mes papilles se détruisent au fur et à mesure que je bois ?

— Peut-être. Tu veux distribuer ?

— Non, vas-y, répondit-elle en en reprenant un peu.

Gabriel se rendit compte qu'il se crispait de plus en plus à mesure que le verre de Sara se vidait, tandis qu'elle se détendait, devenait plus bavarde. Ses épaules se décontractaient un peu à chaque gorgée, elle se laissait aller à écarter les genoux d'un centimètre ou deux. Tandis qu'il serrait ses cartes dans sa main et les tenait en un éventail recourbé vers lui, elle brandissait les siennes au risque de les lui montrer tout en parlant.

Et elle parlait de tout. De travail. De logement. De lui. Elle n'arrêtait pas. Et il la regardait s'enivrer, rapidement, à en avoir le vertige.

— J'aime bien mon métier, lui confia-t-elle. Je devrais reprendre. Tu ne crois pas ? Sauf que j'ai peur de merder. Je ne dors plus du tout. Je te l'ai dit ? Bien sûr, que je te l'ai dit.

Il n'eut pas le temps d'en placer une qu'elle était déjà passée au problème de son appartement.

— Mon canapé est violet. J'ai horreur du violet. D'ailleurs, je n'en porte jamais. C'est une couleur de sirop, pas de vêtements. Je n'aime le violet que sur les fleurs. Je trouve les iris magnifiques, par exemple.

Faute de savoir que répondre à cela, Gabriel se défaussa.

Cela n'avait pas grande importance parce que, Sara, qui, dans l'intervalle, s'était resservie, exprimait ses pensées tout haut avec autant d'assurance que de clarté.

— Joue-moi du piano, Gabriel.

— Non.

Il n'en avait vraiment aucune envie.

— S'il te plaît… Alleeeeez…

Elle avança la lèvre inférieure en une petite moue boudeuse, les yeux rendus brillants par l'alcool.

— J'ai envie de t'entendre jouer.

— Non. Je t'ai dit que je n'entendais plus de musique.

— Là, tu fais ta tête de mule, déclara-t-elle en vidant son verre. Combien faut-il que j'en boive ? Je ne me sens pas ivre du tout. Juste superdétendue. En même temps tout est très net, très clair. Je me sens parfaitement logique et mes idées sont très bien organisées. Est-ce que je te parais différente de d'habitude ?

— Oui.

Elle n'avait pas l'ivresse négligée; ce n'était pas l'effet de l'absinthe qui, au contraire, donnait une illusion d'intelligence à celui qui en consommait, comme s'il n'avait que des idées géniales.

— Tu es très bavarde, précisa-t-il.

— Ah.

Elle s'éventa avec ses cartes.

— Je te casse les pieds ?

— Non.

En fait, son attitude l'excitait. Maintenant, elle avait les jambes écartées, la jupe remontée au-dessus des genoux. La bretelle de son débardeur avait glissé de son épaule, mais elle ne s'était pas donné la peine de la remonter.

— J'aime bien t'entendre parler, ajouta-t-il.

D'autant que, si elle se taisait et se mettait à le toucher, ils allaient avoir un sérieux problème.

— C'est toi qui ne parles pas assez, le réprimanda-t-elle en agitant un doigt accusateur. Tu es un homme très mystérieux.

Cela le fit sourire.

— Et si je n'avais rien d'intéressant à dire ?

— Et si tu étais fait pour t'exprimer par la musique et la peinture, et non par des mots ?

Il se rembrunit d'un coup. Sa réponse lui avait fait l'effet d'un coup.

— Sara…

Il espérait qu'elle comprendrait qu'il la mettait en garde, qu'il la prévenait qu'elle allait trop loin, qu'elle franchissait la ligne blanche et abordait une chose qui ne la regardait pas.

Mais soit elle avait trop bu pour interpréter son intention correctement, soit elle choisit de ne pas en tenir compte, car elle insista.

— Joue-moi du piano. Tout de suite.

— Non, bon sang ! contra-t-il au comble de la frustration.

— Tu as le choix. Tu peux soit jouer du piano, soit m'embrasser.

Ah, oui. Elle était ivre. Autrement, elle n'aurait jamais dit cela, il le savait. Toutefois, elle le pensait, manifestement. Elle posa ses cartes et se pencha sur la table basse, les deux mains sur le plateau. Elle allait l'embrasser, et il n'allait pas avoir la force de résister.

— Bon, très bien. Je vais t'en jouer, de ce putain de piano, grommela-t-il avec colère en laissant tomber ses cartes sur la table et en se hâtant de se lever avant qu'elle ait pu le toucher.

Il était prêt à tout pour la tenir à distance.

— Ça ne te ferait pas de mal, tu sais. Si ça se trouve, tu aimerais ça. Un baiser, je veux dire.

— Je sais que j'aimerais ça, assura-t-il. Ce n'est pas le problème. Mais cela entraînerait trop de complications. Je ne peux pas.

Sans lui laisser le temps de répondre ou de protester, il traversa la pièce et souleva le couvercle du piano. L'instrument devait être complètement désaccordé, depuis le temps, et lui-même était sérieusement rouillé. Mais si elle appréciait les notes fausses et ânonnées, grand bien lui fasse.

— Qu'est-ce que tu voudrais que je joue ? lui demanda-t-il en s'asseyant, au comble de l'agacement.

Il n'avait pas envie de jouer, mais il dépliait déjà les doigts, relâchait les épaules, s'abandonnait, essayait la souplesse des touches.

— Ce que tu veux. Ce que tu as comme partition.

Il aurait voulu jouer quelque chose de sombre, qui exprime ses sentiments, sa frustration. Quelque chose de nostalgique, de passionné, de violent.

— Je n'en ai pas besoin.

Il lui suffisait d'entendre un morceau pour pouvoir le rejouer de mémoire. Et tout était encore là, il n'en doutait pas. Ses doigts se souvenaient, même s'il n'entendait plus de musique dans sa tête. Il fit quelques gammes pour se dégourdir les doigts et essayer le piano. Puis il ferma les yeux et se laissa guider par ses doigts en soupirant du plaisir inattendu que lui donnèrent les premières mesures de la *Ballade* en *sol* mineur de Chopin.

Au fond, peut-être que cela lui avait manqué, après tout.

La musique enfla dans son âme et il la laissa s'écouler de ses doigts. Le rythme qui était celui d'une valse lente était empreint d'une tendresse poignante qui correspondait parfaitement à son humeur, à la nostalgie qui était née du contact des touches sous ses doigts. Et d'un désir de beauté, de musique, de Sara.

À mesure que l'intensité de la ballade augmentait, Gabriel gagnait en confiance. La mélodie illustrait sa frustration, son angoisse, mais aussi ses espoirs et ses désirs broyés par la réalité du meurtre. Par ses péchés. Par son statut de démon. Par les limites que lui imposait son châtiment.

Dans la musique, il pouvait se permettre une certaine liberté, un certain abandon. Il se lança sans hésiter dans la course vertigineuse des arpèges, comprenant aussitôt l'intention de la ballade, la sentant naturellement. Il était seul, avec une femme adorable qui le désirait, et physiquement et intellectuellement, mais il ne pouvait ni la prendre ni la toucher. Il avait beau rêver de son corps, de son esprit, de son cœur, il ne pouvait pas la faire sienne.

Alors, au lieu de se libérer en elle, il se libérait dans la musique. La passion se faisait de plus en plus forte, les notes fiévreuses et inquiétantes, la mélodie s'émaillait d'explosions d'émotions inattendues avant de ralentir, de retomber de la rapidité et de la colère dans la mélancolie et dans la résignation. Gabriel était résigné.

Et Sara sans doute aussi, maintenant.

Songeant qu'elle n'avait pas dit un mot depuis qu'il jouait, il lui jeta un coup d'œil. En la voyant, il se figea. Elle s'était étendue sur le canapé, sur le dos, les genoux remontés, les yeux fermés. Sa poitrine se soulevait et s'abaissait rapidement. Elle jouait du pouce avec la pointe durcie de son sein à travers le débardeur. Les lèvres entrouvertes en signe d'abandon sensuel, elle avait l'air d'une femme caressée, titillée, aimée par la main d'un homme.

— Ne t'arrête pas, lui enjoignit-elle dans un petit gémissement déçu qui le priva de tout contrôle et refit courir ses doigts sur les touches, comme il avait envie de la caresser.

Dieu ! qu'il en avait envie…

À la place, il caressait le piano en espérant que sa maîtrise ne céderait pas.

Sara s'étendit sur le canapé et ferma les yeux. Elle ne se sentait pas ivre. Pas comme cela lui était déjà arrivé, en tout cas. Quand elle buvait du vin, elle gloussait à tout propos; les mélanges la rendaient gauche, vraiment bourrée; et la bière trop bruyante. Mais, là, ce n'était pas comme cela. Elle se sentait alerte, en éveil, totalement maîtresse d'elle-même. Tout était parfaitement net, clair, réel. Tout lui semblait plus logique que d'ordinaire. Elle abordait le meurtre de sa mère de façon tout à fait prosaïque. Elle disséquait la vie qu'elle avait menée et comprenait une chose, qui était vraie pour elle comme pour Anne Donovan : quand une femme flirtait avec le danger, la drogue, l'alcool, le strip-tease, la prostitution, le risque qu'il lui arrive quelque chose augmentait. Cela ne signifiait pas pour autant qu'elle le méritait. Simplement qu'elle était plus menacée par la tragédie. Sara le voyait très clairement. C'était nul, mais évident.

Elle se rendait compte, également, qu'elle avait très bien fait de venir à La Nouvelle-Orléans. Vraiment. Elle y faisait face au passé, au présent et à l'avenir en même temps. D'ailleurs, une fois le livre achevé, elle pourrait reprendre le travail, avancer. Elle en était sûre.

Gabriel jouait magnifiquement du piano. Les notes flottaient autour d'elle, l'enveloppaient, l'imprégnaient. Ce morceau empli de désespoir et de frustration ressemblait tant à celui qui le jouait… Renfermé et introverti, il était pourtant passionné, créatif, exigeant, sensuel. Il la voulait, elle n'en doutait pas. Elle le lisait dans ses yeux, l'entendait dans son jeu.

Jamais elle n'avait eu envie, autant qu'en ce moment, aussi farouchement, qu'un homme emplisse son corps. Étendue là, sur le canapé, en proie à un désir douloureux, elle se sentait à vif, parcourue de fourmillements, tous les sens en éveil. Oh, qu'il la touche enfin, la caresse, la pénètre, la possède…

Elle oublia qu'elle n'était pas seule et que, peut-être, le moment et le lieu étaient mal choisis pour se toucher les seins. Elle en frôla un par accident. Cela lui parut si bon, si naturel qu'elle recommença. S'il refusait de le faire, elle allait s'en charger. Il n'y avait aucun mal à cela. Et peut-être parviendrait-elle à se soulager un peu.

Quand il s'interrompit, elle lui demanda de ne pas s'arrêter et il se remit à jouer, plus fort, plus rageusement. Elle le regarda, étudia son profil, ses doigts agiles. Il avait des mains magnifiques, élégantes et fines, mais fortes et masculines à la fois. Autoritaires et sensibles. Des mains faites pour créer de la beauté, pour donner du plaisir, lui semblait-elle.

Des mains qu'elle rêvait de sentir sur elle. Tout en l'observant, admirative de la vitesse et de la maîtrise de son jeu, de l'assurance de ses longs doigts, elle s'imagina en prenant un dans sa bouche, en suçant le bout puis toute la longueur. Ensuite, il effleurerait la pointe durcie de ses seins, puis glisserait sur son ventre et s'introduirait dans la chaleur humide de son corps où sa longueur lui donnerait la satisfaction de la profondeur et son élégance le plaisir d'une caresse habile.

Était-ce la concentration, l'irritation, la frustration qui lui faisait ainsi pincer les lèvres et froncer les sourcils ? Elle n'aurait su le dire. Il ne semblait pas se battre avec la musique. Il n'y avait ni hésitations, ni interruptions, ni fausses notes que son oreille relativement ignorante puisse détecter. Elle sentit ses genoux s'ouvrir sur le canapé, et il lui sembla que c'était ainsi qu'ils devaient être. Dévorée tout entière par le désir, brûlante d'excitation, elle remonta sa jupe au-dessus de ses genoux. Gabriel ne la toucherait pas, elle le savait. Il jouait du piano, c'était ce dont il avait besoin, elle le savait également. C'était bon pour lui.

N'empêche qu'elle ne pouvait pas rester là, seule, à avoir tellement envie de lui qu'elle sentait la moiteur gagner sa petite culotte et, en elle, la tension née du besoin d'épanouissement. C'était impossible. Alors, même si ses doigts n'étaient pas ceux de Gabriel, elle pouvait se toucher pendant qu'il jouait. Ainsi, chacun aurait ce qu'il voulait.

Dans la pénombre de l'appartement et les vapeurs de l'absinthe qui la convainquaient qu'elle n'avait que des idées de génie, cela lui semblait parfaitement logique. La musique de Gabriel trahissait son abandon, sa joie créative. Sa sensualité. Sara glissa les mains le long de l'intérieur de ses cuisses en soupirant. Certes, ce n'était pas la même chose du tout, mais c'était bon. Surtout maintenant qu'elle passait le pouce sur son slip.

Quand Gabriel émit un petit son rauque, elle le regarda. Il jouait toujours, mais il ne regardait plus le clavier. C'était sur elle que ses yeux se posaient, maintenant, incandescents. À l'évidence, il se rendait compte de ce qu'elle faisait, il voyait sa culotte blanche. Et, s'il paraissait un peu surpris, cela semblait surtout lui plaire énormément. Quand elle s'humecta les lèvres du bout de la langue, il plissa les yeux. Oh, oui, il aimait cela...

Alors, elle se détourna et porta une main à sa poitrine pour jouer avec ses tétons durcis tandis que, de l'autre, elle frottait le devant de son slip. C'était si bon qu'elle se redressa le temps d'enlever son débardeur pour pouvoir sentir sa peau, libérer ses seins de son soutien-gorge et les prendre dans ses mains. Peut-être était-elle ivre, parce que tout cela lui semblait parfaitement naturel et qu'elle n'hésitait pas. Savoir qu'il la regardait, qu'il avait envie d'elle lui procurait un plaisir exhibitionniste entêtant. Au lieu de lui en vouloir de refuser de la prendre, elle se laissait griser par le pouvoir qu'elle éprouvait à l'allumer ainsi, à savoir que tout ce qu'elle faisait pour se donner du plaisir l'excitait, lui, tout autant.

Elle remonta sa jupe jusqu'à la taille et glissa la main dans sa petite culotte. Un instant, elle resta immobile pour ressentir pleinement l'impatience qui la gagnait, la brûlure du regard de Gabriel sur elle, la fraîcheur de la climatisation qui lui chatouillait le ventre et les cuisses. Elle avait beau ne rien connaître à la musique, et surtout à la musique classique, elle se rendait compte que le morceau qu'il jouait était destiné à transporter qui l'écoutait. La colère et la mélancolie avaient fait place à une espèce de passion sauvage. Il la poussait à la séduction, la défiait de continuer, d'ignorer les conventions et ce qui se faisait pour s'abandonner au plaisir.

Elle ferma les yeux et se mit à se caresser, passant sur son clitoris pour plonger dans l'humidité de son corps. Ce premier geste déclencha en elle un besoin si intense qu'elle se mit à bouger les doigts plus vite, avec plus d'insistance, à aller et venir. Son souffle se fit haletant et elle se cambra, enfonçant les talons dans le canapé. Elle voulait lui demander de l'aider, de venir remplacer ses doigts par les siens, mais elle ne pouvait pas parler. Elle semblait incapable de former des mots. De toute façon, elle ne pourrait pas se faire entendre par-dessus la musique. Et puis il ne fallait pas gâcher ce moment, ce plaisir, cette impression que, en un sens, c'était déjà lui qui la touchait. C'était ses doigts, sa musique, sa créativité qui faisaient monter en elle ce tourbillon d'extase. C'était lui. Tout lui.

Et quand elle jouit, quand ses muscles se contractèrent convulsivement autour de son doigt, ce fut pour lui, en s'imaginant ses doigts à lui au fond d'elle. Ainsi, il pouvait jouer, emplir la pièce de musique en même temps qu'elle explosait de plaisir en soulevant les hanches, tout le corps tendu contre les assauts de la jouissance.

Elle ne savait pas si les gémissements qu'elle sentait monter dans sa gorge et résonner dans sa tête étaient audibles. À mesure que les palpitations s'apaisaient, ses jambes et son dos se relâchèrent. Elle fit un effort pour rouvrir les yeux et avaler sa salive. Houlà. Elle n'avait jamais mis autant d'agressivité, de détermination à atteindre le plaisir. C'était chaud, excitant, inattendu et elle en voulait davantage. Elle se redressait, prête à se déshabiller entièrement, à enlever son soutien-gorge et sa jupe pour recommencer, plus longuement, plus profondément, à genoux, quand elle vit Gabriel.

Il la regardait d'un air fermé dont elle ne parvenait pas à déchiffrer le sens. Il avait cessé de jouer.

— Viens là, dit-il alors.

— Quoi ?

Elle prit son verre et but les dernières gouttes pour humecter sa bouche et sa gorge sèches. Elle n'était pas certaine de comprendre ce qu'il voulait. Allait-il lui remettre son soutien-gorge en place en la sermonnant ou la prendre enfin ?

— Je t'ai dit de venir là. Tout de suite.

Espérant que ce serait la seconde option, elle se leva et s'approcha de lui, laissant retomber sa jupe sur ses jambes, encore tout humide de désir, les seins toujours par-dessus son soutien-gorge. Elle rejeta ses cheveux en arrière et avança jusqu'à lui. C'était bon de marcher ainsi en sentant ses yeux sur elle et de voir ses mains immobiles au-dessus des touches, sans jouer. Une mèche lui retombait sur l'œil. Il la chassa d'un mouvement de tête.

Elle alla jusqu'à lui, jusqu'à son tabouret, et se glissa devant lui jusqu'à ce que sa cuisse touche son bras.

— Oui ?

Gabriel l'enlaça, l'étreignit. Puis, dans un geste qui lui coupa le souffle, il la souleva de terre et l'assit sur le clavier, le dos contre le couvercle du piano. Elle vacilla, déséquilibrée, surprise par la vibration de la douzaine de touches enfoncées en même temps autant que par son geste inattendu. Elle tendait les orteils vers le sol, pour ne pas tomber.

— Qu'est-ce que tu…

Et puis elle ne pensa plus à rien. Tout se télescopa en un cri de surprise et d'extase quand il remonta sa jupe, écarta sa petite culotte sur le côté puis se pencha et plongea la langue en elle.

— Oooooh !

Sara se mit à faire de grands gestes désordonnés de droite et de gauche en quête d'un appui, de quelque chose à quoi se raccrocher. Elle sentait la force de sa langue dans tout son corps. Presque aussitôt, elle fut emportée par un mini-orgasme, réplique du précédent provoquée par l'ardeur du comportement de Gabriel.

Ce qu'il faisait à son clitoris hypersensible, tendu et dur, était tellement intense, le plaisir presque douloureux, qu'elle tenta de se dégager, de reculer. Mais le piano la bloquait, la maintenait contre lui, contre sa langue. Elle finit par baisser les yeux et prendre appui sur ses épaules pour rester droite. Les cheveux de Gabriel qui étaient retombés en avant cachaient son visage et, captant la lumière dans leur étrange diversité de couleurs, devenaient aussi irréels, surnaturels, que ce moment rendu vertigineux par l'intensité des sensations que lui procurait sa langue humide sur sa chair. Tout lui semblait brillant, étrange, vif, comme si elle se trouvait à l'intérieur d'un tableau, comme si le mur derrière lui était une toile qui pouvait se transformer à tout moment. Comme si la seule réalité à laquelle elle puisse se raccrocher était celle de ses épaules sous ses doigts, de son eau de Cologne, de la dureté du piano derrière son dos et, surtout, surtout, de la pression de sa bouche sur le centre de son être à vif.

Elle aurait voulu dire quelque chose, mais elle ne parvenait pas à réfléchir et les mots lui échappaient. Elle n'était plus que sens et sensations, désir, aspiration à une délivrance qui la prit d'un coup, en une vague tumultueuse qui l'obligea à se cramponner au T-shirt de Gabriel et lui fit rejeter la tête en arrière. Elle se mordit la lèvre si fort qu'elle sentit un goût de sang. Elle se mit à osciller d'avant en arrière tandis que ses muscles internes vibraient et se tendaient dans le plaisir, que son esprit se vidait totalement, que son souffle se bloquait. L'intensité de la jouissance la submergea, l'engloutit. Ce fut seulement quand les derniers spasmes se calmèrent qu'elle parvint à se détendre un peu, que ses mains, ses jambes, ses épaules, son ventre se décontractèrent et qu'elle songea à respirer, qu'elle se rappela qui elle était et où elle se trouvait.

— Mon Dieu…, fit-elle en décrispant les doigts sur son T-shirt.

La bouche sèche, assoiffée, elle inspira à fond et avala sa salive avec difficulté. C'est alors seulement qu'elle se rendit compte que ses cheveux humides collaient à son front et que l'inconfort de sa position lui faisait trembler les jambes. Elle aurait voulu dire quelque chose. Elle avait *besoin* de dire quelque chose, mais elle se contenta de le regarder en attendant qu'il la renverse sur le piano – ce qui ne lui semblait pas être une excellente idée – soit qu'il la couche par terre ou sur le canapé pour finir ce qu'ils avaient commencé. Pour l'emplir de lui et les emmener tous les deux ensemble vers le comble de l'extase.

Hélas, il lui suffit d'un coup d'œil pour comprendre que Gabriel n'allait pas coucher avec elle. Cela se voyait à la tension de ses épaules et de son visage, à la frustration inscrite dans tous ses muscles, à l'ensemble de son langage corporel. Très vite, il s'écarta et rabattit sa jupe sur ses jambes pour la recouvrir.

Elle refusa de se sentir ridicule ou même de s'offenser, d'être contrariée. Elle savait, avant, pourquoi il résistait, pourquoi il était trop tôt. Elle n'avait pas voulu le forcer à agir. C'était lui qui en avait pris l'initiative. Elle se serait contentée de ce qu'elle avait fait sur le canapé. Savoir qu'il l'observait et que cela l'excitait lui suffisait. C'était lui qui avait fait le choix d'aller plus loin.

Alors elle décida de reprendre les choses en main, au lieu d'attendre qu'il la blesse en lui rappelant qu'il ne coucherait pas avec elle.

— Je vais prendre une douche, annonça-t-elle en descendant du piano.

Elle passa la main sur la joue de Gabriel et la glissa dans ses cheveux au moment de passer à côté de lui.

— Merci d'avoir si bien joué, ajouta-t-elle. J'ai vraiment apprécié.

Il ouvrit la bouche comme pour répondre, puis la referma. Et la rouvrit.

— Je t'en prie. Tout le plaisir était pour moi.

L'ironie de cette réponse désinvolte la fit rire.

Sur quoi Sara se rendit dans la salle de bains, ramassant son débardeur au passage, plus détendue qu'elle ne l'avait été depuis un an.

Gabriel regarda Sara s'éloigner dans le couloir en balançant son débardeur au bout de son bras. Son rire léger résonnait encore quand elle lui lança un dernier coup d'œil par-dessus son épaule. Un coup d'œil coquin et satisfait. Elle avait eu ce qu'elle voulait et ne se vexait pas qu'il ne veuille pas aller plus loin.

Lui, en revanche, était mécontent. Il s'en voulait terriblement, était écœuré de son manque de contrôle. Il avait encore son goût dans la bouche et le souvenir de la chaleur de ses cuisses quand il les maintenait écartées pour pouvoir faire aller et venir sa langue dans son corps réceptif. Humide, enthousiaste, elle avait facilement cédé à l'orgasme. Il avait su en la voyant se redresser sur le canapé et approcher les mains de sa jupe qu'elle allait se déshabiller pour recommencer à se donner du plaisir, et qu'il allait décider de s'occuper d'elle lui-même.

C'était vraiment stupide. Elle était ivre, elle dansait avec la fée verte, et elle avait renoncé à toutes ses inhibitions. Demain, elle allait regretter de s'être touchée devant lui. Il n'aurait pas dû intervenir. Il aurait dû se concentrer sur la musique sans même regarder. Il aurait dû sortir de la pièce pour préserver l'intimité de Sara. Il aurait dû résister à l'envie de la toucher.

Cependant, il se sentait certaines affinités avec elle et, surtout, elle lui inspirait un désir si puissant qu'il prenait le pas sur sa raison, au point qu'il craignait bien de succomber au sentiment très angélique qu'était l'amour. Il avait cru que, depuis sa chute, depuis sa plongée dans l'égoïsme, il était devenu incapable de sortir de lui-même pour s'intéresser réellement, s'attacher à un autre être. Tout compte fait, peut-être s'était-il trompé, parce qu'il y avait quelque chose de très complexe dans son désir pour Sara. Ce n'était pas uniquement une envie physique qui le poussait vers elle. C'était aussi le besoin d'être lié à elle, de la sentir, de la toucher, de lui faire plaisir, de la protéger, de la rendre heureuse.

Gabriel appuya du pouce sur un *ré*. La note sonna puis s'affaiblit jusqu'à s'évanouir. C'était bon, de recommencer à jouer. Quand il avait touché l'instrument, il s'était remis à entendre la musique. Mais il avait perdu le contrôle.

À moins qu'il ne se soit jamais maîtrisé autant qu'il le croyait.

Il ne savait plus ce qu'il faisait. Ni qui il était. Ni pourquoi il était aussi important de résoudre le meurtre d'Anne.

Il ne savait pas non plus comment éviter à Sara de devenir la victime de ses péchés à lui.

Enfin, il ignorait comment sortir de son purgatoire pour atteindre une vie meilleure. Une vie qui lui permettrait d'avoir une influence plus positive sur le monde, l'humanité. Une vie qu'il ne passerait pas à patauger dans la boue de ses péchés, mais où il agirait.

Il se mit à jouer du Bach, un peu distraitement, pour passer le temps. Il ne connaissait pas la musique contemporaine – ni celle du XXe siècle, au demeurant, car cela faisait un siècle qu'il n'avait pas joué. De toute façon, il aimait la complexité subtile des auteurs des XVIIIe et XIXe siècles.

Il fallait qu'il garde ses distances avec Sara, se morigéna-t-il.

Sauf qu'il savait qu'il ne le ferait pas.

— Gabriel ? appela-t-elle du bout du couloir. J'ai oublié de prendre une serviette. Tu veux bien m'en apporter une ?

Il y a alla sans hésiter.

C'était un ange déchu, non ?

Personne ne comptait plus sur lui pour être digne de l'auréole.

Chapitre treize

MORT D'UN TÉMOIN DE L'AFFAIRE DONOVAN !

Le 11 janvier 1850 – Terrible rebondissement dans l'affaire de l'assassinat d'Anne Donovan qui captive toute la ville : Molly Faye, témoin, ancienne maîtresse de Jonathon Thiroux, l'accusé aussi charmant qu'insaisissable, s'est donné la mort.

Après une vive dispute largement rapportée par la presse avec un autre témoin – également une malheureuse fille perdue – il y a tout juste deux jours, dispute à l'occasion de laquelle Mlle Faye a appris qu'elle n'était pas l'unique objet de l'attention de l'accusé, Mlle Faye a mis fin à ses jours en se tranchant la gorge.

Le corps a été découvert par la patronne de la Maison du repos des hommes las, Mme Conti, dans le lit de la victime. La scène rappelle bien sûr des images du drame d'octobre dernier, quand la malheureuse Anne Donovan a été retrouvée dans un état comparable deux chambres plus loin. Toutefois, alors qu'Anne avait été poignardée plusieurs fois avec une force et une brutalité qui la rendaient méconnaissable, Molly Faye ne présentait qu'une plaie, de gauche à droite de la gorge, d'environ quinze centimètres de long et relativement peu profonde. Le Dr Raphael, le coroner, a conclu à un suicide car l'arme se trouvait dans la main de la victime et la blessure était assez timide, comme quand la victime hésite sur le seuil de la mort. Ses affaires étaient en ordre et bien rangées. Si elle n'a pas laissé de mot, c'est sans doute parce qu'elle ne savait pas écrire. À côté de son lit, sur la table de chevet, on a trouvé une coupure d'un article de votre serviteur relatant l'altercation, au tribunal, entre Mlle Faye et Mlle Swanson. Il n'y avait pas d'argent dans la pièce, rien qui indique l'existence d'une famille, et ses possessions ne remplirent qu'un petit sac.

Une bien triste fin pour une bien triste vie.

On peut se demander combien de femmes comme Mlle Faye errent dans notre ville à la merci du destin et de la chance, épuisées prématurément d'avoir déjà tant lutté pour survivre.

Il semble que le meurtre d'Anne Donovan n'apporte aucune réponse – uniquement des questions supplémentaires.

Gabriel cherchait une serviette dans le placard du couloir quand on frappa à la porte d'entrée. L'espace d'une seconde, il crut qu'il s'agissait d'un autre démon. Une femme. Mais il chassa aussitôt cette idée non sans se demander pourquoi elle lui était venue. Il ne percevait pas d'énergie particulière. Rien que la chaleur d'un corps humain de l'autre côté de la porte. Une femme, cela ne faisait aucun doute.

Il frappa à la porte de la salle de bains et attendit impatiemment que Sara lui permette d'entrer. Il voulait se débarrasser au plus vite de cette visiteuse importune pour pouvoir lui accorder à nouveau toute son attention. Pour qu'ils finissent ce qu'ils avaient commencé. Ce que Sara avait commencé. Et ce que lui voulait maintenant achever, sans se soucier des conséquences.

Il se hâta d'ouvrir et jeta la serviette sur le sol sans pouvoir se retenir de jeter un coup d'œil à l'intérieur. Elle était encore derrière le rideau de douche de sorte qu'il ne la vit pas, ce qui valait sans doute mieux.

— Il y a quelqu'un à la porte d'entrée, annonça-t-il. Il faut que j'aille voir ce que c'est. Je reviens tout de suite. Ne bouge pas.

— Où veux-tu que j'aille ? repartit-elle en riant. Je suis nue et toute mouillée.

Exactement le genre de chose qu'il ne fallait pas qu'il entende. Il décida de ne pas lui dire qu'il lui avait apporté une serviette.

— Je reviens tout de suite.

À peine eut-il ouvert qu'il le regretta. C'était la fille de la boutique de sandwichs. Celle qui était passée tout à l'heure, d'après Sara. Il avait encore oublié son nom. Pourtant, elle se tenait là, sur le seuil, de grosses larmes dans les yeux et sur le visage, le bras croisés étroitement sur la poitrine, le gros sac militaire qu'elle portait en bandoulière serré contre elle.

Il allait devoir faire preuve de tact, ce qui n'était pas son fort.

— Bonjour, dit-il. En voilà, une euh… une surprise. Comment ça va ?

Tout en parlant, il essayait de saisir la raison de sa visite.

— À ton avis ? répliqua-t-elle alors qu'ils ne s'étaient jamais tutoyés. Je vais très mal. C'est trop la merde. Et toi, tu restes là à me regarder poliment alors que tu vis avec une autre. Je suis amoureuse de toi, et, toi, tu vis avec une autre !

Ne sachant que répondre, Gabriel secoua la tête.

— Je ne vois pas bien en quoi cela vous regarde, fit-il valoir d'un ton égal qui se voulait apaisant. Vous et moi, nous… nous nous sommes dit bonjour deux ou trois fois, rien de plus. Nous n'avons jamais eu d'autre relation que cela.

— Si, répliqua-t-elle d'une voix tremblante. J'ai bien vu la façon dont tu me regardais, dont tu me touchais. Je l'ai sentie. Lorsque je t'ai rencontré, j'ai tout de suite su que tu étais l'homme de ma vie. Je t'ai vu et j'ai compris que c'était *ça*. Que c'était toi. Tu vois ce que je veux dire ?

C'était absurde, mais Gabriel se sentait terriblement mal. Il ne se rappelait même pas son prénom tandis qu'elle lui déclarait que leur rencontre avait bouleversé sa vie. C'était un fardeau qui lui faisait horreur, qui le révoltait, dont il ne sentait que trop l'injustice. Pourquoi fallait-il que d'autres paient pour ses péchés ?

Il n'y avait pas de réponse à cette question qui se répétait à l'infini dans sa tête. Il lui semblait que quelque chose lui échappait. Quelque chose qu'il était censé savoir, apprendre, résoudre. Une fin.

— Oui, je vois ce que vous voulez dire, et c'est tout à fait flatteur, mais je n'en vaux pas la peine, je vous assure. Je ne mérite pas ces sentiments que vous éprouvez pour moi.

Il avait envie de la toucher pour la consoler, pour la rassurer, mais ce serait une erreur. Cela ne ferait que l'encourager.

Elle laissait libre cours à ses pleurs, maintenant. Son nez rougi coulait, les larmes roulaient sur ses joues. Elle les essuya sur la toile de son sac et dit :

— Ne fais pas ça, gémit-elle. Je t'en supplie. Oh, mon Dieu, ne fais pas ça.

— Quoi donc ?

Si seulement il était capable de la libérer, d'effacer ces idées de son esprit…

Bien sûr, il savait créer l'illusion de cette libération. C'était l'effet de l'absinthe et de l'opium. La version moderne, l'héroïne, marcherait aussi bien si ce n'est mieux. Mais c'est à lui seul que ces substances procureraient l'oubli. Pas à elle. Et cela ne résoudrait rien. Pire, il s'en voudrait encore plus que maintenant, alors qu'il la regardait sangloter, pathétique et irrationnelle.

— Ne me regarde pas comme ça, protesta-t-elle. Avec cette pitié. Ce n'est pas ta pitié, que je veux. C'est ton amour.

Il ne savait même pas comment faire disparaître la pitié de son regard, de son visage, de son âme quand il en éprouvait. Et il avait pitié d'elle, qui était victime de son châtiment. Qui souffrait.

— Je n'ai pas d'amour à donner, dit-il.

Et si c'était vrai ? Et si c'était pourquoi il restait ainsi malgré les années qui s'écoulaient ? Et si c'était ce qui l'empêchait de rentrer ? Il n'avait pas aimé suffisamment. Ou pas assez bien. Il n'avait pas aimé Dieu lui-même. Ni Anne. Peut-être ignorait-il ce que c'était que l'amour, au fond.

Ce qu'il savait, en revanche, c'est qu'il aurait voulu prendre cette fille dans ses bras et lui dire qu'il était désolé de lui faire de la peine, désolé qu'elle ait croisé son chemin, désolé de l'avoir, malgré lui, arrachée à sa vie normale pour la plonger dans la douleur.

— Tout va bien, Gabriel ?

Zut. Sara était sortie dans le salon, découvrit-il en se retournant. Elle avait remis sa jupe et son débardeur, mais pas son soutien-gorge, et séchait ses cheveux mouillés dans une serviette.

Il n'avait pas répondu, que, par-dessus son épaule, elle avait vu la fille à la porte.

— Rochelle ? Mais qu'est-ce que vous faites là ?

Rochelle. Voilà comment elle s'appelait. Quelle ironie que Sara s'en souvienne et pas lui...

— Sara, tu veux bien nous laisser seuls une minute, s'il te plaît ? la pria-t-il.

Mieux valait qu'elle ne s'en mêle pas, estimait-il. Cela ne ferait qu'ajouter à l'humiliation de Rochelle.

Mais, en se retournant vers la porte, il n'eut que le temps de voir le choc et l'horreur se peindre sur le visage de la fille avant qu'elle se remette à sangloter de plus belle et dévale l'escalier, si vite qu'il craignit qu'elle tombe et roule jusqu'en bas.

— Merde. Sara, lança-t-il par-dessus son épaule, reste ici. Il faut que je lui parle. Je ne peux pas la laisser partir comme ça.

— Je ne suis pas certaine que ce soit une bonne idée...

Mais il descendait déjà. C'était sa faute. C'était donc à lui de réparer. Il ne savait pas comment, mais il se devait d'essayer.

En arrivant en bas de l'escalier, il vit que Rochelle s'était arrêtée dans le passage entre la cour et la rue, et qu'elle se tenait penchée sur son sac.

— Rochelle, je suis vraiment désolé si je vous ai blessée. Mais j'étais loin de me douter que vous ressentiez...

Il oublia ce qu'il allait dire en la voyant se retourner vers lui, les yeux agrandis par le choc, la douleur, le désespoir, brillants de larmes. Quelque chose tomba de sa main et résonna sur la brique. C'était un objet métallique, long, étroit et droit. Un couteau à cran d'arrêt. Elle tendit vers lui ses poignets et ses paumes couverts de sang avec un regard implorant. Son sac pendait mollement contre sa cuisse.

Il lui était presque impossible de comprendre, de croire ce qu'il voyait. Ses doigts très pâles striés du sang rouge vif qui s'écoulait de ses poignets brutalement tailladés. La tache écarlate commençait à atteindre les papillons tatoués sur sa peau jeune et délicate.

Et c'était lui qui avait fait cela. Sa faiblesse, sa dépendance, la voracité de son désir d'échapper au monde qui l'entourait, son besoin de fouetter sa confiance défaillante, son incapacité à faire face aux responsabilités qui étaient les siennes, à la mission qui lui avait été confiée.

Veiller sur les hommes. Les guider. Les protéger.

— Sara ! hurla-t-il de toutes ses forces. Appelle les secours !

À toute vitesse, il enleva son T-shirt, joignit les poignets et les mains de Rochelle et les enveloppa dans le T-shirt bien serré, doigts croisés. Il tendit encore le coton pour limiter au maximum l'hémorragie. Puis il la fixa dans les yeux. Son regard semblait se brouiller et ses jambes menacer de se dérober sous elle. Il lui passa son bras libre autour de la taille et la tint contre lui pour qu'elle ne s'écroule pas.

— Restez avec moi, Rochelle, lui enjoignit-il.

— Je…, fit-elle les yeux révulsés.

— Regardez-moi, insista-t-il en la secouant un peu.

Elle obéit, triste, perdue, inquiète.

Alors, Gabriel fit une chose qu'il ne faisait jamais. Il la regarda droit dans les yeux et lui permit de voir son âme, sa vraie nature. Il lui montra la lumière, toute la force de sa puissance, l'espoir, la beauté, les promesses de l'avenir. Par projection mentale, il lui montra tout ce qu'elle pourrait avoir – un homme qui l'aime vraiment, une jolie maison dans le Quartier français avec une cour pleine de végétation : tout ce dont son cœur pouvait rêver. Puis, dans ses pensées qui défilaient à toute vitesse, il perçut l'amour de l'art et une passion pour la sculpture. Alors il lui montra une brillante carrière, des œuvres exposées dans des galeries d'envergure nationale, la reconnaissance du milieu artistique. C'était merveilleux et, si elle s'accrochait, si elle le décidait, elle pourrait l'atteindre.

Elle ouvrit de grands yeux émerveillés et heureux.

Juste avant de perdre connaissance dans ses bras.

Sara rentra de l'hôpital en voiture. Ses yeux la brûlaient et elle avait la gorge sèche. Gabriel avait tenu à rester avec Rochelle, qui était heureusement hors de danger, mais qui avait été hospitalisée. Sara était épuisée, avec une migraine terrible et la bouche pâteuse – certainement à cause de l'absinthe. Elle aurait préféré rester avec Gabriel, qui semblait très mal prendre la tentative de suicide de Rochelle, mais elle s'était rendu compte que sa présence ne faisait qu'ajouter à la détresse de la jeune femme – et que, lui, elle le perturbait plutôt.

Elle avait donc décidé de rentrer à l'appartement et de le laisser attendre seul que les parents de Rochelle arrivent de Baton Rouge.

Elle ne savait pas comment ils s'étaient retrouvés mêlés aux problèmes de cette fille ni pourquoi Gabriel s'obstinait à vouloir se sentir coupable de quoi que ce soit. En revanche, elle comprenait parfaitement qu'il veuille rester avec elle et essayer de l'aider.

Elle avait été déchirée en voyant la malheureuse évanouie, du sang plein les bras et les mains. D'ailleurs, quand elle avait pris le téléphone pour composer le 911, puis descendu l'escalier à toute vitesse, elle avait failli s'évanouir à son tour. C'était tellement saisissant, bouleversant et inattendu, la vue du sang l'avait tellement ébranlée, lui rappelant avec une netteté affreuse la mort de sa mère, qu'elle avait cru vomir. Il faut dire qu'elle était encore ivre, ce dont elle n'avait pas réellement conscience sur le moment, alors que, l'esprit ralenti, elle s'efforçait de saisir ce qui se passait, d'agir, de séparer ses peurs de la réalité et de comprendre que Rochelle avait cherché à se tuer.

Elle n'avait rien vu venir. Elle n'avait absolument pas perçu la profondeur du désespoir de Rochelle. Elle avait même déconseillé à Gabriel de la suivre ! Maintenant, elle se rendait compte que, s'il n'avait pas fait preuve d'autant de compassion, ils l'auraient sans doute retrouvée morte le lendemain matin dans le passage.

Il lui avait montré un regard tellement grave, tellement rigide, tellement chargé de dégoût de soi quand il l'avait regardée, Rochelle affaissée contre son torse nu maculé, comme ses avant-bras, du sang de la jeune femme, que Sara avait eu peur. Elle s'était rendu compte qu'elle ne savait pas précisément ce qui était arrivé à la petite amie de Gabriel. Ce qui était clair, en revanche, c'était qu'il portait chaque jour le poids de cette tragédie. Tout comme elle celui de la mort de sa mère.

En revanche, ils n'avaient choisi ni l'un ni l'autre l'échappatoire de Rochelle. Sara, en tout cas, n'avait jamais eu envie de mourir.

Au fond, peut-être Gabriel et elle se tuaient-ils à petit feu à coup de somnifères, d'alcool, de culpabilité et d'angoisse.

Elle ne voulait pas de cela, ni pour elle ni pour lui. Elle voulait vivre, respirer au matin d'une nouvelle journée et attendre avec impatience de découvrir ce qu'elle lui réservait.

Après avoir trouvé une place dans Dumaine Street – ce qui était un petit miracle, elle commençait à s'en rendre compte – elle fit un créneau pour se garer puis redressa sa voiture. Il faisait déjà chaud, même s'il était à peine 8 heures du matin. Tout était calme. Le bruit de l'eau qui s'égouttait de jardinières fraîchement arrosées à un balcon créait un rythme apaisant. Sara descendit de voiture et inclina la tête de droite et de gauche pour tenter de soulager la tension de sa nuque. Quand Gabriel rentrerait, il faudrait qu'ils parlent de Rochelle. Pour tenter de comprendre ce qui s'était passé. Et, surtout, pour évoquer ce qu'elle avait interrompu.

Ce qui lui avait paru si logique et si raisonnable quand elle était sous l'emprise de l'absinthe la faisait rougir, maintenant. Sur le moment, elle aurait juré sur une pile de bibles qu'elle n'était pas ivre, que ses pensées étaient d'une clarté parfaite et ses actes entièrement naturels. De sorte qu'elle n'avait pas hésité à se toucher devant lui. Et qu'elle avait trouvé cela très bien. Merveilleux. Sexy en diable. Hier soir.

Aujourd'hui, elle avait plutôt envie de s'enfuir et de faire en sorte qu'il ne la revoie jamais, avec ou sans ses vêtements. Qu'est-ce qui lui avait pris, enfin ? Il lui avait déclaré d'emblée qu'il ne pouvait pas avoir de relation avec elle, ni même coucher avec elle. La solution qu'elle avait trouvée était donc de se masturber devant lui ? Tout cela ne tenait pas debout.

N'empêche que c'était sexy. Et qu'il avait apprécié. Elle sentit une bouffée de chaleur l'envahir au seul souvenir de l'étincelle dans ses yeux, de la musique qui emplissait la pièce, de la façon dont il l'avait saisie et assise sur le piano pour glisser sa langue en elle.

Elle ouvrit la grille et entra dans la cour. Malgré elle, elle regarda l'endroit où elle avait découvert Gabriel avec Rochelle inanimée dans ses bras. Elle s'attendait à trouver des taches de sang séché sur la brique, mais il n'y en avait pas. Ce n'était pas très étonnant, en fait. Le T-shirt de Gabriel en avait absorbé la majorité. De toute façon ce n'était pas le genre de plaie qui faisait des projections et des éclaboussures partout. N'empêche que Sara scrutait toujours le sol quand elle commença à monter l'escalier.

Un instant plus tard, elle s'arrêtait net, stupéfaite par ce qu'elle voyait devant la porte de l'appartement de Gabriel.

Une bouteille d'absinthe neuve.

Qu'est-ce qu'elle fichait là ?

Elle finit de monter et examina le flacon vert. C'était la même marque que celui que Gabriel avait ouvert la veille au soir. Peut-être en possédait-il un second. Ou l'avait-il commandé pour remplacer celui qu'elle avait sérieusement entamé. Non, c'était absurde, corrigea-t-elle aussitôt. Il n'aurait pas eu le temps. Et, de toute façon, il n'aurait pas laissé la bouteille sur le palier.

Un frisson glacé lui parcourut le dos. Elle jeta un coup d'œil inquiet en bas de l'escalier puis essaya le bouton de la porte d'entrée en ayant soin de ne pas toucher la bouteille. Elle était toujours verrouillée; elle l'avait fermée à clé après le départ de l'ambulance qui avait emmené Rochelle à l'hôpital, avant que Gabriel et elle prennent la voiture pour la suivre.

En prenant l'absinthe, elle découvrit une étiquette décorative attachée au col de la bouteille et sur laquelle était inscrite une citation :

« En lui nous avons la rédemption par son sang, la rémission des péchés. »

Sara ignorait le sens de cette phrase et ce que tout cela pouvait signifier, mais sa frayeur redoubla. Ce n'était sûrement pas le fabricant de l'alcool qui avait choisi cette étiquette. Le plus probable, c'était que quelqu'un l'avait placée là intentionnellement, pour elle. En jonglant avec sa clé et la bouteille, elle parvint à ouvrir, entrer et refermer la porte derrière elle.

Pour, aussitôt, pousser un hurlement en découvrant un homme assis sur le canapé, les jambes nonchalamment croisées, en train de pianoter sur son BlackBerry.

— Houlà ! fit-il en levant la tête vers elle. Quel organe ! Vous avez plus de coffre que je n'aurais cru, vu que vous avez l'air d'une tuberculeuse. Vous faites beaucoup plus fluette en chair et en os que sur les photos que Gabriel avait de vous.

Sara agrippa son sac en essayant de fouiller dedans pour retrouver son téléphone.

— Qui êtes-vous ?

— Alex. Un ami de Gabriel. Un ami de très longue date. Je m'étonne qu'il ne vous ait pas parlé de moi.

Elle secoua la tête. Fallait-il qu'elle s'enfuie à toutes jambes ou qu'elle le croie ? Il devait s'être servi d'une clé pour entrer. Ce serait donc effectivement un ami de Gabriel, qu'il lui ait parlé de lui ou non. En fait, Gabriel et elle ne se connaissaient pas si bien que cela. Il devait avoir beaucoup d'amis dont elle ignorait l'existence.

— Et vous, dit-il, vous devez être Sara.

Ne sachant trop que répondre, elle hocha la tête.

— Oui.

Gabriel avait donc dû lui parler d'elle, ce qui corroborait leur supposée amitié. N'empêche qu'elle conservait quelques soupçons et une certaine inquiétude.

Il se leva et glissa son BlackBerry dans la poche de son pantalon de costume. Il était vêtu comme pour aller au bureau, sa chemise bleue fraîche et repassée. Il avait des cheveux bruns coupés court et ce genre de sourire à la fois tout à fait charmant et presque condescendant. Il s'approcha d'elle la main tendue.

— Gabriel m'a beaucoup parlé de vous. Ravi de faire votre connaissance.

— Moi aussi, répondit-elle automatiquement.

— Où est-il, au fait ? J'espérais pouvoir lui parler…

— Euh… il est à l'hôpital. Il y a eu un incident devant chez nous hier soir.

En parlant, elle se rendit compte qu'elle lui avait laissé entendre qu'elle habitait réellement ici et se sentit piquer un fard. Elle ne voulait pas avoir l'air trop présomptueuse devant un ami de Gabriel. Elle n'avait pas non plus envie d'expliquer l'étrange obsession de Rochelle vis-à-vis de lui.

— Un incident ?

— Une fille a essayé de se tuer; Gabriel est à son chevet.

Alex roula des yeux excédés.

— Ah, il recommence, c'est ça ?

— Comment cela ?

Sara mourait d'envie d'un verre d'eau et d'un cachet d'aspirine. Au point qu'il lui semblait avoir du mal à traiter les informations. Comme si son cerveau était ralenti par le mal de crâne qui faisait palpiter ses tempes.

— Gabriel. Il s'implique trop, émotionnellement, avec ces filles.

Sara haussa un sourcil interrogateur.

— Hm. Elle a fait une tentative de suicide; il lui témoigne de la compassion, c'est tout.

— Moi, j'appelle ça de la bêtise, corrigea Alex avec un regard empreint d'ironie. Vous ne pouvez pas savoir combien de fois je l'ai vu faire ce genre de chose.

— Quel genre de chose ?

— Prendre une femme brisée en croyant que, à force de l'entourer de son amour, il allait lui rendre sa santé mentale.

Comme elle, peut-être ? Ce n'était pas très flatteur.

— C'est un vrai gâchis de son énergie, ajouta Alex. On ne peut pas résoudre les problèmes des gens.

C'était bien vrai. Son expérience avec sa mère le prouvait.

— Je n'ai pas l'impression qu'il essaie de résoudre les problèmes de cette fille, répondit-elle tout de même. Il était désolé pour elle, c'est tout.

Elle ne savait pas que dire d'autre. Elle aurait vraiment voulu qu'Alex s'en aille pour pouvoir se déchausser et se pelotonner sur le canapé avec son chat. Et dormir, enfin.

— Bon, je vais m'en aller, s'il n'est pas là. Il faut que j'aille voir ma fille. Elle a des problèmes de cœur, comme d'habitude. Mais si vous voulez bien dire à Gabriel que je suis passé, je vous en serai reconnaissant.

— Entendu. J'ai été ravie de faire votre connaissance. Désolée, je suis une peu abrutie par le manque de sommeil.

Quel âge pouvait-il avoir, si sa fille était déjà en âge d'avoir des problèmes de cœur ? Elle ne lui aurait pas donné plus de trente-cinq ans. Cela dit, elle-même avait déjà dix-neuf ans quand sa mère en avait trente-cinq.

— Je comprends, assura-t-il en souriant. Moi aussi, j'ai été très heureux de vous rencontrer.

C'est alors que Sara songea à la bouteille d'absinthe qu'elle avait toujours dans la main. Alex avait dû l'apporter pour l'offrir à Gabriel.

— Oh, vous voulez que je lui donne cela ? demanda-t-elle en la désignant.

Mais Alex secoua la tête.

— Ce n'est pas moi qui l'ai apportée; elle était déjà sur le paillasson quand je suis arrivé.

— Ah.

Elle aurait préféré le contraire. Du coup, c'était plus inquiétant.

— Juste une petite mise en garde, Sara. Il y en aura d'autres.

— D'autres quoi ?

Elle crispa les mains sur la bouteille et sur son sac et le regarda en clignant des yeux, la bouche et le visage brûlants, les paumes moites. Il fallait vraiment qu'elle s'étende.

— D'autres filles. D'autres femmes. Elles ne peuvent pas résister à Gabriel. Elles veulent toutes lui arracher un sourire, être celle qu'il distinguera, qui saura retenir son attention. Sauf qu'aucune n'y arrive et que cela vire à l'obsession.

Il y en avait donc eu d'autres que Rochelle ? Avec des réactions aussi violentes ? Cette idée la perturbait. Toutefois, elle pouvait le comprendre. Elle-même avait été attirée par Gabriel dès le premier instant, intriguée par sa vie de solitaire, son regard lointain et triste, sa beauté physique. Voulait-elle pour autant qu'il la distingue, qu'il s'intéresse à elle et à aucune autre ?

— Évitez que cela vous arrive, en tout cas, ajouta Alex. Parce que c'est vraiment pathétique.

Elle sentit une pointe d'humiliation la transpercer. Bien sûr que c'était pathétique. Tout autant que ce qu'elle avait fait sur le canapé, devant lui, hier soir.

Alex tendit la main et donna une chiquenaude à l'étiquette de la bouteille.

— Je ne savais pas que Gabriel avait recommencé à prendre cette merde. Intéressant.

Il lut la citation à voix haute :

— « En lui nous avons la rédemption par son sang, la rémission des péchés. » Ce n'est pas très sexy, comme slogan, pour un alcool, observa-t-il. Cela ne me donnerait pas envie d'en boire une goutte. Et c'est faux. La rémission des péchés n'existe pas plus que la rédemption. Ou l'oubli.

Sur quoi il lui fit un sourire et un petit signe de la main et se dirigea vers la porte.

— Bonne journée, Sara.

Que diable signifiait cette visite ? se demanda-t-elle quand il fut parti.

Une chose était certaine : elle n'en savait pas du tout aussi long qu'elle croyait sur Gabriel.

Chapitre quatorze

Compte rendu d'audience du procès de l'assassinat d'Anne Donovan, l'État de Louisiane contre Jonathon Thiroux, le 14 janvier 1850

L'avocat de la défense, Me Swift : M. Thiroux, décrivez-nous à quoi ressemblait la chambre de Mlle Donovan quand vous avez repris conscience et découvert son corps.

M. Thiroux : Il faisait chaud et une odeur douceâtre, écœurante y régnait. La pièce n'était éclairée que par le clair de lune. Anne était couchée sur le drap. Elle avait dû refaire le lit avant de dormir parce que, un peu plus tôt, j'avais enlevé le drap.

Me Swift : Pourquoi avoir fait cela ?

M. Thiroux : Il était souillé.

Me Swift : Souillé ?

M. Thiroux : Oui. Elle avait reçu un visiteur dans sa chambre avant mon arrivée et en avoir la preuve sous les yeux m'avait offusqué.

Me Swift : Il y a donc eu un autre homme dans la chambre d'Anne Donovan avant votre arrivée ?

M. Thiroux : En fait, il y était encore quand je suis arrivé. J'ai informé Mme Conti qu'il fallait qu'il quitte immédiatement la chambre de Mlle Donovan parce que nous étions convenus que celle-ci serait en permanence à ma disposition.

Me Swift : Vous payiez donc d'avance pour vous assurer ses services ?

M. Thiroux : Oui.

Me Swift : Et vous n'aviez pas l'habitude de trouver un autre homme dans sa chambre ?

M. Thiroux : Non, pas du tout. Depuis neuf mois que je voyais Anne, ce n'était jamais arrivé.

Me Swift : Cet homme, pouvez-vous le décrire ?

M. Thiroux : Je ne l'ai pas très bien vu. Il était de dos et je suis ressorti de la chambre immédiatement. Toutefois, je puis dire qu'il était brun, avec, il m'a semblé, le teint olivâtre. Je n'en ai pas vu davantage.

Me Swift : Mais Mme Conti l'a vu dans la chambre de Mlle Donovan ?

M. Thiroux : Oui. Comme je l'ai déclaré, je lui ai demandé de le forcer à partir, ce qu'elle a fait. Je l'ai entendue lui proposer trois filles en compensation de ce désagrément.

Me Swift : L'a-t-elle appelé par son nom ?

M. Thiroux : Non.

Me Swift : Étiez-vous ivre, à ce moment-là ?

M. Thiroux : Pas le moins du monde.

Gabriel serrait la main du jeune médecin urgentiste fort bien de sa personne qui s'était occupé de Rochelle. Ses parents étant arrivés, il s'apprêtait à rentrer quand il songea qu'il y avait un point sur lequel il ne s'était jamais penché. S'il avait lu tout ce qu'il avait pu trouver en ligne sur le meurtre de Jessie Michaels, il n'avait jamais vu de photo. Les articles étaient composés uniquement de texte.

Il voulait voir la tête de ce Dr Rafe Marino, que Sara semblait trouver si séduisant, si charmant et doté d'un cœur d'or.

Gabriel, lui, avait certains doutes sur la réelle personnalité du bon docteur – et plus que jamais depuis sa conversation au téléphone avec ce journaliste de Floride.

Ce qui le troublait, c'était les références à la *Bible* et à Michel-Ange. Plus il y songeait, plus il trouvait que quelque chose clochait.

Alors, au lieu de rentrer chez lui, bien qu'il n'ait ni dormi ni mangé, il se rendit à la bibliothèque. Il lança une recherche générale sur le Dr Rafe Marino et trouva aussitôt ce qu'il voulait. Une photo de groupe de l'équipe de l'hôpital de Naples où il travaillait avant son arrestation.

— Oh, merde ! lâcha Gabriel en se redressant, le cœur battant.

Ce n'était pas possible.

Raphael.

Un ange déchu.

Guérisseur, autrefois.

Et, aujourd'hui, de toute évidence, assassin.

Il souriait, sur la photo, de ce sourire avenant et ouvert que Gabriel ne reconnaissait que trop bien. Raphael n'avait ni la suavité dédaigneuse d'Alex ni la calme gravité de Gabriel. C'était celui qui mettait les gens à l'aise, qui savait les faire sourire et même rire, parfois, au milieu des plus grands malheurs.

Comment pouvait-il se servir de cette confiance à des fins meurtrières ?

C'était inconcevable. Gabriel ne parvenait pas à le croire capable d'actes aussi ignobles. Il était de toute façon incompréhensible que quiconque puisse faire subir de pareilles atrocités à des femmes

– mais Raphael, un homme qu'il avait connu, avec qui il avait parlé, dîné… C'était… c'était… au-delà des mots.

Mais vrai. Après tout, Raphael était un démon. Il avait péché, comme eux. Il avait succombé aux plaisirs de la chair, de la table et du vin et s'était détourné de son devoir. Au XIXe siècle, déjà, il se souciait plus de la coupe de sa redingote que de son devoir de coroner. Mais de là à commettre un meurtre ? Gabriel n'aurait jamais cru cela de lui. Il en était malade.

En pianotant à toute vitesse sur les touches, il effectua une autre recherche qui lui livra une adresse et un numéro de téléphone. Raphael ne s'était pas donné beaucoup de mal pour se cacher. Vingt minutes plus tard, il avait rassemblé tout ce qu'il pouvait trouver sur le compte de Rafe Marino – antécédents, études, associations professionnelles. C'est alors qu'il gagna le gros lot en découvrant que le Dr Rafe Marino était le seul actionnaire d'une société immobilière qui avait acheté une maison à La Nouvelle-Orléans deux ans plus tôt. Une maison de Dauphine Street.

L'ancienne Maison du repos des hommes las.

Elle appartenait donc à Raphael.

Brusquement, le souvenir de l'homme en colère qui était sorti de la chambre d'Anne en pestant lui revint en mémoire. Gabriel avait bien eu l'impression de reconnaître sa voix, mais, depuis cent cinquante ans, il cherchait sans succès à se rappeler à qui elle appartenait. Eh bien, c'était celle de Raphael. Il en était sûr et certain. C'était même tellement évident qu'il ne comprenait pas comment cela avait pu lui échapper.

C'était donc Raphael qui avait tué Anne.

Pas Gabriel.

En proie à un mélange d'horreur et de soulagement, il se prit à regarder fixement l'écran dont les mots se brouillaient devant ses yeux.

— Ça va ? s'inquiéta la dame assise à côté de lui. On dirait que vous allez avoir un malaise.

— Ça va, merci, répondit-il automatiquement avant de la regarder.

Elle devait avoir dans les quatre-vingts ans. Ses veines saillaient sous sa peau lâche et tavelée. Enveloppée dans un gilet bleu marine, elle était voûtée sur le clavier de l'ordinateur, une paire de lunettes perchée sur le bout du nez.

Elle lui tapota le genou d'une main douce et fine.

— Ça aussi, ça passera, je vous assure, promit-elle.

— Oui, oui.

Là où il y avait le mal, il y avait aussi le bien, lui rappela cette femme. Alors, il se souvint de son devoir qu'il ignorait depuis trop longtemps. Il lui sourit et, pour la seconde fois en vingt-quatre heures, il montra à quelqu'un la profondeur de son pouvoir et toute la beauté, les promesses du royaume des cieux.

Elle crispa la main sur son genou avec une force étonnante et ouvrit de grands yeux.

— Vous êtes venu me chercher ? lui demanda-t-elle.

— Non. Votre heure n'a pas encore sonné.

Il le sentait. Il sentait en elle encore des années de vitalité.

— Vous êtes mon ange gardien ?

Une nostalgie douloureuse et lourde s'empara de son âme, et le chagrin de ce qu'il avait fait, ce qu'il avait perdu. Ce qu'il avait trahi et qu'il ne redeviendrait jamais.

— Non, dit-il alors en caressant sa main parcheminée. Un ami, c'est tout.

Compte rendu d'audience du procès de l'assassinat d'Anne Donovan, l'État de Louisiane contre Jonathon Thiroux, le 16 janvier 1850

L'AVOCAT DE LA DÉFENSE : Alors, Dr Raphael, ce que vous voulez dire, c'est que, selon votre opinion d'expert médical, Jonathon Thiroux ne peut pas avoir tué Anne Donovan ?

DR RAPHAEL : C'est bien ce que je veux dire. Je ne pense pas que Jonathon Thiroux ait eu la force de tuer Anne Donovan.

Extrait des comptes rendus d'audience de l'État de Floride contre le Dr Rafe Marino, 26 juillet 2007

LE PROCUREUR : Ainsi, inspecteur Manson, selon votre opinion d'expert, s'il n'y a pas eu d'effraction et dans la mesure où la fille de la victime indique que sa mère avait bien fermé toutes les portes et les fenêtres, la victime connaissait son agresseur ?

MANSON : Oui, c'est bien ce que je dis. Je peux affirmer que rien n'indique que quelqu'un soit entré dans la maison sans que la victime lui ait ouvert.

L'AVOCAT DE LA DÉFENSE : Objection ! Comment peut-il savoir que les portes étaient verrouillées ?

LE JUGE : Objection accordée.

LE PROCUREUR : Pouvez-vous expliquer comment vous êtes parvenu à la conclusion que la victime connaissait son agresseur ?

MANSON : Eh bien, comment expliquez-vous que les portes de devant et des côtés aient été verrouillées, avec la chaîne de sécurité, alors que la porte de derrière était grande ouverte ? L'explication logique, c'est que la victime est rentrée avec son agresseur ou lui a ouvert, puis a refermé la porte à clé. Et, après l'avoir tuée, l'agresseur a

déverrouillé la porte de derrière et est parti en la laissant entrouverte pour ne pas faire plus de bruit que nécessaire. Je le répète, c'est le scénario le plus logique.

Gabriel montait l'escalier de son appartement en se demandant ce qu'il fallait dire – et ne pas dire – à Sara quand la porte s'ouvrit à la volée et qu'elle apparut sur le seuil.

— Ouf ! Te voilà ! s'écria-t-elle en le regardant.

— Pourquoi ? Qu'est-ce qu'il y a ?

Poussé par l'inquiétude, il grimpa les dernières marches en courant. Sara était très pâle. Elle semblait bouleversée.

— Qui est Alex ? lui demanda-t-elle.

Génial. Il avait bien besoin de ça, tiens. Alex tournait autour de Sara, maintenant. Impossible de savoir ce que le démon avait pu lui dire.

— Quelqu'un que je connais depuis longtemps. Pourquoi ? Il est venu ici ?

— Oui. Il était assis sur le canapé quand je suis rentrée. Il a dit que tu lui avais donné la clé parce que vous étiez de vieux amis. J'ai cru que c'était lui qui avait apporté ça…

Elle prit une bouteille sur la console derrière elle dans l'entrée.

— Mais il a affirmé que non, enchaîna-t-elle. Elle était posée sur le seuil. Qui ferait une chose pareille ?

C'était une bouteille d'absinthe. La bouche de Gabriel s'assécha. Soit Alex mentait et il l'avait apportée pour se moquer de lui, soit c'était le fait d'un autre démon. Raphael, peut-être. Seuls les démons savaient qui était Gabriel et ce qu'il avait été. Personne d'autre n'avait la moindre raison de l'associer à la fée verte.

Qui qu'il soit, le responsable cherchait la confrontation. Et il n'était pas question que Gabriel tolère que quelqu'un se mêle de sa vie, de ses problèmes. Et s'approche de Sara.

Cependant, la priorité était de la rassurer.

— Je ne sais pas, répondit-il en lui prenant le bras pour l'entraîner à l'intérieur. Viens, rentrons.

— Tu crois...

Elle avala sa salive.

— Tu crois que quelqu'un a pu me voir, hier soir ? Boire de l'absinthe et...tout ?

Par « tout », elle voulait dire se caresser. Soulever sa jupe et se donner un magnifique orgasme. Puis s'appuyer au piano pendant qu'il la goûtait de sa langue et de ses lèvres. Un « tout » qu'il aimerait énormément répéter.

Sauf qu'il ne le ferait pas. Pas après Rochelle.

Cela dit, Sara ne semblait pas obsédée par lui, le lendemain, alors qu'il avait déversé toute sa passion, ses sentiments les plus intenses en elle. Son acte était empreint d'intimité, d'émotion, de frustration et de désir et, si elle y avait réagi en femme, elle ne semblait pas avoir changé d'attitude vis-à-vis de lui. Peut-être était-elle insensible à son châtiment ?

C'était une forme de rationalisation trop dangereuse, se reprit-il.

Cela finirait forcément par arriver. Elle deviendrait obsédée par lui, dépendante.

C'était toujours ce qui se produisait.

Et il s'en voudrait trop si elle devenait comme Rochelle.

— Non, je ne crois pas qu'on t'ait vue, assura-t-il. Qui aurait pu te voir ? On est au deuxième étage et la seule fenêtre de la pièce donne sur la cour et la remise à voitures.

— Tu as raison, concéda-t-elle en se mordillant les ongles. Mais que faisait cette bouteille d'absinthe devant la porte ?

En se tapotant la lèvre inférieure du bout des doigts, elle se mit à aller et venir dans la pièce. Ange détala et bondit sur le canapé.

— D'abord, les photos et, maintenant, l'absinthe, récapitula-t-elle. Quelqu'un joue avec moi, et ça commence à m'énerver.

Gabriel s'en rendait compte. Elle avait les joues rosies par la colère, les cheveux en désordre et l'air exaspéré. Et, s'il y avait à l'évidence de la peur dans son regard, il y avait également de la colère. Elle était furieuse que quelqu'un se mêle de sa vie.

— Je veux qu'on me fiche la paix, articula-t-elle.

— Moi aussi, affirma-t-il sincèrement.

La question restait de savoir ce qu'il pouvait lui dire de Raphael, qu'elle connaissait sous le nom de Rafe. Elle l'aimait bien. Elle le croyait innocent. Et Gabriel n'avait qu'une preuve pour appuyer sa théorie : le fait que Raphael ait connu les deux femmes. Ce qu'il ne pouvait pas lui dire, bien sûr. Pas plus qu'il ne pouvait lui déclarer qu'il s'inquiétait de ce que Rafe pouvait faire parce qu'il l'avait connu au XIXe siècle, à l'époque où lui-même se faisait appeler Jonathon Thiroux.

— Je ne peux pas expliquer ce qui se passe, dit-il, mais je veux que tu saches que tu n'as rien à craindre, ici, avec moi. Je te protégerai.

Contre le démon lui-même s'il le fallait.

Elle ne méritait pas ce qui lui arrivait. Elle n'avait rien fait pour attirer ce genre de frayeur et de souffrance sur elle. Gabriel ne pouvait certes pas réécrire le passé; en revanche, il pouvait empêcher qu'il arrive quelque chose à Sara. D'autant qu'il avait l'impression que c'était sa faute, qu'il était responsable d'avoir fait entrer Raphael dans le monde de Sara, ce qui était totalement irrationnel. Il ignorait que celui-ci pouvait avoir tué Anne. Il n'avait jamais imaginé qu'il pourrait représenter une menace pour quiconque. Il avait perdu sa trace il y a des années, et avait été parfaitement satisfait de ne plus entendre parler de lui.

Au XIXe siècle, c'était Raphael qui lui avait présenté Anne. C'était sa maîtresse, à l'origine, mais Gabriel la lui avait rachetée, séduit par ses cheveux auburn et la douceur de son sourire. Raphael n'avait fait aucune difficulté. Il s'était dit las d'elle et avait souligné qu'il n'avait plus la patience de supporter sa pruderie.

Sauf que, si Gabriel n'avait pas tué Anne, c'était forcément Raphael le coupable. Ce qui signifiait qu'il n'était pas du tout las d'elle et que la transaction l'avait profondément contrarié. Le soulagement de découvrir la vérité qu'il cherchait et espérait depuis des décennies, son innocence, ne lui apporta pas le réconfort qu'il attendait. Car ce soulagement s'accompagnait d'une nouvelle source de culpabilité. Si c'était Raphael, il aurait dû le deviner. Il aurait dû l'éviter.

Il tendit les bras vers Sara. Il avait besoin de la sentir dans ses bras, besoin de se sentir enlacé par elle. Elle vint contre son côté et l'étreignit, la tête nichée au creux de son épaule. Au contact de son corps souple et chaud, si menu à côté du sien, il sentit à nouveau cette émotion si reconnaissable lui gonfler la poitrine.

Il était amoureux d'elle.

Mais elle méritait tellement mieux que lui, mieux que cette coquille vide d'homme brisé, rongé par la culpabilité et dont la maîtrise vacillait au gré des jours.

— Comment va Rochelle ? lui demanda-t-elle, la joue toujours posée sur sa chemise.

C'était précisément ce souci des autres, cette compassion, cette intensité de cœur, d'âme et de sentiment qu'il admirait tant, qu'il adorait, chez Sara. Et c'était aussi ce qui la broierait s'il laissait leur relation aller plus loin. Ils n'avaient pas d'avenir possible. Il fallait qu'il l'admette. D'autant plus maintenant qu'il savait à quoi s'en tenir au sujet de Raphael.

— Pas trop mal. Elle était réveillée quand ses parents sont arrivés. Elle avait surtout l'air gênée, précisa-t-il en lui caressant la hanche. Je m'en veux tellement de ce qui est arrivé…

— Ce n'est pas ta faute, assura-t-elle.

Indirectement, si. Il le savait. Il en acceptait la responsabilité. La situation lui faisait horreur et il aurait tout fait pour s'en sortir. Mais il ne savait pas comment s'y prendre. S'il avait le moindre espoir d'obtenir une réponse directe, il irait trouver un démon comme Alex et lui demanderait s'il savait comment il pourrait mettre fin à son châtiment. Hélas, il devinait qu'Alex se moquerait ouvertement de lui ou lui donnerait de fausses réponses pour se divertir. Au fil du temps, il avait pris ses distances avec tous les autres démons, y compris Marguerite qu'il avait, à une époque, considérée comme une amie. Il ne lui avait pas parlé depuis qu'elle l'avait trahi lors de son procès.

— Il faut que tu arrêtes de faire cela, dit-elle.

— Quoi donc ?

— Ton silence est une espèce de déni. J'ai remarqué que, quand tu n'étais pas d'accord avec moi, tu te taisais. Manifestement, tu n'aimes pas les conflits plus que moi. Mais, en l'occurrence, tu as tort. Tu n'es pas responsable de ce qui ne va pas chez Rochelle. Elle a imaginé cette relation et, à l'évidence, elle a de gros problèmes qui n'ont rien à voir avec toi.

Ou alors, elle avait été victime de son attrait démoniaque. Toutefois, Sara avait raison sur un point : il n'allait pas discuter avec elle. Il n'y avait pas à discuter. Il pouvait bien regretter qu'elle ne le connaisse pas tout à fait, qu'elle ne saisisse pas l'étendue de ce qu'il avait vu, de ce qu'il avait fait – il n'était pas possible, pas envisageable de lui révéler la vérité. Elle le prendrait pour un fou et s'en irait.

Or il ne pouvait pas la laisser partir.

— On dirait que je vais encore me taire…, remarqua-t-il.

Elle laissa échapper un petit rire étouffé.

— Tu es quelqu'un de bien, Gabriel St. John.

Il aimerait pouvoir lui donner raison.

— Je ne me suis pas donné suffisamment de mal, objecta-t-il. Désormais, je vais faire plus d'efforts.

Il fallait qu'il se batte pour sa rédemption, pour pouvoir vivre parmi les mortels sans risquer de leur faire du mal. Il voulait pouvoir recommencer à se servir de ses dons, pour faire le bonheur des gens, les soutenir, leur permettre de voir la beauté autour d'eux et en eux.

La fuite ne le tentait plus.

Il était prêt à changer et à se racheter.

— Gabriel, j'ai une chose à te dire.

Sara prit une profonde inspiration. Comment Gabriel allait-il prendre le fait qu'elle lui ait menti ? Elle redoutait un peu sa réaction, mais il fallait qu'elle lui dise ce qu'il en était avant qu'ils n'aillent plus loin. Il lui avait fait une place dans sa vie, son travail, sa maison. Il l'avait dessinée, lui avait joué de la musique. Il lui avait offert le réconfort, la sécurité, la passion et la compréhension. Il l'avait regardée et lui avait montré qu'il la comprenait, qu'il savait le mal que pouvaient faire le chagrin, la peur et la dépendance.

Elle lui devait donc la vérité.

— Qu'est-ce qu'il y a ? s'enquit-il en exerçant une pression tendre sur son bras.

Elle fit l'effort de s'écarter un peu de lui pour le regarder dans les yeux parce qu'elle en avait assez d'avoir peur, qu'elle était fatiguée de trembler, de se recroqueviller, de s'inquiéter, de passer son temps à regarder derrière elle.

— Il y a une chose que je ne t'ai pas dite sur moi. Si j'ai accepté de t'aider pour ce livre, c'est parce que je voulais résoudre le meurtre de ma mère, c'est vrai. Mais les chances d'aboutir me paraissaient bien minces. Si la police n'y était pas arrivée et que le tribunal n'avait pas pu obtenir de condamnation, je ne voyais pas ce que je pouvais faire. Néanmoins, il me semblait que, en étudiant l'affaire à fond et en la comparant à celle d'Anne Donovan, je parviendrais à tourner la page.

Elle l'étreignit plus fort, sachant qu'il allait vouloir se dégager, alors qu'elle n'en avait pas envie.

— Car, ce que je ne t'ai pas dit, c'est que le meurtre d'Anne Donovan m'intéresse parce que c'était mon arrière-arrière-arrière-grand-mère. Et je veux savoir pourquoi les femmes de ma famille se font assassiner de la même façon, génération après génération.

Gabriel haussa les sourcils et la regarda d'un air d'incompréhension.

— Pardon ?

— Je suis la descendante d'Anne Donovan.

Elle le sentait, il commençait à s'écarter, à vouloir sortir de ses bras. Mais elle tint bon.

— Et les similitudes entre son assassinat et celui de ma mère m'ont fait peur. C'est pour cela que je suis venue.

— Mais pourquoi ne m'as-tu rien dit ? Nous avons donc ton ADN ! Nous aurions pu commencer par établir une comparaison pour voir si les échantillons de sang que nous avons étaient à Anne ou à John Thiroux ou à quelqu'un d'autre, fit-il valoir en la prenant par les coudes pour la repousser doucement. Tu m'as laissé perdre tout un après-midi à chercher si Anne Donovan avait un enfant alors que tu le savais, que tu connaissais même son nom. Tu savais que je cherchais à retrouver un descendant.

— Oui. Je suis désolée.

C'était vrai; elle s'en était beaucoup voulu.

— Mais j'avais peur que tu me prennes pour une folle, ajouta-t-elle. Ou que tu croies que j'avais des arrière-pensées, des préjugés.

Elle n'avait pas vraiment de bonne raison d'avoir agi ainsi, sans doute, si ce n'est qu'elle avait cherché à se protéger, tout simplement.

— Depuis un an, ajouta-t-elle, tout le monde me regarde avec pitié, Gabriel. Tout le monde attend que je craque. On me croit cinglée, et peut-être que je le suis. Mais le seul secret que j'aie réussi à conserver au cours de cette enquête et de ce procès aussi horribles l'un que l'autre, c'est que, dans ma famille, à chaque génération, une femme a été assassinée. Tu imagines ce que la presse ferait d'une histoire pareille ? On me regarderait comme un monstre, avec un mélange de commisération, de fascination et d'horreur. Je n'aurais plus aucune chance de mener une vie normale.

À la seule idée des gros titres, des journalistes campant à nouveau sur sa pelouse, des flashs lui éclatant au visage, elle sentait la panique la gagner.

— Je parie qu'un dingue irait sans doute jusqu'à me tuer pour poursuivre la « malédiction ».

Pourquoi ne disait-il rien ? Il la regardait, les sourcils froncés, en secouant légèrement la tête.

— Donc, tu me dis que, à chaque génération, il y a eu un meurtre ? Quel genre ? Violence domestique ? Attaque à main armée ? Ou meurtre gratuit inexpliqué ?

— Uniquement des meurtres gratuits inexpliqués.

Rien que le dire tout haut lui fit courir un frisson le long de la colonne vertébrale.

— Ma mère n'a jamais semblé y attacher tellement d'importance. Elle en parlait même en plaisantant. Moi, je trouve cela terrifiant. Mais j'essaie de me convaincre qu'il ne s'agit que d'une horrible coïncidence, que les femmes de ma famille qui ont été assassinées menaient toutes une vie un peu marginale et dangereuse. Sauf ma grand-mère qui, à ma connaissance, menait une vie tout à fait paisible de femme au foyer dans une banlieue tranquille.

Au moins, Gabriel avait arrêté d'essayer de s'écarter d'elle. Mais, maintenant, il avait l'air perplexe. Et, au lieu de la regarder, il regardait derrière elle.

— Je trouve cela très troublant, finit-il par dire.

Curieusement, c'était exactement ce qu'il fallait dire – mais pas du tout ce qu'elle avait besoin d'entendre. En même temps qu'elle voulait l'entendre reconnaître que c'était étrange, que cela dépassait certainement la simple coïncidence, qu'il y avait de quoi avoir peur, elle aurait préféré qu'il ne le fasse pas. Parce que Gabriel avait son propre fardeau. Elle ne voulait pas l'alourdir en y ajoutant le sien, cela ferait trop. Et c'était ce qui risquait de l'éloigner d'elle définitivement, au propre comme au figuré.

— C'est ce que je trouve, confirma-t-elle. Et je ne supporte pas l'idée que quelqu'un soit au courant et que je doive, ensuite, en affronter les retombées. Tu comprends ?

Il hocha la tête.

— Oui, je comprends. Mais cela change tout.

— Comment ça ? fit-elle le cœur serré.

Elle s'obligea à relâcher son étreinte. Elle ne pouvait pas le lier à elle par la seule force de son désespoir et de son envie. Autrement, elle serait comme Rochelle. C'est-à-dire qu'elle imaginerait, qu'elle tenterait d'imposer des sentiments qui n'existaient pas. S'il voulait reculer, elle devait le laisser faire.

Même si elle était tombée amoureuse de lui, ce qu'elle soupçonnait fortement.

Cette découverte lui fit un choc plus violent qu'elle n'aurait cru. Ne savait-elle donc pas, jusque-là, qu'elle l'aimait ? Peut-être que si, et peut-être avait-elle choisi de l'ignorer, de faire comme si ce n'était que du désir, de l'attirance, un intérêt induit par les circonstances et leur étroite proximité. Parce que ce n'était pas forcément de l'amour. Il se pouvait qu'elle soit comme Rochelle, qu'elle se fasse des idées, qu'elle s'imagine l'aimer et être aimée de lui en retour.

Mais non. Elle savait ce qu'elle ressentait. Elle savait que c'était bien réel, qu'elle l'aimait, qu'elle l'aimait pour ce qu'il était, que ce soit réciproque ou non.

Il n'était certes pas raisonnable de l'aimer. C'était dangereux. Elle risquait de voir son cœur piétiné, ses sentiments déchiquetés. Mais Dieu sait que, cela, elle ne pouvait pas le contrôler. Si elle avait appris une chose au cours de l'année qui s'était écoulée, c'était celle-ci. Il n'y avait rien de plus insaisissable que le contrôle. Il arrivait dans la vie des événements sur lesquels on n'avait aucun pouvoir, que l'on ne pouvait pas changer. Tout ce que l'on pouvait faire, c'était décider de les accepter de son mieux. La recherche de la maîtrise à tout prix l'avait conduite en cure de désintoxication. Parfois, il n'y avait pas de réponse.

Il fallait qu'elle s'y fasse.

Si Gabriel voulait s'en aller, elle se ressaisirait et irait de l'avant. Car ce qu'elle avait appris sur elle-même, c'était qu'elle était capable de tout surmonter.

— Ce que ça change, c'est le respect que j'éprouve pour toi, finit-il par dire. Avant, je te trouvais adorable. Maintenant, je trouve que tu es réellement la femme la plus extraordinaire que j'aie jamais rencontrée.

Elle faillit en pleurer. Soudain, sans prévenir, les larmes lui montèrent aux yeux. Des larmes de soulagement, de reconnaissance et de modestie. Oh, elle ne se sentait pas extraordinaire, loin de là, mais c'était si bon que Gabriel le pense… C'était surtout extrêmement libérateur de sentir enfin quelqu'un la regarder autrement que comme une malheureuse épave, une femme au bord de la dépression nerveuse. D'autant qu'elle-même ne se voyait pas ainsi. Elle avait certes flirté quelquefois avec la limite, mais sans jamais basculer réellement. Alors elle en avait assez que tout le monde semble penser qu'elle allait inévitablement s'effondrer.

— Merci, dit-elle en clignant des paupières de toutes ses forces. Je te suis reconnaissante de dire cela. Et on peut utiliser mon ADN pour toutes les comparaisons que tu veux.

— Non. On va faire ce que, toi, tu vas vouloir, Sara. Uniquement ce avec quoi tu es à l'aise.

Il s'écarta, mais seulement pour se tourner face à elle et lui prendre le visage entre ses mains et la regarder dans les yeux.

— J'ai été égoïste, reconnut-il. J'imagine combien tout cela doit être difficile pour toi, et je n'y ai pas été assez sensible.

L'ironie de la situation, c'était qu'elle ressentait exactement la même chose à son égard.

— Je ne trouve pas du tout que tu aies été égoïste, assura-t-elle. Nous avançons comme nous pouvons dans toutes ces horreurs. C'est dur. C'est bouleversant. À vrai dire, je trouve que nous tenons même étonnamment bien le coup. Surtout depuis l'incident avec cette malheureuse Rochelle.

Il se détourna en soupirant et en laissant retomber ses mains le long de son corps.

— Il ne faut pas prendre ce que dit Alex au pied de la lettre, d'accord ? Il est charmant, mais c'est un menteur.

Sara haussa un sourcil surpris devant ce brusque changement de sujet.

— D'accord. Mais pourquoi me mentirait-il, à moi ? Je ne le connais même pas.

— Il ment pour s'amuser. Pour faire du mal aux gens.

— Alors comment se fait-il que vous soyez amis ?

— Nous ne sommes pas amis. Nous nous connaissons depuis longtemps, c'est tout.

— Alors c'est sans doute lui qui a apporté l'absinthe ?

Bizarrement, cela la rassurait. Mieux valait savoir comment la bouteille était arrivée là et ne pas imaginer un pire scénario. Ne pas imaginer que quelqu'un avait pu la voir et se moquait d'elle.

— Sans doute.

— Tu buvais de l'absinthe, n'est-ce pas ? Quand tu avais ton problème d'alcoolisme ?

Elle était à peu près certaine que c'était ce qu'Alex avait voulu dire.

Gabriel hocha rapidement la tête et se baissa pour ramasser Ange quand il passa à côté de lui. Il le tint contre sa poitrine et lui gratta les oreilles.

— Oui. Ce qui me plaisait, c'était que je ne me sentais pas ivre. J'avais l'impression de tout contrôler, d'être très intelligent.

— Je comprends.

Elle comprenait si bien qu'elle se sentait rougir de gêne. Elle aussi, elle avait l'impression de tout contrôler quand elle s'était déshabillée devant lui et avait commencé à se caresser. Du reste, ils n'en avaient pas encore parlé. Ils ne l'avaient même pas évoqué.

— Mais, tout cela, c'est le passé, affirma-t-il. Je ne bois plus.

— Je le sais.

Pourquoi avait-elle l'impression qu'il lui disait autre chose ? Il cherchait à la rassurer, certes, mais aussi à se rassurer. Et puis quelque chose subsistait entre eux, comme suspendu… comme si tout avait été dit, et, pourtant, rien.

À moins que ce soit simplement l'effet de la fatigue et du manque de sommeil. Elle n'avait pas fermé l'œil depuis près de deux jours, et, dans l'intervalle, elle avait bu. Ce n'était bon ni pour son corps ni pour son état d'esprit. Épuisée, elle avait les nerfs à vif.

Ce qui expliquait sans doute pourquoi elle lâcha, de but en blanc :

— Tes fautes ne doivent pas prendre le dessus sur tes dons.

Il porta le chaton à son visage pour frotter le menton contre son cou.

— Qu'est-ce que ça veut dire ? voulut-il savoir.

— Que ton problème l'alcoolisme ne doit pas t'empêcher de dessiner ni de jouer du piano. Tu as un talent exceptionnel… ce sont des dons que tu ne peux pas nier, et qu'il faut que tu partages.

Elle ne savait pas trop ce qu'elle s'attendait à l'entendre répondre, mais il ne dit rien. Il ne protesta pas, il ne lui donna pas raison, il ne se moqua pas d'elle. Il se contenta de poser Ange sur le canapé et de fixer Sara. Son regard déchirant l'anéantit, parce qu'il lui disait tout – et rien. Il l'appelait à l'aide et la défiait. Il la suppliait de le comprendre et lui laissait entendre qu'il l'aimait. Mais il dressait une barrière infranchissable entre lui et le monde. Oui, ce regard brisait le cœur de Sara et lui donnait envie de solidarité et d'unité, du réconfort d'un autre être contre lequel s'appuyer et de la joie de pouvoir lui offrir un appui secourable en retour. D'aimer et d'être aimée.

— Viens te coucher avec moi, dit-il en lui tendant la main. J'ai envie de dormir.

Apparemment, c'était tout ce qu'il avait à lui offrir.

Il l'avait prévenue et elle ne s'était guère fait d'illusions. Elle ne comptait pas vraiment sur autre chose quand elle avait cru pouvoir avoir une aventure avec lui, rien qu'une liaison torride pour se sentir bien, pour oublier. Sauf que Gabriel n'était pas du genre à avoir des aventures sans lendemain, c'était évident. Et elle non plus, au fond, peut-être. Si elle n'en avait jamais eu jusque-là, pourquoi agir différemment maintenant que, justement, elle était engagée sur le plan émotionnel, que Gabriel l'intriguait, qu'elle ne pouvait pas l'avoir comme elle le désirait ? Coucher avec lui serait désastreux. Elle y laisserait sa résistance, se retrouverait privée de ses défenses, lui révélerait ce qu'elle éprouvait réellement.

Or ils n'étaient sans doute prêts ni l'un ni l'autre pour cela.

En revanche, ce que Gabriel pouvait lui offrir, ce qu'il lui offrait, c'était le réconfort de sa compagnie, et un lieu calme et sûr où se mettre à l'abri et où se reposer.

Alors elle lui prit la main et le suivit dans sa chambre.

Chapitre quinze

Il la décevait.

Il le sentait. Sara en espérait davantage. Elle voulait qu'il la touche, qu'il lui fasse l'amour.

Gabriel aussi en avait envie. Et son corps et son âme aspiraient à ce lien avec elle. Mais il ne pouvait pas. Il ne se le pardonnerait pas s'il la privait de sa force, s'il la rendait malheureuse, désespérée au point de s'accrocher à lui.

Il voulait tout lui donner, lui faire savoir ce qu'il ressentait, mais il ne voyait pas comment s'y prendre. D'autant qu'il ne parvenait pas à cesser de tourner et retourner dans son esprit les conséquences de ce qu'elle lui avait révélé sur son lien de parenté avec Anne Donovan.

— Quelle heure est-il ? voulut-elle savoir.

Elle s'installa dans le lit et remonta la couette.

— Je ne sais pas. Cela n'a pas d'importance. Nous allons nous coucher et c'est tout.

Il savait que Sara se préoccuperait de l'heure et se mettrait à compter mentalement les minutes quand elle ne pourrait pas trouver le sommeil et il ne voulait pas qu'elle pense à cela. Depuis dix jours, elle avait dû dormir en moyenne deux à trois heures par nuit – sauf la nuit dernière où elle ne s'était même pas couchée. Il voulait qu'elle se détende et s'endorme profondément.

Parce que, quand elle se réveillerait, il faudrait qu'il lui parle de Rafe. Qu'il lui dise tout ce qu'il pouvait lui en dire.

Sara posa la tête sur l'oreiller en soupirant.

— J'ai l'impression d'avoir couru un marathon. J'ai mal partout.

— C'est la tension et l'alcool. Le mélange n'est pas idéal. Je n'aurais pas dû te laisser boire hier soir.

Il hésita à enlever son jean. Non, c'était une très mauvaise idée, estima-t-il. Il se contenta de se déchausser et d'ôter son T-shirt avant de se coucher. En repoussant ses cheveux tombés devant ses yeux, il songea qu'il ferait bien d'aller chez le coiffeur. C'était le genre de corvée qu'il remettait toujours *sine die*. Qu'en pensait Sara ? se demanda-t-il tout de même. Trouvait-elle qu'il avait les cheveux trop longs ?

— On dirait qu'il y a pas mal de choses que j'aurais dû éviter de faire, hier soir, remarqua-t-elle.

Elle était allongée sur le côté, de dos, si bien qu'il ne voyait pas son visage. Mais il perçut une légère gêne dans son ton ironique, et cela ne lui plut pas.

— Eh ! protesta-t-il en se retenant tout juste de poser la main sur sa hanche. Tu n'as rien à regretter. Moi, je ne regrette rien, en tout cas. Tu es une femme très belle, sensuelle.

Et il avait envie de la pénétrer, assez fort, assez loin pour la faire crier de plaisir.

— Merci, fit-elle en lui jetant un coup d'œil par-dessus son épaule. Mais enfin, franchement, tu avoueras que j'ai des raisons d'être un peu gênée.

— Non. Absolument pas.

Il la contemplait, une main derrière la tête, en proie à une intense frustration. Il fallait qu'elle comprenne. S'il pouvait, il lui ferait l'amour. Ce n'était pas elle. C'était lui. Uniquement lui.

— Vois si tu peux rompre ton bail, lui suggéra-t-il. Reste ici jusqu'à ce que tu sois prête à repartir en Floride.

Elle le regarda sans rien dire, la bouche entrouverte, et s'humecta les lèvres du bout de la langue.

— Pourquoi ? finit-elle par demander.

— Parce que j'ai envie de t'avoir auprès de moi.

— D'accord, fit-elle dans un soupir. Je voudrais dormir. Pourquoi je n'y arrive jamais ?

— Tu as trop de choses en tête, tu penses trop.

À chaque fois qu'il la regardait, il avait l'impression de la voir réfléchir. Il ne put résister à l'envie de lui caresser les cheveux. Ils étaient doux, plus souples que les siens. Son doigt se prit dans une boucle.

— Tu chantes ? lui demanda-t-elle en reculant un peu pour se rapprocher de lui.

Le lit se réchauffait et Gabriel commençait d'avoir les paupières lourdes.

— J'adore chanter. Mais je ne suis pas très bon.

— Tu es musicien, tout de même. Je suis certaine que tu chantes bien mieux que tu ne crois.

Non, ce n'était pas de la modestie. Il chantait vraiment mal.

— Non. Je t'assure que non.

Il avait eu beau essayer, faire des efforts, il avait une voix sans intérêt. Et à peine juste.

— Il faudra que tu me chantes quelque chose, un jour, insista-t-elle en bâillant. J'aimerais que tu me joues *Beth*, de Kiss, au piano, et que tu me le chantes.

Gabriel rit doucement.

— Ça, je devrais pouvoir le faire si on télécharge la partition.

Elle allait le regretter, mais les conséquences ne seraient pas très graves. Pas comme s'il lui donnait ce dont ils avaient vraiment envie tous les deux.

— Pourquoi Kiss ? voulut-il savoir.

— Parce que c'est la première chanson avec accompagnement au piano qui me soit venue à l'esprit. Ma mère était une grande fan de Kiss.

— D'accord.

— Gabriel ?

— Oui ?

À regret, il ôta la main de sa tête, après une dernière caresse. Il déploya les longues mèches blondes devant lui et les regarda retomber le long de son dos.

— Rien, marmonna-t-elle d'une voix à peine audible.

Déçu qu'elle n'ait pas dit ce qu'elle pensait, il attendit. Puis il se rendit compte qu'elle était en train de s'assoupir. Mais elle respirait par petites bouffées, les épaules tendues, les bras serrés devant elle, les genoux saillants.

Elle ne dormirait pas longtemps comme cela.

En passant en revue ses pensées, superficiellement, pour ne pas violer son intimité, Gabriel ne sentit que de l'anxiété. Elle était inquiète. Pour Rafe. Pour lui, Gabriel. Pour le chat. Pour

Rochelle. Pour elle-même. Pour son amie Jocelyne. Pour le père de sa mère. Pour son emploi. Même pour Anne Donovan.

Pas étonnant qu'elle ait du mal à trouver le sommeil.

Alors il se pencha sur elle et lui toucha le front, la tempe, lui caressa la joue du bout du doigt, la calma par des paroles apaisantes, chassa ses inquiétudes, l'emplit de chaleur, de pensées et de rêves agréables.

— Je suis tombé amoureux de toi, murmura-t-il en posant un instant les lèvres sur son épaule nue, là où la bretelle de son débardeur avait glissé.

Elle poussa un petit soupir tremblant dans son sommeil et Gabriel s'écarta à contrecœur.

Il lui avait donné ce qu'il pouvait.

Maintenant, il avait simplement envie de la regarder dormir.

Sara dormit quatorze heures. Le lendemain, elle n'en croyait pas ses yeux. De 17 heures à 7 heures du matin : elle avait fait plus que le tour du cadran.

Quand elle se réveilla, Gabriel était assis dans le lit à côté d'elle, en train de lire le journal. Ce qui signifiait non seulement qu'elle avait dormi, mais qu'il s'était levé et recouché, plusieurs fois, peut-être, sans qu'elle se réveille. C'était une victoire extraordinaire. Un triomphe.

Ensuite ils passèrent la journée à se promener dans le Quartier français, à jouer les touristes. C'était fou tout ce qu'il savait sur cette ville. Il semblait avoir une anecdote, un détail, une référence pour chaque rue, presque chaque maison. Il lui parla du Pontalba, du Cabildo, de la salle de bal créole d'Orleans Street. En revanche, il ne lui raconta pas l'histoire qu'elle désirait le plus entendre – celle de sa petite amie.

Elle n'insisterait pas, mais elle avait envie de savoir. Si seulement il pouvait avoir suffisamment confiance en elle pour lui faire part de sa souffrance, de sa culpabilité... Mais il n'en parla pas une fois.

Tout ce qu'il faisait, c'était lui sourire de temps en temps et lui parler de gens morts depuis des lustres. Si c'était divertissant, intéressant, parfois, elle se rendit compte que toutes leurs conversations tournaient autour de morts.

C'était un peu sinistre.

Quand ils s'assirent sur les marches devant le Mississippi, se chauffant le dos au soleil, Sara comprit qu'il fallait qu'ils en finissent avec les morts pour se remettre à avancer dans le monde des vivants. Il n'y avait pas de réponses aux questions qu'ils se posaient. Il n'y en avait jamais eu. Pas de réponses certaines, en tout cas. Rien que des hypothèses et des faits isolés.

— Que veux-tu faire, pour l'enquête ? lui demanda-t-elle en s'appuyant sur ses genoux remontés pour se pencher en avant.

Je peux te donner un échantillon d'ADN pour que tu le compares à celui d'Anne Donovan. Si nous voulons des résultats rapides, je peux transmettre le tout à mon amie Jocelyne. Elle pourra faire les recherches au labo en dehors de ses heures de travail et nous serons fixés d'ici un jour ou deux.

Le mieux serait peut-être même qu'elle rentre en Floride quelques jours. De toute façon, elle avait envie de voir Rafe avant qu'il parte s'installer sur la côte Ouest.

Curieusement, elle n'avait plus peur. Les photos, la coupure de presse que sa mère avait reçue, la bouteille d'absinthe – tout cela était troublant, et ce n'était pas le fruit de son imagination. Quelqu'un la surveillait. Quelqu'un qui savait quelque chose. Peut-être un meurtrier. Pourtant, il lui semblait avoir atteint le tréfonds de la peur. Elle avait vu le pire. Elle vivait avec son angoisse depuis si longtemps qu'elle n'avait plus le pouvoir de la paralyser.

Au contraire, elle éprouvait une espèce de calme étonnant, d'acceptation.

Était-ce parce qu'elle avait dormi toute la nuit ?

Ou parce que, après avoir envisagé tout ce qui pouvait arriver d'horrible, elle s'était rendu compte qu'elle ne pouvait pas maîtriser l'avenir – tout au plus le présent ?

Ou encore grâce à la sérénité que lui inspirait la présence de Gabriel ? C'était magique d'avoir rencontré son double, chez qui elle retrouvait ses souffrances et son chagrin, mais aussi son espoir. Elle regarda son profil, son nez fin, ses pommettes parfaites, ses cheveux qui dansaient dans la brise légère.

Ou, tout simplement, parce qu'elle était en train de tomber amoureuse.

Tout semblait plus facile accompagnée d'un homme qui posait la main au bas de son dos.

Elle était indépendante. Depuis l'âge de treize ans. Mais il était bien agréable d'avoir quelqu'un qui la comprenne, qui anticipe ses désirs, qui lui apporte ce subtil soutien. Gabriel n'était pas du genre à faire démonstratif. Il n'offrait pas de fleurs et ne témoignait pas son affection en public. Mais elle préférait son style plus discret.

La dessiner dans l'intimité, cela lui semblait bien plus sexy que de lui tenir la main dans la rue.

Elle l'aimait, cela ne faisait aucun doute. Et elle avait la conviction que, entre eux, cela marcherait merveilleusement. Ils étaient ensemble. Le sexe, la décision de rendre leur relation permanente, tout cela viendrait plus tard, quand ils seraient prêts. Mais ils étaient ensemble.

— Il faut que je te dise une chose, fit-il, la tirant soudain de sa rêverie.

— Oui ? Quoi donc ?

Alertée par le ton de sa voix, elle se tourna vers lui. Il semblait préoccupé, mal à l'aise.

— Faire une étude d'ADN dans ton labo me semble une bonne idée. Et nous pourrons même aller un peu plus loin puisque nous savons que tu es la descendante d'Anne Donovan.

Il se racla la gorge avant d'ajouter :

— Et moi le descendant de Jonathon Thiroux. Donc, si ni ton ADN ni le mien ne portent de marqueurs compatibles avec le sang sur le couteau, nous saurons que c'est une troisième personne qui s'est coupée en poignardant Anne.

Sara se redressa d'un coup et le regarda bouche bée.

— Tu es le descendant de Jonathon Thiroux ?

Il hocha la tête, les yeux rivés sur le fleuve, tambourinant du bout des doigts sur ses genoux.

— Et tu comptais me le dire ?

Comment avait-il osé s'indigner, la veille, qu'elle ne lui ait rien dit de ses liens de parenté avec Anne quand il avait fait exactement la même chose – y compris après qu'elle lui avait dit la vérité ?

— Probablement. Un jour ou l'autre. Mais je ne voulais pas que tu croies que je n'étais pas objectif. Je ne pense vraiment pas que Jonathon Thiroux soit coupable, mais il me semble que toi, si.

— Oui, confirma-t-elle. Je crois que c'est lui qui a tué Anne. Je crois que c'était un psychopathe.

Pour elle, c'était la seule explication logique. Pour autant qu'ils puissent en juger cent cinquante ans après les faits, il n'y avait personne d'autre dans les parages. Certes, les preuves manquaient et tous les faits étaient discutables. Mais personne ne contestait la présence de Jonathon Thiroux dans la chambre. Et cette explication était celle qui semblait la plus logique à Sara. En 1849, on ignorait ce qu'était un psychopathe et la médecine légale n'en était encore qu'à ses balbutiements. Mais ce que Gabriel cherchait à prouver par son livre, c'est que rien de tout cela ne comptait lorsqu'on est à la merci d'un juge et d'un jury influencés par les médias.

N'empêche, elle le croyait coupable.

— Il me semble naturel de ne pas être objectif quand il s'agit de gens que l'on connaît, ou de nos ancêtres. Mais je ne vois pas sur quoi tu peux te fonder pour conclure que ce n'est pas Thiroux l'assassin.

Soudain, elle était énervée après lui. Elle voyait la situation sous un tout autre jour maintenant qu'elle savait qu'il avait un enjeu personnel. Pourtant, elle avait fait exactement comme lui. Elle lui avait caché son histoire.

Cependant, que ce soit rationnel ou pas, elle était irritée.

— Et, moi, je crois que c'est Rafe Marino qui a tué ta mère.

— *Quoi ?*

L'irritation de Sara fit place à la colère.

— Mais qu'est-ce que tu racontes ? Je t'ai *dit* que ce n'était pas lui !

— Comment en es-tu aussi sûre ? Tu as des sentiments pour lui ?

— Oh ! Tu n'as pas dit cela ! s'écria-t-elle en s'empourprant.

Que Gabriel, oui, Gabriel puisse l'accuser d'être amoureuse de l'amant de sa mère la mettait en rage.

— Pourquoi un homme et une femme ne peuvent-ils pas s'apprécier mutuellement sans que tout le monde leur prête un amour secret ? s'insurgea-t-elle.

— Je ne dis pas que vous aviez une liaison. Je dis simplement que, si tu tiens à lui, il est difficile d'admettre qu'il ait pu commettre un acte aussi épouvantable. Tu as dit toi-même que tu ne le croyais pas capable de tant de violence parce que cela remettait en question tes capacités de jugement.

— Il ne l'a pas tuée.

D'accord, elle était peut-être têtue. Mais elle avait vu la façon dont Rafe regardait sa mère.

— Ma mère n'était pas facile à aimer, précisa-t-elle. Et il l'aimait.

— Il arrive que les gens tuent ceux qu'ils prétendent aimer.

— Comme Jonathon Thiroux a tué Anne Donovan ?

Gabriel se crispa.

— Je ne crois pas qu'il ait jamais dit l'avoir aimée. Et elle non plus. Mais il ne me fait pas l'effet d'un homme capable de tuer.

— Rafe non plus ! s'écria Sara en levant les deux mains, exaspérée. Tu as deux poids deux mesures.

— Toi aussi. Tu affirmes que Jonathon Thiroux était un psychopathe qui charmait tout le monde et trompait son monde en se faisant passer pour un artiste tranquille. Pourquoi ne pourrait-il pas en être de même pour Rafe Marino ?

Il n'avait pas tort, ce qui était extrêmement troublant.

— Bon. Alors qu'est-ce qui te fait croire à sa culpabilité ? Le procureur n'a rien pu prouver.

— Tu as entendu cette citation de la *Bible* ? Je trouve qu'il y a quelque chose de louche là-dedans.

— Peut-être qu'il s'ennuyait, en prison, et qu'il s'est mis à lire la *Bible*, suggéra-t-elle. J'imagine que, lorsqu'on est accusé de meurtre, on cherche à se tourner vers un pouvoir supérieur.

— À moins qu'il ne tire un plaisir pervers de la certitude que son crime ne soit connu que de lui-même et de Dieu.

Sara regarda fixement Gabriel.

— Tu as raison, sans doute. Seuls Dieu et l'assassin savent de façon irréfutable qui a tué ma mère. Et c'est la même chose pour Anne Donovan. Mais je ne crois pas que ce soit lui et je vais rentrer en Floride lui dire au revoir et m'occuper des analyses ADN.

Ce qui n'était qu'un vague projet il y a cinq minutes était soudain devenu absolument essentiel.

— Nous n'aurons qu'à y aller en avion; c'est plus rapide.

— Nous ? répéta Gabriel en fronçant les sourcils. Moi, je ne vais pas en Floride.

— Pourquoi ? J'ai besoin de ton sang, fit-elle valoir.

Surtout, elle voulait l'avoir à ses côtés. En permanence. Elle voulait pouvoir dire *nous*.

— Non. Je ne te le donnerai pas.

— Quoi ? Mais pourquoi ?

Elle n'en revenait pas.

— Tu viens de me dire que tu étais le descendant de Jonathon Thiroux, objecta-t-elle, et que cela nous faisait d'autres éléments pour l'analyse ADN. Toi et moi, nous sommes les clés qui peuvent permettre de reconnaître le sang d'Anne et de Jonathon de celui d'un tiers.

— Mais il n'est pas question que je publie dans le livre que nous sommes leurs descendants, parce que nous n'avons vraiment pas besoin, ni l'un ni l'autre, de ce genre de publicité. Alors il ne sert à rien de chercher ces informations.

— Tu n'as pas envie de connaître la vérité ? Ce n'est pas cela, le but ?

— Au fond, nous ne sommes peut-être pas censés savoir.

Elle était sidérée par ce brusque revirement. Et lui restait immobile, les yeux rivés au fleuve, à tambouriner, tambouriner inlassablement sur ses genoux.

— Tu plaisantes.

— Non.

— Bon.

Enfin, pas vraiment. Elle avait envie de le secouer pour lui faire entendre raison. Cependant, elle savait que ce n'était pas ainsi qu'il fallait s'y prendre pour raisonner avec lui. Il ne ferait que rentrer davantage dans sa coquille si elle se mettait à crier contre lui.

— Tu peux quand même m'accompagner en Floride, suggéra-t-elle.

— Je n'aime pas voyager.

— Je te parle d'aller en Floride, pas en Chine. Il n'y a que deux heures de vol.

Peut-être avait-il peur de l'avion. C'était assez courant, finalement.

— Nous pouvons y aller en voiture, si tu préfères.

Il secoua la tête.

— Non, je n'ai pas envie d'y aller.

Gabriel se rendait compte que Sara le regardait comme s'il avait complètement perdu la tête. Mais il n'avait pas le choix. Il était lié à La Nouvelle-Orléans et ne pouvait pas la quitter. Sous aucun prétexte. Quant à lui donner un échantillon de son sang, c'était exclu car il ne voulait pas qu'elle découvre qu'il n'était non pas le descendant de Jonathon Thiroux, mais Jonathon Thiroux lui-même.

Il n'aima pas la façon dont elle glissa le bras sous le sien et posa le menton sur son épaule. Cela ne faisait qu'accentuer la douleur qui lui broyait le cœur.

— Gabriel, insista-t-elle d'une voix câline au creux de son oreille, j'aimerais vraiment que tu viennes avec moi.

— Non, je ne peux vraiment pas.

Il voyait qu'il lui faisait de la peine, et cela le navrait, mais il ne pouvait pas faire autrement. Dire la vérité était hors de question et il se refusait à inventer un mensonge.

Elle poussa un soupir de frustration et s'écarta de lui.

— Tu viens de me dire que tu croyais Rafe coupable du meurtre de ma mère.

Il se tourna vers elle en se demandant où elle voulait en venir.

— Oui. Et toi, tu as dit que tu ne me croyais pas.

— Mais, si tu es convaincu que Rafe peut être dangereux à ce point – au point d'être un meurtrier –, comment se fait-il que tu me laisses aller en Floride toute seule pour le voir ? Tu ne crains pas qu'il me fasse du mal ?

Elle enroula ses cheveux autour de sa main pour les ramener devant son épaule.

— Je sais que c'est impossible, mais, toi, tu sembles persuadé du contraire, ajouta-t-elle. Tu ne tiens pas à moi, alors ? Ce qui peut m'arriver t'est tout à fait égal ?

En voyant trembler sa lèvre, il perçut la colère dans laquelle son attitude la mettait. Déchiré par les regrets et par une culpabilité brûlante, il aurait voulu la prendre dans ses bras, lui dire qu'il l'aimait, que, s'il était libre de décider, il ne la laisserait jamais le quitter. Mais ils se trouvaient dans un lieu public, entourés d'au moins une dizaine de personnes. Le clapotis lui rappela que ce n'était ni le moment ni l'endroit pour de grandes révélations. Du reste, il n'y aurait jamais un moment propice pour lui apprendre qu'il était un démon, qu'il était immortel, lié à la ville et à sa honte pour une durée indéterminée.

Il ne voulait pas qu'elle aille en Floride parce qu'il ne voulait pas être séparé d'elle. Toutefois, il n'était pas très inquiet pour sa sécurité. Parce qu'il était sûr à quatre-vingt-dix-neuf pour cent que Raphael – ou Rafe, comme elle l'appelait – était revenu à La Nouvelle-Orléans. C'était lui, l'homme qu'elle avait vu à la fenêtre de la maison de Dauphine Street. C'était lui également qui avait déposé la bouteille d'absinthe, cadeau empreint de moquerie.

— Bien sûr que si, je tiens à toi. Je tiens énormément à toi. Mais, si tu veux absolument aller en Floride, je ne peux pas t'en empêcher.

À la vérité, son absence aurait un avantage. Car il fallait que Gabriel affronte Raphael, et cela pourrait mal tourner. Parce qu'il comptait bien lui arracher des aveux, pour les deux meurtres, et peut-être même celui des autres aïeules de Sara. Et il était prêt à tout pour y parvenir. Gabriel n'était plus un ange, mais il pouvait encore vaincre un autre ange déchu si c'était justifié. Ce qui était le cas.

Anne n'avait pas mérité de mourir. Si elle avait été tuée, c'était uniquement parce qu'elle connaissait Raphael. Et lui.

Il allait donc punir Raphael de ce qu'il avait fait à Anne, et à la mère de Sara. Et peut-être aux autres femmes de leur famille qui avaient subi le même sort épouvantable.

— Tu ne peux pas m'en empêcher ? répéta-t-elle d'une voix monocorde.

— Non. Tu es adulte. Tu fais ce que tu veux.

— Tu pourrais dire : « Je ne veux pas que tu y ailles; c'est dangereux » ou « Je vais t'accompagner pour qu'il ne t'arrive rien » ou « Reste ici et contente-toi d'envoyer les éléments à analyser à ton amie ». Mais non. Tu restes assis là, sans rien faire.

À mesure qu'elle parlait, sa voix était montée de plus en plus haut et elle ponctuait sa tirade de saccades sur son bras.

Gabriel faillit lui dire la vérité. Il faillit lui avouer d'un coup qui il était, ce qu'il avait fait, ce qu'il ressentait. Mais il se retint et rassembla toutes ses forces et sa détermination. Il devait agir selon l'intérêt de Sara. Pas selon ce qu'il voulait, lui. Alors, il la regarda dans les yeux et répéta :

— Reste ici et contente-toi d'envoyer les éléments à analyser à ton amie.

Il devinait que cela allait la mettre en colère – et cela ne manqua pas.

Elle suffoqua et lui lâcha le bras. Les larmes aux yeux, elle remonta les marches.

— Je rentre faire mes bagages, déclara-t-elle.

— Très bien. Je t'accompagne.

Il se leva et s'étira les bras avant de la suivre.

— Oh, tu es trop bon, lâcha-t-elle, sarcastique.

Il aurait pu dire quelque chose. Il savait que c'était ce qu'elle voulait.

Mais il garda le silence.

Chapitre seize

PROCÈS THIROUX : LE JURY DÉLIBÈRE !

Le 22 janvier 1850 – Après avoir reçu les instructions du juge, le jury va s'enfermer pour délibérer et prononcer le verdict dans le procès, choquant et parfois incroyable, contre M. Thiroux qui est accusé d'avoir poignardé Anne Donovan à dix-sept reprises pour la tuer. S'il semble que l'accusation ait de solides arguments, l'on ne peut prédire ce que va décider le jury. M. Thiroux est un homme séduisant, un membre respecté de la bonne société de notre ville qui n'a jamais fait preuve de la moindre violence en public. On a le plus grand mal à se représenter cet artiste débonnaire brandissant un couteau de chasse et frappant avec tant de férocité – surtout quand on voit le regard souvent perdu et triste de l'accusé.

> Si M. Thiroux est déclaré coupable, l'on peut s'attendre à ce que les ligues antialcooliques et autres mouvements de vigilance redoublent d'énergie dans leur lutte car, si un homme comme Jonathon Thiroux a pu tuer sous l'influence de la boisson, ils vous demanderont certainement d'imaginer l'effet qu'elle peut avoir sur des êtres de moins bonne naissance. Le procureur maintient qu'il faudra débattre un autre jour du lien entre l'alcool et le crime, et ne pas s'en préoccuper dans cette affaire, mais tout le monde ou presque s'accordera à dire que c'est de la naïveté. Ce sont les tollés de l'opinion publique qui ont entraîné l'arrestation de l'accusé et non la volonté de faire justice à Mlle Donovan. Depuis le début, la question de l'influence de l'alcool sur le comportement pèse sur cette affaire comme la chaleur oppressante de l'été sur notre ville.

Sara raccrocha le téléphone après avoir acheté son billet d'avion et alla faire sa valise, les larmes aux yeux. Elle ne voulait surtout pas savoir ce qui lui donnait envie de pleurer. Elle était en colère, oui, même si c'était irrationnel tant ses relations avec Gabriel était récentes et encore superficielles. Rien ne l'autorisait à s'imaginer des choses ou à attendre quoi que ce soit de lui.

Et, pourtant, c'était bien ce qu'elle faisait.

Alors elle était en colère contre elle-même. Elle attendait quelque chose de Gabriel depuis le début, sans même en avoir pleinement conscience. Elle avait cru qu'il pourrait lui donner ce qu'elle voulait, avant de se rendre compte qu'elle ne le connaissait pas aussi bien qu'elle le pensait.

Elle jeta sa valise sur le lit et commença à sortir des vêtements au hasard et à les jeter dedans. Dire qu'elle avait rangé ses affaires dans ses tiroirs ! maugréa-t-elle intérieurement. Alors qu'ils n'avaient même pas couché ensemble. C'était franchement bizarre, non ? Elle s'était laissé entraîner par cette drôle d'amitié qu'il y avait entre eux, par le réconfort qu'il lui inspirait. Elle avait présumé de leur relation.

Et, maintenant, elle se sentait idiote.

Dans la pièce voisine, Gabriel tambourinait à un rythme effréné avec ses cuillers à absinthe. L'absinthe. Mon Dieu. Pourquoi l'avait-il laissée en boire quand il en connaissait parfaitement l'effet ? Car il lui avait avoué que c'était son alcool de prédilection du temps où il buvait.

Cela ne tenait pas debout. Rien, dans toute cette histoire, ne tenait debout. Gabriel lui avait dissimulé des informations essentielles et, après avoir accusé Rafe de meurtre, il était tout prêt à la laisser aller déjeuner avec lui.

Sara se pencha sur le lit de Gabriel, que ni l'un ni l'autre ne s'était donné la peine de faire depuis son marathon de sommeil de la nuit dernière, pour attraper son oreiller en duvet. Elle ne se déplaçait jamais sans. En le tirant sur le lit, elle nota avec agacement qu'un cheveu couleur caramel de Gabriel était resté accroché à la taie blanche. C'était absurde, mais cela la mit hors d'elle.

Elle allait l'enlever pour le poser sur son oreiller à lui quand elle s'arrêta. Une seconde. Un cheveu, c'était de l'ADN. L'ADN de Gabriel. En sa possession. Elle jeta un coup d'œil en direction de la porte pour s'assurer qu'il ne la voyait pas, saisit le cheveu et reprit sa trousse de maquillage dans sa valise. Elle enroula le cheveu autour d'un bâton de rouge à lèvres et remit le tout dans la pochette qu'elle referma avant de la fourrer dans son sac à main. Elle avait encore le temps d'aller à la poste pour l'envoyer en exprès à Jocelyne avec les autres échantillons pour avoir les résultats plus vite. Gabriel n'avait peut-être pas la curiosité de savoir ce que donnerait la comparaison des résultats, mais, elle, si.

Certes, cela ne changerait ni le passé ni l'avenir, mais elle avait envie de savoir si Jonathon Thiroux était un assassin.

Compte rendu d'audience du procès de l'assassinat d'Anne Donovan, l'État de Louisiane contre Jonathon Thiroux, le 23 janvier 1850

LE PRÉSIDENT DU JURY : Nous, jurés, déclarons l'accusé Jonathon Thiroux non coupable de meurtre au premier degré.

Extrait des comptes rendus d'audience de l'État de Floride contre le Dr Rafe Marino, 31 juillet 2007

LE PRÉSIDENT DU JURY : Nous, jurés, déclarons l'accusé Rafe Marino non coupable de meurtre au premier degré.

Le lendemain matin, Gabriel se gara devant le terminal de l'aéroport. Quand il se tourna vers Sara pour lui demander quand son vol était censé arriver à Naples, elle ouvrait déjà sa portière et sortait. Génial. Elle allait prendre sa valise et s'en aller sans dire un mot.

Il coupa le contact, bondit dehors et arriva avant elle devant le coffre d'où il sortit sa valise sans lui laisser le temps de le faire. Il la posa par terre et tira la poignée en lui faisant face. Elle avait été d'une froideur extrême depuis la veille, ne lui disant que le strict nécessaire, et il en était terriblement frustré. Elle lui manquait. Il avait envie de la voir sourire.

— Appelle-moi quand tu seras arrivée, la pria-t-il.

Elle hocha la tête.

— Merci de garder le chat.

— Je t'en prie.

Le besoin de la toucher, de la rassurer, de tout arranger le submergeait. Il serra les poings et la fixa du regard pour qu'elle lise dans ses yeux ce qu'il ne pouvait exprimer par des mots. Il fallait qu'elle sache qu'il voulait lui dire un million de choses, mais qu'il n'y parvenait pas. Que, depuis qu'elle y était entrée, sa vie solitaire était devenue bien meilleure. Que lui-même était devenu bien meilleur. Qu'il avait connu beaucoup de femmes, mais qu'elle était la seule à lui avoir jamais inspiré un désir aussi vif, un amour aussi vrai et aussi profond.

— Tu vas revenir, hein ? s'inquiéta-t-il.

— Sans doute.

— Sans doute ? Non. Il faut que tu reviennes.

Il voulait un engagement. Une promesse. Il tenait à l'entendre dire qu'elle allait revenir. Bientôt. Elle ne lui laisserait pas son chaton indéfiniment, il en était certain. Mais il avait besoin de savoir qu'elle allait revenir pour être avec lui. Pas uniquement pour récupérer Ange.

— Pourquoi donc ? demanda-t-elle en inclinant la tête.

Il comprit que la question était beaucoup plus vaste. Elle voulait toutes les réponses. À tout.

Il lui donna celle qu'il pouvait.

— Parce que je te veux.

Elle soupira.

Gabriel serra les dents, dévoré par le désir, la frustration et l'amour. Il aurait donné un coup de pied à sa valise, tiens. Non. Il aurait pris Sara dans ses bras pour l'embrasser à lui faire perdre la tête.

Au lieu de cela, il se contenta de lui déposer un rapide baiser sur le front en murmurant :

— Fais attention à toi.

Puis il se détourna, de peur de ce qu'il pourrait dire ou faire s'il attendait une seconde de plus.

Craignant de tout lui révéler, de la toucher si elle le lui demandait encore.

Mais, quand il fut remonté en voiture et qu'il regarda dans le rétroviseur, elle marchait déjà vers les portes de l'aéroport et ne jeta pas un regard en arrière. Et il eut tout de même des regrets.

Quoi qu'il fasse, il perdrait. C'était l'enfer.

Rafe n'était pas chez lui. Il semblait même avoir déménagé. Sara se tenait dans l'allée devant son appartement et regardait autour d'elle. Tout était calme. Par les volets entrouverts, elle voyait qu'il n'y avait plus de meubles dans la salle à manger.

Il était parti. Sans le lui dire.

Stupéfaite et blessée, elle sentit ses yeux la piquer. Bon sang ! Elle qui avait horreur de pleurer, cela faisait vingt-quatre heures qu'elle était au bord des larmes.

Non, elle ne craquerait pas.

Elle inspira à fond et composa le numéro de Rafe sur son portable. Comme il ne décrochait pas, elle lui laissa un message pour qu'il la rappelle.

Elle avait déjà tourné les talons pour regagner sa voiture de location et rentrer chez Jocelyne qui l'hébergeait quand elle faillit percuter une femme brune qui portait de grosses lunettes de soleil.

— Oh ! Pardon.

— Ce n'est pas grave, fit la femme en souriant. Vous êtes Sara, n'est-ce pas ?

Maintenant, dès que quelqu'un savait son nom, elle se méfiait.

— Je vous connais ? s'enquit-elle prudemment.

Son visage ne lui disait rien, mais les lunettes en cachaient une bonne partie. Elle devait approcher la trentaine et, vu l'élégance de sa robe bain de soleil et de son sac à main, elle avait de l'argent. Sa tenue flattait sa silhouette ferme aux courbes avantageuses. Son attitude était pleine d'assurance et de sensualité.

— Non. Je suis la petite amie de Rafe.

Instinctivement, Sara recula d'un pas.

— Quoi ?

Depuis quand ? C'était sa mère, la petite amie de Rafe !

— Marguerite, se présenta-t-elle en lui tendant la main. Rafe m'a beaucoup parlé de vous.

Eh bien, à elle, il ne lui avait *rien* dit de cette Marguerite, songea-t-elle en lui serrant à peine la main.

— Où est-il, au fait ?

Elle ne pouvait se forcer à sortir une politesse de circonstance, parce qu'elle n'était pas du tout ravie de faire la connaissance de la femme qui avait remplacé sa mère dans la vie de Rafe.

Elle était en colère. Cela faisait un an. Déjà. Seulement. Elle savait que, un jour, il passerait à autre chose, mais cela lui semblait trop tôt. Elle, elle n'était pas encore passée à autre chose. Comment avait-il fait ? En plus, il avait été en prison, il y avait eu le procès… Comment avait-il fait pour rencontrer quelqu'un d'autre ?

— Il s'est installé chez moi. Je passais seulement prendre son courrier. Il ne suit pas très bien.

— Ah, je vois. Bon.

Sara ne voyait pas qu'ajouter.

— Je viens de lui laisser un message, mais dites-lui bonjour de ma part. Je ne passe que deux jours à Naples, si jamais il veut m'appeler.

Elle avait eu l'intention de le voir. Maintenant, elle n'était plus très sûre de le vouloir.

— Je n'en doute pas. Nous pourrions peut-être dîner ensemble ?

Pour qu'ils puissent évoquer tous les trois le meurtre de sa mère, le procès, son accusation ? Ce serait sûrement très sympa.

— Oui. Pourquoi pas.

Elle n'avait qu'une envie : quitter cette femme dont elle ne se rappelait même pas le nom.

— Au revoir, fit-elle. J'ai un rendez-vous. Il faut que je file.

Elle lui fit un signe et partit en direction de sa voiture.

— À bientôt ! lança la femme dans son dos. Et dites bonjour à Gabriel de ma part.

Sara s'arrêta net, le cœur battant. Elle se retourna en se demandant si elle avait bien entendu. Mais la femme, qui s'éloignait dans l'autre sens sur le parking, était déjà hors de portée de voix.

Elle n'avait pas besoin de lui faire répéter, d'ailleurs. Elle l'avait parfaitement entendue prononcer le prénom de Gabriel. Cela ne faisait aucun doute.

La vraie question, c'était, comment la nouvelle petite amie de Rafe connaissait-elle Gabriel St. John ?

Chapitre dix-sept

Gabriel s'enfonça dans l'étroite ruelle qui longeait la maison de Dauphine Street en se frayant un chemin entre les buissons et les tas de gravats. À l'arrière, il évalua porte et fenêtres. Contrairement à d'autres maisons du quartier, celle-ci avait encore ses fenêtres en bois anciennes et la porte ne semblait pas pourvue d'un verrou. Sans être délabrée, c'était tout de même l'une des plus miteuses du secteur. La peinture s'écaillait par endroits et des meubles cassés et des morceaux de tôle rouillée jonchaient la petite cour.

Décidant que le plus simple était de passer par la porte, Gabriel monta les marches de brique, tourna le bouton et poussa le battant en se servant de sa force d'immortel. La serrure céda et la porte s'ouvrit avec un petit grincement. Il entra et s'arrêta pour regarder autour de lui. Aujourd'hui, c'était une cuisine. Il ne se souvenait pas de l'affectation de cette pièce du temps de la Maison du repos, mais elle avait l'air d'avoir été modernisée dans les années quatre-vingt. Les placards étaient de couleur foncée et les murs d'un jaune tirant sur le rose, ornés, au-dessus des placards, d'une frise à motifs de fruits rouges.

L'effet général était assez fatigué et déprimant. Le charme de la traverse ancienne au-dessus de la porte, des moulures et du plancher de bois ne pesait pas bien lourd face au faux plafond et aux comptoirs jaune pâle. N'empêche que, à l'évidence, quelqu'un vivait là. Il y avait une tasse de café sale dans l'évier et une cuiller poisseuse sur le plan de travail.

Il traversa la cuisine pour passer dans la pièce d'après et découvrit qu'une petite salle d'eau avait été ajoutée dans le coin, et que le reste servait de bureau, si l'on en jugeait par la grande table et la bibliothèque qui la meublaient. C'était une maison sans couloir, avec des pièces qui se suivaient. Il passa donc dans le salon – celui dans lequel il était entré si souvent autrefois par la porte côté rue. À un moment donné, il avait été peint dans une teinte mauve qui heurtait à l'extrême sa sensibilité artistique d'autant qu'elle était associée à une moquette bleu pervenche. Hormis cela, la pièce n'avait pas changé. La cheminée et les moulures étaient intactes et des volets de bois traditionnels fermaient encore les fenêtres côté rue.

Il revit la pièce autrefois, avec ses divans écarlates et son papier peint lépreux, enfumée, avec les femmes qui ôtaient leur peignoir pour s'installer sur les genoux des hommes et les regarder jouer aux cartes en attendant le moment où, détendus par l'alcool et les gains, ces messieurs seraient prêts à monter. Gabriel entendait encore les fausses notes criardes du piano désaccordé. C'était incroyable ce que sa dépendance le rendait tolérant vis-à-vis de tant de dépravation et d'un environnement aussi dégoûtant.

Aujourd'hui, si l'atmosphère n'était pas aussi grossière que du temps de la maison de tolérance de dernier ordre, on sentait bien que c'était un lieu sans chaleur, auquel personne ne s'intéressait. Cela devait bien faire vingt ans que l'on ne s'était pas soucié de la décoration ni de la structure. L'escalier était également garni de cette affreuse moquette bleue et la rampe d'un blanc sale aurait eu bien besoin d'une couche de peinture. Gabriel monta au trot, sachant que c'était en haut qu'il trouverait ce qu'il cherchait.

L'enfilade de petites chambres avait été transformée en deux plus grandes chambres et une salle de bains. Cependant, curieusement, la chambre d'Anne au bout du couloir était restée intacte – et c'était sans doute pour le mieux. Garnie d'une banquette-lit, elle servait de chambre d'appoint.

— Elle est jolie, ma chambre, hein, John ? lui demanda Anne le plus sérieusement du monde en souriant et tourbillonnant sur place avant de se laisser tomber en arrière sur le lit.

Elle poussa un soupir de contentement et embrassa du regard son petit domaine.

À ses yeux à lui, ce n'était guère plus qu'un réduit étouffant. Le plâtre s'effritait, les draps étaient jaunis et usés, la coiffeuse abîmée et branlante. Il manquait des lattes aux volets. Cela sentait l'humidité et une épaisse couche de poussière s'était accumulée sur les plinthes. Bref, il n'y avait absolument rien de joli.

Madame le faisait payer bien trop cher, mais il se moquait de se faire avoir. L'argent n'était que de l'argent, alors qu'Anne avait son absinthe. Peu importait où il la buvait et, apparemment, cette pauvre chambre suffisait à faire son bonheur.

— Pas aussi jolie que toi, répondit-il. Sers-moi à boire et laisse-moi te dessiner.

Il voulait reproduire ce sourire, cette satisfaction sur son visage. S'il y parvenait, il comprendrait peut-être comment les créer pour lui-même.

Raphael était assis sur la banquette, les jambes croisées, des papiers entre les mains et d'autres à côté de lui.

— Salut, Gabriel, dit-il sans lever les yeux. Je me doutais bien que je te verrais, tôt ou tard.

Gabriel entra. Le plancher craquait sous ses bottes.

— Bonjour, Raphael. Je suppose que tu devines aussi pourquoi je suis là.

Raphael posa ses papiers, soupira et le regarda d'un air calme qui tranchait avec la colère, le dédain, le sarcasme, peut-être même la satisfaction mauvaise qu'il attendait mais dont le visage du démon ne portait pas trace.

— J'imagine que tu vas me demander de ne pas m'approcher de Sara Michaels.

— Oui, pour commencer.

Gabriel avait d'autres idées, mais, dans un premier temps, il voulait entendre ce que Raphael avait à dire.

— Tu comptes accepter sans faire d'histoires ou va-t-il falloir que je te convainque ?

Pour toute réponse, il eut droit à un haussement d'épaules. La passivité de Raphael était exaspérante. En arrivant, Gabriel s'attendait à devoir livrer bataille. Il avait même un couteau à gaine dans sa poche arrière et il était prêt à tuer Raphael s'il le fallait – car un immortel pouvait tuer un autre immortel.

Sauf que l'homme qu'il en était venu à considérer comme son grand ennemi, l'assassin d'Anne, celui qui l'avait fait douter de sa propre innocence, de son âme, de lui-même, celui qui, en tuant sa mère, avait fait souffrir Sara d'une façon irrémédiable était assis là, voûté dans son short kaki et son polo rouge.

— Je ne m'approcherai pas de Sara parce que je ne veux pas qu'il lui arrive quelque chose, déclara Raphael. Je n'ai jamais voulu lui faire de mal et je suis navré qu'elle ait souffert de tout cela. À cause de moi. Je suis venu ici pour veiller sur elle, pour la protéger. Je reconnais que j'ai été surpris de la trouver avec toi. Je ne m'attendais pas à cela. Mais, au fond, c'est sans doute une bonne chose. Si nous sommes deux à faire attention à elle, elle doit être en sécurité, non ? Elle est bien à l'abri, hein ? Où est-elle ?

Perplexe, Gabriel resta à regarder Raphael. Qu'est-ce qu'il racontait ? À l'abri de quoi ? De qui ? Il était difficile de croire que l'homme qui parlait ainsi soit celui qui lui avait envoyé les photos du corps de sa mère. Cependant, Gabriel restait méfiant et se gardait de tirer des conclusions hâtives.

— Oui, elle est à l'abri, répondit-il. Mais qu'est-ce que cela peut te faire ?

Raphael appuya le menton dans le creux de sa main.

— J'aime bien Sara. C'est une jeune femme merveilleuse. Elle est gentille, généreuse, et elle aimait sa mère malgré tous les problèmes que Jessie pouvait avoir. J'aurais dû garder mes distances avec elles deux.

— Si tu es aussi attaché que cela à Sara, pourquoi as-tu tué sa mère ? Cela a bien failli la détruire, elle aussi.

Quant à Raphael, il avait manifestement perdu la tête. Il était d'un calme inquiétant, mélancolique, vague.

Toutefois, la réaction de Gabriel sembla le réveiller en sursaut.

— Je n'ai pas tué Jessie, Gabriel. Je te le jure sur tout ce qui est sacré. Je n'ai pas tué Jessie. Je l'aimais. Nous nous entendions bien. Nous étions bien ensemble. Nous nous soutenions, nous nous rendions meilleurs l'un l'autre. Tu comprends ?

Oui, il comprenait. C'était exactement ainsi qu'il voyait sa relation avec Sara. Mais il ne parvenait pas à se convaincre de l'innocence de Raphael. Tout le désignait comme coupable.

— Qui l'a tuée, alors ? Tu es le dernier à l'avoir vue vivante. On a retrouvé ton ADN sur elle. L'assassin est entré sans effraction.

Raphael écarta ses arguments d'un geste impatient.

— Et, comme l'a rappelé mon avocat au tribunal, nous avions une relation intime. Il n'est donc pas étonnant d'avoir retrouvé mon ADN sur elle. Mais je n'ai pas envie de passer en revue le catalogue des preuves scientifiques. Je n'en supporte même plus l'idée. Je ne supporte pas non plus de penser à ce qu'elle a subi. Je suis venu ici pour me tuer, tu sais. Pour mettre fin à tout cela. Là où tout a commencé.

Raphael rassembla les papiers en une pile bien nette et les lui tendit.

— Mes dernières volontés et mon testament, s'il te plaît.

Sans comprendre encore ce qui se passait, Gabriel prit la liasse. Il avait l'impression que la dernière pièce du puzzle manquait encore.

— Et Anne ? Pourquoi l'as-tu tuée ? Elle ne t'avait rien fait. Si c'était dans le but de me punir, moi, pour une raison ou une autre, pourquoi as-tu témoigné en ma faveur à mon procès ?

Raphael se contenta de secouer la tête.

— Je n'ai pas non plus tué Anne, affirma-t-il. J'ai eu de la peine quand elle t'a choisi à ma place, parce que j'étais attaché à elle, mais je devais bien admettre que tu étais plus riche que moi, et plus joli garçon. Et puis je me suis rendu compte qu'elle n'appréciait pas particulièrement mon goût pour le ménage à trois. Malgré tout, je n'ai pas résisté à l'envie de lui rendre une dernière visite, ce soir-là. Mais tu es arrivé en avance et Madame m'a envoyé promener.

Gabriel ne se donna même pas la peine de dissimuler son incrédulité. Il croisa les bras sur sa poitrine, quitte à froisser les papiers.

— Tu es en train de me dire que tu n'as rien à voir avec la mort d'aucune de ces femmes ? Que tu es innocent comme l'agneau qui vient de naître ?

— Je n'ai jamais dit que j'étais innocent. Pas plus que toi. Je te rappelle que nous sommes des anges déchus. Nous avons péché, encore et encore, tous les deux. Néanmoins, oui, je t'affirme que je n'ai pas tué ces femmes. Toutefois, indirectement, je suis responsable de leur mort parce que, depuis cent cinquante ans, toutes les femmes avec lesquelles j'ai eu des relations intimes ont été assassinées. Cela finit par calmer les ardeurs, conclut-il avec un rire amer.

— Tu es cinglé, Raphael. Et tu n'es qu'une ordure. Tu as tué ces femmes, et tu le sais.

Gabriel ne comprenait pas qui pouvait être le coupable si ce n'était ni Raphael ni lui. Personne d'autre n'avait de liens et avec Anne Donovan et avec Jessie Michaels. Par ailleurs, ces deux meurtres ne pouvaient évidemment avoir été commis que par un immortel.

Il ne pouvait s'agir d'une horrible coïncidence.

— Pourquoi as-tu envoyé ces photos à Sara ?

— Quelles photos ?

— Et l'absinthe ?

— L'absinthe ? Mais de quoi tu parles ? demanda-t-il en fronçant les sourcils. Je croyais que tu avais arrêté de boire cette saloperie. Ne me dis pas que tu as recommencé. Je pensais que tu valais mieux que cela, maintenant.

Gabriel l'étudia. Avait-il perdu tout contact avec la réalité ou disait-il la vérité ? Il déplia la liasse et y jeta un coup d'œil. Une citation au bas de la première page lui sauta aux yeux.

« Vivant dans le péché, je vis mort pour moi-même. Ma vie est-elle à moi ? non, mais au péché noir

Dans les chemins duquel, perdu, je vais sans voir. Aveugle, je n'ai plus ma raison, bien suprême.

Michel-Ange »

— Qu'est-ce que c'est que cette soudaine obsession de Michel-Ange ? demanda-t-il en coinçant le testament de Raphael dans sa poche arrière, de plus en plus furieux de ne rien comprendre.

— Michel-Ange voyait des anges, répondit-il avec un petit sourire. « J'ai vu un *ange* dans le *marbre* et j'ai seulement ciselé jusqu'à l'en *libérer*. » Tu ne trouves pas étrange que ces femmes, les femmes que j'ai aimées, que j'ai voulu aider aient été comme ciselées, Gabriel ? Ciselées jusqu'à les libérer… les envoyer au ciel.

Gabriel se sentit gagné par une sueur glacée. C'était l'image la plus effrayante, la métaphore la plus horrible qu'il ait jamais entendue. Il crut s'étrangler de dégoût. C'était Raphael le coupable. C'était lui qui avait tué ces femmes et il était assis là, dans sa tenue de week-end de médecin bon chic bon genre, avec ce sourire obscène aux lèvres.

Alors, sans hésitation, Gabriel prit son couteau.

— Debout, Raphael. Prépare-toi à mourir.

Chapitre dix-huit

Jocelyne lui ouvrit tout de suite.

— Tu rentres plus tôt que prévu, remarqua-t-elle.

— Rafe n'était pas chez lui.

— Tant mieux. Enfin, pas tant mieux, mais je suis contente que tu sois rentrée parce que j'étais vraiment pressée de te parler des résultats de tes échantillons – mais je ne voulais pas te mettre en retard, tout à l'heure. Tu avais l'air d'avoir très envie de voir Rafe.

Oui. C'était vrai tout à l'heure. Mais plus autant maintenant.

— Bon, alors, ces résultats ?

— Eh bien, soit ils sont douteux, soit ils sont mal étiquetés.

— Comment cela ?

Sara ne s'était toujours pas remise de sa rencontre avec la petite amie de Rafe, ni de sa quasi-dispute avec Gabriel la veille au soir de son départ de La Nouvelle-Orléans. Elle n'était pas certaine d'être en état de réfléchir à ce qui avait pu arriver à ses échantillons.

Elles s'assirent sur le canapé de Jocelyne et Sara remonta les jambes sous sa jupe. Elle était fatiguée. Comme engourdie. Jocelyne, une brune d'un mètre quatre-vingts aux lunettes rétro funky et débordante d'énergie, tenait un verre de vin rouge à la main.

— Tu veux boire quelque chose ? lui proposa-t-elle. Tu as l'air épuisée, Sara.

— Non, merci. Ça va. Il m'est arrivé un truc bizarre. Je te raconterai une fois que tu m'auras donné les résultats. Je suis curieuse, maintenant. Je ne vois pas comment j'aurais pu mal étiqueter les échantillons.

Cela dit, elle les avait envoyés à Jocelyne la veille au soir, quand elle était énervée, en colère contre Gabriel. Alors, oui, sans doute, tout était possible.

— Bon, voilà. Dans ton échantillon, j'ai trouvé des marqueurs correspondant à ceux de l'échantillon qui, d'après ce que tu indiques, vient de ton ancêtre. Ça, c'est normal. Il n'y avait pas beaucoup de matière, compte tenu de la taille et de l'âge de l'échantillon, mais j'ai fait une comparaison à partir du premier cheveu que tu m'as donné, et cela ne correspondait pas. Le sang sur la lame n'appartient donc pas à la même personne que le cheveu. Ce qui est aussi logique puisque le sang sur le couteau est celui d'une femme, la victime. Ce qui cloche, c'est la comparaison entre les deux cheveux. Tu m'as dit que les deux hommes étaient parents. Sauf qu'ils ne le sont pas.

— Quoi ? Ils ne sont pas de la même famille ?

Pourquoi Gabriel aurait-il affirmé descendre de John Thiroux si ce n'était pas vrai ? Croyait-il réellement que c'était le cas ? Se trompait-il ?

— Non, confirma Jocelyne en haussant les épaules. Ils sont plus que cela : il s'agit d'un seul et même homme.

— *Quoi ?* C'est impossible.

Pour le coup, cela n'avait vraiment aucun sens.

— Non. Cela ne fait aucun doute. Ces deux cheveux appartiennent au même homme, Sara.

Finalement, elle regrettait de ne pas avoir accepté un verre de vin. Elle s'appuya contre le dossier du canapé, l'esprit tournant à cent à l'heure. Comment avait-elle pu se retrouver avec deux échantillons de Gabriel ? C'était impossible. Elle était sûre et certaine qu'il n'y avait qu'un cheveu sur son oreiller et que l'autre provenait de l'échantillon correspondant à John Thiroux, que lui avait confié Gabriel. Certes, il pouvait lui avoir donné un cheveu à lui en lui faisant croire que c'était un de ceux de Thiroux, mais à quoi bon mentir sur ce genre de chose ?

— C'est trop bizarre… Je ne comprends pas comment ils ont pu se mélanger. Peut-être que les deux ADN sont très proches…

Mais elle était la première à savoir qu'aucune erreur de ce genre n'était possible. Jocelyne connaissait parfaitement son métier et savait faire la différence entre « très ressemblant » et « identique ».

— L'ADN ne ment pas, ma belle, objecta-t-elle d'ailleurs. Pour une raison ou une autre, tu t'es retrouvée avec deux échantillons de la même personne. Une fois que j'aurai fini de te décrire mes résultats, j'espère que tu me diras qui sont ces gens et ce que signifie cette histoire. Il me semblait que tu étais à La Nouvelle-Orléans en congé sabbatique…

C'était l'excuse la plus simple qu'elle avait trouvée pour justifier discrètement son absence.

— Je te dirai tout, je te le promets.

Dieu sait qu'elle avait besoin de se confier à quelqu'un.

— Mais, d'abord, raconte-moi ce que tu as trouvé d'autre.

Même si cela ne servait plus à grand-chose, si elle s'était

trompée dans les échantillons. Cela la mettait hors d'elle. Elle avait horreur de faire des erreurs – surtout des erreurs inexplicables comme celle-ci.

— Tu sais, l'empreinte digitale que tu m'as envoyée ? Je l'ai passée dans le système d'identification et il m'en a ressorti quatre qui pouvaient correspondre. Patricia est restée hier soir pour les comparer – un samedi soir, tu lui dois une fière chandelle – et elle en a trouvé une qui collait parfaitement. Douze points.

Sara regarda Jocelyne en plissant les yeux.

— Attends. Je ne t'ai envoyé le scanner que d'une empreinte. Comment as-tu pu trouver un résultat dans le système d'identification ?

— Parce qu'il s'agit de la même personne.

Jocelyne la regarda d'un air interloqué.

— Qu'est-ce qu'il y a ? demanda-t-elle. Pourquoi m'as-tu envoyé cette empreinte si tu ne voulais pas que je la compare ?

Ce qu'il y avait, c'était que l'empreinte qu'elle avait envoyée à Jocelyne était celle qu'un doigt ensanglanté avait laissée sur le dessin d'Anne Donovan en 1849. Soit il y a près de cent soixante ans. Elle ne l'avait envoyée que pour lui demander si, à son avis, il était possible de recueillir de l'ADN dans le sang de l'original. Sauf que, comme, finalement, elle ne lui en avait pas parlé, son amie en avait conclu qu'il fallait faire des recherches sur l'empreinte. Une idée qui ne lui était même pas venue compte tenu de son ancienneté.

— C'est une très vieille empreinte, fit-elle valoir. Il est impossible que tu en aies trouvé une identique.

— De quand date-t-elle ?

— De 1849.

Sara fut prise d'un frisson. Quelque chose clochait sérieusement. Mais elle n'arrivait pas à savoir quoi.

— Hein ? C'est impossible. Patricia ne peut pas avoir fait une erreur aussi grossière. C'est une spécialiste des empreintes; elle exerce dans ce domaine depuis quinze ans. Merde, Sara, elle a trouvé douze points caractéristiques identiques !

— C'est pour cela que ça ne tient pas debout ! s'exclama Sara en se massant les tempes. Et alors, à qui correspond cette empreinte ? Un quelconque petit délinquant ?

— Non. À une femme arrêtée en Louisiane en 2003 parce qu'elle tenait un réseau de prostitution. Elle s'appelle Marguerite Charles. Ça te dit quelque chose ?

Oui. Sara se redressa d'un coup. C'était le prénom de la femme devant chez Rafe. Marguerite. Toutefois, elle ne lui avait pas dit son nom de famille. Pourquoi avait-elle l'impression d'avoir déjà entendu le nom de Marguerite Charles ?

— Je ne sais pas…, répondit-elle. Peut-être. Quand je suis passée chez Rafe, avant de revenir ici, il y avait une femme qui venait chercher son courrier. Apparemment, il a déménagé. Cette femme a dit que c'était sa petite amie… et qu'elle s'appelait Marguerite.

Elle avait aussi cité le nom de Gabriel. « Dites bonjour à Gabriel de ma part. »

Oh, mon Dieu. Sara venait de se rappeler où elle avait vu le nom de Marguerite Charles. Dans les comptes rendus d'audience du procès de Jonathon Thiroux. C'était la femme du député qui avait posé nue pour lui.

— Depuis quand Rafe a une petite amie ?

Jocelyne avait l'air aussi choquée qu'elle.

— Ce n'est pas un peu tôt pour sortir avec une autre femme ? ajouta-t-elle. Ça fait à peine trois semaines qu'il a été acquitté. Franchement, c'est de très mauvais goût.

— Ah, *merci*, répondit Sara qui était d'accord avec elle à deux cents pour cent. C'est exactement ce que j'ai pensé, mais je me suis dit que j'étais de parti pris.

Soit elle se trompait complètement, soit c'était une coïncidence aussi monstrueuse qu'étrange que la femme arrêtée pour proxénétisme en Louisiane puisse être la nouvelle petite amie de Rafe. Et il était carrément impossible qu'il puisse s'agir de la Marguerite des comptes rendus d'audience, celle qui, donc, était physiquement présente dans la chambre d'Anne Donovan au moment de sa mort.

Quoi qu'il en soit, dans l'immédiat, elle était curieuse de savoir si Gabriel connaissait une certaine Marguerite, et comment il l'avait rencontrée.

— Mm… Comportement typiquement masculin, sans doute. N'empêche que c'est nul.

— Elle m'a même invitée à dîner avec eux deux !

— Beurk ! fit Jocelyne en plissant le nez. J'espère que tu lui as dit d'aller se faire voir.

Sara éclata de rire. Elle adorait Jocelyne. Elle lui avait manqué.

— Pas exactement, mais je suis sûre qu'elle ne le pensait pas vraiment. Elle a juste voulu marquer son territoire et me mettre les points sur les i, je pense.

Et puis, tout compte fait, il lui était égal que Rafe ait une nouvelle petite amie. Ce qui l'intéressait plus, c'était de savoir qui était ladite petite amie et ce qu'elle avait à voir avec Gabriel ou avec elle-même.

Tout devenait trop bizarre. Elle avait l'impression de tourner en rond. Les situations et les gens se ressemblaient, se recoupaient, se superposaient au point que c'en était troublant, déstabilisant.

— Finalement, je crois que je veux bien un verre de vin. Et, si ça ne t'ennuie pas, j'aimerais passer un coup de fil en vitesse à Gabriel.

Jocelyne haussa les sourcils d'un air interrogateur.

— Qui c'est, ce Gabriel ? Et comment se fait-il que ton regard s'adoucisse à ce point quand tu parles de lui ?

— Je me dépêche de l'appeler et, ensuite, promis, je te raconte tout.

Mais, avant toute chose, il fallait qu'elle découvre ce qu'il savait de cette brune riche et bien roulée qui répondait au nom de Marguerite.

Raphael se contenta de le regarder en secouant la tête.

— Je ne crois pas, non. Si je meurs, ce sera par ma propre main. En plus, ajouta-t-il en fronçant les sourcils, je nous croyais amis. Nous allions dîner ensemble, au club, autrefois. Et j'ai fait mon possible pour pousser le jury à te déclarer non coupable lors de ton procès. Pourquoi veux-tu me tuer ?

Gabriel ne voyait même pas pourquoi il lui posait la question.

— Tu as tué… quoi… quatre femmes ? La première d'entre elles était sous ma protection. Il est donc de ma responsabilité, déchu ou non, de te vaincre.

— Je te le répète : ce n'est pas moi qui les ai tuées.

Raphael se laissa tomber en arrière sur la banquette et fixa le plafond.

— Tu ne comprends pas ce que je te dis ? ajouta-t-il. C'est mon châtiment. Si je m'attache à une femme, si j'ai une intimité sexuelle avec elle, elle se fait assassiner.

— Mais...

Gabriel baissa sa main armée du couteau. Ce châtiment ne semblait pas cohérent. Même les Grigori n'admettraient sans doute pas que l'on tue des mortels pour punir un démon.

— Mais comment se fait-il que ce soit arrivé alors que tes relations avec elles étaient aussi avancées ? Et comment se fait-il qu'il n'y ait pas eu de trace de relations sexuelles ni avec Anne ni avec Jessie ?

C'était crûment formulé, mais il lui semblait essentiel de le savoir.

Raphael restait couché sur le dos, l'air contrit.

— J'ignore pourquoi les choses arrivent quand elles arrivent. Toutefois, s'il n'y a pas eu de preuve de relations sexuelles avec Anne, c'est parce que c'était moi le coroner. J'ai menti en estimant que cela pourrait t'être favorable. Je n'avais pas envie de te voir moisir en prison. Quant à Jessie, c'est parce que nous n'avons pas couché ensemble ce soir-là. Nous l'avons fait bien des fois auparavant, mais pas ce soir-là.

Gabriel leva les deux mains pour lui faire signe de lui épargner les détails.

— C'est bon, ça va, assura-t-il. Alors, si tu dis vrai – ce que je ne suis pas encore certain de croire –, qui les a tuées ?

— Je l'ignore. Et j'aimerais bien le savoir.

Gabriel se mit à faire les cent pas dans la petite pièce. La chaleur humide, le manque d'air, l'incertitude l'étouffaient. Le parquet était toujours fait des mêmes planches usées, éraflées et poussiéreuses. En revanche, il n'y avait plus trace de la tache de sang à l'endroit où se trouvait le lit d'Anne. On avait dû poncer le bois. Gabriel, lui, n'oubliait pas aussi facilement. Il voulait savoir qui avait commis ce crime odieux. Il en avait besoin. S'il s'agissait effectivement de son châtiment, ou de celui de Raphael, ou alors d'une quête atroce qui n'avait rien à voir avec eux.

Son portable sonna dans sa poche; il le sortit. C'était le numéro de Sara qui s'affichait. Il aurait aimé répondre mais, si elle appelait, c'était qu'elle allait bien. Et il fallait qu'il aille au bout de cette conversation avant de lui parler.

— Vas-y, décroche, lui enjoignit Rafe. Ça ne me dérange pas.

— Trop tard. Elle a coupé.

Que faire, maintenant ? Il y avait une clé, c'était certain. Il fallait qu'il la trouve. Il devait accomplir quelque chose pour se libérer – mais quoi ? Sa priorité était d'élucider les meurtres. Mais ensuite ?

Ce fut au tour du téléphone de Raphael de se mettre à sonner. Il le sortit et consulta l'écran.

— Tiens, c'est Sara, annonça-t-il. Je vais répondre.

Vexé qu'elle l'appelle tout de suite après lui, Gabriel regarda son appareil. Elle ne lui avait même pas laissé de message. Manifestement, elle lui en voulait encore. N'empêche que savoir que la femme qu'il aimait se satisfaisait parfaitement de bavarder avec Raphael lui était odieux.

Celui-ci s'était redressé.

— Salut, Sara, dit-il. Comment vas-tu ?

Il n'y avait rien de plus désagréable que de rester planté là à n'entendre que la moitié de la conversation. C'était lui qui devrait être en train de parler avec elle, au lieu de tenir ce rôle de spectateur. Surtout dans cette chambre. Il allait sortir. Il fallait qu'il s'éloigne de cette pièce aux murs décrépis où subsistaient de vieilles odeurs de cigarette et de pourriture. Il se tenait à l'emplacement précis de la petite table d'Anne et cela éveillait en lui une frustration qu'il n'aurait su décrire ni expliquer.

Raphael fronçait les sourcils.

— Je t'ai prévenue que j'allais déménager.

Apparemment, Sara était en colère contre lui aussi, nota Gabriel avec une satisfaction mesquine.

— Quoi ? Qui ? Sara, calme-toi… non, pas du tout. Non, je ne sais pas de quoi tu parles. Ne quitte pas, une seconde. Je te passe Gabriel.

Il lui tendit l'appareil et précisa :

— Je crois qu'il faut que tu lui parles. Elle est dans tous ses états et je ne saisis pas pourquoi.

Génial. Absolument génial. Ils n'étaient même pas censés se connaître et voilà que Raphael venait de révéler qu'il était juste à côté de lui. Au lieu de lui laisser une chance d'aborder le sujet en douceur, il venait en gros de lui passer une grenade dégoupillée.

— Sara ? Désolé, je n'ai pas décroché assez vite. Tout va bien ? Toi, comment vas-tu ?

Gabriel rangea son portable dans sa poche et se mit à faire tourner machinalement le couteau dans sa main libre. Il pressentait que la conversation n'allait pas être des plus agréables.

— Qu'est-ce que tu fabriques avec Rafe ? attaqua-t-elle d'emblée. Je croyais que tu ne venais pas en Floride ! Qu'est-ce qui se passe, bon sang ?

En effet, cela ne s'annonçait pas très bien…

— Je ne suis pas en Floride, corrigea-t-il. Je suis toujours à La Nouvelle-Orléans.

— Comment est-ce possible ? Rafe y est aussi ? D'où vous connaissez-vous ?

Impossible d'expliquer simplement leur relation ou ce qui se passait. Gabriel enfouit les doigts dans ses cheveux et ferma les yeux pour répondre :

— Hm. Il se trouve que nous nous connaissons. Je ne m'en suis pas rendu compte tout de suite parce qu'il a changé de nom mais, quand je l'ai vu en photo, j'ai tout de suite fait le rapprochement. Et j'étais à peu près certain qu'il était ici, à La Nouvelle-Orléans, parce que j'ai découvert que la maison de Dauphine Street lui appartenait. C'est pour cela que je t'ai laissée repartir en Floride sans faire de difficultés. Sachant qu'il était ici, et pas là-bas, tu n'avais rien à craindre de lui.

Mon Dieu. À chaque mot, il s'enfonçait davantage. Elle ne devait pas s'y retrouver.

— Bon, dit-elle effectivement. Je n'y comprends plus rien… Il y avait une femme, devant chez Rafe. Et son appartement est vide. Et elle s'est présentée comme sa petite amie. Elle m'a affirmé qu'ils s'étaient installés ensemble. Elle m'a invitée à dîner avec eux deux et, toi, tu me dis qu'il se trouve à La Nouvelle-Orléans ? Par ailleurs, mon amie Jocelyne a analysé les échantillons que je lui ai donnés; elle a aussi fait une recherche sur l'empreinte digitale sur le dessin parce que j'avais oublié de lui dire que je n'en avais pas besoin – et, le plus bizarre, c'est qu'elle a trouvé un résultat. L'empreinte sur le dessin correspond à une femme du nom de Marguerite Charles arrêtée en Louisiane en 2003 parce qu'elle était à la tête d'un réseau de prostitution. La Louisiane. Marguerite Charles. Et la femme qui a dit être la petite amie de Rafe s'est également présentée sous le nom de Marguerite. Toutes ces coïncidences commencent à me faire flipper.

Marguerite. Gabriel rouvrit les yeux d'un coup et se remit à faire les cent pas en donnant un petit coup dans le pied de Raphael pour attirer son attention.

— Les empreintes de Marguerite Charles correspondent à celles retrouvées sur le lieu du meurtre d'Anne Donovan ? résuma-t-il.

— Oui.

Merde. La fille d'Alex était une meurtrière. Cela, Gabriel ne s'en serait jamais douté. Il n'avait aucune raison de le soupçonner. Toutefois, c'était le choc qui faisait ouvrir de grands yeux à Raphael. Pas le scepticisme. Il semblait croire Marguerite parfaitement capable de meurtre.

— Il y a forcément une erreur quelque part, poursuivait Sara. Il n'est pas possible que les empreintes d'une femme d'aujourd'hui correspondent à celles de quelqu'un qui a vécu il y a un siècle et demi. Mais, enfin, tout ça sent mauvais. Et je ne comprends plus rien.

Hélas, ce n'était que trop possible. La frayeur le prit quand il songea à ce que Sara venait de lui dire.

— Tu as vu Marguerite chez Rafe ? fit-il. Elle est à Naples ?

Raphael bondit de la banquette.

— Gabriel, intervint-il. Sara est en danger.

C'était précisément ce qu'il venait de conclure. Et ils étaient tous les deux à plus de mille cinq cents kilomètres d'elle.

— Oui, répondit Sara. Tu la connais ? En s'en allant, elle m'a priée de te dire bonjour de sa part. Je suis complètement larguée. Et en colère, parce que j'ai l'impression que tu sais ce qui se passe et que tu me le caches.

Il aurait bien voulu lui expliquer, mais le temps pressait. De toute façon, on n'annonçait pas son immortalité au téléphone.

— Sara, écoute-moi bien, ma chérie. Je te raconterai tout dès que j'arriverai à Naples. Je saute dans le premier avion. Reste avec ton amie jusqu'à ce que j'arrive, d'accord ? Et ne t'approche pas de l'appartement de Rafe ni de Marguerite.

— Pourquoi ? Qu'est-ce qui se passe ?

— Je pense que Marguerite a tué ta mère. Et c'est aussi l'avis de Rafe.

Un long silence s'ensuivit. Gabriel arrêta de marcher. Si seulement il savait comment faire pour la rassurer, la réconforter. Être sûr qu'elle ne risque rien jusqu'à ce qu'il la rejoigne.

— Gabriel, j'ai peur.

Il le sentait dans sa voix. Elle avait peur et de ce qui était tangible – la mort –, et de ce qui lui échappait – le lien entre lui-même, Raphael et Marguerite.

— Ça va aller, promit-il. J'arrive.

La main dans les cheveux, il s'arrêta devant la porte.

— Au fait, Sara ?

— Oui ?

— Je t'aime.

C'était peut-être trop, trop tôt, mais il avait besoin de lui dire ce qu'il savait être vrai. Jamais il n'avait dit ces mots à une femme. Jamais il n'avait saisi la joie réelle et profonde qu'il y avait à aimer un autre être. Avec Sara, il le découvrait. C'était beau, merveilleux de sentir cette paix totale en sa présence, de la regarder en songeant que, à ses côtés, il devenait meilleur.

Elle ne répondit pas, mais il n'y comptait pas. Elle était trop accablée pour pouvoir lui offrir le même engagement en cet instant, dans ces circonstances. N'empêche qu'il l'aimait, qu'il donnerait sa vie pour elle et qu'il tenait à ce qu'elle le sache.

Il se dépêcha de lui dire au revoir et rendit le téléphone à Raphael qui l'avait rejoint à la porte.

— Comment vas-tu faire pour te rendre en Floride ? lui demanda ce dernier. Je croyais que tu étais lié à La Nouvelle-Orléans.

— C'est le cas.

Gabriel remonta le couloir et descendit quatre à quatre.

— Si tu enfreins cette obligation de rester ici, tu ne gagneras jamais ta liberté… tu resteras coincé ici pour l'éternité.

— Je sais, confirma-t-il sombrement.

Ce n'était pas une perspective très réjouissante, mais il n'avait guère le choix. Il n'allait pas laisser Sara se faire tuer sans bouger d'ici pour sauver son indigne petite personne.

— Moi, je peux aller à Naples, et ramener Sara ici, proposa Raphael.

— Non. J'y vais.

Pas question d'attendre ici sans même savoir si elle était saine et sauve.

Les pas de Raphael résonnaient derrière lui quand il traversa le salon, le bureau et la cuisine pour ressortir.

— Je t'accompagne, de toute façon, déclara-t-il. Marguerite est… c'est mon problème.

— C'est la fille d'un démon, souligna Gabriel en traversant le buisson sur le côté de la maison et en sautant par-dessus les briques, laissant ses jambes le porter de toute leur vitesse. C'est notre problème à tous les deux.

— Surtout le mien, tu sais. Elle fait cela à cause de moi. Marguerite veut que je l'épouse depuis… enfin, depuis le début… Mais je ne me doutais de rien, je te jure. Je ne l'imaginais pas en meurtrière. Je ne l'aurais jamais crue capable d'une chose aussi horrible.

Gabriel se retourna vers Raphael qui courait au même rythme que lui. Très pâle, moite, il semblait prêt à vomir. Comme si la découverte de ce qu'avait fait Marguerite le rendait littéralement malade. Alors, Gabriel eut envie de le croire.

— On ne peut pas changer le passé, Raphael. On ne peut agir que sur le présent.

Il le comprenait enfin.

Chapitre dix-neuf

De la peur et de la frustration, Sara ne savait pas laquelle l'emportait. Le ton de la voix de Gabriel l'avait effrayée, autant que l'insistance avec laquelle il lui avait demandé de ne pas bouger en l'attendant. Toutefois, elle était également furieuse de se rendre compte que tout le monde semblait savoir ce qui se passait, sauf elle.

Elle voulait toujours tout contrôler, et elle l'avouait volontiers. Ne pas avoir en sa possession toutes les informations disponibles la rendait folle. D'autant que, manifestement, ces informations existaient et que personne ne semblait vouloir lui en faire part.

Gabriel lui avait tout de même avoué trois choses. Il connaissait Rafe et Marguerite. Il pensait que Marguerite avait tué sa mère. Et il était amoureux d'elle.

Elle ne s'était attendue à aucune de ces révélations et elle se demandait laquelle lui faisait le plus grand choc. Certes, elle n'avait rien vu venir. Mais sa déclaration d'amour l'avait prise tellement au dépourvu qu'elle avait été incapable de l'enregistrer et d'y répondre avant qu'il raccroche. Ce qui n'était pas plus mal, parce qu'elle n'avait aucune idée de ce qu'elle aurait pu lui dire en retour. Elle avait cru l'aimer. Elle le croyait toujours, en réalité. Cependant, tous ces secrets, tout ce qu'il semblait lui cacher l'inquiétait. Et rien de ce qui concernait les meurtres – d'hier ou d'aujourd'hui – n'avait aucun sens. Elle était victime de surmenage émotionnel et intellectuel et aucune solution ne se profilait à l'horizon.

— Tu l'aimes ? lui demanda Jocelyne en lui tendant un verre de vin.

Sara le prit et, machinalement, se mit à faire tourner le liquide à l'intérieur.

— Oui.

Était-ce une erreur ? Elle l'ignorait. En tout cas, c'était ainsi, et elle ne pouvait rien y faire. Elle l'aimait paisiblement, passionnément, tendrement, merveilleusement.

— Je ne t'avais jamais vue amoureuse, souligna Jocelyne. Ça m'a sauté aux yeux dès que tu as dit son nom.

Sara croisa les jambes sur le canapé et tira sa jupe pardessus. Puis elle la regarda.

— Je ne tombe pas facilement amoureuse, reconnut-elle. En tout cas, c'était ce que je croyais. On se connaît depuis… quoi… six ans ? Je suis plus tôt du genre réservé, côté sentiments. Tu le sais. J'essaie de m'améliorer, mais je n'y peux rien.

— Je ne dirais pas cela, protesta son amie. Je trouve au contraire que tu donnes beaucoup, sur le plan émotionnel. Tu es loyale, affectueuse et extrêmement généreuse. Du coup, j'imagine que c'est pour cela que tu ne vas pas vers beaucoup de gens. Tu donnes tellement de toi dans une relation que tu ne peux pas avoir une foule d'amis et d'amants. Tu es sélective. Tu préfères les amitiés vraies aux relations superficielles. Cela fait partie des choses que j'apprécie chez toi.

Sara était tellement à vif, tellement remuée qu'elle sentit les larmes lui monter aux yeux et dut respirer à fond pour ne pas se mettre à pleurer. Non, elle n'allait pas craquer.

— Merci, dit-elle. Tu ne peux pas savoir ce que ça compte, pour moi. Oui, j'aime Gabriel. Je ne comprends pas comment ni pourquoi c'est arrivé aussi vite, mais, dès que je l'ai rencontré, il m'a semblé que nos chemins étaient appelés à se croiser. Que nous étions liés. Que nous nous connaissions déjà, tant nous nous ressemblions. Mon Dieu, ajouta-t-elle après avoir bu une gorgée de vin, ça paraît dingue, mais je l'*adore*.

C'était d'une niaiserie pitoyable, cependant c'était vrai. Elle n'avait jamais imaginé, jamais deviné combien cela lui réchaufferait le cœur et combien cela la griserait à la fois, de ressentir ce qu'elle éprouvait pour Gabriel. Elle avait pourtant cru aimer des hommes, auparavant. Mais, là, c'était différent. Plus profond. Plus riche. Plus exaltant. Plus dévorant.

— Alors, qu'est-ce qui se passe ? Qu'est-ce que c'est que ces histoires d'ADN ? Et pourquoi es-tu ici et lui à La Nouvelle-Orléans ?

— J'espère que tu n'as rien de prévu, ce soir, parce que je risque d'en avoir pour un moment à tout t'expliquer.

— Non, je n'ai rien de prévu, et je suis tout ouïe, assura Jocelyne en se déchaussant pour remonter les pieds sur le canapé. Ça m'a l'air d'être quelque chose…

Sara se demandait par où commencer. Le plus simple était sans doute de lui avouer la vraie raison de son voyage à La Nouvelle-Orléans. Alors elle raconta à Jocelyne comment Gabriel avait pris contact avec elle, le projet de livre, leur rencontre et leur décision de travailler ensemble. Elle lui parla également des étranges preuves qui n'aboutissaient nulle part, des parallèles entre les deux affaires. Deux heures plus tard, elle lui avait tout dit, ou presque. Elle n'avait laissé de côté que les détails trop intimes, comme le refus de Gabriel de coucher avec elle ou l'expérience qu'elle avait faite avec l'absinthe.

— Donc, résuma-t-elle, le nom que tu m'as donné – Marguerite Charles – apparaît dans les comptes rendus d'audience du procès de Jonathon Thiroux. Et la petite amie de Rafe s'appelle également Marguerite. Or, ce n'est pas un prénom si courant. C'est donc très bizarre. Même, cela n'a aucun sens. Et il paraît tout aussi aberrant que les empreintes correspondent. Le système débloque complètement. Évidemment, il ne peut pas s'agir de la même personne.

— C'est là que tu te trompes…

Sara faillit lâcher son verre de vin quand elle tourna la tête dans la direction d'où provenait la voix féminine qui avait dit ces mots et découvrit Marguerite, qui se tenait dans la cuisine de Jocelyne, appuyée contre la colonne qui marquait la limite avec le coin salle à manger.

— Il s'agit bien d'une seule et même personne : moi. Je pensais que tu l'aurais compris, maintenant. Tu n'es donc pas aussi intelligente que le prétendent Gabriel et Raphael.

— Comment êtes-vous entrée ? demanda Sara.

— Un truc de démon. Ce n'est pas si difficile que ça, en fait.

Marguerite portait une robe bain de soleil jaune et des sandales dont les talons hauts cliquetèrent sur le carrelage quand elle s'avança.

— De démon ?... Qu'est-ce que vous racontez ?

Sara n'en pouvait plus de tous ces gens qui parlaient par énigmes sans jamais en venir au fait. Qui était Raphael ? Et qu'est-ce que les démons venaient faire là-dedans ?

— Oh ? Tu veux rire ! Gabriel ne t'a pas mise au courant ? Voilà qui est intéressant. Très intéressant. Si j'étais toi, ça m'énerverait.

Marguerite était juste devant elles, maintenant. D'un geste vif, elle arracha des mains de Jocelyne son portable qu'elle avait pris sur la table basse.

— Pas besoin de ça !

Sara s'en voulait d'avoir mêlé son amie à cette sombre histoire – dont elle ignorait d'ailleurs les tenants et les aboutissants. En se tournant vers elle pour la rassurer, elle la découvrit le regard perdu dans le vide, les traits et le visage figés. Elle poussa un hurlement.

— Oh ! Mon Dieu ! Qu'est-ce qui lui arrive ?

Elle toucha Jocelyne qui n'était pas froide mais ne bougea absolument pas.

— Jocelyne ? appela-t-elle. Jocelyne, ça va ?

— Ça ira très bien, affirma Marguerite. Mais je préfère qu'elle fasse une petite sieste pendant que nous bavardons. Comme cela, elle ne se souviendra de rien et tu n'auras pas à te reprocher de l'avoir impliquée.

— L'avoir impliquée dans quoi ?

— Dans ta petite aventure avec les démons. C'est ce que nous sommes, tu sais, Gabriel, Raphael et moi. Nous sommes des démons immortels. Enfin, pour être tout à fait exacte, je ne le suis qu'à moitié. Mais Gabriel et Raphael, eux, sont des démons à part entière. Ce sont des anges déchus. Sexy, non ?

Sara tenait toujours la main de Jocelyne. Ce contact lui faisait du bien, la réconfortait un peu même si son amie ne réagissait toujours pas. Gabriel avait eu raison de la mettre en garde contre Marguerite. Cette femme était folle à lier. Et voilà qu'elle prétendait qu'ils étaient tous des démons…

— Tiens, tu n'as pas l'air d'apprécier plus que cela. Pourtant, je sais que tu craques pour Gabriel. Il ne t'a pas fallu cinq minutes pour t'installer chez lui et commencer à boire son absinthe chérie.

Sara sentit une peur glacée s'emparer d'elle. Son cœur battait la chamade. Elle avait le souffle court, précipité.

— C'est vous qui avez laissé la bouteille à la porte, n'est-ce pas ?

— C'était drôle, non ? repartit Marguerite avec un petit sourire. Gabriel a toujours été tellement distant, intouchable, tellement sûr de sa supériorité et de son talent; alors que, franchement, il n'y a pas de raison. Il est complètement asocial et alcoolique. Ça m'amuse de l'emmerder. Dommage qu'il ait été acquitté du meurtre d'Anne – ç'aurait été la meilleure de toutes les blagues. Mais Raphael a été trop gentil. Il a témoigné en faveur de Gabriel et lui a sauvé la mise.

Marguerite mélangeait complètement le passé et le présent. Elle parlait des deux hommes comme s'ils étaient impliqués dans l'affaire Donovan. Sara commençait d'avoir la chair de poule. Elle voulait que Marguerite s'en aille.

— Qu'est-ce que vous voulez ? lui demanda-t-elle.

Sara regretta aussitôt de lui avoir posé la question, car elle sourit de plus belle, d'un air de folle.

— Je veux que tu ne t'approches plus de mon petit ami. Et, pour en être bien sûre, je vais te tuer.

Gabriel était épuisé, et terrifié à l'idée d'arriver trop tard. Sara ne répondait pas à son portable, et son amie Jocelyne, dont elle lui avait donné le numéro au cas où, non plus. Il lui avait fallu plus longtemps qu'il ne s'y attendait pour louer une voiture à l'aéroport et tout le voyage l'avait perturbé. C'était la première fois qu'il prenait l'avion. Il avait trouvé cela oppressant, déstabilisant. En fait, il n'était pas mécontent d'avoir Raphael pour le guider dans le parcours du combattant du voyageur – enregistrement, sécurité, etc. Il n'aurait pas voulu que ses hésitations retardent le moment où il retrouverait Sara.

Au moins, il avait de bonnes compétences en informatique. Il avait trouvé et imprimé l'itinéraire pour se rendre chez Jocelyne. Raphael, qui avait vécu à Naples, avait pris le volant et, ainsi, ils étaient arrivés sans difficulté. Comme il faisait sombre, ils avaient commencé par rater son immeuble, mais Raphael avait reculé, s'était garé et, maintenant, ils sortaient de voiture. Gabriel se mit à courir.

Sauf qu'Alex se dressait en travers du chemin.

— Gabriel, dit-il. Raphael.

Merde. Gabriel s'arrêta.

— Alex. Qu'est-ce que tu fiches ici ?

— Tu sais, je commence à avoir l'impression que tu ne m'apprécies pas autant que je t'apprécie, observa Alex en glissant les mains dans les poches de son pantalon. Je vais finir par me vexer.

— Tu t'en remettras. Bon, j'imagine que Marguerite est ici avec ma petite amie, alors écarte-toi, s'il te plaît.

Avant qu'il ne se contrôle plus du tout et lui arrache la tête. Il perdait patience et la peur l'étouffait. Il ne supporterait pas de trouver Sara dans le même état qu'Anne. Il n'y survivrait pas.

— Ah ? C'est ta petite amie, maintenant ? Il y a une semaine, c'était tout juste quelqu'un avec qui tu travaillais sur un projet…

— Laisse tomber.

Il allait passer à côté d'Alex quand celui-ci le retint par le bras. Il avait sorti un revolver de sa poche.

— Une minute, je te prie. Il faut que je vous parle, à Raphael et à toi.

— Quoi ?

Gabriel ne se laissa pas intimider par le canon de l'arme pointé sur son visage.

— Marguerite est malheureuse, et je ne supporte pas de voir ma fille dans cet état. Elle a eu une vie plus difficile que sa sœur, Rosa, parce qu'elle n'est pas sûre d'elle. Et elle a toujours eu un faible pour Raphael. Je ne sais pas pourquoi – ce n'est pas comme si c'était un apollon – mais c'est comme ça. Elle le veut.

Alex se tourna vers Raphael qui suivait Gabriel.

— Sans doute appelle-t-on cela un mariage forcé, ajouta-t-il à son adresse, mais je veux que tu entres et que tu dises à Marguerite que tu vas enfin l'épouser. Parce que j'en ai plus que marre de faire cette course folle avec elle. Je suis trop vieux pour ces conneries.

Gabriel n'en revenait pas de la nonchalance dont Alex faisait preuve. Il ne se rendait pas compte que sa fille était folle ? Qu'elle avait tué au moins quatre femmes ? Raphael ne pouvait pas accepter de l'épouser.

C'est pourtant ce qu'il fit.

— Très bien, lâcha-t-il en hochant la tête. Je vais me marier avec elle.

— Raphael, tu as perdu la raison ? intervint Gabriel, horrifié à l'idée d'une éternité aux côtés de Marguerite.

Mais Raphael secoua la tête.

— C'est ce qu'il faut que je fasse, assura-t-il. Pour réparer.

Et il s'avança vers la porte d'entrée.

Gabriel allait le suivre, mais Alex le retint à nouveau.

— Non, dit-il. Toi, tu restes ici.

— Va te faire foutre, Alex. Je veux voir Sara, contra-t-il en se dégageant.

Soudain, il se retrouva avec le revolver sur la tempe.

— J'ai dit : reste ici.

Gabriel repoussa l'arme.

— Et moi, j'ai dit : va te faire foutre.

Il était las et en colère. Toutes ces morts, toutes ces souffrances, et pour quoi, en fin de compte ? Parce que Marguerite n'avait pas réussi à extorquer une bague à Raphael ? Cela le rendait malade.

Il refit un mouvement vers la porte, mais Alex bougea. D'instinct, Gabriel esquiva le coup qu'il voulait lui porter à la tête.

— C'est quoi, ton problème ? demanda-t-il en bloquant une autre frappe.

— Il leur faut une minute tous les deux. Laisse-les tranquilles.

— Non.

Dans sa frustration, Gabriel riposta. Alex para son attaque et, l'instant d'après, ils se trouvaient engagés dans un combat si brutal qu'il eut l'impression que ses dents se déchaussaient tandis que son adversaire saignait du nez.

Sara fermait la bouche pour que Marguerite ne l'entende pas claquer des dents. Elle était terrifiée. Marguerite avait déjà fait sortir Jocelyne en la prenant par la main et en l'emmenant dans le couloir. Puis elle l'avait poussée doucement et Jocelyne était tombée sur son lit, son regard vide rivé au plafond.

À ce moment-là, elle avait attrapé son sac et détalé, comprenant que c'était peut-être son unique chance de s'enfuir. Sauf que, brusquement, Marguerite s'était dressée entre elle et la porte. Ce n'était pas possible, et, pourtant… Elle gifla Sara si violemment que celle-ci vit trente-six chandelles, perdit l'équilibre et tituba en arrière. Marguerite lui avait attrapé le bras et l'avait tirée brutalement pour la faire retomber sur le canapé.

Maintenant, elle restait assise. Elle avait peur de bouger et ne savait que faire. Elle sentait que cela se présentait très, très mal. Elle n'avait pas seulement affaire à une femme un peu possessive vis-à-vis de son homme. C'était carrément une folle.

Marguerite étudiait sa manucure.

— Tu sais, je crois que je vais devoir changer de salon de beauté. Je me suis fait faire les ongles hier et mon vernis s'écaille déjà. Je ne connais pas très bien le coin. Tu aurais une adresse à me recommander ?

Sara secoua la tête sans rien dire. Elle ne parvenait plus à rassembler ses pensées qui ricochaient en tout sens. Comment faire pour appeler au secours ? Comment s'échapper ?

Marguerite s'assit dans un grand fauteuil en face du canapé et croisa les jambes en soupirant.

— Non ? fit-elle. C'est bien dommage. Mais j'avoue que ça ne m'étonne pas. Tu as l'air un peu nature. Il faut vraiment que tu soignes un peu plus ton apparence, tu sais. Avec des mèches, tes cheveux seraient un peu plus lumineux. Et il te faudrait de l'anti-cernes; tu as une mine pas possible. Je sais bien que ce sont ta délicatesse et ta fragilité qui plaisent à Gabriel, mais il ne faut quand même pas trop te laisser aller. Tu vas finir par avoir l'air d'une droguée. Remarque, tout cela n'a pas grande importance puisque je vais te tuer.

— Quand comptez-vous le faire, exactement? demanda Sara qui sentait de l'agacement poindre sous sa colère.

Elle n'aimait pas que l'on joue avec elle ni qu'on l'insulte. Et elle souffrait d'insomnie. Alors il n'était pas étonnant qu'elle ait les yeux cernés.

Marguerite lui jeta un regard noir.

— Quand j'en aurai envie. Et je ne serai pas forcément aussi compatissante que pour Anne Donovan et pour ta mère; je ne suis pas sûre de te mettre en transe avant. Je te laisserai peut-être te débattre pendant que je t'ouvrirai comme un poisson. Tu sentiras tout et tu lutteras contre moi, mais tu ne pourras pas m'arrêter parce que je suis cent fois plus forte que toi et que c'est moi qui ai le grand couteau.

— Je ne vois pas de couteau.

Furieuse, Sara la défia ouvertement. Cette garce était-elle en train de reconnaître qu'elle avait tué sa mère? Il n'était pas question que Sara se laisse assassiner sans bouger.

— Le voilà, annonça-t-elle en sortant un couteau de son sac. Il est joli, non?

Elles entendirent la porte d'entrée s'ouvrir en même temps. Sara n'hésita pas : elle se précipita pour faire comprendre le danger à la personne qui arrivait, dans l'espoir qu'elle aille chercher de l'aide. Et, pour faire bonne mesure, elle se mit à crier et à hurler en agitant les bras. D'un coup, elle se sentit tirée en arrière par le T-shirt et tomba si brutalement qu'elle en eut le souffle coupé et que la douleur lui vrilla le crâne.

— Marguerite.

C'était Rafe. Sara essayait de reprendre son souffle et clignait des yeux pour ravaler ses larmes. Elle ne savait pas comment Marguerite avait fait pour la rattraper aussi vite – ni pour la plaquer au sol avec une telle violence. Elle avait mal dans tout le corps et, malgré ses efforts pour attirer l'attention de Rafe, elle était incapable de prononcer un mot. Elle vit ses jambes quand il entra dans la pièce et referma la porte derrière lui. Zut. Pourquoi faisait-il cela ? Elle voulait sortir. Alors elle se força à prendre appui des deux mains par terre pour s'asseoir. Un instant, tout tourna autour d'elle et elle déglutit pour lutter contre la nausée qui la gagnait. Puis elle essaya de s'orienter. Elle était à plus d'un mètre cinquante de la porte, Rafe et Marguerite derrière elle.

Il lui parlait à voix basse en lui massant les bras dans un geste apaisant. Elle secouait la tête. Sara n'entendait pas ce qu'il lui disait, mais elle s'en moquait. Elle était soulagée de cette distraction et de l'aide que Rafe pourrait lui apporter, sous quelque forme que ce soit. En se tenant au pied d'une console, elle se mit sur ses pieds, tremblante, encore nauséeuse. Comment allait-elle s'y prendre pour faire sortir Jocelyne de la maison ? Elle attrapait son sac qui contenait son téléphone quand la porte d'entrée vola en éclats et se dégonda.

Sara poussa un cri et bondit en arrière, trébuchant contre la table basse. Un homme s'écroula en arrière sur le sol en glissant sur ce qu'il restait de la porte. C'était Alex. Et celui qui l'avait poussé, Gabriel, très essoufflé, les poings levés, du sang plein son T-shirt jaune. Qu'est-ce qu'Alex avait à voir avec tout cela ? Pourquoi Gabriel était-il tellement en colère contre lui ? Comprenant de moins en moins ce qui se passait, elle monta sur le canapé pour éviter l'échauffourée. Elle allait s'esquiver discrètement sans s'approcher de personne et se rendre dans la chambre de Jocelyne. Ce qu'il fallait faire, c'était la forcer à se lever et ficher le camp en vitesse avant d'avoir pris le temps de réfléchir à ce qui se passait autour d'elle et de complètement péter les plombs.

— Ça va ? lui demanda Gabriel en lui jetant un coup d'œil inquiet tout en se défendant contre le méchant coup de pied qu'Alex avait voulu lui donner dans le tibia.

Sara hocha la tête. C'était surprenant de voir Gabriel, qu'elle voyait jusque-là comme un artiste, un homme calme et tout sauf bagarreur, engagé dans une lutte sans merci. Entre-temps, Alex s'était relevé et ils échangeaient des coups de poing violents et pas toujours très loyaux. Quand Alex lui balança un crochet au niveau des reins, Gabriel grimaça de douleur. Mais il revint à la charge aussitôt et asséna un tel coup au crâne d'Alex que Sara aurait juré entendre un craquement.

Seigneur ! ils allaient s'entre-tuer. Elle passa en courant à côté de Rafe et Marguerite, son sac à la main. Il fallait qu'elle ait le temps d'arriver dans la chambre de Jocelyne et d'appeler la police. Il fallait de l'aide. Parce que, si Gabriel avait l'air de se débrouiller, la férocité de son combat avec Alex ne lui disait rien qui vaille. S'ils continuaient comme cela, quelqu'un allait finir avec un traumatisme crânien, voire dans le coma. Or elle n'avait aucune envie que ce soit Gabriel.

L'ombre qui s'éleva sur le mur devant elle tandis qu'elle traversait précipitamment le couloir la fit se retourner, d'instinct, pour en voir la cause.

Elle le regretta.

Parce que ce qu'elle vit était plus invraisemblable encore que tout le reste. C'était carrément fou. Rafe et Marguerite étaient enlacés. Il la tenait dans ses bras et elle posait la tête sur son épaule. Le tout à un mètre du sol. Ils flottaient dans l'air, dans l'espace, dans le vide, les pieds à plat comme s'ils étaient posés sur le sol – sauf qu'ils ne l'étaient pas.

Sara ferma fort les yeux. Puis elle les rouvrit. Ils étaient toujours suspendus tels deux ballons d'hélium humains. Derrière eux, Gabriel et Alex continuaient d'en découdre. Le premier poussa le second contre le mur, si brutalement que son coude laissa une marque dans le plâtre.

Quelque chose clochait. Rien de tout cela n'était possible. Non. Elle ne voyait pas ce qu'elle voyait.

Elle allait s'évanouir. La tête lui tournait; elle avait la bouche brûlante et des haut-le-cœur. Alors elle fit demi-tour et se précipita dans la salle de bains dont elle claqua la porte avant de la verrouiller derrière elle.

Gabriel était soulagé que Sara ait enfin quitté le salon. Elle était déjà restée trop longtemps pour son goût, avec Marguerite qui se conduisait en franc-tireur et Alex qui semblait décidé à lui casser la figure en règle. Mieux valait donc qu'elle se trouve dans une autre pièce, la porte fermée.

Aussitôt, Alex se mit à persifler.

— Ta copine ne sait rien de toi, si ? Elle ignore que tu es un alcoolique et un drogué.

— Figure-toi que non, repartit-il en évitant le coup que l'autre avait voulu lui asséner au visage. Alors inutile d'aller rapporter. Elle connaît parfaitement mes défauts.

Il n'essaya même pas de faire valoir qu'il n'était plus alcoolique ni toxicomane puisque cela faisait soixante-quinze ans qu'il n'avait touché à rien. Il n'avait pas à expliquer quoi que ce soit à Alex ni à se justifier auprès de lui.

À bout de souffle, ils semblaient enfin parvenus à une sorte d'accord tacite. Ils avaient cessé de frapper et se tournaient autour en sautillant, en garde. Gabriel secoua la tête pour chasser ses cheveux de son visage et considéra Alex d'un œil méfiant.

— Ça n'a rien de personnel, Gabriel, assura ce dernier.

— Ah bon ? Qu'est-ce que c'est, alors ?

— Je veux voir ma fille heureuse, c'est tout.

— Ta fille n'aurait pas dû faire de mal à ces femmes.

— Quelles femmes ? Je ne vois même pas de quoi tu parles. Tout ce que je sais, c'est qu'elle veut Raphael. Et je suis là pour faire en sorte qu'elle ait ce qui la rend heureuse.

Il fit un signe de tête en direction de Raphael et Marguerite, toujours dans les bras l'un de l'autre.

— Bon, ajouta-t-il en essuyant son nez ensanglanté, on dirait qu'ils sont tombés d'accord. Alors on doit pouvoir arrêter ces bêtises, tous les deux.

— C'est toi qui as commencé, lui rappela Gabriel.

En son âme et conscience, il n'était pas certain de pouvoir laisser Marguerite s'en sortir aussi facilement après ce qu'elle avait fait, même si Raphael était prêt à se sacrifier pour jouer les chiens de garde.

Mais, à ce moment-là, il entendit un clic de serrure. Puis un second. Alex et lui se tournèrent en même temps vers les deux autres. Raphael avait lié le poignet et la cheville de Marguerite aux siens par la force du châtiment, des chaînes en principe visibles uniquement des anges et des démons, mais qui ne pouvaient être rompues avant la fin du monde. Se condamner ainsi à la surveiller à perpétuité, c'était plus que Gabriel n'en attendait de Raphael.

Alex poussa un grondement de rage.

Voyant qu'il allait se jeter sur Raphael, Gabriel s'interposa et lui posa une main sur le torse pour l'arrêter.

— Ne fais pas ça, lui enjoignit-il. Elle a l'air contente et, ainsi, elle ne fera plus de mal à personne. Au fond, c'est pour le mieux.

En effet, Marguerite semblait satisfaite. Elle avait obtenu ce qu'elle voulait : Raphael.

Maintenant, il ne restait plus à Gabriel qu'à découvrir si, lui aussi, il pouvait avoir ce qu'il voulait.

Chapitre vingt

Gabriel trouva Sara dans la chambre, en train d'appeler la police sur son portable.

— Je ne connais pas l'adresse exacte, était-elle en train de dire. Mais c'est dans la résidence Harper's Landing.

Elle se mordillait un ongle en regardant son amie que Marguerite avait manifestement plongée dans un état de sommeil.

Il lui prit le téléphone et coupa la communication.

— Mais qu'est-ce que tu fais ! protesta-t-elle en jetant un coup d'œil inquiet à la porte.

— Nous n'avons pas besoin de la police, déclara-t-il. Tout est réglé.

Elle ouvrit de grands yeux stupéfaits.

— Comment cela ? Elle… j'ai vu…

Elle avait l'air affolée. Et pas uniquement à cause de ce à quoi elle avait assisté dans le salon. Elle avait peur de lui, maintenant, de ce qu'il était. Il le sentait. Et il voyait qu'elle avait la chair de poule.

— Raphael s'est occupé du cas de Marguerite, précisa-t-il, et Alex est parti.

Non sans que Gabriel lui ait intimé l'ordre de ne pas approcher Sara à moins de cent mètres, faute de quoi il le vaincrait sans hésiter – l'équivalent, pour un démon d'une ordonnance restrictive, en quelque sorte.

— Tout va bien, assura-t-il. Je te promets.

Il tendit un bras vers elle, mais elle recula.

— Qu'entends-tu par « s'est occupé du cas de Marguerite » ? Explique-moi ce qui se passe. Ils flottaient dans l'air. Ce n'est pas possible. Et toi et Alex… Des coups de poing aussi forts auraient dû vous assommer, l'un comme l'autre.

Ce n'était pas ainsi qu'il aurait voulu aborder le sujet, mais il n'avait pas le choix.

— Sara, je sais que cela va te paraître dingue, impossible, mais écoute-moi et fais-moi confiance. La vérité, c'est qu'Alex, Rafe, Marguerite et moi sommes immortels et nous connaissons depuis des siècles. Nous ne vieillissons pas. Alex est le père de Marguerite. Rafe est le Dr Raphael des comptes rendus d'audience du procès du meurtre d'Anne Donovan.

Elle secoua la tête.

— Quoi ? C'est de la pure folie.

— Non. C'est vrai. Quant à moi, je suis Jonathon Thiroux – le peintre, le pianiste, le toxicomane.

Ces trois mots suffisaient à résumer toute sa vie sur terre.

Elle pâlit d'un coup.

— Oh, mon Dieu. Les cheveux. L'ADN… Quand Jocelyne m'a dit que les deux cheveux appartenaient au même homme, j'ai cru à une erreur. Je me suis dit que j'avais dû m'embrouiller dans les échantillons. Parce que ce n'était pas possible.

— Quels cheveux ?

Il avait refusé de lui donner son ADN parce qu'il savait ce qu'elle apprendrait. Mais, apparemment, cela ne l'avait pas empêchée de découvrir ce qu'il en était – à savoir qu'il correspondait à celui de John Thiroux. Seulement, elle avait choisi de croire que cela ne pouvait pas être vrai et avait opté pour une explication plus logique : il devait s'agir d'une erreur du laboratoire. Du reste, c'était sans doute ce que la plupart des gens auraient conclu. La vérité était trop difficile à croire pour ceux qui ne venaient pas de ce monde-là.

— Un de tes cheveux était resté sur mon oreiller, expliqua-t-elle. Je l'ai pris et j'ai demandé à Jocelyne de le comparer à celui de Thiroux. Elle m'a dit qu'il s'agissait du même homme. Que les deux ADN étaient parfaitement identiques, spécifia-t-elle en secouant la tête. Je me suis dit que j'avais dû me planter quelque part. Et voilà que, toi, tu m'affirmes que c'est vrai. C'est dingue. Complètement dingue.

— Ce n'est pas dingue. C'est vrai. Je te le jure, Sara.

Il ne voyait pas comment la convaincre. Il n'avait jamais révélé à personne ce qu'il était. Alors il agit selon son instinct, parce qu'il ne savait pas que faire d'autre pour qu'elle le croie. Il lui prit les deux mains, ouvrit son esprit et le projeta dans le sien pour lui montrer ses pensées, lui faire ressentir ses émotions, lui raconter sa vie depuis le début. En remontant à l'époque où il s'appelait Jonathon Thiroux et où Dauphine Street était pleine de maisons de tolérance et autres débits de boissons.

Il s'ouvrit à elle et lui fit voir la vérité.

Quand les mains de Gabriel touchèrent les siennes, Sara fut prise d'une sensation bizarre. C'était comme un chatouillement, comme de l'électricité qui remontait le long de ses bras et faisait vibrer ses épaules. S'il ne lui avait pas serré les doigts aussi fort, s'il ne l'avait pas retenue de son regard brun qui la figeait sur place et l'hypnotisait presque, elle aurait bondi en arrière. Au lieu de l'effrayer, l'intensité, la profondeur, la lueur qu'elle perçut dans ses yeux la rassurèrent. C'était Gabriel. L'homme dont elle était tombée amoureuse.

Et il la faisait lire dans ses pensées. Elle les voyait, les percevait, les sentait l'envelopper et s'insinuer en elle – la crainte de Gabriel que Marguerite ait pu lui faire du mal, son soulagement que ce ne soit pas arrivé. Son amour si fort et si sincère pour elle. La surprise que lui inspirait la puissance de ce sentiment. Elle sut combien il avait dû lutter pour ne pas la toucher, combien il avait eu envie de lui faire l'amour pleinement, la torture que cette retenue avait été pour lui.

Quand elle voulut parler, lui demander pourquoi il ne pouvait pas la toucher et partager avec elle le plaisir de l'union de leur corps, il lui posa un doigt sur les lèvres. Le *chuuut* qui accompagna son geste résonna dans sa tête comme s'il l'avait prononcé tout haut. Sauf qu'il ne l'avait pas fait. *Regarde, simplement*, lui enjoignit-il mentalement. Elle eut à peine le temps de s'émerveiller de pouvoir ainsi communiquer avec lui par l'esprit et mêler directement ses pensées aux siennes qu'elle vit.

Les années défilaient en arrière, telles les pages d'un calendrier. Bientôt, Gabriel apparut, dans le même appartement. Il portait des vêtements bizarrement coupés, à la mode des années soixante-dix. Calme, seul, il semblait résigné mais maître de lui. Dehors, le Quartier français était plus sale que ce qu'elle en avait vu. Il n'y avait personne, ni dans la rue ni dans la vie de Gabriel et les deux semblaient tristes, un peu cassées, mornes – mais calmes. Et puis l'image se brouilla et changea pour lui montrer

Gabriel tapant à la machine, se promenant dans les rues encombrées de voitures des années vingt, de femmes en jupe volumineuse, arborant des rouges à lèvres de couleurs vives et courant en tout sens sur leurs escarpins. Il paraissait prudent, un peu hérissé, et la dureté qui subsistait en lui ne se trahissait plus que par sa façon d'éviter systématiquement le regard des gens. Puis elle le vit dans un bar enfumé, entouré de femmes portant robe droite et carré court qui riaient et dansaient. L'atmosphère était secrète, un peu louche, sexy. Gabriel observait le pianiste; il aurait tant voulu jouer, lui aussi… Toutefois, dans son regard, c'était le mépris qui dominait. Il avait un verre à la main et plusieurs autres, vides, devant lui. Il avait l'air amer, sombre, désespéré. Il aurait voulu balancer son gobelet sur le piano pour faire cesser cette musique tiède et sans originalité.

Et puis, soudain, il lui apparut, vautré dans le caniveau, sale, contusionné, les cheveux collés par la crasse et la sueur, une bouteille vide serrée contre la poitrine. Les gens passaient autour de lui en reniflant d'un air dégoûté. Quelqu'un lui vola ses bottes sur ses pieds tandis qu'il chantonnait à mi-voix, très faux, les yeux fermés. Son cœur hurlait une douleur si profonde qu'elle avait envie de pleurer sur lui, sur ce qu'il avait été, sur tout ce qu'il avait perdu.

Mais l'image se transforma encore. On était maintenant dans une toute petite chambre. À travers les yeux de Gabriel, Sara voyait le ravissant bras d'Anne au clair de lune, elle percevait son désir de le reproduire. Il n'avait pas les idées claires, elle s'en rendait compte. Elle comprenait aussi le mélange de langueur et d'un plaisir très vif induit par le puissant cocktail absinthe-opium. Et aussi la confusion, le choc, quand il prit conscience qu'Anne était morte, quand il vit son sang sur ses doigts. Le basculement instantané du plaisir dans l'horreur à la seconde où son esprit embrumé saisit à quoi correspondait cette odeur, ce qu'était ce liquide poisseux. Le claquement sec et horrible de la mort déchirant son hébétude, son ivresse quotidienne.

La vision s'interrompit avant que le visage d'Anne lui soit apparu, mais cela suffisait à lui faire comprendre l'horreur du moment qu'il avait vécu et la haine de soi, le chagrin et la culpabilité qui le poursuivaient depuis.

— Gabriel. Je suis désolée, murmura-t-elle.

Selon les critères de la réalité dans laquelle elle avait toujours vécu, il n'était pas possible qu'il soit immortel. Pourtant, c'était vrai. Elle le savait. Elle l'avait vu, senti. Elle ignorait comment cela se pouvait et ce que cela signifiait, mais il s'agissait bien d'un seul et même homme.

Il lui serra les mains.

— Donc, expliqua-t-il, c'est moi qui ai trouvé Anne Donovan morte. C'était elle, la petite amie dont je t'ai parlé, qui a été assassinée. Pendant cent cinquante ans, je me suis demandé si je pouvais avoir fait une chose pareille. Si j'avais pu avoir des hallucinations, prendre le couteau, la tuer et ne me souvenir de rien. Il fallait que je sache. Et il fallait que je trouve comment réagir, une fois que j'aurais la réponse. Comment réparer. Pour Anne.

— Pourquoi Marguerite a-t-elle fait cela à Anne ? s'enquit-elle en jetant un coup d'œil à Jocelyne. Je t'en prie, dis-moi que mon amie va s'en sortir, ajouta-t-elle.

— Oui, je te le promets. Quand nous aurons fini de parler, je la réveillerai. Elle ne se souviendra de rien.

Il lui serrait les doigts à les lui broyer, mais elle ne parvenait pas à le lui dire. Il y avait quelque chose de réconfortant dans sa fermeté. Et puis elle devinait qu'il avait aussi besoin de la tenir pour se rassurer, pour savoir qu'elle était toujours là, avec lui.

— Marguerite a agi par jalousie, ajouta-t-il. Par jalousie des femmes que fréquentait Raphael. Il avait rendu visite à Anne plus tôt dans la soirée, avant mon arrivée, et Marguerite avait dû les voir ensemble. Elle devait se faire des idées sur ses relations avec Raphael parce que, en réalité, je crois qu'il n'y avait rien entre eux.

— Donc, elle a aussi tué ma mère parce que Rafe sortait avec elle ? C'est affreux.

Elle ne savait pas ce qu'il y avait de pire : ignorer pourquoi quelqu'un avait pu faire une chose pareille ou savoir, maintenant, que sa mère était morte pour une raison aussi futile et égoïste. En tout cas, se voir confirmer qu'elle ne s'était pas trompée sur le compte de Rafe lui apportait une espèce de réconfort triste et doux à la fois. Au moins, son amour était sincère. Savoir que sa mère avait été heureuse avec lui la dernière année de sa vie et qu'il ressentait une émotion réelle et légitime la consolait un peu.

— Je suis désolé, Sara. Vraiment.

Elle le regarda. Elle n'avait pas encore assimilé tout ce qu'elle venait d'apprendre et les souvenirs de Gabriel qui l'habitaient encore la peinaient profondément. Elle voulait lui poser tant de questions, elle avait besoin de comprendre tant de choses…

— Et toi, Gabriel, que t'est-il arrivé ? Tu buvais déjà avant la mort d'Anne; pourquoi ?

Comment lui expliquer qui il était, ce qu'il avait été, sa chute si brutale et si rapide ? Lui-même, cela lui échappait. Certains jours, il avait du mal à comprendre ce qu'il pouvait avoir dans la tête autrefois.

— Tu me crois, si je te dis que je suis immortel, que j'ai été un ange et que, désormais, je suis un démon ? lui demanda-t-il.

Les yeux de Sara, d'un bleu si profond, étaient empreints de tant de sagesse, d'une telle connaissance de la vie – bien chèrement acquise – qu'ils lui inspiraient à la fois une joie immense et une grande douleur. Elle hocha la tête.

— En tout cas, je crois que tu es plus que ce que j'imaginais ou que je peux réellement saisir.

— J'ai été envoyé sur terre pour veiller sur les humains, les guider et les protéger. Mais je n'étais pas préparé aux souffrances, à la tristesse, au désespoir, aux émotions qui émanent des mortels. Devoir les observer sans pouvoir les soulager était si dur, si difficile… J'ai été submergé. Quand je buvais, c'était un peu plus supportable. J'arrivais à ignorer tout ce malheur.

C'était sa plus grande honte, mais il voulait y faire face, l'admettre puis se pardonner et avancer.

— Cela, je le comprends, assura-t-elle. Vraiment. Je n'arrivais pas à dormir, tu sais. Je n'y arrive toujours pas, mais je restais allongée sans rien faire et mes pensées galopaient, j'étais envahie par la culpabilité, le chagrin et la peur. Je ne souhaitais qu'une chose : qu'ils s'en aillent. L'oubli, c'est ce que m'apportaient les somnifères.

— Sauf que tu ne dors toujours pas bien, fit-il en lui caressant la joue et en passant le pouce sur les cernes noirs que des mois et des mois d'insomnies avaient laissés sous ses yeux.

— C'est vrai, mais cela vaut mieux ainsi. Je préfère ne pas dormir, mais garder le contrôle. Affronter ma tristesse et la surmonter.

Elle tourna la tête et frotta les lèvres sur l'intérieur de son poignet en fermant les yeux.

— Et puis, ajouta-t-elle dans un murmure, tu as remarqué que je dormais, quand j'étais avec toi ?

— J'en suis très heureux, assura-t-il.

Il aurait voulu lui répéter ce qu'il lui avait dit tout à l'heure – qu'il l'aimait. Mais ce n'était pas encore le moment. Sara avait besoin d'autres réponses. Quand il lui ferait part de ses sentiments, il voulait qu'elle soit prête à les partager.

— Tu sais ce qu'il y a de très bizarre? lui demanda-t-elle. Tu me dis des choses invraisemblables… des choses que je ne devrais pas croire. Je devrais te prendre pour un fou et m'en aller. Au lieu de cela, je te crois. C'est comme si je savais, au fond de moi, que venir à toi allait m'apporter des solutions. Et c'est le cas. Aussi bizarres et écrasantes soient-elles, pour la première fois depuis un an, je n'ai plus peur. Je ne suis plus oppressée. Bien sûr, je suis écœurée que Marguerite ait fait cela et je crains qu'elle essaie de recommencer. Mais, en même temps, je suis soulagée. Au moins, le croque-mitaine a un visage. Tu vois ce que je veux dire ?

— Oui. Et je te promets que Raphael et moi ne la laisserons plus faire de mal à personne. Raphael l'a liée à lui.

— Qu'est-ce que ça veut dire ?

Gabriel soupira.

— J'ai beaucoup de choses à t'expliquer. Énormément. Réveillons Jocelyne et allons parler ailleurs.

Une heure plus tard, ils avaient déposé Jocelyne à l'hôtel après avoir barricadé la porte de son appartement avec du contreplaqué et lui avoir raconté une histoire à dormir debout de gamins éméchés qui s'étaient déchaînés dans la résidence. Elle paraissait sidérée de ne rien avoir remarqué, mais Sara était parvenue à la convaincre qu'elle avait bu plus de vin qu'elle n'en avait pris en réalité. Maintenant, Gabriel et Sara se trouvaient devant chez un marchand de glaces, au bord de la plage et de l'océan, et il lui racontait son châtiment.

Appuyée à la balustrade, elle le regardait d'un air éberlué. Elle n'avait même pas encore touché à son smoothie à la framboise.

— Tu veux dire que les femmes deviennent accros à toi, comme à une drogue dont elles ne peuvent plus se passer ?

Il hocha la tête.

— Oui. Cela arrive aux femmes que je touche.

— Comme Rochelle ?

— Oui.

Sara frissonna.

— Mon Dieu, fit-elle, c'est affreux.

— C'est pour cela que je ne peux pas… pour cela que je m'efforce de garder mes distances avec toi.

Il fronça les sourcils en se rendant compte que, s'il avait essayé, il n'avait pas complètement réussi.

— Sans grand succès, j'avoue, ajouta-t-il.

— Mais tu me touches, fit-elle valoir. Bien plus que tu n'as jamais touché Rochelle, a priori. Et tout va bien.

— C'est vrai. Je n'ai fait qu'effleurer le bras de Rochelle, une fois. Cela signifie que tu es plus forte qu'elle – beaucoup plus forte –, c'est tout. Elle a moins de volonté. Mais si je te touchais comme un amant, tu finirais par succomber.

— Là, je ne suis pas certaine de te croire.

— Si, crois-moi.

Lui en était absolument convaincu.

— Tu ne te souviens pas des lettres de Jane Gallier ? De l'article où il était question de la dispute entre les deux femmes pendant le procès ? Pense à Rochelle, à ses larmes, au sang sur ses poignets. Je ne veux pas que tu finisses comme elles.

Il tenait à ce qu'elle comprenne bien ce qu'il lui disait.

— Si je te brisais ainsi, ce serait le plus grand regret de ma vie, insista-t-il. Après tout ce à quoi tu as survécu, si c'était moi qui te portais le coup de grâce, je ne le supporterais pas. Je ne pourrais pas.

— Je ne veux pas me passer de…

Gabriel l'interrompit. Il ne voulait pas entendre ce qu'elle allait dire. Il n'en avait pas la force. Sara était une tentation dix fois, cent fois plus forte que l'alcool. Il fallait qu'il tienne bon, qu'il conserve la maîtrise de ses émotions, qu'il érige autour de lui des murs infranchissables. Et il allait le faire parce qu'il voulait rester avec Sara. Il refusait de renoncer à elle.

— Moi non plus, je ne veux pas me passer de toi. Tu sais, par bien des côtés, il serait nettement plus simple de m'en aller. Mais j'ai choisi la solution de facilité toute ma vie.

Et il le regrettait. Désormais, il voulait se redresser, résister au lieu de tout laisser glisser autour de lui en restant passif. Il voulait contrôler son destin au lieu de tenter de le fuir.

— Je veux être avec toi, passer du temps avec toi, t'aimer. Je ne peux pas te toucher, mais je veux vivre avec toi. J'ai envie de partager mon quotidien avec toi. Tu comprends ?

C'était vraiment beaucoup demander. Il ne devrait pas, sans doute, mais c'était plus fort que lui. Au moins, il saurait qu'il avait tout tenté, qu'il lui avait offert tout ce qu'il pouvait lui donner.

Sara crispa les mains sur la balustrade à tel point que son smoothie pencha dangereusement. Ses cheveux voletaient sur ses épaules.

— Être ensemble mais ne pas se toucher ? résuma-t-elle.

— Ne pas se toucher.

Comme elle ne disait rien, Gabriel soupira. Son cœur saignait du désir de ce qu'il ne pouvait avoir. Il se tourna vers la plage tranquille. La chaleur de Floride était très différente de celle de La Nouvelle-Orléans. Il y avait de l'humidité dans l'air, mais l'atmosphère n'était pas aussi écrasante que dans le sud de la Louisiane. La verdure était impeccablement entretenue et taillée, les maisons blanches ou ivoire immaculées, parfaitement alignées le long des rues principales. C'était très beau, il devait bien l'admettre, mais cela ne touchait pas son âme.

— Je n'ai jamais quitté La Nouvelle-Orléans, lui révéla-t-il. Je n'avais vu la Floride qu'à la télévision et au cinéma. C'est vraiment joli, je dois dire. Très paisible.

— Ah bon ? Tu n'as jamais quitté La Nouvelle-Orléans ? Pourquoi ?

— J'y suis lié en échange d'un châtiment plus court.

— Alors pourquoi es-tu ici ?

Par amour.

— Je suis venu pour te protéger.

— Mais...

Elle posa son gobelet sur la balustrade et remit ses cheveux derrière ses oreilles.

— Mais quelles vont être les conséquences sur ton châtiment, alors ?

— Il ne sera pas raccourci.

— Je suis désolée, murmura-t-elle. Je ne le savais pas, quand j'ai décidé de venir ici. Je t'en ai voulu de ne pas m'accompagner et j'ai été trop têtue.

— De mon côté, je n'étais pas au courant, pour Marguerite. Sinon je ne t'aurais jamais laissée venir seule. Je pensais que tu n'avais rien à craindre puisque Raphael se trouvait à La Nouvelle-Orléans. Tu n'as pas à t'excuser, en tout cas. Tu n'y es pour rien et j'ai pris seul la décision de ne pas respecter mon lien, librement, en toute connaissance de cause. Et, crois-moi, je ne le regrette pas.

— Alors que vas-tu faire, maintenant ?

— Il faut que je rentre, répondit-il d'une voix qu'il espérait égale.

Il ne voulait pas qu'elle se sente coupable. Il ne voulait pas influencer sa décision en quoi que ce soit.

— Tu reviens avec moi ? demanda-t-il.

— Je ne sais pas si c'est une très bonne idée, fit-elle alors qu'il sentait qu'elle en avait envie, que son cœur lui criait qu'il lui suffisait d'un billet d'avion pour le suivre. Que ce ne serait pas difficile. Il lui avait dit qu'il l'aimait et elle savait qu'elle aussi l'aimait.

Toutefois, elle avait besoin de rester en Floride pour réfléchir à tout ce qu'elle avait appris et songer à ce qu'elle allait faire, à ce qu'elle voulait faire. Décider s'il était réaliste d'accepter ce qu'il lui proposait – une histoire d'amour platonique. C'était en soi un oxymoron. L'idée de vivre avec lui, de l'aimer, mais de ne jamais pouvoir avoir de relations sexuelles avec lui lui semblait une torture. Il y avait de quoi devenir fou.

Sauf qu'être séparée de lui ne valait pas mieux.

Non, ce qu'elle voulait, c'était être avec Gabriel.

Restait à décider comment y parvenir sans perdre la raison.

Il était immortel.

Elle, absolument pas.

Pour l'instant, le regard perdu dans les vagues qui roulaient sur le sable les unes derrière les autres, elle ne voyait pas comment tout concilier. Hélas, elle n'était pas certaine non plus de pouvoir vivre sans lui.

— Je n'insisterai pas, promit-il. Je sais que je te demande beaucoup, et la décision t'appartient. Mais sache que je voudrais t'avoir auprès de moi.

Elle le regarda. Elle avait envie de le toucher, de s'appuyer contre lui, de lui caresser les cheveux, qu'il l'embrasse. Comment tiendrait-elle si elle désirait tout cela en permanence et qu'elle ne pouvait jamais l'avoir ? Comment pourrait-elle se passer de savoir, rien qu'une fois, ce que cela faisait de le sentir en elle, de toucher sa peau nue partout et de lui offrir la sienne, d'enrouler les jambes autour de sa taille et de sentir les odeurs musquées de la sueur et du sexe entre eux, de le laisser la dévorer de son regard brun ?

— Je t'aime, dit-elle doucement.

Il ouvrit des yeux surpris et, bouche bée, forma un poing de ses deux mains sur la balustrade.

— Moi aussi, je t'aime, finit-il par dire.

Elle le savait, mais il était bien agréable de l'entendre le répéter – même si aucune solution simple ne s'offrait à eux.

— J'ai besoin de temps pour réfléchir, et je suis épuisée. Allons prendre une chambre à l'hôtel. De toute façon, je suis sûre qu'il n'y a pas de vol pour La Nouvelle-Orléans avant demain matin.

Il hocha la tête.

Sara n'avait aucune idée de ce qu'elle déciderait demain, mais elle savait ce qu'elle voulait faire cette nuit.

Et ce n'était pas dormir.

Chapitre vingt et un

Que dire à Sara pour la convaincre de rentrer avec lui à La Nouvelle-Orléans ? se demandait Gabriel. Cependant, il savait que c'était pour elle un énorme sacrifice – plus important encore que pour lui. Il lui demandait de vivre avec lui sans espoir de mariage ni d'enfants, ni même d'une vie sexuelle normale, et de renoncer à rencontrer, peut-être, un homme qui puisse lui offrir tout cela.

Il ne pouvait pas s'attendre à ce qu'elle se sacrifie ainsi.

Alors il s'obligea à se taire quand il aurait voulu l'amadouer, la cajoler, lui rappeler combien il l'aimait…

Non. Il ne fallait pas. Elle était fatiguée, submergée. Elle n'avait pas fini d'assimiler ce qu'elle avait appris sur les démons et sur la mort de sa mère. Elle avait besoin de tout, sauf de ses pleurnicheries égoïstes. Surtout, il ne fallait pas qu'elle prenne une décision hâtive dictée par ses émotions et qu'elle se réveille dans deux ans, dans cinq ans, en regrettant son choix et le temps qu'elle avait perdu.

C'est donc sans dire un mot que Gabriel leur prit une chambre dans l'hôtel où ils avaient installé Jocelyne tout à l'heure – un établissement standard qui faisait partie d'une chaîne, avec du personnel aimable et des motifs floraux dans le hall comme dans la chambre elle-même. Comme il n'avait pas de bagages et que Sara avait laissé son petit sac chez son amie, il acheta des brosses à dents et le nécessaire de base à la réception. Puis il disposa le tout dans la salle de bains tandis que Sara se déchaussait. Quand il ressortit, il fut un peu étonné de la trouver en petite culotte et en débardeur, penchée sur le lit dont elle enlevait tous les oreillers pour n'en conserver que deux. Chaque mouvement qu'elle faisait pour jeter les coussins superflus sur le lit d'appoint faisait un peu remuer son derrière.

Gabriel ne manqua pas d'apprécier la vue qui déclencha chez lui une réaction physique immédiate. Mais aussi une certaine perplexité. Sara n'était pas du genre à se promener en petite tenue. Cela dit, elle s'apprêtait à se coucher et elle n'avait pas de pyjama. Elle s'était donc mise à l'aise comme elle pouvait. Rien de plus.

— Je vais téléphoner à la compagnie aérienne pour avoir les horaires et savoir s'il reste des places, annonça-t-il.

— D'accord, répondit-elle en se rendant dans la salle de bains.

Ce n'était pas la réponse qu'il espérait, songea-t-il tout en l'entendant se brosser les dents. Ce qu'il voulait savoir, c'était s'il devait réserver un billet ou deux. Sauf qu'il préférait ne pas lui poser la question directement. Alors il se contenta de se renseigner sur les horaires et les disponibilités. Une fois qu'il eut appris qu'il y avait encore beaucoup de places libres sur le vol de 15 heures le lendemain, il raccrocha. Sara s'était déjà glissée dans le lit et avait fermé les yeux.

Elle était parfaitement immobile et silencieuse, à un point qui le mit mal à l'aise. Il ôta son T-shirt et se servit de l'autre brosse à dents. Fallait-il qu'il garde son jean ? Non. Il était sale. Et puis Gabriel voulait être à l'aise pour bien se reposer. Il l'enleva donc et se coucha en caleçon.

Il avait l'habitude de dormir auprès de Sara. Il aimait sa présence et son parfum, sa chaleur, sa respiration, ses petits soupirs. Elle lui manquerait si elle ne rentrait pas avec lui. Elle lui manquerait à chaque instant de sa vie. En très peu de temps, elle s'était mise à faire partie intégrante de chacune de ses journées. C'était elle qu'il écoutait. C'était avec elle qu'il aimait échanger des idées. Elle était son équilibre, sa tempérance, celle qui le soutenait, le défendait.

Lui permettre de choisir de rester, sachant qu'il devrait respecter sa décision – c'était ce qu'il avait fait de plus difficile de toute sa vie.

Sara se retourna et se rapprocha de lui en coulant une main sur son torse et en mêlant une jambe aux siennes. Gabriel se figea. Il ne s'était pas préparé à résister à ce rapprochement qu'il n'attendait pas. Elle était au plus près de lui, maintenant, et c'était diablement bon. Automatiquement, il l'enlaça. Il avait envie de la sentir nichée contre lui. Mais c'était bien dangereux.

— Ça va ? lui demanda-t-il.

Si cela se trouvait, elle avait peur et cherchait simplement à se rassurer.

— Ça va.

Elle se mit à le caresser à hauteur de la ceinture de son caleçon. Le bas-ventre vrillé par le désir, il dut serrer les dents. Elle faisait peut-être cela distraitement. N'empêche que, pour lui, c'était très douloureux. Le frottement de sa jambe sur la sienne avait déjà suffi à éveiller son érection. Maintenant, elle aggravait la situation en promenant le bout des doigts sur son ventre et en jouant avec la ceinture de son caleçon qu'elle baissait et remontait. À l'évidence, elle n'avait aucune idée de ce qu'elle lui faisait endurer.

— J'ai envie de toi, Gabriel, dit-elle en descendant un peu pour caresser son sexe à travers le tissu.

Bon sang ! Il prit une brusque inspiration et ferma un instant les yeux pour profiter de la décharge de plaisir qu'elle lui procurait avant de se forcer à lui prendre la main pour l'arrêter.

— Non, Sara. Ne fais pas ça ?

— Mais pourquoi ?

— Parce que cela ne va nous mener nulle part. Je ne peux pas te toucher. Je refuse de courir le risque.

Comme elle avait cessé de le caresser, il lui lâcha la main et avala sa salive avec difficulté.

— Tu n'as pas envie de savoir ?

Elle se haussa sur un coude pour le regarder et laissa ses cheveux glisser sur son épaule.

— Tu n'as pas envie d'une fois, une seule, entre nous, à quoi nous raccrocher ? insista-t-elle.

— Bien sûr que si.

Ce n'était pas le problème, songea-t-il avant d'ajouter :

— J'ai envie de bien plus d'une fois. J'ai envie de te sentir sous moi toutes les nuits. Mais c'est impossible. Je ne te toucherai pas, Sara. Je ne ferai pas de toi une nouvelle Jane, une nouvelle Molly, une nouvelle Rochelle.

— Et si j'étais assez forte pour tenir bon ?

Si elle savait combien ce qu'elle lui offrait était tentant… Gabriel resta étendu, bougeant le moins possible. Il avait peur de la frôler et qu'elle se remette à le caresser, peur de respirer et de capter une bouffée de son parfum, de son shampooing, de sa féminité.

— Non, Sara.

— Tu n'as pas besoin de me toucher, fit-elle valoir avec un sourire malicieux. Je ferai tout. Rien qu'une fois. C'est tout ce que je te demande.

Elle écarta les cheveux de Gabriel de son visage et y attarda le bout des doigts. Il frémit sous la douceur de sa caresse qu'elle répéta aussitôt en partant de son cuir chevelu et en suivant jusqu'au bout ses mèches trop longues.

— Ils sont si doux, murmura-t-elle, si beaux… Toi, ajouta-t-elle en contemplant son visage, tu es beau.

— Les hommes ne doivent pas être beaux.

Mais il ne protestait que pour la forme. Il était content qu'elle le trouve séduisant, fier et heureux de l'adoration qui se peignait sur son visage. Elle l'aimait. C'était cela qu'il fallait retenir, garder dans son cœur.

— Tu es beau, répéta-t-elle. Et j'ai envie de toi.

— Prends-moi.

Sa résistance avait cédé. Comment lui refuser plus longtemps ce qu'ils voulaient tous les deux ?

Elle eut un petit mouvement de recul.

— C'est vrai ?

Il hocha la tête. Ce qu'il devait faire était à peu près impossible, mais il ne se sentait pas capable de continuer à dire non.

— Oui. Mais je ne te toucherai pas plus que le strict nécessaire. Je veux te protéger.

Elle ouvrait de grands yeux chargés de désir et se donnait de petits coups de langue sur les lèvres pour les humecter.

— D'accord. Je vais faire tout le travail. C'est promis.

Il faillit éclater de rire, mais les mains de Sara sur son torse coupèrent court à son amusement. Elle l'explora et descendit rapidement jusqu'à son caleçon où elle s'attarda avant de remonter, puis de redescendre, les lèvres pressées contre son épaule. Elle avait la bouche chaude et douce, songea-t-il en la sentant se promener d'un côté et de l'autre. Quand elle le mordilla, il ferma les yeux et soupira. Son parfum emplissait son nez et son souffle chaud dansait sur sa peau. Il se délectait du poids de sa hanche contre la sienne et de la douceur de sa jambe qu'elle frottait doucement le long de son mollet.

Elle décida ensuite de s'occuper de ses bras et glissa les index dans le pli de ses coudes. Elle posa les lèvres tout au bord de sa joue, dangereusement près de sa bouche, que, cependant, elle ne toucha pas. Elle frotta doucement l'ombre de sa barbe sur son menton, suivit la ligne de ses pommettes, passa les lèvres sur ses cils et enfouit le visage dans ses cheveux en plaquant la poitrine contre la sienne. Et lui restait allongé sur le dos, les poings serrés, le cœur battant, les paumes moites. Elle le touchait avec un mélange de douceur, de délicatesse et de sensualité. Il percevait son attachement, le miracle de ses sentiments pour lui et cela le comblait alors même que son corps brûlait de la posséder. Cela valait bien le tourment que lui infligeaient ses doigts et ses lèvres sur lui tandis qu'il la regardait et que la lampe de chevet faisait danser des ombres sur sa peau douce.

Elle se redressa pour ôter son débardeur et Gabriel vit ses seins nus pour la première fois, leurs pointes tendues à quelques centimètres à peine de sa bouche. Ils étaient petits, hauts parfaitement proportionnés pour sa silhouette menue. Ses longs cheveux blonds se déversaient sur ses épaules. Elle avait de légères marques de bronzage qui semblaient correspondre plutôt à ses débardeurs qu'à un maillot de bain. Il aurait tant voulu suivre les lignes blanches de l'index... Mais il s'en abstint. Il ne la saisit pas non plus par la taille et n'enfouit pas les lèvres dans son cou quand elle se pencha de nouveau en avant pour presser sa poitrine toute chaude contre la sienne et y frotter doucement les seins.

Elle soupira à son tour et battit des paupières. Gabriel lui répondit d'un grondement de désir.

— Si seulement tu n'étais pas d'une telle noblesse..., se plaignit-elle. Si seulement tu étais cruel et sans cœur, si seulement tu ne demandais pas mieux que de risquer de m'asservir... J'aimerais tant que tu me touches partout avec tes doigts, tes lèvres, ta langue...

— Non, corrigea-t-il. Ce n'est pas vrai. Ce n'est pas réellement ce que tu veux.

Elle s'agenouilla devant lui pour lui ôter son caleçon et contempla un moment son érection avant de regarder à nouveau son visage.

— Là, maintenant, si, affirma-t-elle. Absolument. J'aimerais que tu sois un parfait salaud et que tu me baises.

Bon sang. La véhémence de ses paroles le rendit fou d'excitation. Il serra les dents, enfonça les ongles dans ses paumes et expira très lentement par les narines dans l'espoir de se contrôler.

— Cela dit, je sais que, à long terme, je le regretterais. Tu as raison.

Elle referma un instant la main sur le bout de son sexe, mais l'enleva presque aussitôt.

— D'ailleurs, si tu étais un parfait salaud, je ne t'aimerais pas. Or, je t'aime.

Elle se lécha consciencieusement les doigts avant de les passer doucement sur son membre durci, de haut en bas et de bas en haut.

— Si tu savais comme je t'aime... Totalement.

— Moi aussi, je t'aime. Et c'est bien pour cela que je ne craque pas.

Il acheva d'ôter son caleçon pour se distraire un instant de ce qu'elle lui faisait, mais aussi pour jouir de la liberté d'être tout à fait nu avec elle.

Tout en faisant courir ses doigts, ses ongles en douceur sur ses cuisses, elle se pencha sur lui et le prit dans sa bouche. Surpris par la décharge de plaisir qui l'assaillit, Gabriel laissa échapper un gémissement avant de pincer les lèvres et de fermer les yeux. À force de serrer les poings, il sentait ses mains s'engourdir et tous ses muscles étaient tendus à l'extrême dans l'effort qu'il faisait pour se maîtriser tandis que, de sa bouche humide et chaude, elle le suçait lentement, langoureusement. Quand elle lui effleura les testicules, il s'attacha à profiter pleinement de ce qu'elle lui faisait même s'il avait douloureusement conscience de ne rien pouvoir lui offrir en retour.

Au moment où elle passa la langue sur le bout de son érection, il parvint tout juste à articuler :

— Sara. Arrête.

Il n'en pouvait plus. Il n'allait pas tenir, si elle continuait ainsi. Cela faisait trop longtemps qu'il n'avait pas senti les caresses d'une femme, la sensation entêtante d'une bouche humide et chaude qui allait et venait sur lui, encore et encore. D'autant que, la dernière fois qu'il avait été avec une femme, il était ivre. Toutes les fois précédentes également. Et cela faisait soixante-quinze ans qu'il ne buvait plus. Quoi qu'il en soit, il se rendait compte que, avec Sara, tout était plus vif, plus intense, magnifié par ses sentiments, son amour pour elle.

La différence était stupéfiante et il ne voulait pas s'approcher trop près du bord trop vite.

Sara se redressa, les yeux étincelants de désir, les lèvres humides et brillantes, et fit glisser son slip le long de ses hanches et de ses jambes avant de l'abandonner sur le lit. Elle resta ainsi un instant, les mains sur les chevilles, les genoux relevés, cambrée en avant, les cheveux en désordre sur les épaules et la poitrine. Elle le fixait sans ciller de ses yeux bleus emplis de son amour pour lui. Elle avait un corps magnifique, délicat et féminin, tout en courbes douces, avec une peau merveilleuse. Une apparence parfaite pour une femme qui l'était plus encore.

Voir ainsi ses fesses sur le lit et ses seins contre ses genoux était une tentation si délectable qu'il sentit l'eau lui monter à la bouche, ses doigts le démanger et son corps s'emplir du désir de la toucher, de la goûter, de la prendre.

Gabriel cherchait les mots pour lui décrire combien il la trouvait belle quand elle se tourna et l'enfourcha, un genou de chaque côté de lui, la chaleur du centre de son être descendant déjà sur son membre durci, lui faisant perdre le fil de ses pensées. Puis elle posa les mains sur le lit, de part et d'autre de sa tête. Il eut la sensation qu'elle le recouvrait, qu'elle l'enveloppait. Les pointes de ses seins frôlaient son torse. En désespoir de cause, il tendit les bras en arrière pour saisir la tête de lit et s'y raccrocher afin de résister à l'envie de la toucher. Oh, il n'était pas convaincu qu'ils ne courent pas le risque de la voir devenir dépendante de lui, compte tenu de ce qu'ils faisaient. Toutefois, il devait s'efforcer de se retenir de participer.

Déjà humide de désir, elle se frottait doucement contre sa virilité. Alors, quand elle se plaça sur lui, il sut qu'elle allait glisser aisément. La bouche brûlante, tout le corps tendu d'impatience, il était plus que prêt.

— Oh, je t'aime..., dit-elle en écartant les jambes pour descendre sur lui, autour de lui d'un coup.

Gabriel ferma les yeux quand le plaisir lui arracha un nouveau gémissement, sans se permettre davantage que cette libération vocale. Puis il s'immobilisa encore, palpitant, à savourer cet instant d'extase intense. Il était en elle et il aurait voulu ne jamais être ailleurs.

D'instinct, Sara aurait fermé les yeux en se positionnant sur Gabriel et en descendant sur lui, son corps s'ouvrant pour l'accueillir. Elle se sentait brûlante, étroite, hypersensible quand il l'emplit, mais elle avait envie de le voir. Elle se força donc à garder les yeux ouverts et le regarda, étendu sous elle, les mains cramponnées à la tête de lit, les jointures blanchies par l'effort, les épaules tendues. La sueur perlait sur sa peau et collait ses cheveux sur ses tempes tant il faisait d'efforts pour se maîtriser. Elle le sentait palpiter en elle, elle sentait sa force et son désir. Elle savait qu'il mourait d'envie de se mettre à bouger les hanches, à aller et venir en elle, encore et encore. Mais il se retint. Il resta immobile et lui laissa le contrôle. C'était son moment et elle choisit d'aller lentement pour profiter pleinement des ondes de plaisir que chaque mouvement faisait naître en elle. De petits frissons coururent sous sa peau tandis que, les deux mains crispées sur le drap, elle se mit à remuer les hanches pour aller et venir sur toute sa longueur.

Il était tout ce dont elle avait rêvé et bien plus encore. Jamais il ne lui était arrivé de se trouver dans cette situation d'entier contrôle. Jamais non plus elle n'avait montré tant de détermination, jamais elle n'avait aimé un homme de tout son corps, de tout son cœur, de tout son esprit, de toute son âme, comme elle aimait Gabriel.

En temps normal, quand elle chevauchait un homme, elle préférait se tenir droite. Là, cependant, elle voulait un lien plus étroit avec Gabriel. Elle voulait sentir sa peau sur la sienne, leur souffle se mêler. Alors elle se pencha en avant et s'étendit sur lui, la poitrine sur la sienne. Haletante, submergée par des sensations extraordinaires, elle baissa la tête tout près de la sienne. Elle aimait voir ses longues mèches le recouvrir, le blond se mêler au châtain dans un désordre chatoyant. Elle lâcha le drap pour enfoncer les doigts dans ses cheveux et s'y raccrocher tandis qu'elle accélérait, qu'elle faisait aller et venir ses hanches à un rythme désespéré. Une tension presque insoutenable montait en elle et le choc de leur union lui fit enfoncer les dents dans sa lèvre inférieure.

C'était bon ! Dieu, que c'était bon ! Elle continuait, de plus en plus vite, de plus en plus fort. Bientôt, ses halètements se muèrent en gémissements qui, à leur tour, se transformèrent en cris quand elle perdit pied dans les sensations, quand une frénésie incontrôlable s'empara d'elle. C'était merveilleux, mais elle en voulait davantage. Elle s'arrêta, cependant, se sentant au bord de basculer. Puis un dernier coup de reins la fit exploser dans un frémissement silencieux.

D'un coup, elle releva la tête et se laissa porter par les vagues de la jouissance en regardant Gabriel. Quelque chose dans l'expression de son visage, l'amour qu'elle y lisait ainsi que les efforts désespérés qu'il faisait pour se contrôler, les éclairs noirs qui faisaient étinceler ses yeux bruns la poussèrent à se retirer presque entièrement avant de redescendre sur lui d'un coup, presque brutalement, le plus loin possible. Alors, elle le vit, elle le sentit partir à son tour. Ensemble, ils se laissèrent porter par l'orgasme, encore et encore. Puis elle se laissa aller contre son épaule en cherchant à reprendre son souffle.

Ils restèrent ainsi étendus, haletants, leur corps intimement uni à celui de l'autre, la peau brûlante, le cœur battant, l'esprit merveilleusement vide.

— Tu n'as pas idée de ce que tu me fais, fit-il d'une voix basse et rauque encore entrecoupée.

Incapable de faire un geste, affaiblie, comblée, elle reposait toujours sur lui.

— Oh, si, murmura-t-elle. Je crois que j'en ai une idée assez précise…

Gabriel savait qu'elle ne rentrerait pas à La Nouvelle-Orléans avec lui. Il le devinait à la façon dont elle se raccrochait à lui, à la douceur de son regard, à l'angoisse qui la gagnait peu à peu et prenait le dessus sur sa langueur satisfaite d'après l'amour.

Quand elle murmura : « Je ne sais pas comment te dire ça… », Gabriel lui posa un doigt sur les lèvres.

— Tu n'as rien besoin de dire, assura-t-il. Je sais.

— Tu sais quoi ?

Elle s'était allongée auprès de lui, contre lui, un bras en travers de son torse qu'elle caressait tendrement.

— Qu'il faut que tu restes. Je sens tes pensées.

— Tu sens mes pensées ? répéta-t-elle d'un air d'incompréhension.

— Oui. C'est comme une atmosphère. Et je comprends pourquoi il te faut du temps pour réfléchir. C'est très bien. Je ne veux surtout pas que tu te décides sur un coup de tête ou, pire, à contrecœur. Prends tout le temps qu'il te faut pour penser à nous.

Il avait envie de l'embrasser, mais il n'osait pas.

— Je sais que je te demande énormément, ajouta-t-il.

Elle se souleva à demi sur un coude et le considéra en fronçant les sourcils.

— Regarde-moi.

— C'est ce que je fais.

— Dis-moi ce que tu es.

Il caressa le bout de ses longs cheveux blonds et répondit :

— Je suis un démon.

Cet aveu était très douloureux, mais il lui devait la vérité.

Elle hocha la tête.

— Oui, je crois qu'il me faut du temps pour réfléchir. Vas-y, toi. Prends un billet pour rentrer demain; je t'appellerai dans quelques jours.

Sauf qu'elle ne le ferait pas. Il le savait aussi sûrement qu'il se savait déchu.

Qu'elle en ait déjà conscience ou non, sa décision était prise. Il n'y avait pas de place pour lui dans son avenir.

Il fallait qu'il l'accepte.

Elle lui avait déjà fait un cadeau inestimable en lui apprenant à aimer à nouveau et à faire face à ce qu'il était et à ce qu'il avait à faire.

Alors, il lui posa la main sur la joue et plongea les yeux dans les siens. Il la fit entrer dans ce qui restait de son palais et lui montra la couleur, l'éclat, la force de son amour.

Ébahie, elle accepta ce cadeau et sombra dans un sommeil qui serait empli de beaux rêves, où il n'y aurait ni meurtres, ni souffrances, ni peine, ni haine.

Demain, elle se réveillerait et reprendrait le cours de sa vie. Et il serait parti.

Chapitre vingt-deux

Marcher n'avait servi à rien. Gabriel avait descendu Dumaine Street jusqu'à Chartres Street, traversé la place et continué jusqu'au fleuve. Il espérait que ce long parcours lui permettrait de se défaire de ses sentiments, d'épuiser son corps et d'apaiser son esprit. Il n'en avait rien été. Il ne cessait de penser à Sara. Elle lui manquait, c'était plus fort que lui. Il la voulait.

Son passé, ses erreurs le rattrapaient, semblaient chercher à le retenir tandis qu'il luttait pour se pardonner, pour regarder devant lui vers un avenir qui ne soit plus fait uniquement de solitude et de mépris de soi. Fatigué de son combat contre l'angoisse et de cette errance sans but, Gabriel entra dans un bar de Conti Street et s'installa directement au bout du comptoir, dans un coin calme et sombre.

Sans hésiter, il commanda un whisky. Il le sentit, le respira, s'imprégna de son parfum brûlant. Puis il le contempla longuement avant de reposer son verre. Il regarda fondre la glace dans le liquide ambré tout en déchiffrant les publicités pour des alcools et des bières affichées sur les murs et en suivant des yeux la serveuse qui débarrassait les tables.

C'était fou ce qu'il avait mal, ce que penser à Sara le faisait souffrir, lui brisait le cœur.

Toutefois, il savait aussi que, s'il en avait été autrement, le plaisir aurait aussi été moins intense.

À vivre parmi les vivants, il avait au moins appris cela. Il fallait apprécier les beaux moments, la joie, l'amour quand ils se présentaient. Profiter de l'instant.

La barmaid essuyait le comptoir. Ses épais cheveux bruns lui cachaient à demi le visage. Elle les glissa derrière son oreille et Gabriel vit qu'elle avait une cicatrice sur la joue, de l'oreille droite au menton, qui ressortait sur son bronzage. Elle dut sentir son regard car elle leva les yeux et lui sourit en passant le bout des doigts sur la fine ligne blanche, comme si elle se rendait compte qu'elle l'avait exposée et que c'était peut-être cela qui avait attiré son attention.

— Vous comptez le boire, ou pas ? Cela fait une heure que vous êtes là, et vous n'y avez pas touché, observa-t-elle en rabattant ses cheveux en avant pour dissimuler son imperfection.

Non, il n'avait pas l'intention de boire son whisky. Ce qu'il voulait, en entrant dans ce bar, c'était se rappeler ce qu'il avait été et ce qu'il était devenu. Se prouver qu'il était un homme, qu'il était maître de son destin, de ses actes, qu'il n'y avait aucune raison d'avoir pitié de lui. Il avait reçu des dons et il comptait bien s'en servir à nouveau.

— Je suis ici pour la compagnie, expliqua-t-il. Pas pour l'alcool.

Elle ouvrit de grands yeux stupéfaits.

— Vous plaisantez ? Ici ? Mais il n'y a personne qui soit de bonne compagnie.

Il fallait bien reconnaître que la clientèle semblait un peu fatiguée et excentrique. La plupart des gens étaient appuyés contre le bar et n'avaient guère de contacts ni d'échanges avec leurs voisins.

— Vous auriez un papier et un crayon ? s'enquit-il.

— Voilà déjà un crayon, dit-elle en lui en passant un et en fouillant sous le comptoir. Et un sac en papier. C'est tout ce que j'ai à vous proposer.

— Merci. Ça fera l'affaire.

Pendant qu'elle servait une bière et vidait les cendriers, Gabriel se mit en devoir de la croquer, mettant en valeur ses lèvres voluptueuses, son épaisse chevelure, ses grands yeux, ses pommettes hautes.

Quand il eut fini, il lui fit signe.

— Vous en voulez un autre ? lui proposa-t-elle en indiquant son verre intact d'un regard interrogateur. Ou une boisson sans alcool ? un soda ?

— Non, merci. Je voulais juste vous montrer ça.

Il fit glisser le sachet vers elle pour qu'elle se voie comme il la voyait, une œuvre d'art, une belle femme au joli sourire qui savait aborder joyeusement un travail pourtant ingrat.

Sa curiosité ne tarda pas à se muer en plaisir.

— C'est moi, commenta-t-elle, émerveillée. Enfin, je crois.

— Bien sûr que c'est vous.

— Mais vous m'avez rendue… presque mignonne, fit-elle en caressant le papier.

— C'est ainsi que je vous vois, assura-t-il.

De surprise, elle arrondit les lèvres pour former un « O » muet.

— Ouah. Merci. Je peux le garder ?

— Bien sûr.

Gabriel leva son verre de whisky et inspira à fond, encore une fois, pour s'emplir de la richesse de ses arômes.

Puis il le reposa. Il n'en avait pas besoin. Il n'en avait plus besoin. Il n'en avait même plus envie.

Il était libre.

Sara se retrouvait seule. Gabriel était parti. C'était ce qu'il devait faire, ce qu'elle lui avait demandé de faire parce qu'il le fallait. Elle l'avait encouragé à s'en aller sans elle.

Il n'était pas humain. Il n'était pas mortel. Ce n'était pas un homme au sens où elle avait toujours compris ce terme. Il venait d'un autre monde, un monde où les règles étaient différentes. Et il fallait qu'il reparte.

Elle le savait.

N'empêche qu'elle était consciente du fait qu'elle se retrouvait seule, encore une fois.

Quels que soient les méandres du chemin de la vie, il semblait que son lot soit d'avancer dans la solitude.

Elle roula jusqu'à la maison de sa mère et se gara devant, dans le noir. Il y avait de la lumière à toutes les fenêtres. Comme les volets n'étaient pas fermés, elle voyait deux petites filles courir dans le salon. Elle avait vendu à un jeune couple heureux de trouver un bien abordable pouvant accueillir la famille qui s'agrandissait, et qui avait bien voulu passer sur le fait que quelqu'un avait été assassiné dans ces murs. C'était bon de voir revivre la maison. Il y avait même un portique dans le jardin.

Sara sortit de sa voiture et resta dans le noir, adossée à la portière, à écouter les bruits du quartier. Elle avait passé son enfance dans cette rue où elle avait de bons souvenirs. Cependant, elle se rendit compte – avec une certaine surprise, car c'était la première fois qu'elle en prenait conscience – qu'elle n'avait pas eu une enfance traditionnelle. Qu'elle avait été exposée trop vite à trop de choses, qu'elle avait passé trop de temps seule, à devoir se débrouiller sans aide. Elle était capable de pardonner à sa mère, maintenant. Mais elle ne regrettait pas d'avoir vendu la maison.

Elle était fière d'elle, fière de pouvoir rester ainsi dans le silence sans laisser sa peur des ombres et des dangers potentiels l'obliger à remonter en voiture. Des larmes se mirent à couler sur ses joues. Pour la première fois, ce n'était pas sur sa mère qu'elle pleurait. C'était sur elle, enfin. Sur Gabriel. Sur ce qu'ils avaient subi, tous les deux. Sur leurs erreurs. Sur cet avenir commun si décourageant, insurmontable.

Pour Sara, qui aimait les certitudes, la logique de la science, ce qu'il y avait de plus dur à apprendre, c'était qu'il n'y avait pas toujours de réponse. La vie en noir et blanc n'existait pas. Il fallait qu'elle se fasse confiance, qu'elle comprenne ce qui était bon pour elle.

Gabriel était Gabriel. Démon, ange déchu ou quoi qu'il soit, c'était Gabriel. L'homme dont elle était tombée amoureuse.

Cédant à une impulsion, elle lui envoya un SMS. « C toi l'ange Gabriel qui est apparu à Marie ? » C'était une drôle de question, certes, mais qui la rongeait. Elle ignorait ce qu'elle croyait, au juste, ou l'importance que cela pouvait avoir. Cependant, elle avait besoin de connaître sa réponse.

Deux secondes plus tard, son téléphone émit un bip. Il n'avait pas traîné. « Non. J'étais un ange mineur. »

Curieusement, ce fut un soulagement, intense et immédiat, qui l'envahit. Cela aurait fait trop. Ç'aurait été trop difficile à accepter. Trop anormal pour qu'elle puisse songer à ce qu'elle ressentait à son égard dans un contexte aussi extrême. Par correction, elle lui renvoya un simple « Merci » et en resta là. Il n'allait pas lui poser de question ni poursuivre l'échange, elle le savait. Il allait lui laisser le temps et l'espace dont elle avait besoin, ce dont elle lui était très reconnaissante.

La scène qui se déroulait sous ses yeux l'attirait, bien sûr. Une famille. Des enfants. Si elle choisissait Gabriel, elle renoncerait à tout cela. Elle n'aurait jamais de bébé.

Mais qu'est-ce qui lui disait qu'elle en aurait si elle se séparait de lui ? Qu'est-ce qui lui disait qu'elle rencontrerait un jour un homme qu'elle aimerait assez pour faire sa vie avec lui, pour avoir des enfants avec lui ?

Il n'y avait pas de réponse.

Sauf qu'elle savait une chose. Désormais, elle n'avait plus peur d'être seule.

Elle n'avait plus peur de rien.

Chapitre vingt-trois

Préface de *La Tache du crime* de Gabriel St. John

Lorsqu'un meurtre est commis et qu'un suspect est arrêté, l'attention des médias se tourne aussitôt vers lui. À quel genre de personne a-t-on affaire ? Qu'est-ce qui l'a poussée à tuer ? La plupart des gens sont incapables de comprendre ce qui motive un criminel. Pourtant, c'est toujours là-dessus que nous nous concentrons. Nous voulons des détails, des explications, des réponses. Or il n'y en a pas forcément. Les meurtriers tuent parce que ce sont des meurtriers. Nous n'avons pas à nous interroger sur les individus ni sur leurs motivations, mais simplement à nous assurer qu'ils soient punis pour les crimes qu'ils ont commis tout en conservant les victimes au centre de nos préoccupations.

C'est ce que je me suis efforcé de faire pour Anne Donovan et Jessie Michaels. Hélas, en fin de compte, leur mort à toutes les deux est encore assombrie par le fait que, dans les deux cas, l'enquête a échoué et n'a pas permis de rendre justice à ces femmes.

Les morts parlent, certes, mais les vivants parlent plus fort.

— Tu crois que c'est une bonne idée, vraiment ? demanda Jocelyne d'un air franchement sceptique sur le trottoir devant l'aéroport.

— Oui.

Ce dont Sara était certaine, en tout cas, c'était qu'il fallait qu'elle le fasse.

Son amie se baissa pour l'embrasser.

— Appelle-moi si tu as besoin de quoi que ce soit, lui répéta-t-elle. Et n'hésite pas à filer si ça se passe mal. Tu peux rester chez moi aussi longtemps qu'il le faudra.

— Merci. Tu sais combien cela compte, à mes yeux, répondit-elle en la serrant dans ses bras. Mais tout va bien se passer. Très bien.

Elle prit sa valise et entra dans l'aéroport après avoir fait un dernier sourire et un dernier petit signe à Jocelyne. Tout allait bien. Elle était contente de retourner à La Nouvelle-Orléans. Elle avait l'impression de rentrer chez elle. Ce n'était pas logique dans la mesure où elle n'y habitait que depuis quelques semaines – d'autant que, au départ, cette ville la mettait très mal à l'aise. Pourtant, maintenant, ce mélange hétéroclite, surprenant, bizarre, parfois inquiétant lui manquait. Les odeurs lui manquaient, et les trottoirs irréguliers, les sourires des passants, le claquement des fers des chevaux qui tiraient des carrioles de touristes, l'eau qui coulait des balcons et des fenêtres quand on arrosait les jardinières.

Elle était tombée amoureuse de La Nouvelle-Orléans. Et elle était tombée amoureuse à La Nouvelle-Orléans. L'attraction conjuguée de ces deux événements était trop forte pour qu'elle puisse y résister.

Cela faisait cinq semaines que Gabriel était reparti. Elle n'avait communiqué avec lui qu'une fois, le lendemain, quand ils avaient échangé deux SMS. Autrement, elle n'avait pas eu la force de l'appeler. Être avec lui, découvrir qui il était, ce qu'il était, faire l'amour avec lui tandis qu'il luttait pour se retenir, pour ne pas la toucher : tout cela l'avait bouleversée. C'était merveilleux, intense et déchirant à la fois. Ensuite, il lui avait fallu se distancier un peu.

Maintenant, au contraire, elle voulait que plus rien ne les sépare. Elle voulait revenir vers lui, à ses conditions, en contrôlant ses émotions. Elle savait qu'elle n'aurait aucun mal à trouver du travail dans un laboratoire de médecine légale à La Nouvelle-Orléans. Et elle savait que, si sa conversation avec Gabriel se passait bien, elle pourrait s'installer chez lui, faire sa vie avec lui, et que ce ne serait pas un sacrifice. Malgré les obstacles, s'ils le voulaient, cela pourrait marcher.

Il lui avait fallu quatre semaines pour se décider. En revanche, depuis une semaine que c'était fait, elle avait dormi six heures d'affilée toutes les nuits. Elle se sentait en pleine forme, reposée, vivante, énergique, sûre d'elle.

Elle avait même appelé son grand-père. Dans sa joie de l'entendre, il s'était étranglé au téléphone. Elle avait hâte de le rencontrer en personne. Lui qui avait perdu sa femme et sa fille, et elle, sa mère, ils arriveraient peut-être à construire une relation. À se réconforter l'un l'autre en apprenant à se connaître. À cicatriser, à moins souffrir.

Elle n'avait plus peur d'être seule, mais elle pouvait choisir de ne pas l'être.

Enfin, il lui tardait de revoir son chat. Ange lui avait manqué. Toutefois, appeler Gabriel pour lui demander de le lui envoyer en Floride lui avait semblé trop lourd de sens. Elle n'avait pas voulu qu'il croie qu'elle ne reviendrait jamais.

Mais s'attendait-il à autre chose, alors qu'elle ne lui avait pas donné signe de vie depuis cinq semaines ? Rien n'était moins sûr. D'un autre côté, c'était lui qui était parti sans dire au revoir. Elle avait compris pourquoi il avait fait cela et, de la même manière, elle ne doutait pas qu'il comprendrait pourquoi elle ne s'était pas manifestée. Jamais ils ne s'étaient mis de pression mutuelle, jamais ils ne s'étaient demandé de comptes l'un à l'autre. C'était l'une des raisons pour lesquelles leur relation était aussi simple et aussi agréable.

Oui, tout allait bien. Elle allait lui parler, lui faire part des inquiétudes dont elle ne parvenait pas à se défaire concernant les meurtres, lui poser toutes les questions qu'elle avait à lui poser sur ce qu'il était, lui faire une proposition.

En espérant qu'il ne puisse pas la refuser.

Étendu sur le plancher du salon, Gabriel fixait le plafond. Tiens, il n'avait jamais remarqué cette fissure. Dire que cette maison, cet appartement et lui coexistaient à La Nouvelle-Orléans depuis plus de cent cinquante ans… Ils avaient survécu à la dépendance, au meurtre, aux ouragans – et, l'un comme l'autre, ils avaient si peu changé… Désormais, ils défiaient le monde et le temps avec entêtement, bien décidés à être toujours plus forts, plus résistants face à leurs petites exigences, à être comme bon leur semblait. Hm. Enfin, tout cela ne s'appliquait peut-être qu'à lui.

Sans doute vaudrait-il mieux qu'il arrête de travailler seize heures par jour et d'arpenter le Quartier français des heures durant. Il n'était pas très normal de rester ainsi allongé sur le plancher du salon. N'empêche qu'il y était bien. Il se sentait bien. Au départ, il avait voulu se détendre un peu tout en corrigeant les trois premiers chapitres de son manuscrit. Alors il les avait imprimés et les avait relus au-dessus de sa tête. La dureté du parquet lui faisait du bien et forçait ses muscles endoloris à se décontracter. Et puis, au bout d'un moment, il avait cessé de lire pour s'absorber dans la contemplation du plafond, et dans ses pensées.

Il était satisfait de la façon dont le livre avançait. Il avait fini d'écrire le premier jet. Comme c'était sa dernière histoire de meurtre, il tenait particulièrement à ce que tout se tienne, à ce que Sara et lui puissent en être satisfaits. Et plus vite il aurait terminé, plus vite il aurait une raison légitime de reprendre contact avec elle. Car il le souhaitait. Il avait une envie désespérée d'entendre à nouveau sa voix, de parler avec elle, simplement. Mais il ne fallait pas qu'il la bouscule.

Même s'il n'en pouvait plus.

On frappa à la porte. Ce devait être le propriétaire, qui était là depuis deux jours à superviser des travaux.

— Entrez, lança Gabriel qui n'avait pas l'intention de se lever.

Il était trop bien par terre.

La porte s'ouvrit et une voix féminine appela :

— Gabriel ?

C'était Sara ! Il tourna vivement la tête sur le côté et la découvrit, sur le seuil, un sourire hésitant aux lèvres. Oui, c'était bien elle. Chez lui. En jean. Il ne l'avait jamais vue en jean, mais cela lui allait bien. Il aimait la façon dont la toile mettait en valeur le galbe de ses jambes. Elle s'était fait une queue-de-cheval, elle avait le teint frais et clair et les yeux moins cernés. Elle devait avoir pris deux kilos et, dans l'ensemble, elle semblait en pleine forme. Il ne lui avait jamais vu aussi bonne mine. Elle était magnifique.

— Sara..., dit-il sans pouvoir s'empêcher de faire un sourire radieux.

Mon Dieu ! que c'était bon de la revoir. Elle lui avait terriblement manqué.

Pourtant, son sourire à elle se dissipa quand elle le vit, et quand elle regarda autour d'elle.

— Ça va ? s'inquiéta-t-elle. Qu'est-ce que tu fais par terre ?

Elle enjamba une boîte de pizza vide.

— Tu as arrêté de faire le ménage depuis mon départ, ou quoi ?

Hm. Sans doute, songea-t-il en s'asseyant et en remontant les genoux. La pièce était jonchée de papiers, de linge, d'emballages de nourriture.

— Je me transforme en porc, quand j'écris. Je crois que cela fait partie du processus de création.

— Ne plus descendre les poubelles fait partie du processus de création ? demanda-t-elle, incrédule, en ramassant le carton de pizza et trois cannettes vides qu'elle emporta dans la cuisine.

— Oui.

Il se leva et s'ébroua pour chasser ses cheveux de son visage.

Elle revint, les mains vides, et lui sourit en lui coulant un regard en dessous.

— Et arrêter la lessive aussi ? s'enquit-elle en pointant le doigt vers son T-shirt.

En le regardant, il se rendit compte qu'il était maculé de chocolat.

— Oui, répondit-il, parce que le chocolat, les cartons vides et les papiers n'avaient pas la moindre importance quand elle se trouvait en face de lui, en chair et en os.

Il tendit la main vers elle et lui toucha le bras, d'un seul doigt qu'il fit lentement glisser sur sa peau douce.

— Je suis tellement heureux que tu sois là, murmura-t-il. Tu m'as manqué, ma chérie. Tu ne peux pas savoir à quel point.

Il trouva la douceur de son regard et la sincérité de son sourire très rassurantes.

— Toi aussi, tu m'as manqué.

C'était très en dessous de ce qu'il ressentait. Comment lui faire comprendre que, alors qu'il travaillait énormément, et bien, et que, pour la première fois depuis des années, il sortait de sa coquille, elle lui manquait tout de même ? Qu'il avait pensé à elle chaque jour, rêvé d'entendre sa voix, de respirer son parfum de cannelle, de toucher sa peau et ses cheveux si doux ? Que son absence le rendait malade de désir et de tristesse, qu'il mourait d'envie de la voir, d'être avec elle, de la sentir auprès de lui ? Les mots ne suffisaient pas. Il n'en existait pas d'assez précis, d'assez émouvants pour traduire la profondeur de son amour, de sa passion.

Elle se rapprocha de lui et laissa glisser son sac sur le sol. Gabriel ne bougea pas, se demandant jusqu'où elle irait. Il espérait la toucher, la prendre dans ses bras, s'imprégner de son corps, de sa peau, de l'essence même de son être. Il espérait avoir le droit de l'étreindre, de savoir que, quand elle entrait dans une pièce, c'était vers lui qu'elle était attirée, que leur relation était ce qu'il y avait de plus important dans sa vie, en toute circonstance.

Elle se coula à côté de lui, écarta ses cheveux de son épaule et lui murmura à l'oreille :

— Ne t'en fais pas. Je sais que tu ne peux pas me toucher. J'ai simplement envie d'être auprès de toi. De t'aimer. De vivre avec toi.

Elle acheva sa phrase en posant très légèrement les lèvres sur sa joue.

Un désir d'une intensité insoutenable, bien plus violent encore que celui qui inspirait l'absinthe, s'empara de Gabriel. Il fut contraint de rejeter la tête en arrière, de s'écarter un peu avant de céder à la tentation de se jeter sur elle, de la prendre et, par sa faiblesse, de ruiner la beauté de l'âme de Sara et de ce qu'il y avait entre eux.

— Moi aussi, je t'aime, Sara, assura-t-il. D'une façon que je ne saurais même pas décrire. Quand je te regarde, je ne parviens pas à croire que je puisse même éprouver cela pour un autre être.

Il voulait en dire davantage, lui rappeler que ce qu'il souhaitait et ce qu'il était contraint de faire étaient deux choses différentes, mais elle l'arrêta.

— Tu n'es pas obligé de le dire, assura-t-elle. Je le sais. Je suis ici en connaissance de cause. Pour l'instant, en tout cas, cela me va. Je veux être avec toi et voir où cela nous mènera.

Et si c'était parce qu'ils avaient fait l'amour, en Floride, qu'elle était là ? se demanda-t-il soudain, mal à l'aise. Était-elle revenue parce qu'elle le voulait à tout prix ? Parce qu'un désir compulsif l'y avait contrainte ?

— Tu es là par choix ? s'enquit-il. Ou parce que tu n'as pas pu résister ?

Il ne savait pas comment le lui demander plus délicatement.

Elle plissa les yeux.

— Si tu veux savoir si je vais te supplier comme Rochelle et les autres, rassure-toi : la réponse est non. Je t'aime, je voudrais vivre avec toi, mais tu ne me verras jamais me mettre à genoux. Si tu ne veux pas de moi, je rentrerai en Floride et je reprendrai le cours de ma vie. Pas de problème.

Il n'avait pas dû être suffisamment délicat. Elle s'était quand même vexée. Plus elle parlait, plus elle haussait le ton et plus Gabriel devait faire d'efforts pour ne pas sourire tant il était soulagé de sa réaction offensée. Il savait qu'elle pourrait continuer à vivre sans lui. Elle avait énormément de ressources.

— Pardon. C'était juste pour vérifier.

Elle poussa un soupir exaspéré et lui donna une tape sur le bras, ce qui ne lui ressemblait pas. Elle ne lui avait jamais montré ce côté espiègle; il lui plaisait énormément. Alors, il se mit à rire de la joie de l'avoir auprès de lui, de savoir qu'elle l'aimait et son rire déborda, de plus en plus fort, de plus en plus heureux.

Le rire de Gabriel, qui résonna dans la pièce, profond et grave, éblouit Sara. En fait, c'était la première fois qu'elle l'entendait, songea-t-elle, et il était incroyablement sexy. À cause de la joie qui l'accompagnait, qui se peignait sur son visage. Un bonheur qu'elle n'avait jamais vu non plus. Et elle ne s'en apercevait que maintenant qu'il apparaissait. Alors elle éclata de rire à son tour.

— Ce n'est pas drôle, souligna-t-elle.

C'était vrai, il n'y avait rien de drôle. Et, pourtant, si. C'était tellement extraordinaire de rire avec lui…

— Maintenant, fais le ménage. Il n'est pas question que j'emménage dans cette crasse.

— Bien, madame, fit-il docilement en ramassant la première cannette de soda qui lui tomba sous la main – avant de tout gâcher en tirant la langue à Sara.

C'était une grimace tellement naturelle, tellement libre et pourtant tellement inattendue, chez lui, qu'elle redoubla d'hilarité. Oh, que c'était bon… Il y avait tant d'espoir dans ce rire partagé que les questions qu'elle se posait ne comptaient plus. L'ambiguïté, les mystères, l'inconnu : tout cela était bien moins important que le fait d'être ensemble, de vivre cet instant, cette journée, cette vie tous les deux.

Avisant Ange qui s'était couché par terre dans une tache de soleil, elle alla lui dire bonjour. Le chat se mit à ronronner quand elle le prit dans ses bras. Sans le lâcher, elle retourna dans l'entrée prendre sa valise qu'elle avait laissée à la porte. Quand elle l'eut fait rouler à l'intérieur, elle lâcha la poignée et le chat pour ramasser un autre carton de pizza. Combien avait-il pu en manger en cinq semaines ? Elle se servit de la serviette en papier restée collée à la boîte pour essuyer une tache de gras sur la console. C'est alors qu'elle avisa le carnet de croquis qu'il avait laissé à côté et l'ouvrit au hasard. Elle découvrit une esquisse d'elle en train de lire un document en se mordillant la lèvre. Sur la page suivante, elle était couchée dans le lit, sur le côté, son dos visible entre son T-shirt qui était un peu remonté et le drap qui ne lui arrivait qu'à la taille. Sur celle d'après, elle dansait, en minijupe, les jambes fléchies, les bras écartés, un sourire insolent aux lèvres. Enfin, elle était assise, nue, les genoux remontés contre la poitrine, les yeux brillants d'amour et de désir.

Sara se tourna vers Gabriel, muette de stupeur.

Il la regardait.

— Je t'ai dit que je n'avais pas perdu mon temps, observa-t-il avec un petit sourire en haussant les épaules.

Oh, la vie était belle.

— C'est ce que j'allais dire, fit Gabriel un peu plus tard tandis que Sara et lui partageaient un dîner cajun qu'il était allé chercher au restaurant au coin de la rue.

Il se soupçonnait de beaucoup parler, parfois la bouche pleine, ce qui n'était pas très classe ni très séduisant. Mais il était si heureux qu'elle soit revenue que les mots se bousculaient dans son esprit et dans sa bouche. C'était comme s'il avait besoin de tout lui dire très vite, au cas où elle disparaîtrait et où il n'en aurait plus l'occasion.

Ils avaient passé l'après-midi ensemble, à ranger l'appartement et à faire le ménage. Maintenant, en dînant, ils disséquaient les questions qui subsistaient au sujet des meurtres.

Assise en tailleur sur le canapé, Sara prit son verre d'eau en secouant la tête.

— Je ne vois pas pourquoi Marguerite assassinerait quatre générations de femmes sans un motif plus valable. Franchement, je doute que ma grand-mère ait eu une liaison avec Rafe, en plus.

— C'est bien ce qui m'inquiète, confirma Gabriel.

Il avait beaucoup réfléchi à la culpabilité de Marguerite en rédigeant le livre, ces dernières semaines, et il lui semblait qu'il subsistait des zones d'ombre.

— Pourquoi Raphael aurait-il acheté la maison de Dauphine Street ? Tout cela paraît absurde pour un homme qui n'a jamais reconnu être au courant du lien de parenté entre Jessie et Anne. Du reste, il ne m'a jamais semblé être réellement attaché à Anne.

Par ailleurs, tu m'as dit qu'il y avait un verset de la *Bible* attaché à la bouteille d'absinthe. Et Raphael a cité la *Bible* pendant son procès. La coïncidence est quand même troublante. Pourquoi et Marguerite et lui y feraient-ils référence ?

— Je ne sais pas. C'est bien le problème, depuis le début : il y a trop de questions. Par ailleurs, j'aimerais bien savoir ce qu'il est advenu des affaires de Rafe qui se trouvaient dans son appartement. S'il n'avait pas de relation avec Marguerite, comment savait-elle qu'il avait déménagé ? Et lui, comptait-il tout faire transporter dans la maison de Dauphine Street ? Mais pourquoi ? Et les photos de la scène de crime ? Qui les a envoyées ?

— Je l'ignore aussi.

Gabriel reposa son assiette sur la table basse et se rendit dans son bureau. Il revint avec son ordinateur portable et s'assit sur le canapé à côté de Sara. Il ouvrit le dossier qui contenait toutes les photos qu'il avait prises pour le livre. Quelque chose le chiffonnait. Il voulait revoir les clichés qu'il avait pris de la maison de Dauphine Street. Raphael était-il visible à la fenêtre de l'étage ? Il eut beau agrandir une photo de la façade et zoomer dessus, il ne vit rien.

— Tu penses que c'est Raphael que j'ai vu à la fenêtre ? voulut savoir Sara.

— Qui d'autre cela pourrait-il être ? Tu dirais qu'il lui ressemblait ?

— Je ne sais pas. C'est allé si vite… et c'était tellement hors contexte… Je ne m'attendais vraiment pas à le voir là.

Pendant qu'il y était, Gabriel cliqua sur les autres photos qu'il avait prises ce jour-là. Le panneau avec le nom de la rue, la maison, Sara dans la rue, la tombe d'Anne. Il cherchait un détail qui aurait pu leur échapper jusque-là.

— Qu'est-ce que c'est que ça ? demanda Sara en pointant le doigt sur l'écran en haut à gauche de la pierre tombale.

— Un graffiti.

Il ne se rappelait pas l'avoir vu quand il s'était rendu sur la tombe. Il lui avait semblé qu'elle venait d'être repeinte. N'empêche qu'il y avait manifestement une inscription.

— Qu'est-ce qu'il dit ? voulut savoir Sara.

Gabriel zooma. L'image n'était plus très nette, mais on pouvait lire les mots.

— « En lui nous avons la rédemption », lut Sara.

— Ça me dit quelque chose – mais quoi ? s'interrogea Gabriel qui fixait l'image avec toute son attention. Tu te souviens s'il y avait quelque chose d'écrit sur la tombe ? J'aurais juré qu'il n'y avait rien quand nous y sommes allés. Surtout cela. On l'aurait remarqué. Ce n'est pas un graffiti ordinaire.

Soudain, Sara lui saisit le poignet.

— Gabriel, où sont les photos de ma mère prises sur la scène du crime ?

— Dans mon bureau, pourquoi ?

— J'ai un terrible pressentiment… Tu peux aller les chercher ?

— Bien sûr.

Il se leva et lui passa son portable. Il n'avait aucune idée de ce qu'ils allaient trouver sur ces clichés, mais elle avait raison. Lui aussi avait un mauvais pressentiment. Ce n'était pas normal, et il n'y avait pas de coïncidence. La réponse se trouvait quelque part. Restait à la découvrir. Il prit l'enveloppe dans le tiroir de son bureau, l'ouvrit et en sortit les photos. Il retourna dans le salon tout en les étudiant dans l'espoir de ne pas avoir à montrer ces images épouvantables à Sara s'il était possible de l'éviter.

Mais il ne vit rien de nouveau. Il était vrai que l'un des clichés semblait avoir été pris de la fenêtre, ce qui était étrange, mais la police pouvait l'avoir fait.

— Montre-les-moi, le pria Sara en tendant la main.

Pour retarder l'inévitable et la protéger tant qu'il pouvait, Gabriel retourna la pile et la feuilleta machinalement. Il y avait quelque chose au dos d'une des photos.

— Attends.

Il regarda de plus près. C'était une inscription, en tout petit, dans le coin supérieur gauche. « Par son sang, la rémission des péchés. »

Merde. Les doigts crispés sur le papier, Gabriel regarda Sara.

— Les deux vont ensemble. Les mots sur la tombe et ceux-ci. « En lui nous avons la rédemption par son sang, la rémission des péchés. » C'est une Épître de Paul aux Éphésiens.

Elle avait pâli d'un coup. Elle posa l'ordinateur sur le canapé et se leva.

— Où est la bouteille ?

— Quelle bouteille ? demanda-t-il en rangeant les photos dans l'enveloppe. J'ai déjà vu cette citation, Sara.

— Moi aussi. Sur la bouteille d'absinthe. Où est-elle ? Celle que j'ai trouvée sur le pas de la porte.

— Je ne sais pas. Je crois que je l'ai mise dans la cuisine.

Il ne se souvenait même pas de ce qu'il en avait fait. Et il avait la tête à autre chose. Où avait-il vu cette citation ? Il aurait dû se douter de quelque chose. Il aurait dû suivre cette piste plus à fond.

Il entendait Sara ouvrir et refermer les placards de la cuisine. Un instant plus tard, elle revint avec une bouteille verte. Elle arracha l'étiquette fixée au col et la lui tendit.

— Tu vois ? C'est la même phrase.

Gabriel lut le papier qui avait manifestement été imprimé à l'ordinateur. Qu'est-ce qui lui avait pris, de fourrer la bouteille dans un placard sans même y faire attention ?

— Sara, je sais où j'ai lu cette phrase. Sur le testament de Raphael.

C'était donc Raphael le coupable. Quelle ordure ! Gabriel respira profondément, plusieurs fois, pour essayer de contrôler la colère et le dégoût qui enflaient en lui.

Sara secouait la tête, toute blanche, les yeux agrandis par le choc.

— Oh, non… Tu veux dire que…

Il hocha la tête.

— Oui, confirma-t-il calmement. C'est exactement ce que je veux dire. Je suis désolé. Oh, je suis désolé…

— Pourquoi ? Mais pourquoi a-t-il fait ça ?

La peine, le sentiment de trahison qui perçaient dans sa voix lui brisèrent le cœur.

— Je ne sais pas, ma chérie. Je t'assure que je ne sais pas.

Il aurait voulu amortir le coup, lui prendre sa douleur, faire que tout aille bien pour elle, toujours. Mais c'était impossible. Elle le surprit, cependant, quand elle posa un instant la main sur son bras en hochant la tête.

— Je me doute que tu ne sais pas, dit-elle. C'était une question purement rhétorique. Je suis certaine que nous ne saurons jamais, que nous ne comprendrons jamais. Et ça ne fait rien. Enfin, si, mais nous parviendrons à le surmonter.

Une fois de plus, son courage impressionna Gabriel. Elle n'avait pas eu une vie facile et, malgré cela, elle restait d'une force et d'une générosité stupéfiantes. Il ne l'en aimait que davantage.

— Ce testament, je l'ai encore. Il est dans ma voiture.

Il l'avait glissé dans sa poche, puis jeté sur la banquette arrière.

Elle descendit avec lui. Il n'aurait pas dû faire confiance à Raphael. Il aurait dû se souvenir qu'un assassin était souvent un très bon menteur.

Il ouvrit la portière arrière et trouva aussitôt la liasse sur le sol. Et ce qu'il vit manqua de lui faire faire une attaque.

— Nom de Dieu !

— Quoi ?

— Il m'a dit que c'était son testament… Mais ce n'est pas vrai : c'est le tien.

C'était le nom de Sara qui était inscrit en haut, comme par une espèce de plaisanterie macabre.

— Hein ?

Elle voulut le lui prendre des mains, mais il tint bon.

— Gabriel… Je n'ai pas fait de testament.

— Je sais.

Il allait tuer Raphael ! Il fallait être un grand malade pour faire ce genre de chose.

— Qu'est-ce qu'on fait, maintenant ? lui demanda-t-elle, la bouteille d'absinthe toujours à la main.

Il allait s'élancer sur la piste de Raphael. Cependant, il ne voulait pas effrayer Sara.

— Pour commencer, je voudrais retourner voir la tombe d'Anne. Je ne me souviens pas d'y avoir vu cette inscription. Pourtant, elle apparaît sur la photo. Ce qui signifie sans aucun doute que c'est l'œuvre de Raphael. Seul un démon peut faire ce genre de tour. Tu n'es pas obligée de m'accompagner. Je me dépêche. Mais il faut que j'aille me rendre compte par moi-même de ce qu'il en est.

Il voulait une confirmation absolue de la vérité. Il voulait être totalement certain qu'il n'y était pour rien dans cette histoire qui le poursuivait depuis cent cinquante ans. Il voulait savoir sans l'ombre d'un doute que c'était Raphael qui avait assassiné Anne et Jessie, et les autres. Ensuite, il retrouverait ce salaud, et il lui ferait avouer pourquoi il avait commis ces meurtres. Et il le punirait.

— Si. Je viens avec toi, déclara-t-elle en le prenant par la main. Nous sommes ensemble dans cette affaire. Nous sommes ensemble.

C'était vrai. Il froissa les papiers dans sa paume et hocha la tête.

— Très bien. Allons-y.

Chapitre vingt-quatre

Il faisait sombre. Sara pénétra dans le cimetière à la suite de Gabriel. Maintenant, elle comprenait pourquoi il lui était si facile de briser le cadenas pour entrer. Il avait une force, des pouvoirs surnaturels. Il n'avait pas non plus besoin de craindre les gens, contrairement à elle. Il était parfaitement capable de la protéger – de les protéger tous les deux – contre les délinquants ordinaires et les agresseurs de tout poil. Elle trouvait cela rassurant et déstabilisant à la fois. En tout cas, une chose était sûre : bien des choses lui échappaient dans ce qu'il était.

— Reste à côté de moi, lui enjoignit-il en ralentissant. Je ne sens rien de particulier, mais je ne veux pas que tu t'éloignes.

Elle n'y voyait aucun inconvénient. Sans avoir vraiment peur, elle n'était pas très à l'aise. Dans le silence et la nuit, les tombes se dressaient, austères et froides, et les coquillages semblaient crisser plus fort sous leurs pieds.

Maintenant, elle était certaine qu'il n'y avait rien d'écrit sur la tombe quand ils étaient venus. Ils l'auraient remarqué. Elle revoyait parfaitement la scène. La pierre était toute propre, d'un blanc éclatant, immaculé. Elle venait d'être repeinte. Écrasée de chaleur, elle s'était appuyée à la barrière et avait longuement fixé l'emplacement de la plaque portant le nom d'Anne, qui s'était détachée. S'il y avait eu un graffiti, elle l'aurait remarqué.

Gabriel avait pris une torche. Il éclaira toute la surface de la tombe. Et Sara ne vit rien. Pas la moindre inscription.

C'était inexplicable. Cependant, il était évident que Rafe – il fallait qu'elle s'habitue à l'appeler Raphael – était impliqué dans les meurtres. Et qu'il était avec Marguerite, que leur relation allait bien au-delà de ce que Sara avait compris. Elle sentit la colère la gagner. Trop, c'était trop. Elle ne voulait plus souffrir. Elle ne voulait plus étouffer de désespoir. Elle ne voulait plus sentir la morsure de la trahison. N'empêche qu'elle fut surprise de sa propre réaction. Quand elle avait découvert la vérité, elle n'avait pas eu si mal que cela. Pas si longtemps. Et, maintenant, tandis qu'elle observait la tombe d'une femme qui avait perdu la vie par la violence et la folie d'un démon, elle se sentait intacte, entière, en sécurité, forte.

Rien ne pouvait la détruire.

Soudain, Gabriel passa devant elle et la poussa, une main plaquée sur sa bouche. Dans la pénombre, elle ne distinguait pas son visage. Tout ce qu'elle voyait, c'était le faisceau de la lampe qui sautait au gré de ses gestes irréguliers tandis qu'il la faisait reculer contre la barrière. Avant qu'elle ait pu comprendre ce qui se passait, que ses yeux se soient accoutumés à l'obscurité, qu'elle ait recouvré son équilibre, il lui avait fait contourner la tombe.

— Ne bouge pas, lui chuchota-t-il à l'oreille. Attends ici que je revienne te chercher. Je ne veux pas que tu te perdes dans le cimetière.

Elle aurait voulu lui demander ce qui lui prenait. Sauf qu'il appuyait si fort la paume sur sa bouche qu'elle ne pouvait pas parler. Alors elle ferma les yeux et se concentra pour projeter directement les mots dans son esprit. Elle ne savait pas si cela pouvait marcher ainsi ou si lui seul pouvait pénétrer dans ses pensées, mais cela valait la peine d'essayer. Il faisait noir. Il n'y avait pas un bruit hormis celui de leur respiration et elle avait horreur de ne pas comprendre ce qui se passait.

C'est alors qu'elle entendit Gabriel murmurer dans sa tête, comme il l'avait déjà fait auparavant. *Il est ici*, dit-il. *Ne t'inquiète pas, je m'en occupe*.

Une bouffée d'air frais courut sur la peau de Sara quand il disparut. Sans sa présence, la chaleur de son corps contre le sien, sa force et sa virilité rassurantes, elle se sentait démunie. Elle risqua un regard sur le côté de la tombe, essuya ses mains moites sur son jean et écarquilla les yeux pour tenter de voir ce qui se passait. Elle distinguait le dos de Gabriel et la lumière de la torche qui perçait la nuit noire. Soudain, il la braqua sur le visage de Raphael.

Son expression la fit frémir. Ce n'était pas du tout l'homme qu'elle avait connu. Celui-ci semblait cruel, moqueur, dément. Fou.

— Alors, ça y est, tu as compris ? demanda-t-il d'une voix surexcitée, les mains dans les poches.

— Que c'était toi qui avais tué Anne et Jessie ? fit Gabriel sans cesser de l'éclairer. Oui. À moins que tu aies fait faire le sale boulot à Marguerite ?

— Oh, nous avons opéré ensemble. Marguerite trouve cela très excitant, sexuellement. C'est un peu spécial, un peu morbide, mais c'est ainsi.

Sara se raccrocha au côté de la tombe, le cœur battant, les yeux grands ouverts. Elle savait que c'était pour elle, pour la protéger, que Gabriel gardait le faisceau de la lampe sur Raphael. Elle avait déjà la nausée. Tenait-elle vraiment à entendre tout ce qu'il avait à dire ? Jusqu'à il y a une heure, c'était Rafe, le compagnon dévoué de sa mère. Même quand elle avait appris qu'il était immortel, que c'était un ange déchu, elle n'avait pas changé d'avis sur lui. Il lui semblait gentil, sympathique. Et voilà qu'il déclarait allègrement que sa véritable petite amie trouvait excitant de taillader des femmes avec lui.

Elle ressentit un dégoût, une haine si violents qu'ils la submergèrent. Figée sur place, elle était incapable de se détourner.

Quand Gabriel déplaça la lumière de sa lampe vers la gauche, Sara se rendit compte que Marguerite était là aussi, à côté de Raphael.

— Bonjour, Marguerite, dit Gabriel d'un ton apparemment calme mais dans lequel Sara percevait une tension révélatrice de colère contenue. Cela fait un petit moment…

— Bonjour, Gabriel, répondit-elle avec un sourire narquois et un petit signe. Avant tout, sache que ce n'était pas contre toi, qu'il n'y avait rien de personnel – tu sais, pour Anne, le procès… J'ai fait cela pour Raphael, point.

— Tu te sens coupable ?

Elle cligna des yeux, visiblement surprise.

— Non, pas vraiment. Bien sûr que non. Pourquoi donc ?

— Et moi, tu ne vas pas me demander pourquoi j'ai fait ça ? intervint Raphael en passant devant Marguerite et en la repoussant derrière lui si brutalement qu'elle trébucha.

Elle poussa un cri de protestation, mais il la fit taire d'un regard. Un regard qui donna froid dans le dos à Sara. Elle ne connaissait pas cet homme. Elle ne lui avait jamais vu cet air de condescendance dominante. C'était troublant, paralysant.

— Non, répondit Gabriel. Sûrement pas. Tu n'as certainement aucune raison qui vaille la peine d'être entendue.

Sara non plus n'avait aucune envie de le savoir. Hélas, Raphael semblait décidé à tout déballer parce qu'il se mit à parler avec autant d'empressement que si Gabriel l'en avait prié.

— Je sais que tu vas me comprendre, Gabriel. Je l'ai fait parce que ces femmes étaient prisonnières ici, dans cet enfer de la mortalité. C'était des putains, des alcooliques, des strip-teaseuses et je les ai élevées parce qu'elles avaient montré du potentiel, un bon cœur. Je les ai prises à ce monde et à leur pauvre enveloppe mortelle pour les garder avec moi, dans un endroit meilleur. Je leur ai donné l'immortalité. C'est ce dont tout le monde rêve, non ? Bon, j'avoue aussi que j'étais en colère. Malgré l'état de déchéance dans lequel tu te trouvais, à force de tenter d'oublier ta pitié envers les mortels – et envers toi-même – dans l'opium et l'absinthe, tu avais réussi à me voler ma maîtresse. C'était de la perversion. Il fallait sauver cette malheureuse Anne. Cela n'a pas été facile, tu sais, de rester concentré, de garder Marguerite dans le droit chemin toutes ces années. Mais je n'avais pas le droit d'être égoïste.

Se demandant si le bourdonnement dans ses oreilles signifiait qu'elle allait s'évanouir, Sara respira profondément et prit sur elle pour rester debout, sans faire de bruit pour ne pas trahir sa présence. Cela dit, les deux autres l'avaient peut-être déjà repérée. Elle ne savait pas très bien ce que les démons pouvaient ou ne pouvaient pas faire. En tout cas, elle ne voulait pas s'écrouler, quoi que Raphael puisse dire de malsain, de tordu, d'écœurant. Elle avait besoin d'entendre la vérité, de l'assimiler et de la dépasser. Elle tenait à lui prouver, et à se prouver à elle-même, qu'elle était capable de tenir bon.

— Alors tu t'es servi de tes pouvoirs de démon pour les endormir afin qu'elles ne se rendent compte de rien, qu'elles ne se débattent pas, et tu les as tuées ?

— Oui. Et tu peux me remercier de t'avoir fait acquitter du meurtre d'Anne, pendant que tu y es. Je me suis quand même sacrément mouillé pour toi.

— Marguerite m'a diffamé.

Ce fut elle qui répondit, par-dessus l'épaule de Raphael.

— C'est parce que j'avais peur qu'ils épinglent Raphael. Désolée. À choisir entre vous deux, j'aimais mieux que ce soit toi qui sois pendu.

— Pourquoi des femmes de la même famille ? voulut savoir Gabriel.

Raphael sourit.

— Parce que c'est comme si c'était toujours la même femme, encore et encore. À chaque fois, j'attends, j'espère une amélioration – mais elles ne cessent de me décevoir. Elles sont toutes pareilles. J'ai cru que la mère de Jessie pourrait mériter que je la laisse vivre – et puis j'ai découvert qu'elle était accro aux antidouleurs. Toutes les mêmes… quel dommage. Ensuite, j'ai cru que Sara serait différente. Mais il y a eu les somnifères, l'absinthe, des relations sexuelles avec un homme qu'elle connaissait à peine…

C'est alors que Raphael se tourna vers elle, d'un coup. Elle sentit le poids de son regard, la morsure de sa méchanceté. Elle comprit qu'il s'adressait directement à elle. Elle comprit aussi que c'était lui qu'elle avait vu à la fenêtre de la maison de Dauphine Street, lui qui l'avait regardée au club de strip-tease. Elle éprouva le même choc, la même impression glaçante de viol de son intimité quand il plongea les yeux dans les siens.

— Donc, maintenant, c'est au tour de Sara, annonça-t-il.

Soudain, elle fut prise d'une terreur si intense qu'elle crut étouffer. Il la fouillait d'un regard dément, avec un sourire moqueur. Il voulait lui faire mal. La tuer. La découper avec un couteau de chasse et y prendre un plaisir pervers. Son premier instinct fut de s'enfuir, mais c'était une mauvaise idée, elle le savait. Il faisait très sombre, les chemins étaient gravillonnés et les tombes se dressaient dans tous les sens, formant un labyrinthe dans lequel il serait aisé de se perdre. Et puis Raphael était immortel; il avait des pouvoirs qu'elle ignorait.

Il allait donc falloir qu'elle reste là parce que, si le regard de Raphael lui faisait peur, elle savait aussi que Gabriel la protégerait.

Qu'il la protégeait déjà.

Avec une rapidité qui arracha un cri involontaire à Sara, il fondit sur Raphael, formant une masse sombre et indistincte. Quand la torche tomba à terre, elle ne vit plus rien. En revanche, elle entendait les sons du combat, les coups qui portaient, les grognements de douleur, les respirations bruyantes. Gabriel avait dû pousser Raphael violemment en arrière car, à la lumière d'un réverbère, elle le vit rebondir contre la barrière qui ceignait une tombe. Puis il tomba à terre, roula sur le côté en jurant.

Sara, reste où tu es. La voix de Gabriel lui parvint par transmission de pensée. Il y avait quelque chose de réconfortant et d'érotique à la fois dans ce lien intangible. Il était dans son cœur. Il avait été dans son corps. Maintenant, il pénétrait dans son esprit.

— D'accord, répondit-elle tout haut parce qu'il lui semblait plus naturel de prononcer les mots que de simplement les penser.

Aussitôt, elle comprit pourquoi il lui avait ordonné de ne pas bouger.

Un rayon de lumière qui émanait de Gabriel clouait au sol un Raphael gémissant.

— Oh, mon Dieu…, murmura-t-elle, sous le choc, éblouie malgré ce qu'elle savait déjà.

La lumière blanche et translucide, jaillissant du bout des doigts de Gabriel en un faisceau rectiligne, illuminait toute l'allée et formait de la fumée en touchant Raphael. Dans cette vive lueur, Marguerite était réapparue. Recroquevillée en chien de fusil sur le sol, elle tendait un bras et une jambe vers Raphael de qui, pourtant, elle semblait vouloir s'éloigner. Sara plissa les yeux. Que signifiait cette étrange posture ? Elle s'aperçut que Marguerite était enchaînée à Raphael par des menottes invisibles.

Cette scène était sans doute la plus déstabilisante à laquelle Sara ait assisté. Elle recula en se tenant à la tombe à côté d'elle pour mettre encore de l'espace entre elle et Raphael. Entre elle et ce qu'elle ne comprenait pas, qu'elle ne pouvait pas comprendre.

Raphael se tordait de douleur sous la brûlure de la lumière de Gabriel. Soudain, il s'éleva dans l'air, à la verticale, soulevant Marguerite qui pendait au bout de ses chaînes en criant. Elle perdit une sandale qui tomba sur une tombe en dessous d'eux. Mais elle se rétablit vivement et se mit à flotter à côté de Raphael, les bras croisés, la tête rentrée dans ses épaules voûtées.

Raphael hurla de colère.

— Gabriel ! Tout ça n'a rien à voir avec toi. Va-t'en et nous serons quittes.

Sara vit alors Gabriel s'élever droit dans l'air à son tour et se dresser devant Raphael, gracieux et masculin à la fois, tout le corps tendu par la tension, les poings serrés.

— Il ne s'agit pas d'être quittes, répliqua-t-il d'une voix forte et assurée. Il s'agit de faire ce qui est bon. Tu sais ce que l'on peut faire à un ange déchu.

— Oui, mais si tu me le fais, tu seras obligé de le faire à Marguerite. Or tu t'y refuseras. Je le sais.

Selon Sara, Raphael se trompait. Gabriel ferait ce qui était bon, ce qu'il fallait faire. Elle sentait sa résolution émaner de lui comme la lumière de ses doigts, et puis sa force morale, ses convictions, son caractère décidé. Elle était émerveillée de le voir tel qu'il était vraiment, dans son élément, libéré de l'inquiétude, du tourment, de la crainte d'avoir tué Anne.

Il s'était pardonné et il s'apprêtait à faire face à ses responsabilités, à faire ce qui était bon.

La peur de Sara se dissipa. Elle sortit de derrière la tombe pour mieux voir, pour se tenir dans la lumière des anges déchus.

La réponse de Raphael fit sentir son avantage à Gabriel. Ainsi, il comptait se cacher derrière les jupes de Marguerite, convaincu qu'il refuserait de lui faire du mal ? Mais Gabriel ne voyait pas de raison de l'épargner. Elle avait choisi sa voie. Avec Raphael, elle avait tué des innocentes, brutalement, sans raison. Ensemble, ils avaient formé un couple de tueurs en série. La violence et la perversion de leur pouvoir le dégoûtaient si profondément qu'il n'avait aucun scrupule à les vaincre tous les deux. Sa mission était de protéger les humains. De protéger Sara. Pour cela, il était prêt à tout.

Alors il se servit de son pouvoir. Pour la première fois depuis plus de cent cinquante ans, il s'autorisa à y donner libre cours, à employer pleinement sa puissance. Il sentit monter en lui le flux canalisé de toute son énergie, de sa force, de ce qu'il avait pu y avoir de bon en lui. Puis ce flux jaillit et se dirigea contre Raphael.

L'impact fut comme une combustion spontanée. À la seconde où l'énergie de Gabriel toucha Raphael, une explosion de lumière se fit dans le ciel puis des ondes, des cercles blancs éblouissants se formèrent autour du démon, renvoyant à Gabriel la chaleur de sa force.

Avec un hurlement de surprise et de colère, Raphael et Marguerite retombèrent brutalement sur le sol dans un nuage de poussière, dardant des éclairs dans toutes les directions.

Gabriel redescendit pour regarder de plus près. C'est alors qu'il sentit la vague de souffrance et de chagrin humains, la délivrance de l'âme d'Anne, de Jessie et des autres femmes que Marguerite et Raphael avaient tuées. Tout cela déferla en lui, l'enveloppa, le plongea dans la peine, la tristesse, les larmes, l'ampleur des tourments des hommes.

Au lieu de se fermer ou de tituber sous leur poids comme il l'avait toujours fait, Gabriel se redressa, flottant toujours dans l'air, tendit les mains et accepta le malheur et les plaintes, les absorba. La mort était un commencement et non une fin. Sa responsabilité de protecteur était de réconforter les mortels, de les rassurer, de les orienter dans la direction de la beauté, du plaisir et du contentement, d'apaiser leurs souffrances.

Il voulait le faire, désormais.

Veiller sur les hommes. Les guider. Les protéger.

Sara, qui était sortie de sa cachette, se tenait juste derrière lui. Elle le regardait, émerveillée, les yeux grands ouverts, les joues très pâles, bouche bée.

— Que s'est-il passé ? voulut-elle savoir.

— Ils sont morts, répondit-il en espérant qu'elle pourrait l'admettre car ç'avait été nécessaire.

— Morts ? répéta-t-elle dans un souffle un peu tremblant en regardant leur corps. Mais comment ? Et où est passée la torche ? Je ne vois rien.

— Oh. Pardon.

Gabriel regarda par terre, autour de lui, et retrouva la lampe là où il l'avait laissée tomber. Il la ramassa et la lui donna, lui serrant tendrement la main au passage.

— Je suis désolé que tu aies dû assister à cela, fit-il.

— Comment sais-tu qu'ils sont morts ? demanda-t-elle en pointant la lumière sur Raphael et Marguerite.

Comment pourrait-il jamais lui expliquer ce qu'il était, ce qu'il pouvait faire ? Les mots humains ne le permettaient pas. Il le savait, c'était tout.

— Leur corps humain est mort, précisa-t-il. Mais leur âme survit à l'intérieur de ce corps... C'est une sorte d'emprisonnement, si tu veux. La peine qu'ils méritent.

— Qu'allons-nous faire, maintenant ?

— Il faut que je me débarrasse d'eux. Il vaudrait peut-être mieux que tu t'en ailles. Cela dit, je n'ai pas le temps de te ramener à la maison. Je dois me dépêcher avant l'arrivée des flics.

Il était même étonné que la police ne soit pas déjà intervenue, compte tenu des éclairs et du bruit qu'ils avaient faits. Mais le cimetière était adossé à des cités dont les habitants n'avaient certainement aucune envie de se trouver mêlés à un crime – ni d'appeler les forces de l'ordre.

Gabriel se retourna et ouvrit la grille de la tombe d'Anne sans attendre la réponse de Sara. Il ne voulait pas l'effrayer, mais il ne souhaitait pas non plus se faire prendre avec les deux corps.

Cette fois, il ne serait sans doute pas relaxé. Il ouvrit la tombe.

— Qu'est-ce que tu fabriques ? lui demanda Sara en s'approchant.

— Il faut que je les cache; c'est l'endroit idéal.

Il passa la main à l'intérieur et sortit le sac qui contenait les cendres d'Anne, qu'il déposa précautionneusement dans l'allée.

Sara resta là, à le regarder, tandis qu'il soulevait Marguerite et Raphael et les portait jusqu'à la tombe ouverte. Consterné qu'elle assiste à cela, il lui enjoignit :

— Ma chérie, ferme les yeux. Ça ne va pas être beau.

Mais elle secoua la tête.

— Il faut que je voie. Tu savais – oui, je suis sûre que tu le savais – que lorsque les veilleurs ont déchu, Dieu a envoyé les archanges les chercher ? Raphael a lié les poings et les pieds de l'un d'eux. Gabriel en a détruit certains en les incitant à la rébellion et Michel en a enfermé d'autres dans un cachot obscur pendant soixante-dix générations. Un cachot obscur... comme cette tombe.

Gabriel enfonça Raphael dans l'ouverture. Malgré la sueur qui coulait dans son dos, les paroles de Sara le glacèrent.

— Je ne suis pas un archange, lui rappela-t-il. Je suis un ange déchu.

— N'empêche que tu redresses un tort... en détruisant d'autres anges déchus qui étaient réellement mauvais. Et je ne crois pas non plus que ce soit une coïncidence si Raphael et toi portez le nom de deux archanges et que mon nom de famille correspond à celui du troisième.

— Moi non plus, concéda-t-il en croisant les chevilles de Raphael, je ne crois pas que ce soit une coïncidence.

Il aurait été plus facile de les faire entrer s'ils avaient été dans un cercueil, mais le temps pressait et il fallait qu'il se débrouille. Il parvint enfin à le faire passer complètement dans le trou, et en fit autant avec Marguerite.

Essoufflé, il se tourna vers Sara. Elle était toujours là, la torche dans sa main tremblante, très pâle, les yeux agrandis par le choc.

— Gabriel, il faut que je ferme la tombe avec toi. C'est ensemble que nous devons clore cette histoire. Gabriel St. John et Sara Michaels.

— Je ne crois pas..., commença-t-il.

Il ne voulait pas qu'elle prenne part à ce qu'il faisait, qu'elle se charge encore de plus de chagrin et de culpabilité. Cependant, en la voyant franchir la grille et le regarder, il s'interrompit. Elle paraissait très déterminée.

Et elle avait raison. Il fallait qu'ils achèvent cela ensemble. C'était logique. Ainsi, la boucle du passé et du présent serait bouclée et conclurait ce qui avait commencé il y a tant d'années, dans cette chambre sordide de Dauphine Street.

Alors, il hocha la tête.

— D'accord.

Elle posa la main sur la sienne et, ensemble, ils refermèrent la porte sur laquelle ils appuyèrent fort. Puis Gabriel la scella.

L'explosion le projeta de l'autre côté de la grille où il atterrit sur le dos, dans l'allée. Le souffle coupé, il cligna des yeux, surpris. Que lui était-il arrivé ? Quand il voulut s'asseoir, la tête lui tourna. Il se rallongea en cherchant Sara des yeux dans le noir.

— Sara ? Ça va ? s'inquiéta-t-il.

— Gabriel ! s'exclama-t-elle en s'agenouillant à côté de lui et en écartant ses cheveux de son visage. Oui, ça va. Il ne m'est rien arrivé. Tu as été frappé par… par quelque chose qui t'a envoyé voler jusqu'ici. Tu n'as rien ?

— Non, non.

Toutefois, il se sentait tout drôle. Faible. Il s'assit et faillit vomir, pris d'une forte nausée.

— Sara…

Il la regarda, regarda autour de lui, remua les membres et les doigts. Non, tout allait bien. Mais il se sentait bizarre. Mortel. Bon sang ! c'était cela. Il se sentait mortel.

— Oh, mon Dieu…

— Quoi ?

Elle lui passait les deux mains sur les épaules, les tempes, le torse.

— Où as-tu mal ? Tu ne saignes pas.

— Je n'ai rien, assura-t-il. Tout va bien.

Mieux que cela, encore. Il était mortel. Humain. Comme tout le monde. Comme Sara. Libéré de son châtiment et de l'éternité. Il la regarda, excité, soulagé, stupéfait.

— C'est fini. Je suis libre, lâcha-t-il.

— Comment cela ? demanda-t-elle d'un air d'incompréhension.

Il se leva et épousseta son jean, émerveillé, empli de clarté, d'espoir.

— Cela signifie que je ne suis plus déchu. Et que je ne suis plus un ange non plus. Je suis mortel.

Elle resta un instant bouche bée avant de demander :

— Comment le sais-tu ?

— Je le sais.

Comment pouvait-il lui expliquer la différence ? C'était comme si tout, autour de lui, était devenu moins précis, ses membres plus lourds, que le chaos visuel s'était éclairci et les bruits de l'humanité assourdis. Du coup, sans cette surcharge de ses sens, il se sentait plus lucide, plus fort, plus éveillé. Il avait déjà conscience du temps qui passait, de la finitude de la vie, de l'amour, du talent. Jamais il n'avait été aussi attentif, aussi déterminé.

Sara encadra son visage de ses deux mains.

— Tu en es sûr ? demanda-t-elle d'une voix tremblante.

— Oui, absolument.

Il se pencha vers elle et posa les lèvres sur son front. Il aurait voulu s'attarder, savourer pleinement ces instants. Mais ils ne pouvaient pas, il le savait.

— Il faut partir, maintenant, dit-il.

Elle hocha la tête. Il referma la grille de la tombe d'Anne et ramassa le sac de cendres qu'il cala sous son bras.

— Gabriel, chuchota Sara comme intimidée, regarde l'ange.

Il tourna la tête par-dessus son épaule et vit deux filets rouges couler des yeux de la statue de l'ange en pleurs sur la tombe d'Anne. Des larmes de sang. Cela aurait pu paraître horrible, mais il ne lui semblait pas que ce soit l'intention.

— « En lui nous avons la rédemption par son sang, la rémission des péchés », murmura-t-il.

Et il sentit le poids de la culpabilité s'ôter de ses épaules et la lumière du pardon l'envelopper.

Chapitre vingt-cinq

Sara se tenait dans le salon de Gabriel tandis que ce dernier refermait la porte de l'appartement derrière eux. Il lui avait dit qu'il était mortel, maintenant. Comment était-ce possible ? Surtout, comment se pouvait-il qu'il ait jamais été autre chose ? Les larmes qui lui piquaient les yeux n'étaient pas des larmes de tristesse, elle le savait, mais de bonheur, de trouble, d'émotion, d'incertitude.

Qu'allaient-ils faire, maintenant ?

Il posa les cendres d'Anne sur le piano et se tourna vers elle.

L'expression de son visage lui fit oublier toutes les questions qu'elle se posait, toutes ses craintes, les inquiétudes qu'elle s'apprêtait à exprimer. Il la fixait intensément, mais avec une paix, un calme, un soulagement qu'elle ne lui avait jamais vus.

Elle s'immobilisa, pressentant qu'il allait la toucher.

Et c'est ce qu'il fit.

Il lui posa les mains sur les épaules avant de les faire remonter le long de son cou, sous ses cheveux, et de les poser sur ses joues. Sara ferma les yeux et soupira de plaisir en sentant la chaleur de son corps si près du sien, ses longs doigts et ses mains masculines qui la tenaient avec tant de douceur, comme un objet très précieux.

— Je vais te faire l'amour, lui chuchota-t-il à l'oreille, si près que son souffle la chatouilla. Comme un homme.

Une montée de désir immédiate et d'une force inouïe la fit frémir. Il allait la toucher. Alors qu'elle croyait que cela n'arriverait jamais. Les jambes en coton, elle l'enlaça et se fondit contre lui. Mais il lui fit remettre les bras le long du corps.

— Laisse-moi te sentir un instant, la pria-t-il en frottant le nez contre sa joue et en lui goûtant le coin des lèvres.

Elle referma les yeux et resta immobile, submergée par le simple plaisir de ce baiser de découverte et la caresse de ses mains dans ses cheveux, sur sa nuque, ses épaules. Il plaça les jambes de part et d'autre des siennes et fit glisser sa taille, son érection contre elle, très légèrement, par petites touches, comme pour annoncer ce qui allait venir mais rappeler que cela ne devait pas se faire dans la hâte.

Puis il prit sa bouche en un baiser lent et plein de dévotion qui lui coupa le souffle. Elle dut glisser les doigts dans les passants du jean de Gabriel pour ne pas tomber. C'était si bon, si pur, si chaud, si délicieux, si sensuel de sentir enfin ses lèvres sur les siennes, de les goûter, de savoir qu'il était à elle. Il l'embrassa, encore et encore, sans se presser, sans but précis, par de petites pressions tendres et délicates qui firent naître dans tout son corps une tension telle qu'elle crut défaillir.

— Gabriel…, murmura-t-elle.

Ses yeux bruns brillaient d'un éclat nouveau tandis qu'il l'étudiait comme s'il cherchait à mémoriser ses traits. Du bout des doigts, il suivit le chemin de son regard, sur son menton, ses joues, ses pommettes, sur ses lèvres et dans le petit creux au-dessus de sa bouche. Il remit ses cheveux indisciplinés derrière ses oreilles dont il effleura les lobes avant de passer les pouces sur ses cils.

La chaleur de son souffle, le contact à peine appuyé de son buste contre le sien, l'exploration de ses doigts la laissèrent tremblante. Elle en désirait davantage, elle le voulait tout entier et, dans le même temps, elle était pleinement satisfaite. Elle recevait déjà bien plus qu'elle n'imaginait que Gabriel pourrait lui donner et elle le sentait, le comprenait. Elle reconnaissait ce lien dont parlaient les gens, ce sentiment qu'elle avait attendu sans jamais l'éprouver avant lui, la conviction qu'ils étaient faits l'un pour l'autre, leurs sentiments forts, incroyables et profonds.

En lisant dans l'âme l'un de l'autre, ils avaient trouvé leur vraie place.

— C'est si bon… Sara.

Jamais son prénom ne lui avait semblé particulièrement beau. Pourtant, quand il le prononça de sa voix grave, avec tant d'ardeur et de respect, tant de désir, elle crut qu'elle ne se lasserait jamais de l'entendre.

Et, quand il appuya un instant le front contre le sien et passa la main derrière sa nuque, elle soupira encore. Son corps impatient en voulait plus, et, en même temps, elle souhaitait que ce moment se prolonge encore et encore, pour rattraper les semaines qu'elle avait passées sans lui.

Il continuait de l'embrasser, par notes successives, brèves et passionnées, qui ne tardèrent pas à la faire changer d'avis. Elle en souhaitait davantage. Tout de suite. Quoique légers et fugaces, ses baisers étaient chargés de tant d'intensité qu'elle s'efforçait de les retenir. Mais il ne cessait de se dérober. Elle avait le souffle court, l'intérieur des cuisses douloureux, les pointes des seins durcies. Elle s'agrippa plus fort à la ceinture de son jean et renonça à suivre sa bouche.

Maintenant, il posait les mains partout sur elle, s'arrêtant parfois un instant. Et, enfin, il ravit sa bouche si complètement qu'elle en perdit la notion du temps et de tout ce qui n'était pas la possession de ses lèvres par Gabriel. Elle ferma les yeux et laissa sa tête aller en arrière en s'abandonnant à sa conquête d'une insoutenable lenteur.

Lorsque, enfin, il glissa la langue dans sa bouche pour l'unir à la sienne, le plaisir la fit vaciller en arrière, involontairement, et elle dut se raccrocher à lui. Mais il ne se laissa toujours pas emporter. Il partit à sa découverte avec une maîtrise qui la sidéra et la laissa chancelante, cramponnée à lui, le corps vibrant de passion, le cœur débordant. Elle sentait son désir dressé la frôler, mais il résistait; à aucun moment, il ne tenta de se plaquer contre elle. Il gardait sagement les mains au-dessus de sa taille. Il fit l'amour à sa langue jusqu'à ce qu'elle n'en puisse plus.

Alors, il se détacha d'elle, totalement, avec un regard de braise.

— Tu es si délicieuse que j'ai envie de te dévorer, dit-il en se penchant vers elle pour lui mordiller la lèvre inférieure.

Elle retint son souffle quand un éclair de désir la traversa.

— Eh bien, vas-y, dévore-moi...

— Oh, j'y compte bien. Mais je vais prendre mon temps.

Il suivit la ligne de son décolleté de l'index et ajouta :

— Je pensais ne jamais vivre cela. Alors j'ai envie d'en profiter le plus possible. De profiter de toi.

Mm… Elle en mourait d'envie, elle aussi.

Elle enfouit les doigts dans ses cheveux et l'embrassa, comme il l'avait embrassée, avec tout son amour, tout son désir, tout son émerveillement. Puis elle s'écarta.

Il lui fit un de ces sourires dont il avait le secret, une esquisse de sourire qui incurvait tout juste le coin de ses lèvres, comme s'il s'amusait intérieurement d'une idée qui lui plaisait.

— Je t'aime, articula-t-il silencieusement.

De nouveau, elle sentit les larmes lui monter aux yeux et se demanda pourquoi elle cherchait à les réprimer. Elle n'avait pas à avoir honte de ses émotions. Elle n'avait pas à s'excuser de l'intensité de ce qu'elle éprouvait; ni de penser que c'était pour toujours, que cet homme, cet instant, cette rencontre avaient changé sa vie. Elle était amoureuse. Profondément, joyeusement amoureuse. Alors cela valait bien une larme ou deux.

Elle les laissa donc rouler sur ses joues sans fausse pudeur en contemplant le visage aux contours virils de Gabriel qui s'ombrait d'une barbe naissante. Elle ne résista pas à la tentation de le toucher, de promener les doigts sur ses pommettes, ses lèvres, avant de les poser sur ses joues comme il l'avait fait tout à l'heure.

Quand il l'embrassa encore, elle s'ouvrit à lui et le laissa prendre tout ce qu'elle avait à offrir, la goûter. Et elle lui fit sentir qu'elle était à lui.

Il fit glisser ses mains plus bas pour lui caresser le dos tout en la savourant. Tandis qu'ils mêlaient leur langue, elle éprouva un espoir, un bonheur qu'elle n'aurait jamais cru connaître. Parce que non seulement elle n'avait jamais aimé un homme comme Gabriel, mais jamais elle n'avait aimé de cette façon. Elle n'avait jamais été l'objet de tant d'adoration et de dévotion, d'un amour aussi vrai et aussi pur que celui qu'il lui témoignait.

Au moment où elle commençait à croire qu'il n'allait rien faire d'autre que l'embrasser indéfiniment, il saisit le bas de son T-shirt, le lui ôta et le laissa tomber par terre. La sensation inattendue de l'air frais sur sa peau nue suivie par la très légère caresse de ses doigts sur ses épaules et ses bras la firent frémir. Alors, de la même façon, il partit à la découverte de tout son corps, lui frôlant à peine le ventre, le dos, la poitrine comme pour s'habituer peu à peu à la toucher. Elle avala sa salive avec difficulté, à la fois flattée et mise au supplice par l'intensité de ses attentions. Tout son corps se tendait d'impatience. Elle en voulait plus. Elle le voulait en elle. En se tenant au bas de sa chemise, elle rejeta la tête en arrière tandis que Gabriel faisait glisser les bretelles de son soutien-gorge sur ses épaules en couvrant sa peau de baisers à mesure qu'il la dénudait.

— Tu sens bon, fit-il dans un souffle. On dirait un parfum de cannelle, ajouta-t-il en léchant le haut de son bras qui se couvrit de chair de poule, avant de tracer un chemin du bout de la langue jusqu'au renflement de son sein, au-dessus de son soutien-gorge. J'ai envie de te toucher depuis que je te connais.

Ses cheveux lui chatouillèrent la poitrine tandis qu'il libérait ses seins.

— Quelle coïncidence, répondit-elle. Moi aussi, j'ai envie de te toucher depuis que je te connais.

Elle retint son souffle quand il effleura son mamelon durci.

Il la considéra d'un air soudain sérieux.

— Pourtant, tu es revenue en sachant que je ne pourrais rien faire.

Elle hocha la tête.

— Oui.

Et elle serait restée même sans ce revirement de situation.

— Merci, dit-il en inclinant la tête.

— Mais de quoi ? demanda-t-elle en passant les mains sur son torse délicieusement ferme et en se délectant de le sentir aussi près d'elle.

— De m'aimer à ce point.

Comme si elle méritait la moindre gratitude pour cela…

— Tout le plaisir est pour moi, assura-t-elle.

D'un geste habile, il la débarrassa de son soutien-gorge et prit son téton dans sa bouche, le suça, le lécha, le titilla doucement du bout des dents. L'onde de plaisir qui courut dans tout le corps de Sara lui arracha un gémissement. Bientôt, elle ne fut même plus en mesure d'émettre le moindre son parce que Gabriel la touchait et l'embrassait partout. Il passait d'un sein à l'autre, à son cou, à sa bouche, plongeait la langue en elle, l'embrassait fort, vite, puis doucement, tendrement. Il lui baisa le menton, le bout du nez, les paupières, le creux des coudes.

— Je ne me lasse pas de toi, murmura-t-il. J'ai envie de te caresser, encore et encore, partout.

Elle voulait bien. Elle enfouit les mains dans ses cheveux pour se retenir, résister au désir qui la submergeait, à ses assauts, à son intensité. Il fit sauter le bouton de son jean et passa la main à l'intérieur pour la poser sur elle. Elle était déjà humide, prête à le recevoir, ce dont il ne dut pas tarder à se rendre compte car il glissa un doigt en elle.

C'était sa faute, aussi : il était trop sexy. Elle écarta un peu les jambes pour l'inciter à la toucher. Elle attendait avec une folle impatience le moment où il allait la prendre, où la poussée viendrait de sa force à lui, où il la posséderait réellement pour la première fois. Car, lors de leur unique union, c'était elle qui l'avait pris. Il s'était seulement laissé faire.

Maintenant, elle voulait que, à son tour, il la fasse sienne.

Gabriel s'était délecté à prendre son temps, à explorer Sara, à la toucher partout. Il lui semblait avoir reçu un cadeau si extraordinaire, si beau, si fantastique qu'il avait besoin de s'assurer que c'était vrai. Qu'elle était bien réelle. Qu'il avait bien droit à un tel bonheur, un tel plaisir.

Mais quand elle avança les hanches vers lui, alors qu'elle était déjà moite de désir, il fut saisi du besoin de prendre ce qu'elle lui offrait, de la posséder, enfin, comme il en avait envie depuis le début. Il n'avait pas de raison de se retenir, cette fois, il le savait. Il sentit un désir brûlant l'envahir, à toute vitesse. Tout en dévorant sa bouche, il lui baissa son jean.

Sara poussa un cri étranglé et rejeta la tête en arrière, lui présentant son cou tentateur. Il lécha sa peau douce et s'assura que son pantalon avait glissé jusqu'au sol. Puis il tira sur l'élastique de sa petite culotte et passa un doigt à l'intérieur, sur son clitoris, avant de l'introduire en elle. Quand il l'entendit gémir, quand il la sentit brûlante, mouillée, impatiente, il fut pris d'une douleur si intense qu'il songea qu'il ne tiendrait pas une minute de plus. Ni même trente secondes, sans doute.

Elle était à lui. Il l'aimait. Maintenant, ils allaient jouir tous les deux de sa liberté de lui faire l'amour.

— Enlève ton jean, lui enjoignit-il en la prenant par les épaules.

Elle obéit et acheva de s'en débarrasser d'un coup de pied, les yeux écarquillés et voilés par le désir, l'amour, l'excitation.

Gabriel la retourna avec impatience et la poussa contre le mur. Les seins de Sara tressautèrent, elle retint son souffle et leva les deux mains pour prendre appui sur le plâtre. Il voyait ses côtes, la courbe de sa taille, la masse de ses cheveux en désordre tandis qu'elle l'attendait, belle, ardente. Il se rapprocha tout en ôtant sa chemise et son jean puis l'embrassa durement, la mordit pour sentir son goût sur sa langue.

Il lui enleva son slip et fondit son corps dur contre le sien si doux et souple, capturant sa main droite sous la sienne. Puis, de sa main libre, il lui écarta les jambes et l'ouvrit avant de la pénétrer d'un coup.

Elle gémit et il sentit sa main tressaillir sous la sienne. Il ferma les yeux et resta un instant immobile à palpiter en elle, à savourer ce moment de joie. Puis il céda à l'impulsion de son corps et se mit à bouger, fort, vite, furieusement, prenant enfin ce qu'il attendait depuis si longtemps. Elle le serrait, le retenait en elle, l'acceptait. Il serra la main sur la sienne et, de l'autre bras, l'enlaça et enfouit le visage dans son cou. Aucun mot ne pouvait exprimer ce qu'il ressentait, combien il l'aimait, combien il était extraordinaire d'être totalement, profondément en elle.

Il sentit quand elle jouit, la vit relever la tête, ouvrir de grands yeux stupéfaits. Elle enfonça les ongles dans la paume de sa main et se contracta convulsivement autour de lui, la bouche ouverte en un cri silencieux.

C'était plus qu'il n'en fallait pour le faire basculer à son tour. Il se laissa aller, laissa exploser en elle son soulagement et son plaisir, sans culpabilité ni autocensure. C'était bien. C'était son avenir.

Son bonheur.

Sara se réveilla lentement, langoureusement. Il lui semblait qu'elle ne voudrait plus sortir du lit de Gabriel. Plus jamais. Le drap avait glissé pendant la nuit, mais elle n'avait pas froid. Et elle se sentait bien, nue. Elle savait que Gabriel n'était plus auprès d'elle parce que c'était ce qui l'avait tirée de son profond sommeil. Un sommeil réparateur comme elle n'en avait pas connu depuis plus d'un an. C'était le matin, à en juger par le soleil qui filtrait par la fenêtre de la chambre. Entendant le piano, elle comprit que Gabriel était dans le salon.

Il jouait du piano.

C'était une mélodie douce, délicate, ravissante. Les notes flottaient jusqu'à elle et la caressaient avec la douceur d'une plume, des doigts de Gabriel dans ses cheveux, des baisers qu'il lui déposait au coin des lèvres.

Elle resta allongée, immobile, à s'en imprégner. Elle devinait ce que cela lui faisait de voir la musique revenir dans sa vie, dans son âme. Quand elle n'y tint plus, quand son envie d'être près de lui et de le toucher surpassa sa volonté de le laisser tranquille, elle se leva, sortit un T-shirt de Gabriel de la commode et l'enfila. Sa petite culotte était encore dans le salon, où elle l'avait laissée quand il l'avait emmenée au lit pour continuer à lui faire l'amour.

Consciente de sourire béatement, d'être tellement amoureuse que c'en était gênant, elle le rejoignit dans le salon. Sa vue suffit à la bouleverser à nouveau. Il était d'une beauté saisissante. Assis au piano, torse nu, vêtu d'un jean qui lui tombait bas sur les hanches, pieds nus, il jouait les yeux fermés et ses cheveux glissaient sur ses épaules. Elle se déplaça pour voir ses doigts courir sur les touches, longs, forts, agile, sûrs.

La beauté des sons qu'il tirait de l'instrument était fascinante. Elle aurait pu le regarder, l'écouter indéfiniment.

Mais il dut sentir sa présence car il ouvrit les yeux. Et il lui sourit, sans cesser de jouer.

— Bonjour, dit-il.

— Bonjour. C'est magnifique.

— C'est ton morceau.

— Mon morceau ?

Elle ne le reconnaissait pas – mais elle n'était pas très calée en musique classique. En tout cas, cet air lui plaisait énormément.

— Oui. Je l'ai composé pour toi.

Elle le regarda continuer à jouer avec maîtrise et aisance. C'était sur elle, et non sur ses doigts, qu'il centrait toute son attention.

— Quoi ? Qu'est-ce que tu veux dire ?

Elle devait mal comprendre. C'était impossible.

— Je veux dire que je l'ai écrit. C'est ton morceau. C'est comme cela que je t'entends.

Oh, mon Dieu… Sara inspira une bouffée d'air, un peu tremblante, submergée par l'amour, la joie, la reconnaissance.

— C'est magnifique, murmura-t-elle.

— Comme toi.

Elle se cacha les yeux d'une main quand elle sentit monter les larmes, puis les laissa couler en reniflant.

— Je suis heureuse de voir que perdre l'immortalité ne t'a pas fait perdre ton talent, qui est incomparable.

— C'est un don du ciel, fit-il en souriant. Comme toi.

Elle s'approcha de lui. Elle avait besoin de le toucher, de sentir sa bouche sur la sienne. Alors elle se pencha sur lui et l'embrassa, puis l'enlaça longuement en soupirant.

— Je t'aime.

— Moi aussi, je t'aime, assura-t-il en glissant la main sous son T-shirt, sur son derrière nu. Maintenant, allons boire un café.

Elle se mit à rire. Il n'avait pas non plus perdu son habitude de sauter du coq à l'âne.

— D'accord. Attends, je m'habille.

— Bonne idée.

Cinq minutes plus tard, Gabriel ouvrait la grille de la cour et sortait dans la rue, Sara à son bras. Dans l'autre main, il tenait le sac avec les cendres d'Anne.

— Ce qu'il fait beau, ce matin, commenta-t-elle en s'arrêtant pour prendre une profonde inspiration. Et pas trop chaud.

— Que veux-tu faire, aujourd'hui ? lui demanda-t-il sans pouvoir se retenir de lui baiser le haut du crâne, à deux reprises.

Trois, pour faire bonne mesure.

— Je voudrais chercher du travail. Il est temps que je m'y remette.

Elle parlait avec une conviction et une aisance qui firent plaisir à Gabriel.

— Et puis, aussi, faire envoyer mes affaires, ajouta-t-elle.

Il la considéra d'un œil amusé tandis qu'ils s'engageaient dans Charles Street.

— Va-t-il nous falloir un plus grand appartement ? s'enquit-il.

— Non. J'aime trop celui-ci.

— Si je vends ma collection de cuillers à absinthe, cela nous fera un peu de place..., plaisanta-t-il.

Certes, elles n'étaient guère encombrantes, mais il cherchait une façon un peu subtile de la rassurer, de lui faire comprendre que ses problèmes de dépendance appartenaient au passé.

— Uniquement si tu en as envie, répondit-elle en le regardant.

Il hocha la tête.

— Oui. C'est le moment.

Ses cuillers représentaient le passé et il voulait saisir la force et la beauté qu'il y avait à vivre l'instant présent.

Ils marchèrent un petit moment au soleil. Les sandales de Sara frottaient doucement sur le trottoir. Sa jupe bleu ciel dansait autour de ses jambes. En traversant Jackson Square, il songea qu'il pouvait quitter La Nouvelle-Orléans, désormais. Sauf qu'il ne le ferait pas; il n'en avait pas envie. Il y était chez lui.

Tandis qu'ils s'approchaient du fleuve, un vieil homme vint à eux en souriant.

Il tendit une fleur rose vif à Sara.

— Passez une merveilleuse journée, ma jolie, lui dit-il avec un signe de tête et un grand geste de la main.

— Merci, dit-elle en acceptant son présent avec un sourire radieux.

Gabriel voulut donner une pièce à l'homme qui refusa. Quand il se retourna vers Sara, elle avait les larmes aux yeux.

— Qu'est-ce qui ne va pas ? s'inquiéta-t-il.

— C'est un œillet rose vif. La fleur préférée de ma mère.

— Je suis désolé.

Il ne savait que dire d'autre, mais elle secoua la tête.

— Ne t'en fais pas. C'est bien. C'est un signe. Elle me dit qu'elle va bien.

Sara s'arrêta au bord du fleuve, non pas sur les marches qui étaient bondées de touristes, mais à une quinzaine de mètres. Ils étaient au-dessus du niveau de l'eau, mais il fallait surtout qu'ils soient seuls.

Gabriel dénoua le lien du sac, le retourna et regarda les restes d'Anne flotter dans l'air. Sara jeta son œillet, et la fleur et les cendres se mêlèrent pour toucher la surface du fleuve en même temps.

Alors, Gabriel prit la main de Sara dans la sienne et ils s'éloignèrent.